dtv

Deutsche Lyrik
von den Anfängen bis zur Gegenwart

Band 5

Deutsche Lyrik
von den Anfängen bis zur Gegenwart
in 10 Bänden
Herausgegeben von Walther Killy

Band 1: Gedichte von den Anfängen bis 1300
Herausgegeben von Werner Höfer und Eva Willms

Band 2: Gedichte 1300–1500
Herausgegeben von Eva Willms und Hansjürgen Kiepe

Band 3: Gedichte 1500–1600
Herausgegeben von Klaus Düwel

Band 4: Gedichte von 1600–1700
Herausgegeben von Christian Wagenknecht

Band 5: Gedichte 1700–1770
Herausgegeben von Jürgen Stenzel

Band 6: Gedichte 1770–1800
Herausgegeben von Gerhart Pickerodt

Band 7: Gedichte 1800–1830
Herausgegeben von Jost Schillemeit

Band 8: Gedichte 1830–1900
Herausgegeben von Ralph-Rainer Wuthenow

Band 9: Gedichte 1900–1960
Herausgegeben von Gisela Lindemann

Band 10: Gedichte 1961–2000
Herausgegeben von Gerhard Hay und
Sibylle von Steinsdorff

Gedichte 1700–1770

Nach den Erstdrucken in zeitlicher Folge
herausgegeben von
Jürgen Stenzel

Deutscher Taschenbuch Verlag

Unveränderter Reprint der in den Jahren 1969–1978
erstmals unter dem Titel ›Epochen der deutschen Lyrik‹
erschienenen Sammlung deutscher Gedichte, Band 5,
München 1969, 1977.

Originalausgabe
September 2001
Deutscher Taschenbuch Verlag GmbH & Co. KG,
München
www.dtv.de
© 1969, 1977, 2001 Deutscher Taschenbuch Verlag, München
Umschlagkonzept: Balk & Brumshagen
Gesamtherstellung: Druckerei C. H. Beck, Nördlingen
Gedruckt auf säurefreiem, chlorfrei gebleichtem Papier
Printed in Germany · ISBN 3-423-59052-1

Einleitung

Den Grundsätzen der gesamten Reihe folgend ist diese Sammlung von Gedichten der Aufklärungszeit nicht nur eine Blumenlese, sondern auch eine solche von Küchenkräutern und vereinzeltem Unkraut. Sie enthält neben dem künstlerisch Gelungenen und dem von der Geschichte Kanonisierten auch mittelmäßige Gebrauchslyrik, Mißlungenes und Kurioses. Je mehr nämlich eine Zeit von allgemein verpflichtenden poetischen Vorstellungen sich leiten läßt – und die hier repräsentierte tut das weithin, auch wenn diese Vorstellungen zunehmend in den Streit der Meinungen geraten und später von einer mächtigen Individualität, der KLOPSTOCKS geprägt sind –, desto deutlicher geben sich ihre Stiltendenzen selbst im Armutszeugnis einer hilflosen Feder zu erkennen – klarer womöglich als in dem Kunstwerk, das noch Generationen um seiner selbst willen lesen werden. Und die Spannweite einer Zeit bemißt sich ebenso wie am Vollkommenen an der Kuriosität, die vielleicht nur der überlebende Rest einer verjährt geglaubten Dichtungstradition ist. Für den nicht auf Erbauung sondern auf historische Wirklichkeit gerichteten Blick muß ohnehin ein praktikabler Qualitätsbegriff wohl neu bedacht werden, und wenn auch das hier ausgewählte Material so etwas nicht ermöglicht, so fordert es vielleicht doch dazu auf.

Die Zuwendung zur ganzen Breite des literarischen Bestandes nach Qualität und Gattungen läßt den Begriff der „Lyrik" für die Litanei eines Raritäten-Schaustellers oder die zusammengereimte Verteidigung eines Charlatans ebenso herhalten, wie für die empfindsame Ode; für Epigramm und Fabel, Modelied und Rätselgedicht nicht weniger als für das subjektive Bekenntnis; für das breitausladende, seine Thesen numerierende philosophische Lehrgedicht oder ein Kirchenlied ebenso, wie für den hingetändelten anakreontischen Scherz. Erst die Einbeziehung des Durchschnittlichen gewährt Einblicke in das literarische Leben einer Zeit, aus dessen Gewohnheiten das Bedeutsame sich entwickelt und von dessen Mittelmaß es sich befreien muß. Neben die ›Wechselnichtigkeit‹ zweier Hamburger Reimdilettanten (1732) treten so die frühen poetischen Zeugnisse eines HALLER; gleichzeitig mit den verstaubten Versübungen der Mademoiselle CURTIA, denen noch immer *thätliche Zeichen der Königlichen Gnade* folgen (1738), läßt erstmals HAGEDORNS spielerische Lehrdichtung sich hören; KLOPSTOCK erhebt sich unter den fortschrittlich gesinnten, aber vom Geist der Poesie nicht eben erfüllten Bremer Beiträgern. Ohne die Berücksichtigung des Mittelmaßes stünden das heute noch bekannte Volkslied vom Prinz Eugen und die konventionell-bemühte Gelehrsamkeit des unbedeutenden Daniel SCHÖ-

NEMANN zum gleichen Thema (1717/1718) einander nicht gegenüber; ohne das abgeklapperte Modelied *Ich liebte nur Ismenen* wäre nicht sichtbar geworden, was der junge GOETHE als Gegenbild vor sich sah, als er aus dem Elsaß die Lieder des Volkes mitbrachte: „Ein Glück! denn ihre Enkkel singen alle: ich liebte nur Ismenen." (September 1771 an Herder); ohne Einbeziehung der Produkte eines WEDEKIND (1747) erführe man in dieser Anthologie nicht, welcher Art womöglich die Quellen waren, aus denen damals Volkslieder entstanden (vgl. sein Dragoner-Lied), und wie es sich ausgenommen hat, wenn die anakreontische Ode in die sicherlich nicht wenigen falschen Hände geriet.

Diese Hinweise mögen genügen, auch um nochmals auf den in diesem Band beanspruchten Bedeutungsumfang des Sammelbegriffs „Lyrik" hinzuweisen, der mithin alles bezeichnet, was nach heutiger Redeweise ein Gedicht genannt werden kann, ohne schon längere Verserzählung oder Kurzepos zu sein. Die Zeit selbst hat sich in dieser Hinsicht terminologisch uninteressiert gezeigt; sie benannte nur spezielle Gattungen wie Lied, Ode, Elegie, Epigramm oder Satire, während der Begriff des *Gedichts* auch epische und dramatische Dichtungen in Versform bezeichnete. Was dagegen heute lyrisch heißen mag, findet sich im 17. Jahrhundert gewiß häufiger als in der ersten Hälfte des achtzehnten. Zwischen die leichten, abwechslungsreichen Gebilde HOFMANNSWALDAUS und seiner Nachfolger – in diesem Band noch durch ABSCHATZ vertreten, dessen Gedichte erst 1704 gesammelt erscheinen – und die frühen Elegien KLOPSTOCKS (1748) lagert sich eine breite Schwelle vornehmlich unlyrischer Dichtung: Gelegenheitspoesie vor allem, die religiöse eingeschlossen, Lehrgedichte, von Bürgern für Bürger geschrieben, Fortsetzung der galanten Tradition, Satire nach dem Vorbild Boileaus, später dann, in den vierziger Jahren Fabeln und Verserzählungen – HAGEDORN zuerst nach französischem Vorbild (1738) – Gesellschaftslieder und die beginnende Mode der Anakreontik. Lyrisch möchte man in diesen Jahren nur einige Gedichte GÜNTHERS nennen, jener damals unvergleichlichen Erscheinung, dann Strophen in diesem und jenem Kirchenlied, etwa von Tersteegen, und manche der unbeschwerten Lieder HAGEDORNS. Die meisten Gedichte der Anfangsjahrzehnte dieses Jahrhunderts suchen vielmehr noch immer, obgleich in gewandeltem poetischen Geschmack, die jeweils gewählte Gattung nach den Regeln der Kunst zu erfüllen, welche die Poetiken bis zu GOTTSCHED formulieren. Noch 1719 (dies als Beispiel) gibt man die Gedichte des 1694 gestorbenen, wenig bedeutenden Hans von ASSIG heraus; der beginnt ein Morgenlied, das er seinem Fürsten nach durchtanzter Nacht verfertigen muß, mit den Worten *Weil ich vom Schlaffe bin wieder erstanden, Dank ich dem Höchsten vor seine Genad* – die vorgegebene Gattung wird erfüllt, an der konkreten Situation vorbei. Daß man dergleichen so spät noch sammelt und druckt, und daß es in seiner Umgebung nicht sonderlich auffällt, verweist auf die Probleme, die der Begriff „Epoche" und die ihm hier zugeordneten Jahreszahlen aufwerfen.

Das Jahr 1700, verführerisch wie alle Jahrhundertzahlen, hat in der Geschichte der Lyrik nicht eigentlich Epoche gemacht, es kennzeichnet vielmehr für die Zwecke dieser Reihe am glücklichsten den Übergang von Spätbarock zum aufklärerischen Klassizismus. Polemische Töne wie jene, mit denen sich NEUKIRCH, WERNICKE, MENCKE, GÜNTHER gegen Hyperbolik, Metaphernschwelgerei und gelehrsamen Prunk der schlesischen Manieristen absetzen, erklingen seit 1700 nicht zum erstenmal, wenn sie um die Jahrhundertwende auch zunehmen; auf der andern Seite sind die gattungspoetische Einstellung und das gesellschaftliche Rückgrat der Poesie dieser Zeit, die Tradition der Gelegenheitsdichtung, ungebrochen: neuer Wein in alten Schläuchen. Und der selbe NEUKIRCH, der 1700 gegen Muscatellersaft, Amber, Zibet und Bisam eifert, fährt gleichzeitig fort, die vornehmlich galante Dichtung *Herrn von Hofmannswaldaus und anderer Deutschen* zu sammeln und herauszugeben, Christian GRYPHIUS ediert 1704 die Gedichte von ABSCHATZ, die zum Teil über vierzig Jahre alt sind. Aber immerhin, was um diese Zeit von Autoren wie CANITZ, BESSER und NEUKIRCH gedichtet und gedruckt wird, gilt den Nachkommen als erstes Zeugnis und für lange Zeit verpflichtendes Vorbild einer vom Schwulst gereinigten, vernunftgemäß-verständlichen Dichtung, die doch das Platte vermeidet. In ihnen sieht sie das klassizistische Stilideal eines leichteren und prosanäheren – freilich oft auch prosaischeren-Sprechens verwirklicht, welches HORAZ zum Inbegriff des Dichters und neben ihm BOILEAU, der 1674 zur Vernunft in der Dichtung aufgerufen hatte, zu seinem Gesetzgeber erwählt hat. BESSER (in diesem Band nicht repräsentiert) wird 1732 von KÖNIG, NEUKIRCH 1744 von GOTTSCHED, CANITZ bis 1772 neu herausgegeben. – Das Ende der hier überblickten „Epoche" ist mit ähnlicher Bedachtsamkeit zu nehmen wie sein Anfang. Die *Neuen Lieder* GOETHES, die im Herbst 1769 mit der Jahreszahl 1770 auf dem Titel erscheinen (sie sind dem nachfolgenden Band vorbehalten), stehen fest in der Tradition des Rokoko. Sturm und Drang andererseits kündigt sich deutlich schon in den, freilich damals unveröffentlichten Gedichten des jungen HERDER an. Allerdings erscheint auf das Jahr 1770 der erste Musenalmanach, im selben Jahr treffen HERDER und GOETHE in Straßburg zusammen, entstehen die ersten der Sesenheimer Lieder – das Jahrhundert dürfte hier sinnvoll gegliedert sein. Das zeitliche Ungleichgewicht seiner so entstandenen Abschnitte bedarf wohl keiner Verteidigung.

Zugunsten einer chronologischen Folge ihrer Texte hat diese Sammlung wie die ganze Reihe auf eine Disposition nach Themen, Gattungen, Stilrichtungen, Lebensbereichen und dergleichen verzichtet, von denen jede ihre spezifischen Vorteile bietet. Hier ist der Nutzwert des annalistischen Prinzips in seiner Anwendung auf das in diesem Band vorgelegte Material anzudeuten. Eine solche Gliederung zielt auf Geschichte, auf den Prozeß sich entwickelnder Literatur und zwar so, daß sie durch die Synopse von Unveränderlichkeit oder Veränderung, Kontinuität oder Überraschung einerseits mit den fortschreitenden Jahreszahlen andererseits Geschichte in gewissem Sinne spürbar werden läßt. Gelegenheitsdichtung zum Beispiel bleibt als Gattung bestehen – umso stärker lassen sich die Veränderungen erfahren, die sich etwa in der Huldigung gekrönter Häupter von HERÄUS 1713, WEICHMANN 1721 über PIETSCH 1725 und seinen Schüler GOTTSCHED 1736 zu CRAMER 1758, KLOPSTOCK 1760 oder HERDER 1763 vollziehen, in den Hochzeitsgedichten von NEUKIRCH 1700 zu KLOPSTOCK 1749 und seinem Nachahmer J. A. SCHLEGEL 1751 oder RAMLER 1763, in der Bezeugung der Trauer von AMTHOR 1717 und der Frau von KUNTSCH 1720 zu HALLER 1743 und dann CLAUDIUS 1763 und HERDER 1764, und so auch bei der Verfolgung vieler anderer Themen und Motive, beispielsweise dem des Landlebens, etwa bei CANITZ 1700 und KLOPSTOCK 1759.

Spürbar, wenn auch in der Beschränkung auf lyrische Texte natürlich weder erklärbar noch auch in ihrer Originalität zu beurteilen, werden so vielleicht auch die initiierenden Leistungen dieser sieben Jahrzehnte, wenn der chronologisch geleitete Leser im Klang des Gewohnten neue Töne hört, die dann von anderen weitergebildet, von schwachen Talenten nachgeahmt werden oder auch, wie im Falle des doch vielgelesenen GÜNTHER, ohne tatsächliche Wirkung bleiben, weil sie an die Bedingungen einer charakteristischen Individualität gebunden waren. Ohne daß der hier repräsentierte Zeitraum ausführlich skizziert werden soll, mögen doch einige solcher initiierenden Leistungen angedeutet werden. Die erste ist an den Namen BROCKES gebunden, dessen Gedichte, veröffentlicht seit 1721, Erfahrung und philosophisch-theologisches Denken miteinander verbinden; der als sein eigener Epigone lange Jahre eine deutsche Tradition malend-beschreibender Naturdichtung ausbildet, die bis zu HALLER und KLEIST wirksam bleibt, und der die Herrschaft des Alexandriners mit ungezählten madrigalisch freien Versen bricht. Dann ist HALLER zu nennen, dessen grüblerisches und dichterisch kühnes Pathos voll religiösen und moralischen Ernstes das philosophische Lehrgedicht zu neuer Monumentalität steigert – ein Berg des Anstoßes für die rationalistische Kritik der Gottschedianer wie dann nur noch KLOPSTOCK. HAGEDORN erhebt 1738 die Fabel zur exemplarischen Gattung seiner Zeit, gleichzeitig die moralische Verserzählung, macht 1742 das leichte Gesellschaftslied, das 1736 bei SPERONTES aus der Anonymität aufzutauchen scheint, anspruchsvoller aber nicht schwerer, und schafft so eine Kunstform, in deren Schutz, von ihr mitangeregt, dann GLEIM (1744) und

seine Freunde die lebhafte Mode der Anakreontik in Gang setzen, von
KÄSTNER 1751 so bärbeißig wie treffsicher parodiert. Das bei HALLER
ausgeprägte religiöse Pathos setzen PYRA und LANGE in der empfindsa-
meren Thematik ihrer Freundschaft fort. Sie erproben den reimlosen Vers,
den wenig später die Anakreontiker glücklicher verwenden. Beides, die
religiöse, empfindsame, pathetische Tradition und die des reimlosen Ver-
ses bereiten die Lyrik KLOPSTOCKS vor, der, antike lyrische Formen akti-
vierend, dann in seinen freien Rhythmen, scheinbar mit einem Schlage
eine neue Dichtersprache, eine neue Dichtung schafft. Von zunächst ge-
ringerem Gewicht sind die ersten Versuche zur Annäherung der Kunst-
dichtung an volkstümliche Formen, wie sie GLEIMS *Romanzen* 1756 und
Preussische Kriegslieder 1758 darstellen. Schließlich darf HERDERS Name
nicht ungenannt bleiben, dessen ergriffenes, stammelndes Pathos endgül-
tig eine neue Zeit in der Lyrik aufruft.

Die ursprüngliche Unordnung des bloßen Nacheinander in dieser
Sammlung überspringt zwar, was die Literaturgeschichte bisher an Ord-
nung geleistet hat, aber nur um des Versuchs willen, einem scholastischen
Schematismus entgegen Spontaneität des Urteils und der Begriffsbildung
zu provozieren, wenn auch Begriffe wie Aufklärung, Pietismus, Emp-
findsamkeit, Rokoko, Anakreontik und andere nur überprüft und in
ihrer Anwendbarkeit dann bestätigt werden sollten. Die annalistische
Ordnung könnte schließlich das jeweilige Nebeneinander von Neuem,
Altem und geschichtslos Anmutenden (der volkstümlichen Gattungen,
in denen die Zeit langsamer vorrückt) sinnfällig machen. Um nur ein
Beispiel zu nennen: Gottfried KLEINERS Gedichte (1732) verarbeiten
konkrete Erfahrung wie seit 1721 BROCKES, indem sie sie religiös aus-
legen; aber in der Art wie beide das tun, zeigt sich das Gegenüber zweier
Welten – jener nämlich gerät auf biblisch-moralische Wahrheiten, dieser
im Schließverfahren des teleologischen Gottesbeweises auf den Urheber
dieser vernünftig eingerichteten Welt. Allerdings verzeichnet diese
Sammlung solche Überlagerungen nicht immer mit der nötigen Geduld
und bevorzugt statt dessen das jeweils Neue. Überhaupt bedarf es einiger
Einschränkungen, welche dem Gebrauch dieses Bandes vorangeschickt
werden müssen.

Das Ziel, ein repräsentatives Bild des ganzen qualitativen und gattungs-
mäßigen Spektrums auch nur dieser Zeit zu geben, der die Musen nicht
ebensooft günstig waren wie sie angerufen wurden, wäre nur durch viel-
jähriges, anhaltendes Durchschreiten des Zirkels von den Einzeltexten
zum Gesamtphänomen der Epoche und wieder zu jenen einigermaßen
zu erreichen. Dazu liegt hier – von den Grenzen abgesehen, die der
verfügbare Raum gezogen hat – nur ein Versuch vor, der sich etwa mit
den entsprechenden Abschnitten der *Elf Bücher Deutscher Dichtung* Goe-
dekes nicht vergleichen möchte. Die Proportionsverschiebungen einer

solchen Sammlung sind bei dem Umfang des vorhandenen Materials im einzelnen kaum zu beurteilen, einige Aussagen lassen sich jedoch machen. So fehlt es in diesem Bande ganz an Übersetzungsliteratur. Vielleicht kommt ihr literarhistorisch nicht dieselbe Bedeutung zu, die sie im vorangehenden Jahrhundert hatte, und jedenfalls wirkt sich das Fehlen dieser Literatur nicht gewichtiger aus als das Fehlen der nichtlyrischen Gattungen, die den Fortgang der deutschen Lyrik natürlich auch beeinflußt haben. Die fortgesetzte Psalmen-Nachdichtung wird man weniger vermissen als die Übertragungen antiker, namentlich anakreontischer, und der zeitgenössischen französischen und englischen Lyrik. Ferner wird jeder Kenner des Jahrhunderts eine Reihe berühmter oder doch bedeutsamer Texte vermissen, die ihre bloße Länge aus der Sammlung ferngehalten hat. Es war nicht zu vermeiden, daß beispielsweise CANITZ' große Literatursatire, GÜNTHERS Bittgedicht an seinen Vater und die Siegesode von 1718, PYRAS *Tempel der wahren Dichtkunst* und HALLERS *Alpen* oder KLEISTS *Frühling* hier fehlen – wenn auch dieser Band genügend Gelegenheit bietet, das oft beneidenswert ungebrochene Verhältnis nachzuempfinden, welches das aufgeklärte Jahrhundert zur Länge und zur Langatmigkeit besaß. Manche Gattungen sind unterrepräsentiert, unter anderem, weil ihre Exemplare einander in hohem Grade ähnlich sind. Das gilt vor allem für die ungeheuer breite Gelegenheitsdichtung, vornehmlich die religiöse. Vom Einerlei dieser Literatur vermag der vorliegende Band freilich nur eine Ahnung zu vermitteln. Umgekehrt sind Gedichte mit poetologischer und literaturkritischer Thematik überrepräsentiert, entschuldbar vielleicht, weil damit eine ästhetica in nuce dieses Zeitraums entstanden ist. Schließlich sollte man nicht erwarten, daß die repräsentierten Autoren jeweils in ihrer charakteristischen Individualität gezeigt würden. Gewiß wird das häufig der Fall sein, aber beispielsweise erscheint ein DROLLINGER, der in gewissem Sinne als Vorläufer HALLERS gekennzeichnet werden müßte, hier bloß mit einem Nachlaßgedicht gegen den Alexandrinervers (1743).

Die Texte stehen unter dem Jahr ihres nachgewiesenen Erstdrucks (ausgenommen die Volkslieder, die Gedichte GÜNTHERS und das einleitende Gedicht von NEUKIRCH, die wegen der Überlieferungssituation nach ihrer vermutlichen Entstehung eingeordnet sind). Viele Gelegenheitsgedichte tragen bei ihrem Erscheinen in größeren Ausgaben das Datum ihres Anlasses und damit eines oft vermutbaren Privatdrucks, mit dem auch sonst bisweilen zu rechnen ist; ihre Einordnung hat sich trotzdem am Zeitpunkt ihrer breiteren Wirkungsmöglichkeit orientiert, auch wenn der Leser dann einen Abstand von oft vielen Jahren mitbedenken muß. Weicht das Erscheinungsjahr der dargebotenen Textfassung von ihrer chronologischen Einordnung ab, so verweist eine eingeklammerte Jahreszahl am Fuß des Gedichts auf genauere Auskünfte im Quellenregister. – Im Prinzip hält sich die Sammlung an die Textgestalt der Vorlagen. Die Fremdheit des vorgelegten Materials, ohnehin der unhistorischen Einfühlung verschlossen, sollte durch Modernisierung nicht verdeckt werden, ebensowenig wie die Buntheit und der Wandel in Orthographie und Interpunktion, der auf seine Weise den Prozeß der literarischen Entwicklung begleitet. Auf die Erstdrucke zurückzugreifen, ergab sich aus der annalistischen Darbietung mit Notwendigkeit. Daß damit spätere Veränderungen der Autoren keinen Niederschlag gefunden haben, mag man bedauern; bei einigen bekannten Texten vielleicht auch die Gelegenheit begrüßen, die womöglich unvollkommene Gestalt kennenzulernen, in der sie zuerst gewirkt haben. Die an sich wünschenswerte Aufnahme bezeichnender Umarbeitungen verbot sich wieder aus Platzgründen.

Von einer diplomatisch getreuen Wiedergabe der Vorlagen weicht der Band allerdings in einigen Punkten ab. So ist der Fraktursatz, dem erst seit den vierziger Jahren nach ausländischem Vorbild *lateinische Lettern* in deutschen Texten sporadisch Konkurrenz machen, durch die Antiqua ersetzt, die noch Goethes Mutter *menschenfeindlich* genannt hat. Dieser Umsetzung zufolge werden I und J, für die der Fraktursatz nur einen Großbuchstaben kannte, nach ihrem Lautwert unterschieden; Umlaut erscheint in modernisierter Form statt mit darübergesetztem kleinen *e*. Die bis weit in das Jahrhundert übliche Hervorhebung von lateinischen Wörtern und selbst Endungen durch die seit dem Humanismus ihnen zugeordnete Antiqua entfällt; das Zeichen ꝛc. ist in etc. aufgelöst worden. Neben der Auflösung von drucktechnisch motivierten Abkürzungen, der Vereinheitlichung originaler Fußnotenhinweise zu kleinen Buchstaben, dem Wegfall von Unterschriften, Numerierungen, Kustoden und dergleichen, hat vor allem das graphische Bild der Vorlagen Eingriffe hinnehmen müssen; namentlich bei den Überschriften, die man sich häufig mit sehr viel lebhafterem Zeilenfall und in vielfältigeren Schriftgraden vorstellen muß. Initialen sind normalisiert, ihnen folgende Großbuchstaben stets kleingeschrieben; die Größe der Einzüge und Abstände ist vereinheitlicht, Einzüge bei Strophenbeginn sind getilgt, alle Arten von Auszeichnungsschrift auf Kursive reduziert worden, Vignetten und dergleichen nicht vermerkt. Schließlich sind offensichtliche Druckfehler stillschweigend berichtigt worden, und hoffentlich nicht allzuviele neu entstanden. War der Erstdruck von Noten begleitet, so weist der Zusatz *[Melodie]* unter der Überschrift darauf hin – nur bei drei Texten (S. 140, S. 162 f., S. 280) finden sich Notenbeispiele in moderner Transkription. Ein Sternchen beim Autorennamen zeigt an, daß das Gedicht in der Vorlage anonym oder pseudonym erschienen ist, man vergleiche dann das Quellenverzeichnis; in Winkelklammern gesetzte Überschriften sind dem Kontext des Gedichtes entnommen.

Ich möchte dieses Vorwort nicht schließen, ohne den Mitarbeitern der Göttinger Universitätsbibliothek für ihren Anteil am Zustandekommen dieser Sammlung, dem Verlag für die erfreuliche Zusammenarbeit, Freunden und Kollegen für Rat und Hilfe herzlich zu danken*.

Einige Erläuterungen, die den Anmerkungsapparat des Textteils unnötig belastet hätten, sind an dieser Stelle zusammengefaßt. Gegenüber heutigem Gebrauch bedeutet *blöde* „schüchtern, zaghaft"; *Brunst* „Inbrunst"; *für* oft „vor"; *Stücke* „Kanonen"; *vor* oft „für"; *weil* meistens „solange noch"; *Witz* allgemein das Vermögen, Beziehungen wahrzunehmen, dann Einfallsreichtum, Scharfsinn, Klugheit etc. Aus dem Bereich der antiken Literatur und Mythologie sind hier zu erläutern (in alphabetischer Folge) *Aurora* Göttin der Morgenröte, *Cythere* Beiname der Liebesgöttin Aphrodite, *Cupido* Amor, *Dryade* Baumnymphe, *Elysium* Gefilde der Seligen, *Flaccus* Horaz, *Gratien* Göttinnen der Anmut und Schönheit, *Helikon* der Musenberg, *Hymen* Hochzeitsgott, *Lyäus* Beiname des Weingottes Bacchus, *Pallas* Beiname der Göttin Athene, *Pan* Wald- und Hirtengott, *Parnass* Musenberg (bei Delphi), *Pegasus* geflügeltes Roß der griechischen Mythologie, in der Neuzeit Dichterroß, *Philomele* in der römischen Literatur mythologischer Name der Nachtigall, *Phöbus* Name Apolls, *Pierinnen* die Musen, *Pindus* Gebirge westlich von Thessalien, bei Theokrit Sitz der Nymphen, *Tempe* wegen seiner Schönheit in der Antike gerühmtes Tal des Peneios zwischen Olymp und Ossa, *Zephir* Westwind.

* Für die Transkription der Notenbeispiele danke ich Rudolf Stephan, Berlin. Einige Angaben zur Neukirch'schen Sammlung (Quellenverz. 1, 6 u. 8) nach Franz Heiduk (1971).

BENJAMIN NEUKIRCH

Auf die Linck- und Regiußische vermählung,
den 8 Junii *anno* 1700.

    Ihr Musen! helfft mir doch! Ich soll schon wieder singen,
5   Und ein verliebtes paar in Teutsche verse bringen:
      Und zwar in Schlesien. Ihr kennt diß land und mich,
      Ihr wißt auch, wenn ihr wolt, wie vor Budorgis sich
Zum theil an mir ergetzt. Itzt scheinen meine lieder
Ihm, wo nicht ganz veracht, doch mehr, als sonst zuwider.
10   Mein reim klingt vielen schon sehr matt und ohne krafft,
      Warum? Ich tränck' ihn nicht in muscateller-safft;
Ich speis' ihn auch nicht mehr mit theuren amber-kuchen:
Denn er ist alt genung, die nahrung selbst zu suchen.
    Zibeth und bisam hat ihm manchen dienst gethan:
15   Nun will ich einmahl sehn, was er alleine kan.
Alleine? fraget ihr: Ja, wie gedacht, alleine.
Denn was ich ehmahls schrieb, war weder mein noch seine,
      Hier hatte Seneca, dort Plato was gesagt;
      Da hatt' ich einen spruch dem Plautus abgejagt;
20 Und etwan anderswo den Tacitus bestohlen.
Auf diesem schwachen grund, ich sag es unverholen,
      Baut' ich von versen offt damahls ein gantzes hauß,
      Und ziert' es noch dazu mit sinne-bildern aus.
Wie öffters muß ich doch der abgeschmackten sachen,
25 Wenn ich zurüke seh', noch bey mir selber lachen;
      Gleichwohl gefielen sie, und nahmen durch den schein,
      Wie schlecht er immer war, viel hundert leser ein.
Ha! schrie man hier und da; für dem muß Opitz weichen
Ja, dacht ich, wenn ich ihn nur erstlich könt' erreichen!
30   Den willen hätt' ich wohl. So, wie ich es gedacht,
      So ist es auch geschehn. Ich habe manche nacht
Und manchen tag geschwitzt; allein ich muß gestehen,
Daß ich ihm noch umsonst versuche nachzugehen.
    O grausamer Horaz! was hat dich doch bewegt,
35   Daß du uns so viel last im tichten aufgelegt?

---

7 *wie früher Breslau.*   12, 14 Amber, Zibeth, Bisam *Duftstoffe, beliebte Vergleichs-
gegenstände spätbarocker Dichtung.*

So bald ich nur dein buch mit nutz und ernst gelesen;
So ist mir auch nicht mehr im schreiben wohl gewesen.
 Vor kamen wort und reim; itzt lauff ich ihnen nach:
 Vor flog ich himmel-an; itzt thu ich gantz gemach.
40 Ich schleiche, wie ein dachs, aus dem poeten-orden,
Und bin mit grosser müh kaum noch dein schüler worden.
 Kommt, sprech ich offtermahls, gold, marmel und porphir!
 Nein, denck' ich wiederum, flieht, fliehet weit von mir!
Ihr seyd mir viel zu theur bey diesen schweren jahren,
45 Ich habe jung verschwendt, ich will im alter spahren.
 Und also bin ich nicht mehr nach der neuen welt:
 Denn ich erfinde nichts, was in die augen fällt.
Was wird denn Schlesien zu meinen versen sagen?
Es sage, was es will; Ich muß es dennoch wagen.
50 Wir haben hier ein paar, bey dessen liebes-gluth
 Cupidens blinder rath nicht das geringste thut.
Denn beyde wissen schon, wie man sich muß vermählen;
Drum brauchen sie kein kind zum führer zu erwehlen.
 Ja, sprichst du, ist es wahr? so sind sie nicht verliebt.
55 Sie sind es und weit mehr, als andre, die betrübt
Und voller herben quaal in Venus hölle schwitzen,
Die bey der grösten freud in tausend sorgen sitzen,
 Des morgens halb verrückt, des abends närrisch seyn,
 Von ihrer Margaris auf allen gassen schreyn:
60 Und dennoch weder sie, noch auch sich selber kennen.
Ach! solche leute sind ja billich arm zu nennen,
 Denn sie verhandeln offt, o trauriger gewinn!
 Für eine kleine lust ihr gantzes glücke hin.
Hochwerth-geschätzte braut! wie wohl ist ihr geschehen,
65 Daß sie in ihrer lieb auf nichts, als GOtt, gesehen.
 Er that allein den spruch bey ihrer ersten wahl;
 Er thut, nach allem schein, es auch das zweyte mahl.
Cupid und Venus sind gemahlte fabel-götzen,
Die wir, ich weiß nicht wie, in unsre lieder setzen,
70 Offt aber nicht verstehn. Sie sind die böse lust,
 Wenn ich es sagen soll, die manchen unbewust
Aus seinen schrancken reißt. Und doch will man sich mühen,
Durch weit-gesuchten ruhm sie allem vorzuziehen.
 Es wird kein paar getraut, sie haben es entzündt;
75 Wie aber schickt sich GOtt, wo Belial sich findt?
Bey heyden gieng es hin, weil doch die gantzen schaaren

---

36 *De arte poetica.* 42 *Marmor und Porphyr.* 75 Belial *Antichrist, Teufel.*

Der götter halb erticht und halb von menschen waren:
Allein nachdem die schrifft sie alle längst zerstreut,
So sind wir ja wohl blind, daß uns ihr lob erfreut.
80 Wir siegen über sie und treten sie mit füssen,
Weil wir nunmehr den weg zur liebe besser wissen.
Geehrt'ster bräutigam! ich weiß, er fällt mir bey:
Denn sein exempel zeigt, was kluge liebe sey.
Es war in einer frau viel gutes ihm verschwunden;
85 Heut hat er alles das in seiner braut gefunden,
Und warlich noch weit mehr. Denn wer ist, der nicht spührt,
Daß sie der himmel selbst mit seinen händen führt?
Als sie und Regius vereint zusammen kamen,
So wußte sie, als kind, noch nicht der liebe nahmen:
90 Itzt da sie es versteht, so sieht man sie getraut,
Eh sie sich nach der welt im lieben umgeschaut.
Was kan ich anders denn als gutes prophezeyen?
GOtt hat allhier gepflantzt, GOtt hat auch das gedeyen
Schon längsten abgezielt: Ihr solt stets so beglückt,
95 Als diesen tag verliebt, und immer so entzückt,
Als heute glücklich seyn! Ich wolte zwar was schreiben:
Allein wo käm ich hin? Wo würd ich endlich bleiben?
Mein Phöbus zürnt ohn dem, daß ich zu frey geträumt,
Und so viel zeilen hier so flüchtig hingereimt.   *[1709]*

FRIEDRICH RUDOLF VON CANITZ*

Einladungs-Schreiben an einen guten Freund /
vom edlen Land-Leben.

Die Zeilen die itzund mir aus der Feder fliessen /
5 Die werden abgeschickt / Herr Bruder / dich zu grüssen /
Ob ich gleich einsam bin / so wil ich doch dabey /
Daß ich nicht unbekandt bey meinen Freunden sey.
Zu Blumberg ist mein Sitz / da nach der alten Weise /
Mit dem was GOtt beschert / ich mich recht glücklich preise /
10 Da ich aus meinem Sinn die Sorgen weggereumt /
So daß mir nicht von Geitz / noch eitler Ehre träumt.
Ich kan das Spiel der Welt / und ihr verwirrtes Wesen
Aus dem gedrückten Blat des Zeitung-Schreibers lesen /
Und wenn gleich alles wird in Blut und Krieg gestürtzt /
15 Wird im geringsten nicht dadurch mein Schlaf gekürtzt.

Bleibt Fridrich nur gesund / und hat sein Scepter Seegen /
Was ist mir an Namur und Pignerol gelegen?
    Und wenn ich ohne Streit die Garben binden kan /
    Ficht Franckreich mich so viel / als wie der Mogol an.
20 Hier merck ich daß die Ruh in schlechten Hütten wohnet /
Wenn Unglück und Verdruß nicht der Palläste schonet /
    Daß es viel besser ist / bey Kohl und Rüben stehn /
    Als in dem Labyrinth des Hofes irre gehn.
Hier ist mein eigner Grund / der mir ist angestorben /
25 Hier ist kein Fuß breit nicht durch schlimmes Recht erworben /
    Kein Stein / der Witwen drückt / und Wäysen Thränen preßt /
    Kein Ort der einen Fluch zum Echo schallen läßt.
Hier kan ich Schaaf und Rind in den begrünten Auen /
Die Scheunen voller Frucht / das Feld voll Hoffnung schauen /
30   Und wenn kein grosser Hecht hier in die Darge beißt /
    So gilt mein Giebel-Fang / der offt das Netze reißt.
Ja wil ein stoltzer Hirsch nicht als ein Räuber sterben /
So muß er meine Saat sich scheuen zu verderben.
    Von allem bin ich Herr / was in dem Paradieß
35   Der Vater Adam erst mit eignen Namen hieß.
Mein Reden darff ich hier auf keiner Schalen wägen /
Auch nicht gewärtig seyn / wenn mir es ungelegen /
    Daß aus Gewohnheit mich ein falscher Freund besucht /
    Und wol aus Höfflichkeit in seinem Sinn verflucht.
40 Hier leb ich wie ich soll / mein Wille giebt Gesetze /
Und keinem Rechenschafft / ich fürchte kein Geschwätze /
    Wenn da der Hundes-Stern am Firmamente glüht /
    Man mich bey dem Camin im Fuchspeltz sitzen sieht.
So mach ichs wenn die Lufft mit Regen ist bezogen /
45 Wenn Iris aber hat mit dem gefärbten Bogen
    Den Horizont bekrönt / führt mich auf neue Spuhr
    Das Wunder-grosse Buch der gütigen Natur.
Mein GOtt! was zeiget uns doch die an allen Seiten?
Denn halt ich ein Gespräch mit frommen Arbeits-Leuten /
50   Die stellen manchen Schluß in ihrer Einfalt dar /
    Der selbst dem Seneca noch schwer zu lösen war.
Da seh ich was für Wahn uns Menschen offt bedecket /

---

16 Friedrich *III.*, *Kurfürst von Brandenburg und Herzog von Preußen, später als Fr. I.
erster König von Preußen.*   17 Namur *gehörte damals zu den Span. Niederlanden;*
Pignerol *Pinerolo in Norditalien war 1631–96 französische Festung.*   19 *indischer
Kaiser aus der mohammedanischen Dynastie der Großmogule.*   24 *den ich ererbt habe.*
30 *Messingangel, auf die ein roter Lappen gesteckt wird.*   31 Giebel   *Fisch, Karauschen-
art.*   45 Iris   *Götterbotin der griech. Mythologie, Regenbogen.*

Daß viel gesunder Witz auch in den Sclaven stecket /
Und was ein grosser Mund als ein Orakel spricht /
55 Zu weilen mehr betreugt / als nicht ein Irrwisch-Licht.
O mehr als güldne Zeit! belobtes Acker-Leben!
Dem Himmel sey gedanckt / der mir die Krafft gegeben /
Daß ich / der noch nicht gar an viertzig Jahre geh /
Schon am gewünschtem Ziel so vieler Greisen steh.
60 Hier kanst du biß im Herbst mich liebster Bruder finden /
Und wenn du deinen Freund aufs neue wilst verbinden /
So stelle dich und die bey dir im Hause seyn /
So bald es müglich ist / in meiner Armuth ein.
Was dich bekümmern kan / das laß zurücke bleiben /
65 Ein fröliches Gespräch soll uns die Zeit vertreiben /
Wird gleich auch manchen Tag der Sonnen-Schein vermißt /
Genug daß unser Geist nicht wetterleunisch ist.
Seit vielen Jahren hat bey mir kein Lied geklungen /
Die Leyer ist verstimmt / die Saiten abgesprungen /
70 Wer weiß was Phöbus thut / wenn nur dein Antlitz lacht /
Ob nicht ein neuer Trieb die Adern schwellen macht.
Mich dünckt ich seh euch schon ihr angenehmen Gäste /
Wie ihr gefahren kommt zu einer Bauren-Köste /
Wie in der freyen Lufft / da alles spielt und schertzt /
75 Sich auch Eusebius mit seiner Justgen hertzt.
Charlotten / Christian / und deinen theuren Fritzen /
Die seh ich eingepackt aufs schmale Bänckgen sitzen;
Doch wo die Pape bleibt mit ihrer breiten Brust /
Und aufgethürmten Kopff / das ist mir unbewust.
80 Ich dencke daß sie sich vor dismahl wird bequemen /
Wo die Bediente stehn / ein Plätzchen einzunehmen /
Weil noch kein Handwercks-Mann zu der verdammten Tracht/
Die Sprügel und den Raum hat hoch genug gemacht.
Eins bitt ich / nehmt verlieb / wenn ich nach Art der Hirten /
85 Euch nicht mit Ortolans und Nectar kan bewirthen /
Denn man auf meinen Tisch sonst selten etwas trägt /
Das nicht mein Feld / mein Stall / mein Teich und Garten hegt.
Auf! bilde dir nur ein / du solst nach Hermstorf reisen /
Und kan ich dir hernach schon nicht desgleichen weisen /
90 So tröste dich damit / daß du mein werther Gast /
Nicht weniger als dort hier zu befehlen hast.

---

73 Köste *Imbiß.* 83 Sprügel *Bogen eines Wagenverdecks.* 85 Ortolan
Ammernart.

Johann Grob*

Der Weltreihen.

Was ist unser tuhn auff Erden?
An die Welt geboren werden:
5 Sprach- und ganglos in der wiegen
Sonder eigne hülffe liegen:
Kriechen / lauffen / stehen / sizen /
Hungern / dürsten / frieren / schwizen:
Eitle müh und arbeit tragen:
10 Sich mit vielen sorgen plagen:
Stets in todsgefahren schweben:
Und zu letst den geist aufgeben:
Wiedrum staub' und asche werden /
Das ist unser tuhn auff Erden.

Auf die liederlichen Hochzeitreimer.

Allwich wagt es mit der Greten:
Ei so komt / ihr Schmauspoeten /
Macht die Hochzeit lieder gut /
5 Zeiget eüers geistes flammen /
Reimet lang und kurz zusammen /
Hoh und nieder / schuh und hut.

Kommet her / ihr Reimenbinder /
Ihr der Musen Hurenkinder /
10 Stimmet eure sakpfeiff' an /
Singet eure schöne frazen /
Welcher wollaut maüs' und razen
Über gift verjagen kan.

Ohne diese holde sachen
15 Wil man nicht mehr Hochzeit machen /
Hymen liebt die dichterei /
Hymen leßt euch nun entbieten /
O ihr Helikons Banditen /
Daß er euer Schuzherr sei.

20 Laasset nur den Phöbus murren /
Und mit seinen Dirnen schnurren /

Auf die liederlichen Hochzeitreimer   13 *Mehr als Gift.*   21 *Musen.*

Spottet ihr der kaalen kunst;
Dichtet ihr / wie sich es füget:
Wan es nur die Braut vergnüget /
25   So vergnüg' euch ihre gunst.

Seid auf hohes lob beflissen /
Machet euch wol kein gewissen /
Wan ihr lüget / daß es kracht:
Tuhn es oft Poetengeister /
30   Warum nicht die Pritschenmeister /
Die man kaum für redlich acht?

Wer die waarheit wolte sagen /
Würde keine beut' erjagen;
Besser dient der heuchel schein:
35   Laßt es gehen / hinken / traben /
Wie es nur die Welt wil haben /
Dan sie wil betrogen sein.

Singt von Rittern / schreibt von Helden /
So von Ahnen was zu melden /
40   Rühmet tugend / ehr' und stand /
Macht aus bälgen zobelheute /
Und aus Schurken Edelleute /
Ist uns gleich die art bekant.

Lobt die jungen mit den alten /
45   Lobt des Breutgams wolverhalten /
Wan ihn schon Francisca brennt:
Preist der Braut keuschfromme sitten /
Wan sie gleich im Venusschlitten
Schon ein eisen abgerennt.

50   Lebet wol / ihr Schmauspoeten /
Und geniesset der Pasteten /
Als des lohns der schmeichelei:
Wolt ihr / euch noch mehr zu laben /
Teil am Hochzeitpfeffer haben;
55   Greiffet zu / es steht euch frei.

---

46 die ‚französische Krankheit', Syphilis.   54 mundartlich für Hochzeitsschmaus
(Pfeffer scharfgewürzte Brühe), übertragen auch für hohe Kosten.

CHRISTIAN WERNICKE*

Auf die unnütze Klagen über die itzige Zeiten.

Man klagt daß wir die Lieb und *alte Treu* verlohren /
Und daß der *Seegen* sich verkehrt in einen *Fluch*:
Jedoch / wenn ich mit Fleiß die *vor'ge Zeit* durchsuch' /
So danck ich GOtt / *daß ich in dieser bin gebohren.*

Über gewisse Gedichte.

Der Abschnitt? gutt; der Vers? flißt woll; der Reim? geschickt;
Die Wort? in Ordnung: *Nichts / als der Verstand verrückt.*

Wörterspiel.

Kein Wunder / daß am *Pegnitz Strand* /
Wo viel *gekrönte Schäffer* grünen /
Das *Aug* ein *Stirn-Gestirn* / die *Au'* die *Bühn der Bienen* /
Die *Freud der Sinnen Sonn* sorgfältig wird genant /
Ob gleich die stoltze Wort meist den Verstand verkehren;
Denn wenn an diesem fruchtbarn Ort
Parnassus *schwanger* ist / so pflegt er zu *gebären*
Stat einer *Maus* ein *Zwilling-Wort.*

Ursprung und Fortgang der Teutschen Poësie.

Den Teutschen Pegasus setzt Opitz *erst in Lauf* /
Und Gryph *verbesserte* / was an ihm wurd getadelt;
Hernach trat Lohenstein und Hoffmanswaldau auf /
Die unsre *Dichter-Kunst* / wie ihren *Nahm geadelt*;
Die setzten *Zierd* und *Pracht* zu jenes *Eigenthum*:
Der hat den *ersten* zwar / doch die den *grösten Ruhm.*

ÜBER GEWISSE GEDICHTE 2 Abschnitt *Zäsur.*

WÖRTERSPIEL 3 *Anspielung auf die* poetae laureati *(kaiserlich gekrönte Dichter) des* Löblichen Hirten- und Blumenordens an der Pegnitz *(Nürnberger Pegnitzschäfer).*

CHRISTIAN FRIEDRICH HUNOLD*

Über ihre Untreue.

Immer hin /
Falsches Hertze / leichter Sinn!
Lesche nur die starcken Kertzen
In den sonst entflammten Hertzen /
Weil ich es zu frieden bin.
Immer hin /
Falsches Hertze / leichter Sinn!

Schwur und Treu
Sind Betrug und Heucheley.
Auch die allerschönsten Decken
Sind gar selten ohne Flecken /
Und die Damen einerley.
Schwur und Treu
Sind Betrug und Heucheley.

Doch wie schön
Wissen sie sich vorzusehn.
Wenn die Muschel ist gebrochen /
Und die Perle draus gestochen /
Soll sie erst verschlossen stehn.
Doch wie schön
Wissen sie sich vorzusehn.

Drüm mein Geist /
Suche was unsterblich heist /
Liebe wo die schöne Jugend
Dich durch Klugheit und durch Tugend
Ewig mit Vergnügung speist.
Drüm mein Geist
Suche was unsterblich heist.

1703

CHRISTIAN HOFMANN VON HOFMANNSWALDAU*

An Flavien.
Über einen auf ihrer brust steckenden
Hyacinthen-strauß.

5 Du wilst die weisse brust zu einem garten machen /
  Dir trägt das gute land schon Hyacinthen ein.
 Doch sol die fruchtbarkeit dein Eden stets bewachen;
  So laß / o Flavia / mich deinen gärtner seyn.
 Ich will dir treu und fleiß mit hand und mund versprechen /
10 Nimm meine küsse nur statt thau und regens an.
 Und wird dein gärtner gleich zuweilen blumen brechen /
  So dencke / daß er dir auch blumen pflantzen kan.

UNBEKANNTER VERFASSER

Über die haar / die Belisse forne auf der stirne trägt.

 Daß der fortuna stirn ihr haar trägt außgelassen /
  Zeigt die gelegenheit sie zu ergreiffen an /
5 Wenn du Belisse dies der göttin nachgethan /
  Darf man dich auch wie sie darbey zu halten fassen.

JOHANN SIGMUND SUSCHKE*

Als Hr. Joh. Friedr. Falckner in Leipzig
als Bürgermeister aufgeführet wurde
im nahmen eines andern.

5 Die sonne / grosser Mann / bringt heute so ein licht /
 Aus dessen schooß dein ruhm mit hundert strahlen bricht:
 Die würde deiner brust wird als wie neu gebohren.

AN FLAVIEN. 1 *Verfasserangabe:* C. H. v. H.
ÜBER DIE HAAR / ... 3 *Glücksgöttin.*
ALS HR. JOH. FRIEDR. FALCKNER ... 1 *Verfasserangabe:* J. S. S.

Und morgen gleich darauff tritt dein geburts-fest ein /
Als solte selbst die zeit ein wahrer zeuge seyn /
10   Es sey dir ehr und ruhm zur mutter auserkohren.
Denn heut' erklären dich die väter dieser stadt /
Die ancker / derer treu noch nie gewancket hat /
Zu einem oberhaupt der weisen linden-räthe.
Du machst die dritte zahl vollkommen wieder gut /
15   Von der es immer scheint / wenn sie den ausspruch thut /
Als ob ihn Pythii berühmter drey-fuß thäte.
Die linden sind daher zu lauter lust erregt /
Indem ein holder West ihr grünes laub bewegt /
Ihr frohes wachsthum wird in hoffnung schon erhöhet.
20   Und so des falckens flug was glückliches bedeut;
Wird ihnen billig auch nur gutes prophezeyt /
Nachdem ein Falckner itzt auf ihrem gipffel stehet.
Dich hat / noch ehe dir diß pfund ist zugezehlt /
GOtt und der bürger hertz schon längst dazu erwehlt.
25   Die wahl ist so nach wunsch als nach verdienst geschehen /
Ihr kluges absehn ist auf lauter heil gericht;
Denn diese werthe stadt und selbst das Rath-hauß spricht:
Man muß bey trüber zeit mit falcken-augen sehen.
Die weißheit / die dich schmückt / die treue die dich ziert /
30   Und·dein gerechtes thun bleibt von mir unberührt.
Denn deine tugend muß ein grösser Herold preisen;
Und wie ein Elephant den eignen schatten flieht /
So weiß ich / daß dein geist es niemals gerne sieht /
Wenn man durch loben dir will einen dienst erweisen.
35   Ja weil ich dieses auch / was du nur mir gethan /
Hier / mein Mäcenas / nicht nach würden rühmen kan /
Wie könte denn mein kiel die nutzbarkeit beschreiben /
Die dein geübter witz der gantzen stadt erzeigt?
Was wunder / wenn diß blat von deinen thaten schweigt /
40   Und wenn ein blosser wunsch auch meine zuflucht bleibet?
So stehe nun und blüh du schatten-reicher baum /
Und deiner zweige pracht vergrösser höh' und raum.
Begehe noch sehr offt geburts- und ehren-tage.
Sey künfftig sonderlich im reisen auch beglückt /
45   Daß / wenn dich diese stadt zum landes-vater schickt /
Dir dessen crönung selbst viel ehren-cronen trage.

---

13 *Anspielung auf Leipzig als Stadt der* Linden.   16 Pythius *Beiname Apollos, der den delphischen Drachen* Python *getötet hat und in Delphi das pythische Orakel besitzt.*   36 *Freund des Augustus und Gönner des Horaz, Vergils und anderer Dichter.*

UNBEKANNTER VERFASSER

Auf den mancherley zeit-vertreib.

Wie wunderlich wird nicht die lange zeit vertrieben!
Der eine bringt sie zu mit schlägen / der mit lieben /
5   Dort jenem macht music / dem karten-spiel vergnügen /
Der sieht zum fenster nauß / ein ander fänget fliegen.
Der läufft die stub entzwey / der schnitzelt an der wand /
Und jener beisset sich die nägel von der hand.
Noch andre suchen noch was anders auszuüben.
10 Wie wunderlich wird nicht die lange zeit vertrieben!

1704

HANS ASSMANN VON ABSCHATZ

An den edlen Pfingst-Wind / GOtt den heiligen Geist.

Komm / linder West / laß deinen Athem spüren /
Die Sulamith verlangt und seuffzt nach dir /
5   Ihr Garten will Geruch und Schmuck verlieren /
Drum finde dich mit Hold und Trost zu ihr.
Der strenge Nord bestürmet ihre Sinnen /
Das Hertze wird als ein gefrornes Eiß /
Die Hoffnung will nicht Blütt und Stock gewinnen /
10 Die Andacht starrt / die keine Flamme weiß.
Ein dürrer Ost entzieht die welcken Kräffte /
Sein Blasen hemmt den frischen Perlen-Thau /
Der trockne Staub verzehret Marck und Säffte /
Manch Tugend-Blat erstirbt auff matter Au:
15 Offt muß sie auch den heissen Süd empfinden /
Wenn Creutzes-Brand in Blutt und Adern wallt /
Bey Mittags-Glutt will aller Schatten schwinden /
Und sie verliert Mutt / Anmutt und Gestalt.
Komm / linder West / laß deinen Athem spüren /
20 Daß Sulamith die schwache wird ergözt /
Ihr Garten wird viel neue Früchte führen /

AN DEN EDLEN PFINGST-WIND/. . . 4 Sulamith *vgl. Hohel.* 7,1.

  Wenn ihn durch dich ein Gnaden-Regen nezt.
 Dein sanffter Hauch / dein angenehmes Wehen
  Besämet ihn mit Gott-beliebter Frucht /
25 Das wilde Land wird sich verbessert sehen /
  Durch deinen Geist und Trieb anheimgesucht.
 Komm / linder West / laß deinen Athem spielen /
  Daß sich bey uns der Glaub' an GOtt entzünd.
 Komm / reiner Geist / laß deine Regung fühlen /
30 Daß sich die Brust von Liebe heiß befind.
 O werther Gast / zeuch ein mit deinem Worte /
  Komm / finde dich mit deinen Gaben ein /
 Wir öffnen dir mit Lust des Hertzens Pforte /
  Und Seel und Geist soll deine Wohnung seyn.

Ach!

  Du fragst / was sagen will diß Ach!
  Das ich bey deiner Ankunft sprach?
  Es sprach: Ach! seht die holden Wangen /
5 Seht die beliebte Fillis an;
  Da kommt auff Rosen-voller Bahn
  Mein Tod / mein süsser Tod / gegangen.

Sie seufftzen Beyde.

Du pflegest dich gantz laut / ich heimlich zu beklagen /
Die Seufftzer sind gemein bey dir und mir / mein Kind:
Ich weiß / daß meine nur auff dich gerichtet sind /
5 Von deinen weiß ich nichts zu sagen.
Ein Ander mag uns Neyd um unsre Seufftzer tragen:
Ich weiß / daß meine nur auff dich gerichtet sind.
Wohin die deinen gehn / mein allerliebstes Kind /
Da weiß ich nichts / und will nichts sagen.

  Ich leb ohne Ruh im Hertzen /
  Von der Zeit /
  Da zwey schöner Augen Kertzen
  Mich versezt in Traurigkeit /
5 Von der Zeit

Leb ich stets in Schmertzen /
Fühle keine Ruh im Hertzen.
Keine Lust war mir zu nütze
Von der Zeit /
10　Da der kleine Venus-Schütze
Seel und Hertze mir bestreit /
Von der Zeit
Leb ich stets in Schmertzen /
Fühle keine Ruh im Hertzen.

Käyserliche Nahmens-Feyer.

Lange lebe LEOPOLD /
Unsers Glückes Mittags-Sonne.
Lange lebe LEOPOLD /
5　Der getreuen Länder Wonne /
Welchem Erd und Himmel hold /
Lange lebe LEOPOLD.

Lange lebe LEOPOLD /
Daß Ihm Hahn und Monde weiche.
10　Lange lebe LEOPOLD /
Und kein rauher Unfall bleiche
Seines Zepters hohes Gold:
Lange lebe LEOPOLD!

Lange lebe LEOPOLD!
15　Ewig blühen seine Zweige!
Lange lebe LEOPOLD /
Und die'Gunst des Höchsten zeige /
Daß das Glück der Tugend Sold:
Lange lebe LEOPOLD.

20　Lange lebe LEOPOLD /
Wünscht Elysien von Hertzen.
Lange lebe LEOPOLD!
Es vergeh in tausend Schmertzen
Wer nicht treulich wünschen wolt /
25　Lange lebe LEOPOLD!

---

9 *Frankreich und Türkei.*

CHRISTIAN HÖLMANN*

Abbildungen der Brüste.

An unsern felsen wetzt Cupido seine pfeile /
Wenn sie der steiffe sinn der Männer stumpf gemacht;
5   Dadurch wird uns ein ruhm / der ewig grünt / zu theile /
Und der das eigen-lob der vorigen verlacht.
Ist jener ankunfft hoch / so sind wir gleich geschätzet /
Der himmel ist es ja / wo man den Marmel gräbt
Aus welchem die natur hat unser bild gemetzet /
10   Das sich aus eigner macht bald auff bald nieder hebt.
Wir sind ein Paradieß / wo liebes-äpffel reiffen /
Die süsser noch als die so Abels Mutter aß;
Die Adams-Söhne sind hier meister in dem greiffen /
Und thuns dem Vater nach / da ers verboth vergaß.
15   Wir sind der schönste brunn / wo kost und nahrung qvillet /
Wo milch mit honigseim vermengt nach wunsche fliest /
Womit der jungen welt der hunger wird gestillet /
Wenn ihr noch zarter mund desselben öffnung küst;
Wir sind ein blumen-hauß / wo in den winter-stunden
20   Narciß' und lilje blühn als wie zur frühlings-zeit;
Ein felß wo Chrysolith und Demant wird gefunden;
Ein fruchtbahr sommer-feld mit hagel überstreut;
Ein berg / auf dem der schnee sich selbst in ballen rollet;
Zwo kugeln / die ein bild des weltgebäudes seyn;
25   Ein bergschloß / wo man vor gelinde griffe zollet /
Eh' uns die freundligkeit läst in die thäler ein;
Ein atlaß / denn kein griff so leichtlich nicht beflecket;
Ein kleinod / das den leib des Frauenzimmers ziert;
Ein thurm / auf dessen höh' ein feuer-zeichen stecket;
30   Ein briff der allezeit ein rohtes siegel führt;
Zwey schilde / deren feld mit lilien beleget;
Ein amboß / wo die macht / so alle lieben heist /
Die pfeil' in grosser zahl geschickt zu schmieden pfleget /
Mit denen sie hernach auch riesen niederschmeist;
35   Die wolle / draus ihr garn die liebes göttin spinnet;
Ein netze von der hand der wollust aufgestellt;
Ein Cittadell / das leicht ein lieber feind gewinnet;
Ein schnee der lebend ist und feuer in sich hält;
Die burg die von begier und anmuth auffgebauet /

---

1 *Verfasserangabe:* C. H.   6 *das in der Vorlage vorangehende Gedicht handelt von den Lippen.*

40 Und deren wände sind mit marmel überlegt;
Ein stein / den man der milch an farbe gleichen schauet /
Und der dem strahle nach des mondes nahmen trägt;
Ein beete / welches offt mit küssen wird begossen;
Ein bette / wo die lieb auff schwanen federn ligt;
45 Ein ziel / nach welchem auch mit seufftzen wird geschossen;
Ein bollwerck / dem kein sturm hat schaden zugefügt;
Ein wachhauß / wo nur stets zwo schöne schwestern wachen;
Ein wall / durch den das thal der keuschheit wird beschützt;
Ein heerd / wo lieb und lust nicht selten feuer machen;
50 Ein doppeltes altan auff zeit und schmuck gestützt;
Ein tisch mit teppichten von atlas überleget;
Ein schönes helffenbein / das alles gold beschämt;
Ein wagen dessen sitz den überwinder träget;
Ein sieger / der die thier' und wilde völcker zähmt;
55 Ein liebs-gerüst' auf dem man auch zum thale steiget;
Zwo platten die an werth des silbers mächtig sind;
Zwo taffeln welche man nicht leichtlich jedem zeiget;
Zwo trauben / welche man auf keinen stöcken findt;
Die liebe brauchet uns manchmahl zu handgranaten /
60 Wenn die eroberung durch pfeile mißgelingt /
Und giebt den nahmen uns des werckzeugs ihrer thaten /
Durch die sie alle welt zur übergabe zwingt;
Doch unser ruhm ist schon in Marmel eingegraben /
Und wird durch so ein blat / wie dieses / nur entweiht;
65 Kein glied des leibes kan vor uns den vorzug haben.
Weil keines so wie wir die gantze welt erfreut.
Wie würde deren Creiß noch voller Menschen leben /
Wenn wir als amme nicht dieselbigen getränckt /
Und täglich müssen wir noch diese nahrung geben /
70 Damit ihr bau sich nicht zum untergange senckt.
Wir sind ein wunderwerck der schönsten liebs-palläste /
Drum geben sich bey uns auch hohe häupter an /
Und bald sind Könige bald Käyser unsre Gäste /
Bald komt ein kluger Kopff bald gar ein unterthan;
75 Doch dessen dürffen wir uns ebenfals nicht schämen /
Wir thuns dem himmel nach und machens wie die Welt /
Die zwar die niedrigen in ihre gräntze nehmen /
Und doch auch Königen zur wohnung sind bestellt.
Wir sind dem hertzen nicht vergebens beygefüget /
80 Es hieß uns die natur desselben schilder seyn;

---

50 altan *Söller.*

Die brustwehr / wo der zeug zu dem beschützen lieget /
Drum gab sie uns so nah dabey die wohnung ein.
Wir führen wie die welt zwo kugeln in dem Schilde /
Und dieses ists wo durch der mensch das lob erreicht /
85 Daß er / die kleine welt / der grossen in dem bilde /
Als wie ein Ey dem Ey und in dem wesen gleicht.
Eh nun die grosse welt nach ungewissen Jahren
Mit ihren kugeln wird zerfallen und vergehn /
So wird die liebe vor auff uns zum himmel fahren
90 Und unsern glantz vielmehr als auf der erd' erhöhn.

BENJAMIN SCHMOLCK

Das Letzte / das Beste.

Mel. Meinen JEsum laß ich nicht / etc.

1. Endlich, Endlich muß es doch
5   Mit der Noth ein Ende nehmen:
Endlich bricht das harte Joch,
Endlich schwindet Angst und Grämen,
Endlich muß der Kummer-Stein
Auch in Gold verwandelt seyn.

10   2. Endlich bricht man Rosen ab,
Endlich kommt man durch die Wüsten,
Endlich muß der Wander-Stab
Sich zum Vaterlande rüsten;
Endlich bringt die Thränen-Saat,
15   Was die Freuden-Erndte hat.

3. Endlich sieht man Canaan
Nach Egyptens Dienst-Haus liegen;
Endlich trifft man Thabor an,
Wenn der Ölberg überstiegen;
20   Endlich geht ein Jacob ein,
Wo kein Esau mehr wird seyn.

4. Endlich! o du schönes Wort,
Du kanst alles Creutz versüssen;
Wenn der Felsen ist durchbohrt,
25   Läßt er endlich Balsam fliessen,

---

17 *hinter.*   18 *Berg westlich des Sees Genezareth.*

Ey mein Hertz drum mercke diß:
Endlich! endlich kommt gewiß.   *[1737]*

JOHANN MENTZER*

Mel. Wer nur den lieben GOtt lässt etc.

1. O! das ich tausend zungen hätte / und einen tausenfachen mund /
so stimmt' ich damit in die wette vom allertieffsten hertzensgrund
ein lob-lied nach dem andern an / von dem / was GOtt an mir ge-
than.

2. O! daß doch meine stimme schallte bis dahin / wo die sonne steht /
o! daß mein blut mit jauchzen wallte / so lang es noch im lauffe geht.
Ach! wär ein jeder puls ein danck / und jeder othem ein gesang.

3. Was schweigt ihr denn / ihr meine kräffte? auff / auff / braucht
allen euren fleiß / und stehet munter im geschäffte zu GOttes / mei-
nes HErren / preis': mein leib und seele schicke dich / und lobe
GOtt hertzinniglich.

4. Ihr grünen blätter in den wäldern! bewegt und regt euch doch
mit mir: ihr schwancken gräßchen in den feldern / ihr blumen /
lasst doch eure zier zu GOttes ruhm belebet seyn / und stimmet
lieblich mit mir ein.

5. Ach! alles / alles / was ein leben und einen othem in sich hat / sol
sich mir zum gehülffen geben / denn mein vermögen ist zu matt die
grossen wunder zu erhöhn / die allenthalben um mich stehn.

6. Dir sey / o allerliebster Vater! unendlich lob für seel und leib /
lob sey dir / mildester Berather! für allen edlen zeit-vertreib / den
du mir in der gantzen welt zu meinem nutzen hast bestellt.

7. Mein treuster JEsu! sey gepriesen / daß dein erbarmungs-volles
hertz sich mir so hülffreich hat erwiesen / und mich durch blut und
todes-schmertz von aller teuffel grausamkeit zu deinem eigenthum
befreyt.

8. Auch dir sey ewig ruhm und ehre / o heilig-werther GOttes-
Geist! für deines trostes süsse lehre / die mich ein kind des lebens
heisst. Ach! wo was guts von mir geschicht / das wircket nur dein
göttlichs licht.

9. Wer überströmet mich mit segen? bist du es nicht / o reicher
GOtt! wer schützet mich auff meinen wegen? du / du / o HErr GOtt
Zebaoth! du trägst mit meiner sünden-schuld unsäglich-gnädige
35 gedult.

10. Für andern küß ich deine ruthe / die du mir auffgebunden hast:
wie viel thut sie mir doch zu gute / und ist mir eine sanffte last: sie
macht mich fromm / und zeugt dabey / daß ich von deinen liebsten
sey.

40 11. Ich hab es ja mein lebetage schon so manch liebes mal gespür't /
daß du mich unter vieler plage durch dick und dünne hast geführt:
denn in der grössesten gefahr ward ich dein trost-licht stets gewahr.

12. Wie solt ich nun nicht voller freuden in deinem steten lobe stehn?
wie solt ich auch im tieffsten leiden nicht triumphirend einher gehn?
45 und fiele auch der himmel ein / so wil ich doch nicht traurig seyn.

13. Drum reiß' ich mich jetzt aus der höle der schnöden eitelkeiten
loß / und ruffe mit erhöhter seele: mein GOTT! du bist sehr hoch
und groß / krafft / ruhm / preiß / danck und herrlichkeit gehör't dir
jetzt und allezeit.

50 14. Ich wil von deiner Güte singen / so lange sich die zunge regt /
ich wil die freuden-opffer bringen / so lange sich mein hertz bewegt;
ja wenn der mund wird krafftloß seyn / so stimm' ich doch mit seuff-
tzen ein.

15. Ach! nimm das arme lob auff erden / mein GOtt! in allen gnaden
55 hin: Im himmel sol es besser werden / wenn ich ein schöner Engel
bin; da sing ich dir im höhern chor viel tausend Halleluja vor.

[1706]

UNBEKANNTER VERFASSER

Vorrede.

Des Bücherschreibens ist zwar viel
    Und scheint vergebens sich zumehren. [a])
5   Doch setzet GOtt ihm noch kein Ziel /
    So lang es dem geschieht zu Ehren. [b])
Ein sehend Aug kan täglich finden / [c])
    Wie sich GOTT Vater schaffend regt / [d])
GOTT Sohn erlöst noch stets von Sünden. [e])
10   Wo GOTTES Geist nur wird gehegt /

Da läßt Er seine Triebe nicht. [f])
    Ist nun bey GOtt ein stetes Leben / [g])
So fordert ja die Menschenpflicht /
    Sich seiner Würckung zuergeben. [h])
15   Was Odem hat / das soll ihn preisen: [i])
    Und diß geschieht nach seinem Rath /
Wann wir durch Zeugnis das erweisen /
    Was Er an uns erwiesen hat. [k])

Ein Baum trägt offentlich die Frucht /
20   Wozu die Arth und Krafft ihn treibet. [l])
Darum wer den zu tadeln sucht /
    Wer GOttes Werck an sich beschreibet /
Der meistert [m]) GOTTES Gnaden-Triebe.
    Der HERR / der dieses schreiben heißt /
25   Verleih / durch seinen Geist der Liebe /
    Daß nur sein Name werd gepreißt.

---

a) Pred. Salom. 12/12. Teutonicos homines insatiabile scribendi cacoëthes tenere ait Monzamb. præfat.   b) 1. Cor. 10, 31.   c) Rom. 1,20. d) Rom. 11,36. 1. Cor. 8,6. Psalm. 104.   e) Esa. 45,17. Sirac. 50,26. 30 f) Rom. 8,14. Judic. 13,25. Marc. 1,12. 2. Petr. 8,21.   g) Ps. 36,10. Jerem. 2,13. Joh. 11,25.   h) 1. Sam. 10,6.7.   i) Psalm. 150,6.   k) Tob. 12,8. Joh. 15,27. Act. 26,16.22. 1. Joh. 1,2. cap. 4,14. 3. Joh. 12.   l) Matth. 7,17.   m) Job. 39,35.

---

27 f. *die Deutschen hätten die unangenehme Eigenschaft der Vielschreiberei, sagt die Vorrede [zu: De statu rei publicae Germanicae, 1667] des* Monzambano [*Pseudonym des berühmten Juristen* Samuel von Pufendorf].

So kan uns in Einigkeit alles belieben[n])
30 Wozu nur der Nähste von GOTT wird getrieben /
Man darff sich um Meinung und blosse Gedancken
Nicht / wie es die Stoltzen[o]) thun / beissen und zancken. [p])
Wann alles in Liebe wird treulich gehegt /[q])
So wird der Grund glücklich zum Frieden gelegt.
35 Nun *Höchster*! laß deinen Geist Liebe gebähren /
Wann du wilt viel Seelen der Seufftzer gewähren /
Die zu dir um Friede sind emsig geschehn /
So wird man die Christen vereinigt[r]) bald sehn.

n) Eph. 4.2.3.4.5.6. Phil. 1,27. cap. 1,2.   o) Prov. 13,10.   p) Esa.
58, 4. Matth. 12,19. 1. Cor. 11,16. 1. Tim. 6,4.5. 2. Tim. 2,14.23. Jacob.
3,14.15.16.   q) Prov. 10,12. Hos. 6,6. Rom. 13,10. 1. Cor. 13. cap. 16,14.
r) Zeph. 3,9. Ezech. 34. Joh. 10,12–16.

UNBEKANNTER VERFASSER

Raritäten Multum!

1. Ich bin ein armer Welscher Mann /
Man sieht es mir an Augen an /
5 Daß ich so weit bin hergekommen /
Und habe auch mit mir genommen /
Schöne Raritäten / schöne Spiel Werck la bella Catharina
Charmante Margaretha / schöne Rarität: / : schöne Spiel-Werck.
2. Nun möchstu sag'n / mein Welscher Mann /
10 Wer hat dir was zu Leyd gethan /
Daß du durchstanckerst alle Löcher /
Und schreyst als wie ein Zahn-Brecher / schöne etc.
3. Jetzt thu ich meinen Kasten auff /
Ein Mann legt mir einen Groschen drauff /
15 Ein Frau giebt mir eine Kanne Bier /
Ein Kind drey Pfennige und schaut dafür / schöne etc.
4. Nun schaut und stehet alle still /
Seht hier sind der Gesichter viel /
Sie werffen die Augen Kugel rund /
20 Als lebten sie frisch und gesund / schöne etc.

---

2 *Raritäten-Vielerlei; wegen der Fülle der Anspielungen beschränkt sich die Kommentierung
dieses Textes auf sprachliche Schwierigkeiten.*

5. Hier sitzt der Pabst auff seinem Thron /
Geziert mit einer dreyfachen Cron /
Du siehest dabey viel tausend Platten /
Die müss'n die Reverentz abstatten / schön etc.

25 6. Seht wie des Käysers Majestät /
In dem Process andächtig geht /
Herr Pater Wolff schleicht auch mit ein /
Und will mit in dem Schaff Stall seyn / schöne etc.

7. Hier sind die Kön'ge allzumahl /
30 Aus England / Ungern Portugall /
Von Schweden / Dännemarck und Preussen /
Und wie die andern mögen heissen / schöne etc.

8. Hier zeigt sich Carl von Oesterreich /
An klugen Sinn dem Vater gleich /
35 Nur in der Spanischen Monarchie /
Kam ihm Philippus gar zu früh / schöne etc.

9. Nun rath einmahl / wer mag der seyn /
An Tituln groß an Thaten klein /
Er hat sein Leb-Tag nichts verbracht /
40 Denn nur ein Testament gemacht / schöne etc.

10. Augustus der geprießne Held /
Sucht wieder sein verlohrnes Feld /
Hätt Er Gelück wie Recht und Muth /
Dem Feinde kostets Hals und Blut / schöne etc.

45 11. Seht Petern den berühmten Czaar /
Der sonst ein wilder Barbar war /
Der setzt sich durch des Teutschen Rath /
In einen formidablen Staat / schöne etc.

12. Die Königin von Engelland /
50 Ist durch die Klugheit längst bekandt /
Ihr Volck und Geld sammt Hollands Waffen /
Die machen Franckreich viel zuschaffen / schöne etc.

13. Hier sitzt der grosse Ludewig /
Im Cabinäte säuberlich /
55 Die Maintenon sieht gar betrübt /
Daß sich Turin nicht auch ergiebt / schöne etc.

14. Der Dauphin ist ein guter Mann /
Nur daß er nichts im Bette kan /
Madame de Force kan nichts dafür /
60 Und strafft das Leyern vor der Thür / schöne etc.

15. Der Hertzog von Burgund ist da /

---

23 *vermutlich Mönche.*   26 *der Prozession.*   57 *Thronfolger.*   60 *bestraft.*

Der leid't von seinem Groß-Papa /
Daß er ihm ins Gehäge geht /
Obgleich sein Alter schlecht besteht / schöne etc.
65 16. Duc de Berry ist ein braver Held /
Doch kömmt er nicht viel in die Welt /
Wenn Seine Brüder zu Felde gehn /
Und oben an der Spitze stehn / schöne Rarit.
17. Hier ist der Hertzog von Anjou /
70 Churfürst von Bayern auch darzu /
Ragozy und sonst viel Rebellen /
Und andre Teuffels Spieß-Gesellen / schöne etc.
18. Cölns Churfürst ist in grosser Noth /
Und frisset Franckreichs Gnaden Brodt /
75 Er bringt Calender auffs Tapet /
Da nicht viel rothes drinnen steht / schöne etc.
19. Den Pohlen ist es doch gethan /
Sehn Schweden vor ein Vater an /
Es wird der erste Stanislaus /
80 Dadurch kommen von Hoff und Hauß / schön. etc.
20. Wallis der gerne König hieß /
Wenns ihm sein Müller-Stand zuließ /
Pater Chaise mit dem Pater noster /
Portocarero aller Schelmen Muster / schöne etc.
85 21. Der Groß-Sultan ist auch allhier /
Der Moffti und der Groß-Vezier /
Der reichste Mogul von der Welt /
Sitzt hier mit seinem Gut und Geld / schöne etc.
22. Der Käyser von China und von Cham.
90 Die von Japan und Tartar Hann /
Die Mohren und die Hottentotten /
Die fressen die Därmer ungesotten / schöne etc.
23. Morockens Printz und Fräuleins Fetz /
Graff Futtach mit dem Haasen Netz /
95 Und ander dergleichen Ottergezüchte /
Die kriegt man allhier zu Gesichte / schöne etc.
24. Eugenius ein Mann in Feld /
Und Marlborug der brave Held /
Nun seht Printz Louis Leber hier /
100 Die wiegt neun Pfund das glaubet mir / schöne etc.
25. Monsieur de Tallart reist hier ab /
Ohn Degen und ohn Marschalls Stab /
Man hat viel Fahnen und Standarten /
In Londen von ihm zugewarten / schöne etc.

105 26. Savoyen hat es gut gespielt /
Und schirt den Schwager daß ers fühlt /
Venedig / Schweitz und Genua /
Sind hier Rundadinellula / schöne etc.
27. Antiqvitäten sehens werth /
110 Bekommt zuschauen / wers begehrt /
Drum weil sie ziemlich neue seyn /
So guckt mit Fleiß in Kasten nein / schöne etc.
28. Des ersten Vaters Hosen Knopff /
Von Evens Haaren dieser Zopff /
115 Der Trauerschleyer den Eva trug /
Als Cain ihren Abel erschlug / schöne etc.
29. Des Mörders seine grosse Keul /
Stück Ertz und Thon von Sethems Seul /
Der grosse Baß aus Jubals Cammer /
120 Und Tubal Cain Schmiedehammer / schöne etc.
30. Des Noah Abendsegen Buch /
Von Japhets Mantel ein Stück Tuch /
Von Esaus Linsen noch ein Maaß
Da Er die Erstgeburt verfraß / schöne etc.
125 31. Ein Horn aus Esaus Jägerey /
Ein Leitersprosse auch darbey /
Die Jacob hat in Traum erblickt /
Als er sich auf den Weg geschickt / schöne etc.
32. Ein Band das Rahel hat geneht /
130 Wenns ihr nach Weiber Weise geht /
Von Dinens Rocke eine Spitze /
Und der Debora Zipffel-Mütze / schöne etc.
33. Aus Pharao Traum eine dürre Kuh /
Die sieben Jahre auch darzu /
135 Der Galgen dran der Becker hing /
Und seinen letzten Lohn empfing / schöne etc.
34. Hier kommet eine Lauß gerannt /
Die Pharao im Strumpffe fand /
Sie ist so groß als eine Ratt /
140 Die Moses ihm gemachet hatt / schöne etc.
35. Des Bileams sein Reuter-Pferd /
Ist wegen der Sprache Goldes werth /
Ein Krügelgen voll Thränen gut /
Von Jehpta Tochter wohlgemuth / schöne Rar.

---

106 schirt *von scheren, im Sinne von schlagen, quälen oder necken.* 108 Rundadinel-
lula *beliebter Trinkliederrefrain.*

145 36. Nun schaut ihr Herren allzumahl /
Von Simsons Thieren eine Zahl /
Gebraucht in der Philister Lande /
Es reucht die Stunde nach dem Brande / schöne.
37. Das Faß dahinter Saul gesteckt /
150 Das Loch da er die Füsse deckt /
Der Spieß als wie ein Weber-Baum /
Von Goliath hat hier auch Raum / schöne Rar.
38. Der Stein der Abimelech schlug /
Pantoffel / die die Ester trug /
155 Ein Pfrime von den Baals-Pfaffen /
Ein Schwantz von Salomonis Affen / schön etc.
39. Ein Esels-Ohr ist auch allda /
Gefressen zu Samaria /
Des Davids neue Hirten-Tasche /
160 Der Hagar grosse Wasser-Flasche / schöne etc.
40. Hier komt das Schminck-Glaß ohngefähr /
Der stoltzen Isebellen her /
Um dieses Schürtzgen ist es schade /
Weils Bathseba gebraucht im Bade / schöne etc.
165 41. Die Traub aus dem gelobten Land /
Der Strick damit man Simson band /
Der Esels Backen und die Zähne /
Von Hamans Galgen diese Spähne / schöne etc.
42. Hier ist des alten Tobiä Geist /
170 Dem eine Schwalbe ins Auge schmeist /
Das Wedeln das der Hund begeht /
Mit dem Schwantz der niemahls stille stehet / sch. etc.
43. Susannen Brüder sitzen hier /
Und trincken Eulenburger Bier /
175 Der Bell zu Babel ist dabey /
Und Habacuks sein Wasser-Brey / schöne Rar.
44. Die heiligen 3. Kön'ge mit dem Stern /
Aus Morgen-Land der klare Kern /
Herodes auch der alte Fuchs /
180 Der liegt hier sine Lux et crux / schöne etc.
45. Der Zebedeus Lobesan /
Ist hier mit seinem Schiffer-Kahn /
Zacheus auff dem Maulber-Baum /
Hat auch in diesem Kasten Raum / schöne etc.
185 46. Deß reichen Manns Sauff-Compagnie /

---

180 *ohne Licht und Kreuz.*   181 *formelhaft für löblich.*

Saufft durch die Nacht biß Morgens früh /
Ein halb Schock Gergesener Sauen /
Das Ohr so Petrus abgehauen / schöne etc.
47. Der Ertz-Schelm Judas und sein Barth /
190 Der Beutel / den er hat bewahrt /
Von klarem Gold ein Silberling /
Der Strick damit er sich erhing / schöne etc.
48. Die Leyer so des Orpheus war /
Eine Grille auff Platonis Haar /
195 Seht Aristotelis Paruqve /
Des Gyogis Ring ein Meister-Stücke / schöne etc.
49. Von Mida ein groß Esels Ohr /
Zu Panis Flöthe dieses Rohr /
Hier wird ein altes Weib gebracht /
200 So die Medea jung gemacht /
50. Æsopus und sein Mantel-Kragen /
Protagons Stab den er getragen /
Seht! Epicteti Lampe strahlt /
Davor mancher viel Geld bezahlt / schöne etc.
205 51. Cupito will auch mit mir ziehn /
Und hat den Flügel hergeliehn /
Acteons Horn kömmt hier zuletzt /
Das ihm Diana auffgesetzt / schöne etc.
52. Das Pferd so auff des Käysers Schluß /
210 Zum Bürgermeister werden muß /
Domitian hat vor die Fliegen /
Hier seine Fliegen-Klatsche liegen / schöne etc.
53. Diogenis sein höltzern Faß /
Der Stuhl da Ponts Pilatus saß /
215 Des Socratis Dämonium /
Und auch ein Lyripipium / schöne etc.
54. Des Conti lange Naß aus Pohlen /
Ein Strick den Nicol List gestohlen /
Jean Barthens lange Tobacks-Pfeiffe /
220 2. Klauen von dem Vogel Greiffe / schöne etc.
55. Den Ermel führt der Schildsche Rath.
Gantz Ehrenvest zu seinem Staat /
Von Eulenspiechels Haus ein Sparren /
Rock Wams und Hosen von Claus Narren / schöne etc.
225 56. Der Weisenfelsche Bauer-Hund /
Der lebt noch frisch und gesund /

---

216 *kapuzenähnliche Kopfbedeckung akademisch Graduierter.*

Weil er den treusten Cammerath /
An den Hans Arsch von Rippach hat / schöne etc.
57. Hier ist der selge Polter Hans /
230 Und frisset eine rohe Ganß /
Seht wie die Pursch der Principalen /
Das Geld vor ihr Gebackens zahlen / schöne etc.
58. Matz Votze von Dreßden und von Zeitz /
Die sitzen beysammen beyderseits /
235 Marcolphus und der Reincke-Fuchs /
Von Rübezahl ein grosser Kucks / schöne etc.
59. Ein Leipziger Studenten Spiegel /
Ein Hällischer Pietisten Prügel /
Ein Schlage Degen von Jena raus /
240 Ein Wittenbergischer Sauffaus / schöne etc.
60. Solch und dergleichen Rarität
Sind hier / laufft zu / die ihr da steht /
Und gucket / wer da gucken mag /
Ihr seht das Ding nicht alle Tag / schöne etc.
245 61. Jetzt schließ ich meinen Kasten zu /
Und geh nach Hauß zu meiner Ruh /
Bleibt ihr dem Welschen Mann gewogen /
Ob er euch gleich hat brav betrogen /
Schöne Rarität / schöne Spiel Werck / la Bella Catharina /
250 Charmante Marg. schö. Rar. schöne Spiel-Werck. Pomp.

MAGNUS DANIEL OMEIS*

Bey dem Waschen.

Ich wasche meinen Leib. HErr / wasch du meine Seele /
die zimlich schwarz und roht von Sünden-Schulden ist.
5 Komm / säubre du mein Herz vom Sündenstank und Mist /
damit es dir zum Sitz werd eine reine Höle.

Wer rein ist / hat nicht noht / daß er gewaschen werde.
Ich / HERR / bin voller Wust / mein Herz hängt an der Erde /
die Seele wälzet sich im Unflat dieser Welt.
10 Drum wasche mich! Kein Koht kommt in dein Himmel-Zelt.

Hierbey / indem ich so des Leibes Glieder wasche /
erinnre du mich / HErr / des Wassers meiner Tauf.
Laß deinem Gnaden-Born stets über mir den Lauf /
daß mich das Höllen-Pech nicht brennen mög zur Asche.

Wann du ausgehest.

Es ist die Welt ein Wald voll ungeheurer Thiere /
voll Netze / die der Feind der Seelen hat gelegt.
O JEsu / führe mich / daß keiner mich verführe;
5 zieh ruckwarts / wann mein Weg mich in die Garne trägt!

Die Welt ist Dornen-voll; damit sie mich nicht ritze /
noch steche biß aufs Blut / laß mich nicht barfuß gehn;
gib / daß dein Wortes-Stab / O HErr / mir dien' und nütze /
und daß in deiner Krafft ich mög gestiefelt stehn!

Johann Burkhard Mencke*

Wieder die unmäßigen Lobes-Erhebungen der Poeten.
Als Herr J. B. F. die Doctor-Würde zu Jena im Junio 1698. erhielt.

Die Pflicht befiehlt, ich soll bey den erlangten Ehren
5 Ihm, Werthster, seine Lust durch einen Reim vermehren;
Allein, so offt ich nur der Verse Nichtigkeit,
Sein Ruhm-entgegnes Hertz, dann die Gewogenheit,
Und unsrer Freundschafft Band will eigentlich erwegen,
Und wie so wenig ihm an einem Reim gelegen;
10 So offtmals seh ich diß fast für unmöglich an,
Und schreibe diß allein, daß ich nichts schreiben kan.

Denn frey heraus gesagt; Was ist das eitle Dichten?
Ein theurer Cram voll Nichts, ein Laubwerck ohne Früchten,
Ein Werck, so die Natur uns nur zur Straffe giebt,
15 Wenn man durch einen Reim sich in sich selbst verliebt.
Ein etwas, das uns macht nichts hören und nichts fühlen,
Wenn wir wie Sinnen loß im Reim-Register wühlen,
Und da wir, wenn wir uns acht Tage gleich bemüht,
Ein Blat voll Schmeicheley und sonst nichts ausgebrüht:
20 Da muß ein kleines Licht zu einer Sonne werden:
Ein halbgelehrter Mann zum Wunder dieser Erden:
Wer kaum den Feind gesehn, ist Alexandern gleich:
Aus einem kleinen Staat wird gar ein Königreich:
Ein kleiner Brücken-Bau heist Aquæ ductus führen,
25 Und wo wir dann und wann das Mode-Hütgen rühren,

---

17 *Reimlexikon.*

So heist man gleich ein Mann, der in der gantzen Stadt
An Glimpff und Freundligkeit nicht seines gleichen hat.

Das geht vielleicht noch hin; doch wart, es kömmt noch schlimmer:
Sieht ein Poete nur ein freundlich Frauen-Zimmer,
30 So bin ich gut darvor, er schwüre Hals und Bein,
Es müste Venus selbst und nichts gemeines seyn:
Der Ziegel-rothe Mund gleicht Rosen oder Seide:
Da müssen Liljen seyn, wo doch nur weisse Kreide:
Die Augen blitzen stets: der Mund führt süssen Thau,
35 Und auch die Adern selbst sind lauter Himmel-blau:
Ihr Athem darff hier nicht Ziebeth und Ambra weichen:
Die helle Stimme soll den Nachtigallen gleichen,
Und endlich ist denn auch (wie seyd ihr doch bethört!)
Kein Tugend-Spruch so rar, der nicht vor sie gehört.

40 So übermäßig pflegt das Dichter-Volck zu loben.
Ein schlecht Stipendium heist schon die Hand von oben:
Ein Gönner, ein Patron heist Phöbus an der Huld,
Mercur an Fertigkeit, Vulcanus an Geduld,
Saturnus an Verstand, und Jupiter an Gaben:
45 Und wo wir nicht damit genug geheuchelt haben
Für einen Thaler Geld, der uns zum heilgen Christ,
Und etwan halb so viel zur Zeit, gewidmet ist,
So muß der Weinrich her und die bekandten Trichter,
Da schmieget sich der Kiel, da biegen sich die Dichter,
50 Und daß wir nicht umsonst voraus bezahlet seyn,
So nimmt das Lob-Gedicht wol dreyßig Blätter ein.

Wie aber würde man wol bey Promotionen,
Da man die Verse häufft, der armen Titel schonen?
Ich lese keinen Verß auf unser Doctorat,
55 Der nicht mehr Lobens fast, als Zeilen in sich hat.
Da prangen überall gemahlte Sieges-Reiser:
Da heist der Candidat in beyden Rechten Käyser:
Ja Baldus, Bartolus, und selbst Justinian
Die haben zwar wol viel, doch nicht so viel gethan:
60 Da heists: sein kluger Geist muß allzeit oben schweben:
Er könte manchem Rath noch aufzurathen geben:

---

27 *Milde.*   36 *s. Anm. 11, 13 S. 13*   41 *einfaches.*   48 *das Aerarium poeticum*
(poet. Schatzkammer), Leipzig 1619, von Melchior Weinrich; Trichter   *die drei Teile des*
1647–53 erschienenen Poetischen Trichters *von Harsdörffer.*   58 Baldus *de Ubaldis und*
Bartolus *de Sassoferrato, berühmte ital. Juristen des 14. Jhdts. – Der byzantin. Kaiser*
Justinian *I. (6. Jhdt. n. Chr.) ließ das röm. Recht sammeln.*

Das Hoff-Gericht ist froh, daß er erscheinen soll,
Und jeder Bauer rufft: Der Doctor lebe wohl!

Demnach so hab ich wol mit Rechte Scheu getragen,
65 Sein wolverdientes Lob ihm selber für zu sagen,
Und da er alles sonst, nur dieses nicht, verträgt,
So wird die Schuld von mir zur Helffte kaum erlegt.
Wiewol es könte mir an Ruhme sonst nicht fehlen,
Da sich Gelehrsamkeit und Witz bey ihm vermählen,
70 Und da er biß anher so grossen Fleiß bezeigt,
Daß auch gantz Dreßden nicht von seinem Ruhme schweigt;
Nechst diesen könt ich auch mit leichter Müh beschauen
Die gute Wissenschafft vom Feld- und Acker-bauen,
Ja von dem Lande selbst, die Bau-Erfahrenheit,
75 Und was das erste war, die seltne Frömmigkeit.
Von diesem und was ihn, mein Vetter, annoch zieret,
Da hätt ich leicht davon zwey Bogen voll geschmieret:
Allein das Loben steht den Freunden nicht wohl an,
Und wo ich ja die Pflicht nicht anders zeigen kan,
80 So wird er mir, mein Freund, aufs wenigste vergönnen,
Daß ich frey öffentlich ihn darff bescheiden nennen,
Dieweil er selbst ein Feind von seinem eignen Ruhm,
Und also Demuth doch sein gröstes Eigenthum.

Wolan, die Demuth siegt; Er kan die Würd erjagen,
85 Den Purpur, den vor ihm drey Väter schon getragen,
Den Huth, den Saal-Athen ihm willigst aufgesetzt,
Da manch Cliente längst ihn dessen werth geschätzt.
Ein kurtzer Wunsch soll noch das kurtze Blat begleiten:

Sein Stamm muß sich dereinst in solche Zweige breiten,
90 Die so, wie er, gelehrt, fromm und verständig seyn,
So geht in Sachsen nie die wahre Praxis ein.

Kein Sonnet.

Poesies de Voiture p. 66.

Bey meiner Treu es wird mir angst gemacht:
Ich soll geschwind ein rein Sonnetgen sagen,
5 Und meine Kunst in vierzehn Zeilen wagen,
Bevor ich mich auff rechten Stoff bedacht;

---

86 *Jena an der* Saale.   2 *bei dem galanten frz. Schriftsteller Vincent* Voiture *ein Ron-*
deau über das Rondeau.

Was reimt sich nun auff agen und auff acht?
Doch eh ich kan mein Reim-Register fragen,
Und in dem Sinn das ABC durchjagen,
So wird bereits der halbe Theil belacht.
Kan ich nun noch sechs Verse darzu tragen,
So darff ich mich mit keinen Grillen plagen:
Wolan da sind schon wieder drey vollbracht;
Und weil noch viel in meinem vollen Kragen,
So darff ich nicht am letzten Reim verzagen,
Bey meiner Treu das Werck ist schon gemacht.

1707

Michael Bauer

Der Erste Berg-Reyhn

Im Thon: Mit Freuden will ich heben an /

1. Ein Berg-Lied will ich heben an / von einem himmlischen Berg-
Mann / ist vor uns eingefahren / am Charfreytag / ist uns gemeldt /
wie er vor uns der treue Held sein Leben hat aufgeben / willig /
billig / weil unschuldig / er gedultig hat gestritten vor uns Men-
schen / Schmertz gelitten.

2. Wohl an den heiligen Oster-Tag / ist er gefahren aus dem Grab /
Todt / Teuffel überwunden / ist auffgefahren ins Vaters-Schooß /
hat uns gemacht von Sünden loß / ihr Christen thuts bedencken /
willig / billig / weil unschuldig er gedultig hat gestritten / vor uns
Menschen Schmertz gelitten.

3. Wenn wir nun fahren in den Schacht / sollen wir es thun mit Be-
dacht / an Christum auch gedencken / sing und bedencke auch da-
bey / daß diese Stund die letzte sey / in dieser Welt zu leben / willig /
billig / weil unschuldig / er gedultig / hat gestritten / vor uns Men-
schen Schmertz gelitten.

4. Fahren wir nun vor unsern Ort / so preisen wir den grossen GOtt /
daß er uns hat geschencket / den Berg-Fürst seinen liebsten Sohn /
die Berg-Cron von des Himmels-Thron / thut uns Bergleut anwei-
sen / willig / billig / weil unschuldig / er gedultig / hat gestritten /
vor uns Menschen Schmertz gelitten.

5. Er führt uns weiter in die Schrifft / wie auch HErr Christus selber
25 spricht: Tracht erst nach dem Reich GOttes / so wird euch armen
Bergleut allen / das Ertzt auch Reichhaltig zufallen / in euren Klüfft
und Gängen / willig / billig / weil unschuldig / er gedultig / hat ge-
stritten / vor uns Menschen Schmertz gelitten.

6. Stimmt mit mir an ihr Berg-Leut all / und lobet GOtt mit grossen
30 Schall / daß es in Himmel dringet / es wird uns auch der höchste
GOtt verlassen nicht in keiner Noth / uns edle Gäng bescheren /
willig / billig / weil unschuldig / er gedultig hat gestritten / vor uns
Menschen Schmertz gelitten.

7. HErr Christ du edler Berg-Mann mein / führ uns in dein Schatz-
35 Kämmerlein / wenn wir von hinnen scheiden / send uns dein heilgen
Engelein / laß sie uns führen zu dir ein / in die ewge Schatz-Kam-
mer / willig / billig / weil unschuldig / er gedultig hat gestritten /
vor uns Menschen Schmertz gelitten.

NICOLAUS LUDWIG ESSMARCH

Ach daß ich Wasser genug hätte in meinem Häupte /
und das meine Augen Thränen-Qvellen wären /
daß ich Tag und Nacht weinen möchte! Jerem. IX. 1.

1.

5 Wasser her / ach! wasser her.
Daß ich sattsam möge büssen.
Kan doch jetzt mein häupt nicht mehr
So gehäuffte thränen giessen.
Und die augen sind schon leer.
10 Wasser her.

2.

Ach! daß doch mein häupt ein bach /
Und die augen qvellen wären.
Denn so ließ' ich nimmer nach /
Zu vergiessen reue-zehren.
15 Jetzund wird mirs gar zu schwer.
Wasser her.

3.

David hat zwar thränen satt /
Wie er selber klagt / vergossen /

Da / als er / an speise statt /
20 Ihrer tag und nacht genossen.
    Aber ich bedarff noch mehr.
            Wasser her.

            4.
    Petri thränen waren viel.
Als Maria wolte büssen /
25   Goß sie ohne maaß und ziel
Zehren zu des HErren füssen.
    Aber ich bedarff noch mehr.
            Wasser her.

            5.
    Nilus, deine fluht ist groß /
30 Wenn sie sich so starck ergiesset.
    Wenn sie rand und ufers loß
Über gantz Egypten fliesset.
    Aber ich bedarff noch mehr.
            Wasser her.

            6.
35   Wie viel tropffen durch die lufft
Niederfallen auf der erden /
    Aus der düstern wolcken-klufft /
Wenn sie ausgeleeret werden.
    So viel wünsch ich / und noch mehr.
40   Wasser her.

            7.
    Also wolt' ich / daß mir auch
Meiner augen qvellen fliessen /
    Nach der schwangern wolcken brauch /
Mit gehäufftrem wasser-giessen.
45   Daß mein häupt mir würd' ein meer.
            Wasser her.

            8.
    Da / da wolt' ich tag und nacht
Meine zehren lassen schiessen.
    Und auf nichtes seyn bedacht /
50 Als nur sattsam auszubüssen.
    Würd' es mir gleich noch so schwer.
            Wasser her.

9.

Bis daß mich mein seelen-hirt'
Erst versichert seiner hulde.
55 Bis er mir zuruffen wird:
Komm / ich habe deine schulde
Schon versenckt im tieffen meer.
Komm nur her.

1708

UNBEKANNTER VERFASSER

Prinz Eugenius und Lille.

P. Eugenius.
Lilge, du allerschönste Stadt,
5 Die du bist so fein und glatt,
Schaue meine Liebesflammen,
Ich lieb' dich vor allen Damen,
Mein herzallerschönster Schatz – schönster
Mein herzallerschönster Schatz!   Schatz,

10 **Lille.**
Mein Herr Prinz, was saget Ihr,
Wer seyd Ihr, was macht Ihr hier?
Was bedeuten die Soldaten,
Eure tapfern Kameraden?
15 Lieber, das erzählet mir! etc.

P. E.
Ich bin der Savoyer Held,
Bekannt genug in aller Welt,
Prinz Eugenius genennet,
20 Der zu dir vor Liebe brennet,
Mein herzallerliebster Schatz! etc.

L.
Lieber Herr, verpacket Euch!
Gehet in das deutsche Reich;
25 Denn ich habe zum Galanten,

Zum Gemahl und Karessanten,
Ludewig von Frankereich. etc.

P. E.

Schönste, nicht so stolz und frech,
30 Weiset mich von Euch hinweg!
Laßt Euch schrecken meine Waffen,
Parfors will ich bei Euch schlafen,
Ihr mögt sagen, was Ihr wollt. etc.

L.

35 Mein Herr Prinz, nicht sogestalt
Dürft Ihr handeln mit Gewalt;
Ludewig bin ich vermählet,
Den ich hab zum Schatz erwählet,
Den lieb ich bis in das Grab. etc.

40 ### P. E.

So, Konstabler, frisch daran,
Feuert, wer da feuern kann!
Blitz und Donner, Feur und Flammen
Spielet auf die lilg'sche Damen,
45 Bombardiert das lose Weib! etc.

L.

Thut nur immer was Ihr wollt,
Doch an mir nichts schaffen sollt;
Meine starken Bastionen,
50 Citadell und halbe Monden,
Lachen und verspotten Euch. etc.

P. E.

Halt das Maul und schweige still!
Hör, was ich dir sagen will!
55 Hab ich nicht in Ungarlanden
Alle Türken g'macht zu Schanden,
Hunderttausend und noch mehr? etc.

L.

Mein Herr Prinz, das glaub ich wohl,
60 Daß Ihr damals wart so toll;
Aber ihr habt nichts zu schaffen,
Allhier mit den türk'schen Waffen,
Sondern mit dem Franzenblut. etc.

---

26 *Liebhaber.* 32 *unbedingt.* 41 *Büchsenmeister.* 50 *Halbmondschanze,*
Ravelin: Außenwerk zwischen zwei Bastionen.

P. E.

65 Lilge, allerschönstes Kind!
Warum bist du also blind,
Daß du mich nicht willst annehmen?
Thust dich meiner gar wol schämen,
Oder sag, was fehlet dir?

70 O du allerschönstes Lamm,
Ich weiß dir ein Bräutigam:
Carolus, ein Weltbekannter,
Ich bin nur sein Abgesandter,
Und des Kaisers General. etc.

75 L.
Ei wolan, so laß es seyn!
Carolus sey der Liebste mein;
Denn der Ludewig veraltet
Und im Lieben ganz erkaltet,
80 Carolus ist ein junger Held – junger Held –
Carolus ist ein junger Held.   [1877]

NICOLAUS VON BOSTEL

Schertz-Gedichte.

Ich war / ich weiß nicht / wo / mir war / ich weiß nicht / wie /
Es war / ich weiß nicht / wann /
5 Es juckt' und krimte mir bald dort / bald da / bald hie /
Und kam mir etwas an /
Das mich in Unruh setzte /
Betrübte und ergötzte /
Ergötzte und entzückte /
10 Entzückte und berückte;
Ich traumte stets und wachte /
Ich seufftzte stets und lachte /
Ich ginge stets und dachte:
Ich dachte wie ichs machte /
15 Ich machtes wie ichs dachte;
Und wie ichs also machte /
So träumte und so wachte /
So seufftzte und so lachte /
Da wolt ich mich besinnen /

20 Und dis und das beginnen /
Und immer etwas sagen /
Und immer etwas wagen;
Das Sagen und das Wagen /
Das waren meine Plagen /
25 Wie ich mich nun besann /
Da juckt' und schmertzte mirs bald dort / bald da / bald hie /
Ich war / ich weiß nicht / wo / mir war / ich weiß nicht / wie /
Es war / ich weiß nicht / wann.

1711

SALOMO FRANCK

Erleuterung des Kupffer-Blats.

Ob die Natur allein,
Durch ihre Krafft geschickte Dichter mache,
5 Ist eine noch nicht klare Sache!
Ich sage sonder Scheu;
Daß die Natur hier nicht hinlänglich sey!
Das Naturel zur edlen Poesie
Kommt zwar von einer höhern Flamme;
10 Doch ist die Kunst, durch Übung, Fleiß und Müh,
Der reinen Gluth Ernehrerin und Amme!
Man sehe diese Früchte!
Sie wachsen von Natur,
Und von der Sonnen-Krafft und Lichte;
15 Jedoch erlangen Sie
Von Kunst und klugen Fleiß,
Den recht vollkommnen Preiß!
Drum geb' ich zum Berichte:
Natur und Kunst macht ein galant Gedichte!

---

2 *es zeigt Topfblumen in einem von der Sonne bestrahlten Gewächshaus.* 19 galant
Modewort der Zeit mit breitem Bedeutungsumfang; oft – wie hier – einfach Ausdruck positiver Bewertung.

Auf Christi Worte: Es ist vollbracht.

1.

Es ist vollbracht! GOtt ist verschieden.
　Mein JEsus schließt die Augen zu!
Der Friedens-Fürst schläfft gantz in Frieden,
　Die Lebens-Sonne geht zur Ruh!
5　Und sinckt in stille Todes-Nacht!
　O theures Wort: Es ist vollbracht!

2.

Es ist vollbracht! wie GOtt gesprochen,
　Das ew'ge Wort muß sprachloß seyn!
10　Das Hertz der Treue wird gebrochen!
　Den Felß des Heils umfaßt ein Stein!
Die höchste Krafft ist nun verschmacht!
　O wahres Wort! Es ist vollbracht!

3.

Es ist vollbracht! schweig mein Gewissen!
15　Ihr Sünden schreyt nicht allzusehr!
Habt ihr die Wolcken offt durchrissen!
　Das Blut des Lammes schreyt vielmehr!
Nun ist getilgt der Höllen-Macht,
　O süsses Wort! Es ist vollbracht!

4.

20　Es ist vollbracht! Mein Hertz-Verlangen,
　Du allerliebste Leiche du,
Die Engel wünschen zu umfangen,
　Nimm auch in meinem Hertzen Ruh,
Wo dir die Lieb' ein Grab gemacht!
25　Trost-volles Wort! Es ist vollbracht!

5.

Es ist vollbracht! Ich will mich legen,
　Zur Ruh' auf Christi Grabesstein!
Die Engel sind allhie zugegen,
　Ich schlumre sanfft mit Jacob ein!
30　Die Himmels-Pfort' ist aufgemacht!
　O Lebens-Wort! Es ist vollbracht!

---

29 s. 1. Mos. 28,12 u. 17.

1713

UNBEKANNTER VERFASSER

En merken van hüt un gistern.

1. Et was ênmal ên bar,
de all was in de klopp gewest
5   un was verdrengt ût synen nest.
Et was etc.

2. De bar kam in ên holt,
dat was en dreflik lustig holt,
da to von hohen bömen stolt.

10   3. Im holt was ôk ên lau:
dat was de rechte lau vom holt,
en eren grote, jung un olt.

4. De lau de was blessêrt.
da sprak de bar ganz sorgen frî
15   ‚Wat schal de lau doch schaden mî?‘

5. De bar de spökde in dat holt
mit rôf schrek brant un ôk mit mort,
he tôg herüm van ort to ort.

6. Da roep de lau sîn fründ,
20   den vêlfrat un dat tigerdêr:
da was kên rûm im holte mêr.

7. Da quam de bar in nôt.
he krôp in ene klene eck:
da word ût synen spot ên schreck.

25   8. Im holt was ôk ên vos.
dat was ên wendwind in de hût,
de lau had em to vel vertrût.

---

2 *In der Druckvorlage von 1855 ist dem Gedicht folgende Bemerkung vorangestellt:* ‚Ein
Spottlied vom Jahre 1713. – In demselben Sammelbande [Recueil von allerhand Col-
lectaneen 1719] 3. Hundert, S. 65 ff. findet sich nachstehendes Lied, das man (wie es
dort heißt) in den hamburgischen und lübischen Wein- und Bierhäusern fleißig ab-
singen hörte, als im Jahre 1713 die schwedische Armee unter Commando des Grafen
Steinbok aus Meklenburg ins Holsteinische gegangen war‘.   4 *in Bedrängnis.*
10 *Löwe.*   12 *ihn ehren Große, jung und alt.*   13 *verletzt.*   16f. *spukte …*
mit Raub, Schrecken, Brand und auch Mord.   20 *Vielfraß.*   26 *Wechselwind im Fell?*
27 *der Löwe hatte ihm zu sehr vertraut.*

9. Reink sprung dem baren bî
un halp em ût sîn grote nôt
30   un stak den doren in sîn vôt.

10. He nam en in de kûl
un sprak ‚dat het de wulf man dân'.
doch kon man bald de renk verstân.

11. De bar de bruekde Reinkens sträk:
35   he schmärde em so soet dat mûl,
tît to gewinnen in de kûl.

12. Da gingt up bede lôs.
dem vos wort sîn fell brav geklopt,
de kûl an alle end verstopt.

40   13. Wat wort toletzt darût?
de bar wort fast, de lau getroest,
de kûl verstopt, dat holt wort woest.
mîn mêrken dat is ût.   *[1719|1855]*

CARL GUSTAF HERÄUS

Versuch einer neuen Teutschen Reim-Art /
Bey Seiner Röm. Käyserl. und Cathol. Majestät / Des Allerdurch-
leuchtigsten Großmächtigsten / und unüberwindlichsten Römi-
5   schen Käysers / CAROLI VI. etc. etc. Welt-erfreulichen Geburts-
Tage ANNO M DCC XIII.

Mächtigstes Haupt der Welt! von GOtt die Völcker zu richten
     Außersehener Fürst / unüberwindlichster Held!
Gönne der eyfrigen Pflicht dieses ungewohnete Tichten /
10   Bey nicht gewohnetem Stand streitender Adler im Feld.

Zeiget in Fried und Krieg dein Muth zu Beschützung der Rechten[/]
     Zeiten / die noch von Rom führen den güldenen Schein;
Lehrst Du die Teutsche dein Reich / wie Römer / alleine verfechten:
     Darf ja der Teutschen ihr Reim Römischen ähnlicher seyn.

---

30 *stach den Toren in den Fuß.*   33 *die Ränke.*   34 *wendete Reinekes Streiche an.*
43 *Vorlage: ‚Dazu ist folgende Erklärung am Schlusse beigegeben: Bar – der Graf Stein-*
bok. Holt – das Land Holstein. Blessêrt – Niederlage bei Gadebusch. Vêlfrat, tigerdêr –
Sachsen, Polen, der Moscoviter. in ene eck – bei Husum. Str. 10 Der Commandant in Tönnin-
gen hieß Wolf de Kuhl. Was lau und vos bedeuten, wird einer der geübte Sinne hat und dem die
damaligen Historien schon bekannt, leichtlich aus der Connexion errathen können.'

15 Wann Dich / unseren Trost / die Noth nicht im Lager läst wohnen:
    Siehst Du doch öfter / als dort / schweben den Tod vor der Thür.
    Sterben erschreckt dich so wenig in Wienn / als vor Barcellonen.ᵃ⁾
    Dein Muth streitet im Feld / Deine Beständigkeit hier.

    Umsonst ändert der Tod vor Dich entsetzliche Larffen /
20   Bald durch Schwerdter und Dampf; diese vertriebest Du fern:ᵇ⁾
    Bald durch tobende Wellen / die Dir zu Fuße sich warffen:ᶜ⁾
    Bald im Sarg; Hier wählt David die Hände des HErrn.

    Vormahls dachte das Reich nur immer um Hülffe zu schicken.
    Solte vor Franckreichs Stoltz Freyheit und Ehre bestehn;
25 Muste die Britten der Rhein / und Holland der Ister erblicken.
    Jetzund kan ein CARL Teutschland alleine versehn.

    Nicht mit erzwungenem Heer; Sein Teutschland bleibet im alten:
    Nicht mit der Nachbaren Fall; Jeden beschützet sein Recht:
    Nicht durch Grösse des Erb's / so Sieg und Geburt Ihm erhalten /
30   Ihme doch scheinet vor Ruh glücklicher Erden zu schlecht.

    Nicht durch Zahl; Es streiten vor drey / Recht / Muth / und die
                      Waffen:
    Nicht durch blindes Glück; Tugend zu prüfen / sind gar
    Freunde nicht treu / die Renten erschöpfft / mit verderblichen
                      Straffen
    Selbst die Natur geregt. Alles doch ohne Gefahr.

35 Andere siegen durch Glück / und können auf Hülffe sich triegen /
    Brauchen auch List und Ränck': Unser Alcides muß nun
    Er und die Tugend allein das Glück selbst standhafft besiegen;
    Weil Er vor edeler hält / Untreu zu leyden / als thun.

    Ist dann Gefahr nicht Gefahr? Ja vor die niedrige Seelen;
40   Nicht vor die Helden / wie CARL; nicht vor der Habspurger
                      Hauß.
    Diese trauen auf GOtt. Ihre Wunder seynd nicht zu zehlen.
    Fromme Gerechtigkeit hilfft tapffre[r] Beständigkeit aus.

    Fehlt es nur nimmer an Euch / ihr Teutsche / vor die Er gedrungen
    Sich und das Seine gewagt. Rettet die Ehre / das Reich /
45 Alter Schrecken der muthigen Sieger / die Gallien zwungen!
    Noth / doch kein Hannibal / droht; Hannibal stehet vor euch.

      a) 1706.   b) biß Madrid 1710.   c) 1704.

---

25 antiker Name der Donau.   *30 Subjekt des Satzes scheinen die in den Versen 27–29*
aufgezählten Heer, Fall und Grösse zu sein.   *33 landesherrliche Einkünfte.*   *35 sich*
triegen   sich verlassen.   36 Beiname des Herakles.

Der die Alpen weiß mit Blut / vor Essig / zu bahnen /
　　Der den Franzen gezeigt / daß nicht zu schertzen mehr sey /
Und biß vor Ottomanns Pforte^d) geführt die siegende Fahnen;
50　　Dieser und alles Volck wünschen mit heiliger Treu:

Lebe beglückt / O grosser CARL / von Helden entsprossen /
　　An dem wir sehen / daß Glück / Freyheit und Friede nun lieg'.
Dir versprechen / wo GOtt die Welt nicht zu straffen beschlossen /
　　Recht der Waffen / Gebeth / Himmel und Menschen den Sieg.

(d) Hannibal ante portas.

1714

JOHANN CHRISTIAN GÜNTHER

Trostaria

Endlich bleibt nicht ewig aus,
　Endlich wird der Trost erscheinen,
5　　　Endlich grünt der Hofnungsstrauß,
　Endlich hört man auf zu weinen,
　　　Endlich bricht der Thränenkrug,
　　　Endlich spricht der Tod: Genug!

Endlich wird aus Waßer Wein,
10　Endlich kommt die rechte Stunde,
　Endlich fällt der Kercker ein,
　Endlich heilt die tiefste Wunde,
　　　Endlich macht die Sclaverey
　　　Den gefangnen Joseph frey.

15　　Endlich, endlich kan der Neid,
　Endlich auch Herodes sterben,
　　　Endlich Davids Hirtenkleid
Seinen Saum in Purpur färben,
　　　Endlich macht die Zeit den Saul
20　　　Zur Verfolgung schwach und faul.

---

47 vor *statt*; Essig ‚womit Hannibal soll die Alpen / zum leichteren Durchbruch
der Wege / mürbe gemacht haben'. *[Anm. der 2. Aufl.]*　　　49 *des türkischen Sultans*.
13 f. *s. 1. Mos. 37, 24–28*.　　17 f. *d. h. David wird König*.　　19 f. *s. 1. Sam. 26, 21*.

Endlich nimmt der Lebenslauf
Unsers Elends auch ein Ende,
Endlich steht ein Heiland auf,
Der das Joch der Knechtschaft wende,
25   Endlich machen vierzig Jahr
Die Verheißung zeitig wahr.

Endlich blüht die Aloe,
Endlich trägt der Palmbaum Früchte,
Endlich schwindet Furcht und Weh,
30   Endlich wird der Schmerz zu nichte,
Endlich sieht man Freudenthal,
Endlich, Endlich kommt einmahl.   *[1931]*

1715

UNBEKANNTER VERFASSER

Zur Rückkehr des Kurfürsten Max Emanuel.

Der Kurfürst ist wieder erstanden,
Und kommt aus französischen Landen,
5   Deß sollen wir Alle froh seyn,
Der Kurfürst wird unser Trost seyn,
Kyrie eleison!

Und wär er nit erstanden,
So blieben die Schelmen vorhanden,
10   Und seit daß er erstanden ist,
So loben wir den, der unser Erlöser ist.
Alleluja!

Alleluja, Alleluja, Alleluja!
. . . .
15   Deß werden die Bauern froh seyn,
Und trinken ein gutes Glas Wein.
Alleluja!

Es gingen fürwitzige Frauen,
Die wollten den Kurfürst beschauen;

---

25 *Anspielung auf die 40jährige Wüstenwanderung der Israeliten.*

20 Da ruften d' Franzosen von ferren:
Ihr suchet gewiß euren Herren.
            Alleluja!

Er ist nit mehr vorhanden,
Und kehrt nach seinen Landen;
25   Deß sollen wir alle froh seyn,
Der Fried ein ewiger Trost seyn.
            Alleluja!

Man darf keinen nennen,
Der Kurfürst thuet's schon kennen;
30   Er bringt mit sich, glaub mir fürwahr,
Viel Strick und Maschen zum Neuenjahr.
            Alleluja!

Was machen die Schwaben und Franken
Jetzt ihnen so seltsame Gedanken,
35   Da sie an ihrer Hoffnung beraubt,
Und dies so lang nicht haben geglaubt.
            Alleluja!

So wunschen wir dem großen Emanuel
Viel Stärk und Kraft an Leib und Seel,
40   Daß wir ihn mit Freuden bald sehen –
Gott erhör unser samentlichen Flehen!
            Alleluja!   [1877]

JOHANN CHRISTIAN GÜNTHER

Abschied von seiner ungetreuen Liebsten

Wie gedacht,
Vor geliebt, jezt ausgelacht.
5   Gestern in die Schoos gerißen,
Heute von der Brust geschmißen,
Morgen in die Gruft gebracht.
Wie gedacht,
Vor geliebt, jezt ausgelacht.

10   Dieses ist
Aller Jungfern Hinterlist:

---

34 *sich.*   41 *vereintes.*   9 vor *vorher, sonst.*

Viel versprechen, wenig halten;
Sie entzünden und erkalten
Öfters, eh ein Tag verfliest.
15 Dieses ist
Aller Jungfern Hinterlist.

Dein Betrug,
Falsche Seele, macht mich klug;
Keine soll mich mehr umfaßen,
20 Keine soll mich mehr verlaßen,
Einmahl ist vorwahr genug.
Dein Betrug,
Falsche Seele, macht mich klug.

Dencke nur,
25 Ungetreue Creatur,
Dencke, sag ich, nur zurücke
Und betrachte deine Tücke
Und erwege deinen Schwur.
Dencke nur,
30 Ungetreue Creatur!

Hastu nicht
Ein Gewißen, das dich sticht,
Wenn die Treue meines Herzens,
Wenn die Größe meines Schmerzens
35 Deinem Wechsel widerspricht?
Hastu nicht
Ein Gewißen, das dich sticht?

Bringt mein Kuß
Dir so eilends Überdruß,
40 Ey so geh und küße diesen,
Welcher dir sein Geld gewiesen,
Das dich warlich blenden muß,
Bringt mein Kuß
Dir so eilends Überdruß.

45 Bin ich arm,
Dieses macht mir wenig Harm;
Tugend steckt nicht in dem Beuthel,
Gold und Schmuck macht nur die Scheitel,
Aber nicht die Liebe warm.
50 Bin ich arm,
Dieses macht mir wenig Harm.

Und wie bald
Mißt die Schönheit die Gestalt!
Rühmstu gleich von deiner Farbe,
55   Daß sie ihres gleichen darbe,
Auch die Rosen werden alt.
Und wie bald
Mißt die Schönheit die Gestalt!

Weg mit dir,
60   Falsches Herze, weg von mir!
Ich zerreiße deine Kette,
Denn die kluge Henriette
Stellet mir was Beßers für.
Weg mit dir,
65   Falsches Herze, weg von mir!   [1930]

Abschiedsaria

Schweig du doch nur, du Hälfte meiner Brust;
Denn was du weinst, ist Blut aus meinem Herzen.
Ich taumle so und hab an nichts mehr Lust
5   Als an der Angst und den getreuen Schmerzen,
Womit der Stern, der unsre Liebe trennt,
                Die Augen brennt.

Die Zärtligkeit der innerlichen Qual
Erlaubt mir kaum, ein ganzes Wort zu machen.
10   Was dem geschieht, um welchen Keil und Strahl
Bey heißer Luft in weitem Felde krachen,
Geschieht auch mir durch dieses Donnerwort:
                Nun muß ich fort.

Ach harter Schluß, der unsre Musen zwingt,
15   Des Fleißes Ruhm in fremder Luft zu gründen
Und der auch mich mit Furcht und Angst umringt!
Welch Pflaster kan den tiefen Riß verbinden,
Den tiefen Riß, der mich und dich zulezt
                In Kummer sezt?

20   Der Abschiedskuß verschliest mein Paradies,
Aus welchem mich Zeit und Verhängnüß treiben;
So viel bisher dein Antliz Sonnen wies,
So mancher Bliz wird jezt mein Schröcken bleiben.
Der Zweifel wacht und spricht von deiner Treu:
25   Sie ist vorbey.

Verzeih mir doch den Argwohn gegen dich;
Wer brünstig liebt, dem macht die Furcht stets bange.
Der Menschen Herz verändert wunderlich;
Wer weis, wie bald mein Geist die Post empfange,
30 Daß die, so mich in Gegenwart geküst,
                    Entfernt vergißt.

Gedenck einmahl, wie schön wir vor gelebt
Und wie geheim wir unsre Lust genoßen.
Da hat kein Neid der Reizung widerstrebt,
35 Womit du mich an Hals und Brust geschloßen,
Da sah uns auch bey selbst erwüntschter Ruh
                    Kein Wächter zu.

Genung! Ich muß; die Marterglocke schlägt.
Hier liegt mein Herz, da nimm es aus dem Munde
40 Und heb es auf, die Früchte, so es trägt,
Sind Ruh und Trost bey mancher bösen Stunde,
Und lis, so oft dein Gram die Leute flieht,
                    Mein Abschiedslied.

Wohin ich geh, begleitet mich dein Bild,
45 Kein fremder Zug wird mir den Schaz entreißen;
Es macht mich treu und ist ein Hofnungsschild,
Wenn Neid und Noth Verfolgungssteine schmeißen,
Bis daß die Hand, die uns hier Dörner flicht,
                    Die Myrthen bricht.

50 Erinnre dich zum öftern meiner Huld
Und nähre sie mit süßem Angedencken!
Du wirst betrübt, dies ist des Abschieds Schuld,
So muß ich dich zum ersten Mahle kräncken,
Und fordert mich der erste Gang von hier,
55   So sterb ich dir.

Ich sterbe dir, und soll ein fremder Sand
Den oft durch dich ergözten Leib bedecken,
So gönne mir das lezte Liebespfand
Und las ein Creuz mit dieser Grabschrift stecken:
60 Wo ist ein Mensch, der treulich lieben kan?
                    Hier liegt der Mann.   *[1930]*

---

49 Myrthe *Hochzeitssymbol.*

›Abschieds-Wuntsch*‹

Nimm, Winckler, nimm den Wuntsch von einer Feder an,
Die keinen zwar vergnügt, doch lieblich reimen kan.
Zerreißt die Misgunst ihr hierüber gleich die Ficke,
5 So bleibet dennoch nicht mit seiner Pflicht zurücke
Johann Christian Günther,
Stregensis.

Gedacht und auch geschehn. Ihr Pierinnen lacht,
Weil ein Gelehrter sich an einen Schulfuchs macht,
10 Der, wie die Misgunst spricht, der Ruthe kaum entgangen.
Heist das die Hasen nicht auch auf dem Pflaster fangen,
Wenn man die Hunde gleich dazu im Busen trägt?
Denn warlich, welcher nur vernünftig überlegt,
Wie mich vor kurzer Zeit ein ungereimter Bogen
15 Mit meiner Pfuscherey im Dichten durchgezogen
Und wie ein Zoilus, wenn ihn der Küzel sticht,
Die Ursach zum Verdruß oft von dem Zaune bricht,
Der wird nicht ohne Grund aus diesen Dingen schließen,
Daß einen solchen Kopf die Würmer plagen müßen
20 Und daß vor diese Qual nichts beßer zur Arzney
Als eine Handvoll Salz und Niesewurzel sey.
Halt inne, das Recept gebiehrt hier nichts als Rache,
Die Berge rauchen schon, das Feuer ist im Dache.
Ich sehe, wie die Laus dem auf der Stirne lauft,
25 Der zur Apologie ein Reimregister kauft,
Nachdem er kurz vorher die Leyer weggeschmißen
Und bey dem Reimen sich die Nägel abgebißen.
Doch nein, ich schweige nicht, das Unrecht ist zu groß
Und die Gedult zu klein, der Eifer bricht nun los,
30 Anjezo nicht so wohl das Wort vor mich zu sprechen,
Als gegen einen Pan der Musen Schimpf zu rächen.
Wohlan, Calliope, errette dich und mich
Von dieser Frevelthat, sonst wird man sicherlich
Den muntern Pegasus noch endlich zum Wallachen
35 Und deine Schwestern gar zu lauter Huren machen.
Ein Klügling, welcher kaum das griechsche Jota kennt
Und etwan zwey bis drey gelehrte Männer nennt,
Denckt, wenn er den Donat bis auf den Band gefreßen

---

4 ihr ... die Ficke *sich ... die Tasche.* 7 *aus Striegau.* 16 Zoilus *sprich-
wörtl. gewordener gr. Rhetor, kleinlicher Kritiker an Homers Epen.* 21 Nieswurz *galt als
Mittel gegen Wahnsinn und Dummheit.* 25 *Reimlexikon.* 32 *Muse der epischen Dich-
tung und der Wissenschaft.* 38 *Aelius* Donatus, *röm. Grammatiker des 4. Jhdts. n. Chr.*

Und bey der Fabel sich in Schulen gar verseßen,
40 Ja, wenn er hochmuthsvoll mit Winde schwanger geht
Und mit genauer Noth den Calepin versteht,
Sein Nahme müße noch ein Wunderwerck auf Erden
Und in der neuen Welt ein Staatsoracul werden.
Von Grillen schwermt der Kopf, von Weißheit strozt der Bauch,
45 Den Griechen ist er feind, und wie man durch den Rauch
Den Bienenschwarm vertreibt, so läst er sich verjagen,
Man darf den Weller ihm nur vor die Augen tragen.
Das Alphabet klingt ihm als ein Beschwörungsthon,
In Hippocrene sezt er flugs ein Ypsilon,
50 Und Bacchus selber kommt durch ihn in Märtrerorden,
Weil ihm, o Grausamkeit, ein C. gestohlen worden.
Aus Einfalt tadelt er, was er nicht lernen kan,
Und greift das Musenchor mit Lästerworten an,
Als wollte sich ein Zwerg durch Spotten und Verlachen
55 An den Poeten bald zu einem Riesen machen,
Da der Geringste doch aus ihrer edlen Zunft
Mehr Weißheit, mehr Verstand, mehr Klugheit und Vernunft
Im kleinen Finger trägt, als dieser im Gehirne
Und in dem Herzen führt. Erbose dich und zürne,
60 Herr Momus, wie du wilst, hier ist noch eine Nuß,
An welcher sich dein Zahn im Beißen üben muß.
Poeten, giebstu vor, sind meistens naße Brüder,
Und dennoch leugnestu die Warheit ihrer Lieder.
Wie aber reimt sich das mit dem, was Sirach spricht:
65 Ein truncken Herze weis von keiner Lüge nicht?
Jedennoch könt ich nur durch warhaftige Lügen
Bald ein geschwänztes P. in meinen Titul kriegen,
So spräch ich heute noch: Dein Mischmasch ist ein Blat,
Das seines gleichen nicht an der Erfindung hat.
70 So aber giebt Horaz mir immer diese Lehre,
Daß zu dem Dichten mehr als so ein Schnidt gehöre,
Und in der edlen Kunst ein bloßer Stümper seyn,
Flicht in den Lorbeerkranz oft Hasenpappeln ein.
Verdaut dein Magen nicht dergleichen grobe Pillen
75 Und kanstu nicht vor Zorn das Gallenfieber stillen,
So lege dir die Schuld von dieser Kranckheit bey
Und wiße, daß der Mensch ein Schmied des Glückes sey,

---

41 *das lat. Lexikon des Ambrosius* Calepinus *(1430–1511).* 47 *vermutl. die gr.*
Grammatik des Theologen und Orientalisten Jacob Weller *(1602–64).* 49 *den Musen*
geheiligte Quelle am Fuß des Parnaß in Delphi. 60 *Gott der Tadelsucht.* 67 *Professor*
Publicus? 71 *Aufschneiderei.* 73 *Malven.*

Das ihm begegnen soll. Den frechen Kiel zu schärfen
Und, was man selber thut, den andern vorzuwerfen,
80 Den Pindus überdies verspotten und entweihn
Und in den Musenquell Verachtungsgeifer spein,
Heist sich ein blanckes Schwerd auf seinen Nacken schleifen
Und wie ein zartes Kind selbst in das Meßer greifen.
Das Oculistenschild hastu nechst ausgehenckt,
85 Als du die Salbe mir vor meinen Staar geschenckt.
Des Nechsten Splitter soll dir deine Balcken decken
Und andrer Blöße dich und deine Scham verstecken.
Ach aber, weit gefehlt, des Phoebus Lorbeerast
Giebt dir kein Feigenblat, drum mache dich gefast,
90 Den Polyhistorkram vom Pindus wegzutragen,
Eh dich die Musen noch aus ihrer Wohnung jagen.
Ihr aber, deren Maul von Misgunst gischt und schäumt,
Glaubt, daß Apollo schon vor euch die Clause räumt;
So hof ich in der Welt noch dieses zu erleben,
95 Daß man am Helicon euch wird die Pritsche geben.
Dir, Bruder, gilt nunmehr das allerlezte Wort;
Nimm dieses als ein Pfand von unsrer Freundschaft fort,
Der noch bis jezund nichts als Maas und Ende fehlet.
Dein Abschied, welcher mich durch unsre Trennung quälet,
100 Ist, seit der Umgang mir dich zu erkennen giebt,
Vorwahr das einzige, womit du mich betrübt
Und zum Verdruß gebracht; du wustest meinen Willen
Und ich den deinigen nach Wüntschen zu erfüllen.
Wie manchmahl lachten wir der Thorheit dieser Welt,
105 Die oftmahls Glas vor Gold und Bley vor Silber hält.
Wir merckten, daß man auch die allerbeste Sache
In Rechten öfters krumm und fünfe grade mache.
Aus Kleinem schloßen wir, wie es im Großen geh,
Und sahen manchen Greiß, der noch das A. B. C.
110 Der Klugheit buchstabirt, den Kindern sich vergleichen.
Die Übung wies es uns, daß, einen Mohr zu bleichen
Und einen rechten Freund zu suchen, einerley,
Ja dieser leztere zu finden schwerer sey.
Mein Winckler, zürne nicht, ich sage, was ich dencke,
115 Und wenn ich auch den Neid dadurch zu Tode kräncke.
Zwar, wer jezund den Fuchs nicht nach den Haaren streicht
Und dennoch seine Kuh nicht bey dem Schwanze zeucht,
Der mache sich geschickt, bey Zeiten einzupacken,

---

84 Okulist *Augenarzt.*

Soll ihm die Schwarte nicht von mancher Husche knacken.
120 Jedoch die Warheit redt und nimmt kein Blat vors Maul,
Die blinde Furchtsamkeit macht ihren Fleiß nicht faul,
Der Afterwelt den Schwär des Irrthums aufzustechen
Und bey der Finsternüß der Lügen durchzubrechen.
Genug erfüllt das Maas, zu viel zerreißt den Sack,
125 Und wenig auf einmahl macht, daß man wieder mag.
Der Eckel und die Zeit gebiethen mir, zu schweigen
Und meine Redligkeit nur durch ein Wort zu zeigen.
Mein Bruder, lebe wohl! Der Wuntsch ist kurz und gut;
Doch dencke, wo dies Blat dir kein Genügen thut,
130 Daß wie ein Zapfen Eiß zu einer Ofenkrücke
Sich dieses Carmen auch zu deinem Abschied schicke.   *[1935]*

1716

LAURENTS HARTMANN

I.
I. N. I.
I.
5   Standes- und Werck-Lieder nach dem A.B.C.
[. . .]

Eines Studiosi /
wann er des Morgens anfänget zu studiren.

Im Thon: Wach auff mein Hertz und singe.

10 1. GOtt / alle gute gaben Muß jeder von dir haben / Drum mir dein
huld zu wende / Und deinen Geist mir sende.

2. Der heute im studiren Mich möge so regiren / Daß / was ich wolte
gerne Erlernen / ich bald lerne.

3. Was ich les / hör und sehe / Gib / daß ichs auch verstehe / Und
15 das / was gut begehre / Was tunckel mir erklähre.

4. Was dir gereicht zur ehre / Dasselb allein mich lehre. Das gute zu
vollbringen / Laß allzeit mir gelingen.

---

119 *Ohrfeige.*
2 ff. *In Nomine Jesu.*

5. Laß mich darauf auch schauen / Die kirche zu erbauen / Und was
kan menschen nützen / Dabey wollst du mich schützen.

20 6. GOtt Vater dir sey ehre / Hersch und was du wilt lehre / Gib
brodt / vergib das böse / Versuch nicht / uns erlöse.

FRIEDERICH SUPPIG

Freue dich nicht meine Feindin /
daß ich darnieder liege / ich werde wieder auffkommen / und so ich
im finstern sitze / so ist doch der HErr mein Licht. Mich. 7. v. 8.

5 Wiederkehrende Verse.

1. *Freue dich nicht / daß ich liege /*
Meine Feindin / in der Wiege
Alles Jammers. Ich obsiege
Endlich wieder nach dem Kriege /
10 Denn in diesem Höllen Kriege
Führet JEsus meine Siege /
Und schenckt mir die Himmels Wiege /
Daß ich drinnen sicher liege.

2. *Ferner ob ich auch schon sitze*
15 In der Finsternüß / und schwitze
Von der Seelen Trübsals Hitze /
Strahl'n mir doch die Himmels Blitze /
Denn die hellen Himmels Blitze /
Die GOtt in der Trübsals Hitze
20 Mir zuschicket / wenn ich schwitze /
Machen / daß ich sicher sitze.

Kauffe Warheit /
und verkauffe sie nicht /
Weißheit / Zucht und Verstand.
Prov. 23. v. 23.

5 Vorn-Verse.

1. *Kauffe*   *Warheit ein auf Erden /*
Lauffe   nach dem Himmel zu /
Wo   du hier wilt seelig werden /

  So must du in stiller Ruh
10 *Warheit* lieben / Lügen hassen /
  Klarheit wird dich stets umbfassen.

2. *Gerne* must du *Weißheit* hegen /
 Ferne muß auch nicht die *Zucht*
 Seyn / wenn Heyl und Himmels-Seegen
15 *Dein* verderbtes Hertze sucht /
 Lencke dich zur Himmels-Sonne /
 Dencke an die Freud und Wonne.

3. *Unter-* dessen solt du leben
 Munter fromm und klug allzeit /
20 *Daß* dir GOtt mag alles geben /
 Was dein Hertze recht erfreut /
 Treibe dein Werck mit Verstande /
 Bleibe im gelobten Lande.

    Machet die Thore weit /
  und die Thüre in der Welt hoch /
  daß der König der Ehren einziehe.
    Psalm 24. v. 7. 9.

5   Anacreontische Verse.

   Macht weit die Thore alle /
   Die Thüren hoch mit Schalle /
   Auf daß der Held der Ehren
   Bey uns hier kan einkehren
10   In alle unsre Hertzen /
   Damit wir nicht verschertzen
   Die grosse Himmels-Gnade /
   Und ewiglich uns schade.
   Der König kömmt gegangen /
15   Weil wir allhier gefangen /
   Uns alle zu erlösen
   Vom Tod und allem Bösen.
   Er kömmt / uns zu erretten
   Von allen Höllen-Ketten /
20   Und bringet Heyl und Segen
   Uns Menschen allerwegen.
   Er kömmet zwar nicht prächtig /
   Dennoch ist er allmächtig;

Drum fallet ihm zu Fusse /
Und thut rechtschaffne Busse /
Er will euch gerne geben
Das ew'ge Freuden-Leben.

Quäleten nicht die Sodomiter
die gerechte Seele des Lots / von Tag zu Tage mit ihren ungerechten
Wercken? Dieweil er gerecht war. 2. Petr. 2. v. 8.

Irr-Verse.

1. *Quälte nicht die böse Schaar?*
2. Der verfluchten Sodomitter /
3. Täglich den gerechten Lot
4. Mit den ungerechten Wercken /
5. Weil er war gerecht und schlecht /
2. Bey dem Höllen-Ungewitter
6. GOtt war stets sein Schild und Hort
7. In dem argen Welt-Getümmel /
1. Eh der Untergang da war /
4. Wo nichts als nur Fluch zu mercken.
5. Ein getreuer GOttes Knecht
8. Kan Verfolgung immer leiden /
6. Ihn erfreuet GOttes Wort /
8. Läst sich nichts von *JEsu* scheiden.
3. Durch Verfolgung / Angst und Noth
7. Geht er grade nach dem Himmel.

Zweydeutige Verse.

Der breite Höllen-Weg.

Der schmale Himmels-Weg.   Der schmale Himmels-Weg.

I.

1.

Verflucht ist iederman /
Der nicht recht leben kan
Nach dem Gesetz allhier
In diesem Welt-Revier.

2.

Der das Gesetze hält /
Hier seinem GOtt gefällt /
Kein Mensch man selig spricht /
Ist *JEsus* nicht sein Licht.

II.

3.

Verflucht ist Herr und Knecht
Der niemahls hält das Recht /
Wer nach dem Himmel strebt /
Erfreut auf Erden lebt.

4.

Der das Gesetze liebt /
Wird nimmermehr betrübt /
Ist stets in Angst und Noth /
Der sich nicht hält zu GOtt.

III.

5.

Verflucht ist hier und dort /
Der nicht hält GOttes Wort /
Wer das Gesetze hält /
GOtt allezeit gefällt.

6.

Der das Gesetze hegt /
Ihm seinen Himmel pregt /
Der kan nicht selig seyn /
Wer nicht geht Himmel ein.

JOHANN GEORG GRESSEL*

Mein Leser, soll ein Verß recht ungezwungen seyn,
    So mercke, wenn der Reim nach reiner Mundarth rein;
Wenn die Construction nicht hin und her gezerret,
    Und wenn sich keine Sylb in dem Scandiren sperret.
        Wenn die Elision nicht hart und übel klingt,
        Noch, als ein lahmer Kerl, erbarmungswürdig hinckt;
Wenn kein Hiatus nicht den guten Laut verstümpelt,
    Ja, nie aus Armethey ein Flickwort nein gehümpelt.
        Ob dieses Werckgen auch also beschaffen ist,
        Urtheile, wenn du es zum Zeitvertreibe ließt,
Zerleg es, wie du wilst, mit dem Poeten-Messer,
    Ja, mache, was ihm fehlt, *Mein Werther Leser,* besser.

JOHANN ERNST ELIAS ORFFYRÉ

IX. §.

Wagner spricht: Auf mein Wort wäre nicht viel
zu trauen /
weil man in Zeitungen guarantiret / die Bewegungs-Krafft meines
5 Wercks dependire von keinem äusserlichen Motu, dessen sich Mül-
ler / Uhrmacher etc. bedienen / und gleichwol hätte ich bey der
Translocirung ja Gewichte auß meinem Wercke genommen. u.s.f.

O! Einfalt / daß man nicht solt' lachen!
Was wirst du Wagner doch noch machen?
10 Eben / weil mein Werck hat Gewicht' /
So sol mir seyn zu trauen nicht? etc.
Du Stäncker-Bock / was wilst du sprechen / ?
Laß dir den Staar der Sinnen stechen /
Und mache einen Unterscheid
15 Zwischen Gewichten jederzeit. NB.
Es muß das Mobile auf Erden
Von etwas ja verfertig't werden;
Auß nichts mach ich nichts und auch du
Auch dien't der Teuffel nicht darzu. etc.
20 Horch' / mein Gewicht' hat andre Spuhren
Als die an Bratenwendern / Uhren / etc. NB.
Man darff es nimmer ziehen auf /
Drum ist auch hier ein and'rer Lauff /
Als wie man siehet die Mühl-Räder
25 Und Bratenwender und Uhr-Feder; etc.
Wie du findest im ersten Theil /
Lis' es und nimm dir doch die Weil'. NB.
Sol man dir denn (du albrer Lümmel)
Aufs Schneutzgen schlagen erst ein Brümmel /
30 Eh' du die Sache recht einfass'st;
Was bist du für ein dummer Gast /
Und machst Profession vom Lügen /
Und lässest lose Schrifften fliegen?
(Darbey du nun fast übers Jahr
35 Die Zeit GOtt abgestohlen gar;)
Mit was Gewissen in den Dingen
Kanst du doch bäten / lesen / singen? etc.

---

5 *hänge von keiner äußerlichen Bewegung ab.*   15 NB.   *Abk. für nota bene, merke wohl.*
29 *leichter Schlag auf die Lippen als Brümmchen im Dt. Wb. belegt; Schles. Wb.: Prellung.*

Forcirest mich dahin auch nun /
Ich sol dergleichen eben thun. etc. NB.
40 Man muß für deinem Thun erstaunen!
Du brichst Ursache von dem Zaunen /
Und wilst mir eine Falle bau'n?
Sprichst: Auf mein Wort wär nicht zu trau'n. etc.
Du Extract aller Schand-Holuncken
45 Bist aller Lügen voll-getruncken?
Erweiß' (Ist dir die Ehre lieb)
Was ich in die Zeitungen schrieb'.
Manch Zeitungs-Schreiber (nach Belieben)
Hat von mir in die Welt geschrieben; NB.
50 Nach langer Zeit und außer Land
Kam mir ein Blat erst in die Hand.
Welches mich ziemlich thät verdrüssen /
Weils war gedruckt wider mein Wissen;
Kein Zeitungs-Blat hab' ich gemacht /
55 Wie Wagner falsch auf mich gebracht /
Und leugt / daß einem möchte grauen / NB.
Auf mein Wort wär nun nicht zu trauen / etc.
Ich schreibe in Gazetten dar /
Und wäre nicht das g'ringste wahr. etc.
60 Der Wagner redets wie ein – – s. v.
Drum fress' er auch die saure Gurcke /
Die nebst was andern er verdien't /
Weil er zu lügen sich erkühn't. etc.
Ich fürcht' / daß dich für deine Tücken
65 Des Höchsten Hand noch hart wird drücken;
Weil du sein Werck zu drücken suchst /
Durch deine Flüche dich verfluchst. NB.
Du bist auf fromme Frembdling' tolle! etc.
Doch sey dem allen / wie ihm wolle /
70 Die Zeitungs-Schreiber schreiben clar /
Was aber du schrieb'st / ist nicht wahr. etc.
Du soltest in die Schule gehen /
Und vieles lernen noch verstehen /
Und was man eine Zimbel heiss't; NB.
75 Dieweil du dieses noch nicht weist.
Wär'st du geblieben nicht von fernen /
Und hättest mich recht kennen lernen /
Du wüstest Wissenschafft bey mir /

---

60 s. v.   *salva venia: mit Verlaub.*

Und würdest anders pfeiffen hier! etc.
80   So kommst du nun auch angestochen:
Ich hatt' solenniter versprochen
Mein Mobile acht Tage lang
Bleiben zu lassen in dem Gang.
Ja / hast du aber nicht gelesen /
85   Was darbey ist gemeld't gewesen?
Wers Werck wolt' sehen lange Zeit /
Der treff' erst mit mir Richtigkeit. etc.
Hätt'st du diß Wagner thun begehren /
Hätt'st du dich jetzt nicht zu beschweren. etc.
90   Wo meld ich auch / (weiß mir was auf)
Daß nemlich ein *Halb-Stündig Lauff*
Ein Primum Mobile sol zeigen?
Du must gewißlich stille schweigen.
Daher du *ein Verleumbder* bist /
95   Schreib'st / was dir nicht befohlen ist. NB.

1717

CHRISTIAN HEINRICH AMTHOR

Liebes-Trähnen des Verfassers /
Bey tödtlichem Hintritt seiner Liebsten / erster Ehe /
Annen Amthorin / gebohrner Börritzen. 1702.

5   Ich Spiel / Ich Ball des Glücks! Was mus ich nicht erfahren?
    Was gibt der Himmel nicht zu meinem Kummer an?
Ich lerne schohn so viel bey vier und zwantzig Jahren /
    Als ein Unglücklicher bey funfftzig wissen kan.
Die Jugend heist mich noch auf frischen Rosen gehen /
10   Da mir der Himmel schohn Cypressen-Blätter streut /
Und mein verschüchter Geist darf kaum gen Himmel sehen /
    Weil jede Wolcke mir mit neuem Wetter dräut.
Doch tobt nun immer hin! Schlagt los ihr Donner-Keile!
    Brecht! Brechet! sprützet Gluth und Schwefel-Flammen aus!
15   Verdoppelt Blitz mit Blitz / und schiesset Pfeil auf Pfeile /
    Ja leget / soll es seyn / mich selbst in Staub und Graus.

---

81 *feierlich.*

Mein Scheitel bebt nicht mehr bey Stürmen und Gewittern /
Mann kennet keine Noth / der ich nicht schohn gewohnt;
Was den gesetzten Muth noch etwa kann erschüttern /
20 Ist / daß der letzte Stos noch meines Hertzens schohnt.
Ach war es nicht genug / erboste Sternen-Blicke /
Daß meiner Jugend Krafft schohn an zu sterben fing /
Daß meine Lebens-Uhr / getrieben vom Geschicke /
Schohn bey der Morgen-Zeit zum Abend abwerts ging.
25 Reist eure Tyranney mir auch den Baum von hinnen /
Der meinem siechen Leib noch etwas Schatten gab?
Sag an getheiltes Hertz / was wirst du nun Beginnen?
Bezeucht dein halber Theil doch schohn das finstre Grab.
O Anblick / welcher mehr als selbst der Todt entseelet!
30 Ich schaue meinen Todt mit offnen Augen an.
Wird auch ein banges Hertz empfindlicher gequählet /
Als wann es halb erstirbt / und doch nicht sterben kann?
Wie glücklich bist du nicht / O Niobe / zu preisen!
Der Schrecken machte dich zum harten Kiesel-Stein;
35 Mir will die Schickung auch zwahr Schrecken-Bilder weisen /
Doch darff das Hertz dabey nicht unempfindlich seyn.
Es bleibt ein Tummel-Platz / wo Noth und Jammer kämpffen /
Wo keusche Liebes-Gluth die Trauer-Wache führt:
Hie wird kein Thränen-Gus die Wehmuths-Flammen dämpffen /
40 Bis daß ein kalter Frost die warmen Adern rührt.
So fliest dann immer hin / fliest / fliest verliebte Thränen!
Geht / kündiget von mir dem holden Schatten an /
Daß ich mein heisses Weh und Jammer-volles Sehnen
Zwahr fühlen / aber nicht nach Wunsch beschreiben kann.
45 Genung / mein Auge starrt / das Hertze schwimmt im Bluthe /
Die Hände ringen sich / der Geist besinnt sich nicht /
Die Thränen stocken selbst / und mir ist so zu muthe /
Als wann der Parcen Schlus den Lebens-Faden bricht.
Es mag auch / wer da will / den Trieb der Wehmuth meistern /
50 (Mann kennt den Aberwitz der klug gemeynten Welt /
Die Liebe vor ein Werck von schwach gesinnten Geistern /
Und keusche Treue nur vor Pöbels Sitten hält:)
Ich bleibe / liebstes Hertz / auf ewig Dir verschrieben:
Bist Du mir schohn entruckt / so ist mir doch erlaubt /
55 Daß mein ergebner Sinn mag in Gedancken lieben /
Bis mir der blasse Todt auch dein Gedächtniß raubt.

33f. Niobe *wurde zu Stein vor Schmerz über den gewaltsamen Tod ihrer Kinder.*
48 *Schicksalsgöttinnen.*

Hie sey mein schlechter Reim / doch nicht mein Leid geschlossen /
Ich weis / ich schreibe doch verstöhret / und verwirrt;
Die Wörter kommen nicht nach grosser Kunst geflossen /
60   Wo das beklemmte Hertz wie eine Taube girrt.
Indes wird dieser Trost des Schmertzens Weh vertreiben /
Daß / allerliebster Schatz / dein JEsus Dich ergetzt /
Und daß mein treuster Sinn Dir soll ergeben bleiben /
Bis mann / wer weis wie bald / mich neben Dir gesetzt.

UNBEKANNTER VERFASSER

Prinz Eugenius vor Belgrad.

Prinz Eugenius, der edle Ritter,
Wollt' dem Kaiser wiedrum kriegen,
5   Stadt und Festung Belgarad.
Er ließ schlagen eine Brucken,
Daß man konnt' hinüber rucken,
Mit d'r Armee wohl vor die Stadt.

Als die Brucken war geschlagen,
10   Daß man konnt' mit Stuck und Wagen
Frei passiern den Donaufluß:
Bei Semlin schlug man das Lager,
Alle Türken zu verjagen,
Ihn'n zum Spott und zum Verdruß.

15   Am einundzwanzigsten August soeben
Kam ein Spion bei Sturm und Regen,
Schwur's dem Prinzen und zeigt's an:
Daß die Türken futragieren,
So viel als man konnt verspüren,
20   An die achtzigtausend Mann.

Als Prinz Eugenius dies vernommen,
Ließ er gleich zusammenkommen
Sein' General und Feldmarschall.
Er thät sie recht instrugieren,
25   Wie man sollt' die Truppen führen,
Und den Feind recht greifen an.

---

10 *Kanonen.*   18 *Lebensmittel auftreiben (frz. fourrager).*

Bei der Parole thät er befehlen,
Daß man sollt' die Zwölfe zählen,
    Bei der Uhr um Mitternacht;
30 Da sollt' All's zu Pferd aufsitzen,
Mit dem Feinde zu scharmützen,
    Was zum Streit nur hätte Kraft.

Alles saß auch gleich zu Pferde,
Jeder griff nach seinem Schwerte,
35   Ganz still ruckt man aus der Schanz;
Die Musketier wie auch die Reiter,
Thäten alle tapfer streiten,
    Es war fürwahr ein schöner Tanz!

Ihr Konstabler auf der Schanzen,
40 Spielet auf zu diesem Tanzen
    Mit Kartaunen groß und klein,
Mit den großen, mit den Kleinen,
Auf die Türken, auf die Heiden,
    Daß sie laufen all' davon!

45   Prinz Eugenius wol auf der Rechten
Thät als wie ein Löwe fechten,
    Als General und Feldmarschall.
Prinz Ludwig ritt auf und nieder:
Halt euch brav, ihr deutschen Brüder,
50   Greift den Feind nur herzhaft an!

Prinz Ludwig der mußt aufgeben
Seinen Geist und junges Leben,
    Ward getroffen von dem Blei.
Prinz Eugenius war sehr betrübet,
55 Weil er ihn so sehr geliebet,
    Ließ ihn bringen nach Peterwardein.   *[1877]*

---

39 *Büchsenmeister.*   **41** *Kanonen.*   **48** *historisch nicht belegte Figur; gedacht wird an Prinz Lamoral von Thurn und Taxis oder die Verwechslung eines vor Belgrad gefallenen und in Peterwardein bestatteten Generals Graf d'Estrades mit dem von ihm betreuten Prinzen Ludwig von Dombes.*   **56** *an der Donau, nordwestl. Belgrads; hier der Sieg Eugens über die Türken 1716.*

1718

Daniel Schönemann*

Gleich jetzo da ich im Begriff bin diese kleine Anzahl vermischter
weltlicher Gedichte zu schliessen / kömmt die frohe Zeitung von
der am 16. Augusti dieses Jahrs Gottlob gegen die grosse Türcki-
5 sche Armée befochtenen herrlichen und completen Käyserlichen
Victorie, wobey Ihro Durchlauchtigkeit der commandirende Ge-
neralissimus Printz Eugenius von Savoyen / abermahls unter GOt-
tes Beystand ein Zeichen ihrer Sorgfalt und Tapfferkeit für das hohe
Interesse Ihro Käyserlichen Majestät / und gegen dero Feinde zu
10 ihren unsterblichen Nachruhm aller Welt vor Augen legen / wel-
ches mir dann aus hertzlicher und unterthänigster Freude folgende
geringe Gedancken in Eil zu entwerffen Gelegenheit gegeben / die
ich ob ich sie gleich schlecht / dennoch aus gewissen Ursachen zu
eröffnen mich unterstehen werde.

15 Cæsar præterIto anno Mense aVgVsto hostes DebeLLaVerat,
    & eoDeM, hoC anno, VICtorIæ progressVs aVget.

Der sonderliche Monaht AUGUST.

1.

August im alten Jahr beglückte dem August
Im neuen machet Er *demselben* gleiche Lust.
20 Augusto wünscht August von Hertzen Glück zum Kriege /
Und *mehret* nun *zweymal* des *Adlers volle Siege* /
Er mehret seine Macht / ja dessen Länder Zahl /
Hingegen heisset Er dem Muselmann fatal.

2.

Er *mehret* Achmets Furcht / *verringert* seinen Muth /
25 Indem der *reiche Mond* dem Monden Abbruch thut /

---

15 f. *der Kaiser hatte die Feinde im August verwichenen Jahres niedergekämpft [s. Anm.* 56
S. 73] und befördert im selben Monat dieses Jahres die Fortschritte des Sieges. – Das Chrono-
gramm ergibt 1716 und 1717.   18 August *hier für den Kaiser.*   21 mehret *Anspie-*
lung auf die vermeintliche Bedeutung Mehrer *(des Reichs) von* Augustus*; der* Adler *ist*
das Symbol des habsburg. Kaiserhauses.   24 Ahmed III. *(1673–1736) türk. Sultan.*
25 *der Monat August dem Symbol der Türken.*

Es will dem halben Mond mit keiner Macht gelingen
Augusti Wunder-Macht auff seine Seit zu bringen /
   Augustus weiset itzt was seine Deutung heist
   Indem Er seiner Hand den Lorber-Zweig entreist.

3.

30   So mehre stets durch GOTT AUGUSTI Glück August!
Ja mehre Krafft und Muth in unsrer Helden Brust
GOTT müsse dich Eugen mit aller Stärcke mehren /
   So kan dein Wunder Arm die schwache Pfort zerstöhren;
   Bleib Julius gerüst durchdringender Eugen!
35   Denn wird dein scharffes Aug vermehrte Siege sehn.

Teutschland! mehre deine Freude / denn Gott mehret Carols
                       Glücke
Mehre deine Sieges-Lieder da der wilde Schwarm zurücke
Mehre deine heisse Wünsche / mehre deine feste Treu /
Wünsche / daß des Adlers Kriegen stets vermehrtes Siegen sey.

40   TVrCa rVInaM CæsarIs IntenDens sIbI IpsI obest.

Achmet grub dem Adler Gruben / dessen schnellen Flug zu
                       hemmen /
Doch die Grube muß den Achmet und sein eigen Heer
                       beklemmen /
   Seine Stricke / seine Fallen / fällen selber seine Macht
   Da er wil den Adler tödten ist er selber umbgebracht.

45   BeLLograDVM CIVItas oppVgnata,
       LVnaM spLenDore affeCtato prIVaVIt.

Es war der halbe Mond auf neuen Glantz bedacht
Deswegen hatte er sein Volck ins Feld gebracht /
   Er meinete gewiß den Adler zu verblenden
50   Und nun durch seinen Strahl desselben Blitz zu wenden.
Sein überhäufftes Volck ließ sich bey Belgrad sehn
Umb dieser matten Stadt entsetzend beyzustehn /

---

33 *Residenz des türk. Sultans.*   34 *im Monat Juli gerüstet?*   36 *Karl VI.*
40 *der Türke, den Untergang des Kaisers beabsichtigend, schadet sich selbst. – Das Chrono-*
gramm ergibt die Jahreszahl der Schlacht von Belgrad 1717.   45 f. *Angegriffen hat die*
Stadt Belgrad den Mond seines erstrebten Glanzes beraubt. – Das Chronogramm ergibt zweimal
1717.

Jedoch / des Adlers Schein verlachte solches Dräuen
Und wolte seinen Glantz in Achmets Nacht verneuen.
55 Es griff des Adlers Blitz den halben Mond gleich an /
Und tödtete erhitzt bey funfftzig tausend Mann.
Hie war der *neue Grad* dem halben Mond verrücket /
Und sein vermeinter Schein in lauter Blut ersticket /
Zwar schimmerte der Mond an seiner Sternen Bahn /
60 Doch war es nur EUGEN umb einen Schlag gethan /
So schlug sein Helden Arm / da GOTT und Krieger munter
Den fahlen halben Mond von seiner Bahn herunter
Dis sahe *Belgrad* an und ward dadurch verletzt /
Der sie entsetzen solt ist schleunig abgesetzt /
65 Der Sieges Grad ist hin der Mond muß unterliegen
Dieweil des Adlers Fuß des Mondes Grad bestiegen.
Nun halber Mond zurück / ersetze diesen Riß /
Und tappe auff der Flucht in deiner Finsterniß /
Du bist von Hertzen kahl umb deinen Glantz gekommen /
70 Bey *Belgrad* hat EUGEN dir allen Schein benommen.

JOHANN CHRISTIAN GÜNTHER

Studentenlied

Brüder, last uns lustig seyn,
Weil der Frühling währet
5   Und der Jugend Sonnenschein
Unser Laub verkläret.
Grab und Baare warthen nicht;
Wer die Rosen jezo bricht,
Dem ist der Kranz bescheeret.

10   Unsers Lebens schnelle Flucht
Leidet keinen Zügel,
Und des Schicksals Eifersucht
Macht ihr stetig Flügel.
Zeit und Jahre fliehn davon,
15   Und vielleichte schnizt man schon
An unsers Grabes Riegel.

Wo sind diese, sagt es mir,
Die vor wenig Jahren

---

57 *der neu erstrebte Rang? Wortspiel mit Belgrad wie unten.*   65 *hier Grat, Höhepunkt?*

Eben also, gleich wie wir,
20 Jung und fröhlich waren?
Ihre Leiber deckt der Sand,
Sie sind in ein ander Land
Aus dieser Welt gefahren.

Wer nach unsern Vätern forscht,
25 Mag den Kirchhof fragen;
Ihr Gebein, so längst vermorscht,
Wird ihm Antwort sagen.
Kan uns doch der Himmel bald,
Eh die Morgenglocke schallt,
30 In unsre Gräber tragen.

Unterdeßen seyd vergnügt,
Last den Himmel walten,
Trinckt, bis euch das Bier besiegt,
Nach Manier der Alten!
35 Fort! Mir wäßert schon das Maul,
Und, ihr andern, seyd nicht faul,
Die Mode zu erhalten.

Dieses Gläschen bring ich dir,
Daß die Liebste lebe
40 Und der Nachwelt bald von dir
Einen Abriß gebe.
Sezt ihr andern gleichfalls an,
Und wenn dieses ist gethan,
So lebt der edle Rebe.   *[1930]*

1719

Hans von Assig

Morgen-Lied /
So auf Befehl einer Hoch-Fürstl. Person verfertiget worden / als biß
in die späte Nacht Sie ein Menuet getantzt / hierauf verlangt bey
5   früher Tages-Zeit ein Morgen-Lied / so auf diese
Melodey seyn möchte.

Weil ich vom Schlaffe bin wieder erstanden,
Danck ich dem Höchsten vor seine Genad,
Daß Er von Finsterniß, Ketten und Banden
10   So gar genädig errettet mich hat,
Daß auch das Grauen der finsteren Nächte
Mich nicht in Leibes- und Seelen-Noth brächte.

Satanas hat mir vergeblich gestellet,
Mich zu berücken ins höllische Joch,
15   Ist gleich der Schlaff mit dem Tode gesellet,
Leb ich, und wach ich, und sing ich doch noch:
Ja, daß ich auch nicht darff liegen und krancken,
Hab ich Dir, Höchster, alleine zu dancken.

Werde gegrüsset, du fröliche Stunde!
20   Die mich entrissen der nächtlichen Noth;
Nimm an das Opffer von danckbarem Munde,
Israels Wächter, du mächtiger GOTT!
Daß du mich heute hast wollen bewahren
Durch deine Wächter, die Englische Schaaren.

25   Laß dir, o Schöpffer! am heutigen Tage
Mich, dein Geschöpffe, befohlen auch seyn,
Wende Noth, Elend, Creutz, Kummer und Plage,
Kehre mit Segen, o HERR! bey mir ein,
Laß, was ich heute mich mag unterfangen,
30   Alles Dir, Höchster, zu Ehren gelangen.

Schütze den Cörper, bewahre die Seele,
Lencke die Sinnen gen Himmel stets an,
Daß nicht der Fürste der finsteren Höle
Aus deinem Dienste entreissen mich kan;
35   Und wenn ich dir hier nicht länger kan dienen,
Lasse mich, Höchster, in Eden stets grünen.

JOHANN CHRISTIAN GÜNTHER

Als er sich der ehemals von Flavien genoßenen
Gunst noch erinnerte

Erinnert euch mit mir, ihr Blumen, Bäum und Schatten,
Der oft mit Flavien gehaltnen Abendlust!
Die Bäche gleißen noch von Flammen treuer Brust,
In der wir werthes Paar des Himmels Vorschmack hatten.
O göldne Frühlingszeit! Mein Herz, was kommt dir ein?
Du liebest Flavien, sie ist ja nicht mehr dein.

Hier war es, wo ihr Haupt mir oft die Achsel drückte,
Verschweigt, ihr Linden, mehr, als ich nicht sagen darf;
Hier war es, wo sie mich mit Klee und Quendel warf
Und wo ich ihr die Schoos voll junger Blüthen pflückte.
Da war noch gute Zeit. Mein Herz, was kommt dir ein?
Betrübt dich Flavia? Sie ist ja nicht mehr dein.   *[1930]*

1720

JOHANN CHRISTIAN GÜNTHER

An Leonoren

Mein Kummer weint allein um dich,
Mit mir ist's so verloren,
Die Umständ überweisen mich,
Ich sey zur Noth gebohren.
Ach, spare Seufzer, Wuntsch und Flehn,
Du wirst mich wohl nicht wiedersehn
Als etwan in den Auen,
Die Glaub und Hofnung schauen.

Vor diesem, da mir Fleiß und Kunst
Auf künftig Glücke blühte
Und mancher sich um Günthers Gunst
Schon zum Voraus bemühte,
Da dacht ich, wider Feind und Neid
Die Palmen der Beständigkeit
Mit selbst erworbnem Seegen
Dir noch in Schoos zu legen.

Der gute Vorsaz geht in Wind;
20 Ich soll im Staube liegen
Und als das ärmste Findelkind
Mich unter Leuten schmiegen.
Man läst mich nicht, man stöst mich gar
Noch stündlich tiefer in Gefahr
25 Und sucht mein schönstes Leben
Der Marter preiszugeben.

So wird auch wohl mein Alter seyn;
Ich bin des Klagens müde
Und mag nichts mehr gen Himmel schreyn
30 Als: Herr, nun las im Friede!
Kraft, Muth und Jugend sind fast hin,
Daher ich nicht mehr fähig bin,
Durch auserlesne Sachen
Mir Gut und Ruhm zu machen.

35 Nimm also, liebstes Kind, dein Herz,
O schweres Wort, zurücke
Und kehre dich an keinen Schmerz,
Womit ich's wiederschicke;
Es ist zu edel und zu treu,
40 Als daß es mein Gefehrte sey
Und wegen fremder Plage
Sein eignes Heil verschlage.

Du kanst dir durch dies theure Pfand
Was Köstlichers erwerben,
45 Mir mehrt es nur den Jammerstand
Und läst mich schwerer sterben;
Denn weil du mich so zärtlich liebst
Und alles vor mein Wohlseyn giebst,
So fühl ich halbe Leiche
50 Auch zweyfach scharfe Streiche.

Ich schwur vor diesem: Nur der Tod,
Sonst soll uns wohl nichts trennen;
Verzeih es jezo meiner Noth,
Die kan ich dir nicht gönnen;
55 Ich liebe dich zu rein und scharf,
Als daß ich noch begehren darf,
Daß Lorchen auf der Erde
Durch mich zur Wittwen werde.

---

22 *unterwürfig sich fügen.*

So brich nur Bild und Ring entzwey
60 Und las die Briefe lodern;
Ich gebe dich dem ersten frey
Und habe nichts zu fodern.
Es küße dich ein andrer Mann,
Der zwar nicht treuer küßen kan,
65 Jedoch mit größerm Glücke
Dein würdig Brautkleid schmücke.

Vergiß mich stets und schlag mein Bild
Von nun an aus dem Sinne;
Mein leztes Wüntschen ist erfüllt,
70 Wofern ich dies gewinne,
Daß mit der Zeit noch jemand spricht:
Wenn Philimen die Ketten bricht,
So sind's nicht Falschheitstriebe,
Er hast sie nur aus Liebe.   *[1930]*

Als er durch innerlichen Trost
bey der Ungedult gestärcket wurde

Gedult, Gelaßenheit, treu, fromm und redlich seyn,
Und wie ihr Tugenden euch sonst noch alle nennet,
5 Verzeiht es, doch nicht mir, nein, sondern meiner Pein,
Die unaufhörlich tobt und bis zum Marcke brennet,
Ich geb euch mit Vernunft und reifem Wohlbedacht,
Merckt dieses Wort nur wohl, von nun an gute Nacht;
Und daß ich euch gedient, das nenn ich eine Sünde,
10 Die ich mir selber kaum jemahls vergeben kan.
Steckt künftig, wen ihr wollt, mit euren Strahlen an,
Ich schwöre, daß ich mich von eurem Ruhm entbinde.

Ihr Lügner, die ihr noch dem Pöbel Nasen dreht,
Von vieler Vorsicht schwazt, des Höchsten Gnad erhebet,
15 Dem Armen Trost versprecht und, wenn ein Sünder fleht,
Ihm Rettung, Rath und Kraft, ja, mit dem Maule gebet,
Wo steckt denn nun der Gott, der helfen will und kan?
Er nimmt ja, wie ihr sprecht, die gröbsten Sünder an:
Ich will der gröbste seyn, ich warthe, schrey und leide;
20 Wo bleibt denn auch sein Sohn? Wo ist der Geist der Ruh?
Langt jenes Unschuldskleid und dieses Kraft nicht zu,
Daß beider Liebe mich vor Gottes Zorn bekleide?

Ha, blindes Fabelwerck, ich seh dein Larvenspiel.
Dies geb ich auch noch zu: es ist ein ewig Wesen,
25   Das seine gröste Macht an mir nur zeigen will
Und das mich obenhin zur Marter auserlesen;
Es führt, es leitet mich, doch stets auf meinen Fall,
Es giebt Gelegenheit, damit es überall
Mich rühmlich strafen kan und stets entschuldigt scheine.
30   Bisweilen zeigt es mir das Glücke, recht zu gehn,
Bald läst es mich in mir dem Guten widerstehn,
Damit die frömmste Welt das Ärgste von mir meine.

Aus dieser Quelle springt mein langes Ungemach:
Viel Arbeit und kein Lohn als Kranckheit, Haß und Schande.
35   Die Spötter pfeifen mir mit Neid und Lügen nach,
Die Armuth jagt den Fuß aus dem und jenem Lande,
Die Eltern treiben mich den Feinden vor die Thür
Und stoßen mich – o Gott, gieb Acht, sie folgen dir –
Ohn Ursach in den Staub und ewig aus dem Herzen.
40   Mein Wißen wird verlacht, mein ehrlich Herz erdrückt,
Die Fehler, die ich hab, als Laster vorgerückt,
Und alles schickt sich recht, die Freunde zu verscherzen.

Ist einer in der Welt, er sey mir noch so feind,
An dem ich in der Noth kein Liebeszeichen thäte,
45   Und bin ich jedem nicht ein solcher wahrer Freund,
Als ich mir selbst von Gott, erhört er andre, bethe,
Hat jemand auf mein Wort sein Unglück mehr gefühlt,
Hat boßheitsvoller Scherz mit fremder Noth gespielt
Und hab ich unrecht Gut mit Vorsaz angezogen,
50   So greife mich sogleich der bösen Geister Bund
Mit allen Martern an, wovon der Christen Mund
Schon über tausend Jahr den Leuten vorgelogen.

Was wird mir nun davor? Ein Leben voller Noth.
O daß doch nicht mein Zeug aus Rabenfleisch entsproßen,
55   O daß doch dort kein Fluch des Vaters Lust verboth,
O wär doch seine Kraft auf kaltes Tuch gefloßen!
O daß doch nicht das Ey, in dem mein Bildnüß hing,
Durch Fäulung oder Brand der Mutter Schoos entgieng,
Bevor mein armer Geist dies Angsthaus eingenommen!
60   Jezt läg ich in der Ruh bey denen, die nicht sind,
Ich dürft, ich ärmster Mensch und gröstes Elendskind,
Nicht stets bey jeder Noth vor größrer Furcht umkommen.

---

54 Zeug   *Stoff (aus dem der Körper gemacht ist).*

Verflucht sey Stell und Licht! – – Ach, ewige Gedult,
Was war das vor ein Ruck von deinem Liebesschlage!
65 Ach, fahre weiter fort, damit die große Schuld
Verzweiflungsvoller Angst mich nicht zu Boden schlage.
Ach Jesu, sage selbst, weil ich nicht fähig bin,
Die Beichte meiner Reu; ich weis nicht mehr wohin
Und sincke dir allein vor Ohnmacht in die Armen.
70 Von außen quälet mich des Unglücks starcke Fluth,
Von innen Schröcken, Furcht und aller Sünden Wut;
Die Rettung ist allein mein Tod und dein Erbarmen.   *[1931]*

MARGARETHE SUSANNA VON KUNTSCH

Als das achte und letztgebohrne Söhnlein /
der vollkommen schöne Celadon, oder C. G. K. den 11. Martii
1694. seines Alters 8. Monath weniger 6. Tage und 11. Stunden
5   verschiede.

Muß jede Jahres-Zeit mir denn unglücklich fallen /
(a) Stellt sich denn Frost und Eiß bey mir im Sommer ein /
(b) Hör ich im Winter auch die stärcksten Donner knallen /
(c) Muß mir der Herbst gantz leer von süssen Früchten seyn?
10 (d) Läst mir der Frühling selbst die schönen Blumen welcken /
Der Wies' und Gärten sonst mit selbgen reichlich ziert?
Was sich an Anmuth glich den edlen vollen Nelcken /
(e) Hat mir der Frühlings-Tag ach leyder weggeführt.
(f) Das neue Licht läßt mir sonst nichts als dunckels werden /
15 (g) Der längste Tag hat mir die längsten Nächte bracht /
(h) Des vollen Monden Schein kreucht bey mir in die Erden /
(i) Da Tag und Nacht sich gleicht / wirds bey mir lauter Nacht.

a) Den 29. Junii 1676. Ein todgebohrnes Töchterlein.   b) Den 15. Fe-
bruarii 1675. starb *Floridan*, oder J. F. K. Den 1. Februarii 1686. starb *Margaris*,
oder M. K. Den 4. Februarii 1688. starb *Helidor*, oder H. E. K. Den 1. Martii
1684. Ein todgebohrnes Söhnlein.   c) Den 29. October 1675. Ein tod-
gebohrnes Töchterlein. Den 22. November 1670. Ein todgebohrnes Söhnlein.
Den 22. November 1686. starb *Chrisander*, oder C. K.   d) Den 12. Maji 1685.
starb *Bellinde*, oder J. B. K.   e) Den 11. Martii 1694. am ersten Frühlings-
Tag, starb *Celadon*, oder C. G. K.   f) Den 31. Januarii 1690. starb *Fritalia*,
oder D. F. K. beym neuen Mond.   g) Den 8. Junii 1685. starb *Fillidor*, oder
C. F. K. am längsten Tage.   h) Den 6. Septembr. 1690. starb *Guillestes*, oder
G. W. K. im vollen Mond.   i) Am ersten Frühlings-Tag, und da Tag und
Nacht gleich waren, starb der n. (e) gedachte *Celadon*, oder C. G. K.

63 *der Ort der Geburt und das Licht des Geburtstages.*

Der Himmel ist gestirnt / mir will kein Stern nicht blincken /
Ein schrecklich Blitzen leucht aus düstern Wolcken nur /
20 Die Erde hebt sich auf / das Firmament will sincken /
Verkehren sich denn gar die Kräffte der Natur?
Nein! dieser Erd-Ball steht aufs Schöpffers Macht gegründet /
Der spannt das Wolcken-Zelt noch immer feste aus /
Die Lampen leuchten noch so oben angezündet /
25 Das Wancken trifft nur mich nebst meinem armen Hauß.
Die Würckung der Natur ist nach wie vorher kräfftig /
Und legt der Jahres-Zeit den alten Zierath an /
Wie ist denn über mich des Höchsten Grimm so hefftig /
Daß ich kein Blatt / noch Blum / noch Frucht behalten kan?
30 Mein Sternen-Licht erlöscht / die Sonne geht zu rüste /
Mit Zemblens dicken Eiß deckt mich des Todes Nord /
Mich macht ein heisser Süd zu einer sandgen Wüste /
Und reißt Lust / Hoffnung / Pracht / Licht / Trost und **Freude fort.**
Der Ehe letzten Frucht seh ich das Grab bereiten /
35 Mit selbger scharret man auch mein Vergnügen ein /
O umgekehrter Lauff / o Aenderung der Zeiten /
Muß Creutz / Leyd / Ungemach mir nur beständig seyn?
Doch halt! was mich betrübt muß mir auch Tröstung geben /
Ist alles änderlich / so ändert sichs mit mir /
40 Dereinst zum wenigsten / wenn ich nach diesem Leben /
Euch alle wieder seh' in vollem Glantz und Zier.
Ihr seyd nicht gantz verblüht / ihr habt von hier geeilet /
Hin / wo nicht Frost noch Hitz euch weiter Unruh macht /
Wo keine Sonne nicht das Jahr in Zeiten theilet /
45 Allwo an keine Zeit noch Jahre wird gedacht.
Wo ihr als Sterne stets um GOTT / als Sonne / schwebet /
Allwo ihr zugesellt der auserwehlten Schaar /
Die schon der Seelen nach in jenem Lichte lebet /
Da tausend Jahr ein Tag / ein Tag wie tausend Jahr.
50 Daselbsten werd ich euch mit Freuden wieder küssen /
Die ohne Aenderung allzeit vollkommen gleich /
Da wollen wir uns einst mit heil'ger Lieb' umschlüssen /
Mein Licht / mein Hort / mein Trost / GOTT bring mich bald zu
euch!

---

31 *Nova Semlja.*

1721

JOHANN ANDREAS WIEGLEB

Wer sich des Armen erbarmet, der leihet dem HErrn etc.

> Es ist im Sternen-Saal
>   Ein Banco angeleget,
> Da ist manch Capital,
>   Das viel an Zinsen träget,
> Man legt ein Schärfgen ein,
>   Die Zinsen aber geben
> Was ewig Noth mag seyn
>   Aufs herrlichste zu leben.
> GOTT ist Capitalist,
> Der keinen hat betrogen
>   Und so es wenig ist,
> Es keinem vorgezogen.
>   Wer Armen guts gethan
> Mit eifrigem Bemühen,
>   Denselben sieht er an,
> Als wenn ers ihm geliehen.

BARTHOLD HEINRICH BROCKES

Das Firmament.
Sir. XLIII. 1.
Man siehet Seine Herrlichkeit an der mächtigen grossen Höhe, an
dem hellen Firmament, an dem schönen Himmel.

> Als jüngst mein Auge sich in die Saphirne Tiefe /
> Die weder Grund / noch Strand / noch Ziel / noch End'
>   umschrenkt
> Ins unerforschte Meer des holen Luft-Raums / senkt' /
> Und mein verschlungner Blick bald hie- bald dahin lieffe /
> Doch immer tieffer sank: entsatzte sich mein Geist /
> Es schwindelte mein Aug' / es stockte meine Sele
> Ob der unendlichen unmässig-tieffen Höle /
> Die / wol mit Recht / ein Bild der Ewigkeiten heisst /

WER SICH DES ARMEN ERBARMET ... 2 *Spr. 19, 17.*

So nur aus GOtt allein / ohn End' und Anfang / stammen,
15 Es schlug des Abgrunds Raum / wie eine dicke Flut
Des Boden-losen Meers auf sinkend Eisen thut /
In einem Augenblick / auf meinen Geist zusammen.
Die ungeheure Gruft des tieffen dunkeln Lichts /
Der lichten Dunkelheit / ohn' Anfang / ohne Schranken /
20 Verschlang so gar die Welt / begrub selbst die Gedanken;
Mein ganzes Wesen ward ein Staub / ein Punct / ein Nichts /
Und ich verlor mich selbst. Dieß schlug mich plötzlich nieder:
Verzweiflung drohete der ganz verwirrten Brust.
Allein / o heylsams Nichts! glückseliger Verlust!
25 Allgegenwärt'ger GOTT / in Dir fand ich mich wieder.

Die Nachtigall /
und derselben Wett-Streit gegen einander.

Es rührt zu dieser Zeit das Inn're meiner Selen
Der Büsche Königinn / die holde Nachtigall /
5 Die / aus so enger Brust / und mit so kleiner Kehlen /
Die grösten Wälder füllt durch ihren Wunder-Schall.
Derselben Fertigkeit / die Kunst / der Fleiß / die Stärke /
Veränd'rung / Stimm' und Ton sind lauter Wunder-Werke
Der wirkenden Natur / die solchen starken Klang
10 In ein par Federchen / die kaum zu sehen / senket /
Und einen das Gehör bezaubernden Gesang
In solche dünne Haut und zarten Schnabel schrenket.
Ihr Hälsgen ist am Ton so unerschöpflich reich /
Daß sie tief / hoch / gelind und stark auf einmal singet.
15 Die kleine Gurgel lockt und zischt und pfeift zugleich /
Daß sie / wie Quellen rauscht / wie tausend Glocken klinget.
Sie zwitschert / stimmt und schläg't mit solcher Anmuth an /
Mit solchem nach der Kunst gekräuselten Geschwirre /
Daß man darob erstaunt / und nicht begreifen kann /
20 Ob sie nicht seufzend lach' / ob sie nicht lachend girre.
Ihr Stimm'chen ziehet sich in einer holen Länge
Von unten in die Höh / fällt / steigt aufs neu' empor /
Und schwebt nach Maß und Zeit; bald drängt sich eine Menge
Verschied'ner Tön' aus ihr / als wie ein Strom / hervor.
25 Sie dreht und dehnt den Ton / zerreisst und füg't ihn wieder;
Singt sanft / singt ungestüm / bald klar / bald grob / bald hell.
Kein Pfeil verfliegt so rasch; kein Blitz verstreicht so schnell;
Die Winde können nicht so streng' im Stürmen wehen /

Als ihre schmeichelnde verwunderliche Lieder /
30   Mit wirbelndem Geräusch / sich ändern / sich verdrehen.
Ein flötend Glucken quillt aus ihrer holen Brust;
Ein murmelnd pfeifen labt der stillen Hörer Herzen.
Doch dieß verdoppelt noch und mehrt die frohe Lust /
Wenn etwan ihrer zwo zugleich zusammen scherzen.
35   Die singt / wenn jene ruft; wann diese lockt / singt jene
Mit solch-anmuhtigem bezaubernden Getöne;
Daß diese wiederum / aus Miß-Gunst / als ergrimmt /
In einen andern Ton die schlanke Zunge stimmt.
Die andre horcht indeß / und lauscht / voll Unvergnügen /
40   Ja fängt / zu ihres Feinds und Gegen-Sängers Hon /
Um / durch noch künstlichern Gesang ihn zu besiegen /
Von neuem wieder an / in solchem scharfen Ton /
Mit solchem feurigen empfindlich-hellem Klang /
Mit solch gewaltigen oft wiederholtem Schlagen /
45   Daß / so durchdringenden und heftigen Gesang /
Das menschliche Gehör kaum mächtig zu ertragen.
Wer nun so süssen Ton im frohen Frühling' hört /
Und nicht des Schöpfers Macht / voll Brunst und Andacht / ehrt /
Der Luft Beschaffenheit / das Wunder unsrer Ohren /
50   Bewundernd nicht bedenkt; ist nur umsonst gebohren /
Und folglich nicht der Luft / nicht seiner Ohren / wehrt.

CHRISTIAN FRIEDRICH WEICHMANN

Dem Durchleuchtigsten Fürsten und Herrn /
Herrn August Wilhelm /
Regierenden Herzoge zu Braunschweig und Lüneburg /
5   auch der Durchleuchtigsten Fürstinn und Frau /
Frau Elisabeth Sophie Marie /
Erbinn zu Norwegen / gebohrner Herzoginn zu
Schleswig-Holstein etc. etc.
vermählter Herzoginn zu Braunschw. und Lüneburg /
10   als Dieselben vom Emser-Bade gesund und glücklich wieder
zurück kamen.
Den 24ten Julii im Jahre:
PhoebVs CVM sanâ sanVs VenIt Ipse DIana:
LVX ea BrVnonIs VIVa stet VsqVe thronis!

---

13 f. *Phöbus kommt, selbst gesund, mit der gesunden Diana: Dieses Licht möge immerdar*
lebendig über den Thronen Braunschweigs stehn. – Das Chronogramm ergibt 1715.

15   Horat. in der 5ten Ode des 4ten Buches /
                 an den Kaiser Augustus.

           Lucem redde Tuæ, DUX BONE, Patriæ /
           Instar veris enim, vultus ubi Tuus
           Affulsit populo, gratior it dies,
20   Et soles melius nitent.

Als dort Septimius / der Adler seiner Schar /
Der Römer Ober-Haupt und Mächtigster Berahter /
In das erfreute Rom einst eingezogen war:
So schenkte Stadt und Raht dem holden Landes-Vater
25 Ein treues Liebs-Geschenk / mit dieser Schrift bestreut:
Es öffnet sich bey uns die Freude dieser Zeit.[a])

Du / Auserwähltes Par / kömmst ebenfalls itzo /
Mit Glück und Heyl bekrönt / in Deine Mauren wieder /
Du machst den Unterthan durch Deine Strahlen froh;
30 Die Musen singen schon die schönsten Freuden-Lieder /
Und jauchzen / daß die Zeit sie wiederum betrifft /
Da ihr erfreuter Kahn auf Wollust-Strömen schifft.

Zwar fehlts itzund der Welt an eigner Anmuht nicht;
Der milde Sommer prangt im grüngefärbten Kleide:
35 Die Sonne zeigt uns noch ihr güldnes Angesicht:
[b]) Die Hügel schwängern sich mit reichlicherm Getreyde:
Die Ströme kleiden sich in fliessend Silber ein:
Die Wiesen scheinen uns Smaragd und Gold zu seyn.

Doch glaub / Erleuchter Fürst / glaub Theurester AUGUST /
40 Glaub auch / ELISABETH / Du Fürstinn holder Frauen /
Bey Eurem Abseyn war von aller dieser Lust
In unserm Kreise bloß ein Schatten-Riß zu schauen;
Ja selbst der beste Plan / den Zephyr ausgeschmückt /
Schien uns ein rauhes Feld / mit Schnee und Dorn umstrickt.

45 So sehr war unser Geist um Euren Glanz betrübt /
Den Ihr / Durchleuchtes Par / uns schon so lang' entzogen.
Denn / wer sein Ober-Haupt mit rechter Treue liebt /

     a) Dieses geschah dem Kaiser Septimio Severo, dem der Raht und die Bürger-
schaft / als er einstens glücklich wieder zu Hause kam / eine Münze verehrte /
mit der Ueberschrift: LÆTITIA TEMPORUM.   b) Ein Vers aus dem Herrn
von Lohenstein.

17–20 *Herzog, guter, dein Licht gönne dem Vaterland! / Denn, wenn Frühlingen gleich wie-
der dein Angesicht / Bei den Deinen erschien, wandert der Tag gelind, / Leuchten hellere Sonnen
uns. [Schröder].*

Wird durch sein Abseyn leicht zur Traurigkeit bewogen /
Und scheint ihm jeder Tag / da solches sich entfernt /
50 Ein Monat / den er nur mit Schmerz ertragen lernt.

Nun aber / da wir Dich / Erhobnes Fürsten Par /
Bey uns in voller Pracht und Blühte wieder sehen /
Verjünget sich die Zeit / verkläret sich das Jahr /
Und scheint der rechte Lenz bey uns erst anzugehen.
55 Denn alle diese Lust und ungemeine Pracht /
Hat Eure Wiederkunft mehr / als die Zeit / gemacht.

Die Wollust drengt sich denn in unsre Selen ein /
Und sucht sich / Holdes Par / auch Eurer Huld zu zeigen.
Was aber kann hier wol das rechte Zeichen seyn?
60 Wer mag das hohe Ziel von unsrer Lust ersteigen?
Wollt Ihr ein solches Pfand / als dort Sever erlangt?
Euch kommt ja alles zu / wo Eure Stadt mit prangt.

Wie? oder sollen wir Euch Ehren-Pforten bau'n /
Und unsre Fröhlichkeit in Erz und Marmor graben?
65 Eur Ehren-Glanz ist ja schon hoch genug zu schau'n;
Er will von unsrer Hand gar keinen Zusatz haben.
Und wer erbauet uns auch solch ein Denkmal wol /
Das Eur verdienter Wehrt nicht schamrot machen soll?

Kein Künstler stiftet es nach Eurer Würdigkeit /
70 Und hätte seine Hand den grösten Schatz beysammen.
Denn alles sinket doch / und stirbet mit der Zeit;
Hier naget Neid und Rost / dort wüten Schwerdt und Flammen.
Ihr aber habt was mehr / als Sterbliches / verdient /
Dieß / was der Ewigkeit auch selbst zu Trotze grünt.

75 So bring' ich Euch demnach / Ihr Lichter dieser Welt /
Hier zwar solch ein Geschenk / das auch den Neid besieget /
Das Fürsten mehr / als Gold und Edelstein / gefällt /
Ja auch die Götter selbst / ich weiß nicht wie / vergnüget; c)
Doch, weil die Schriften auch die Zeit verzehren kann /
80 So richten wir Euch noch ein stärker Denkmal an.

---

c) Nach dem Urtheile des Theocritus, der am Ende seines 27ten Hirten-
Liedes / wie es Eobanus Hessus übersetzet / also schreibet.
Pulcherrima munera Magnis
Carmina sunt, nec honor Diis carmine gratior ullus.

---

61 s. *Anm.* a).   *zu* c) *Die schönsten Gaben sind Lieder den Großen, und keine Ehrung
willkommener den Göttern als ein Lied.*

d) Der Franzmann ehre denn den Grossen Ludewig /
Rom seinen Constantin / durch tausend Wunder-Bogen:
Wir streiten / Hohes Par / mit beyden um den Sieg /
Nachdem Du nun gesund und glücklich eingezogen.
85 Denn stralet dort ihr Glanz in künstlichen Porphir;
So opfern sich alhie die Selen selber Dir.

Schau / hier liegt unser Herz / das Deinen Namen träg't:
Zeuch / wie Du sonst gewohnt / in dessen eigne Pforten.
Schau / was der Sehnsucht Trieb für eine Freude hegt /
90 Die leicht zu spüren ist aus allen unsern Worten.
Ja schau auch diese Schrift mit holden Augen ein /
Wo Treue das Papier / die Dinte Liebe seyn.

Ihr Bürger / die ihr nun den holden Scepter küsst /
Den WILHELMS kluge Hand mit solcher Weisheit führet /
95 Seht / was euch wiederum für Heyl begegnet ist /
Was unser treues Land für süsse Wollust zieret.
Ihr könnt Eur Fürsten-Par bey vollen Kräften sehn;
Und mag euch über dieß was liebers wol geschehn?

Holt denn Dieselbigen mit Jauchzen wieder ein /
100 Die ihr jüngst mit Gebet und Seufzen weggelassen.
Es wird ja Braunschweig nie recht froh und glücklich seyn /
Könnt ihr Dieß Holde Par nicht stets gesund umfassen.
So lasst denn dieses Wort durch Luft und Wolken ziehn:
Es blühet Braunschweig recht / weil Seine Häupter blühn. e)

105 Wir sehen Dich nunmehr / Durchleuchtigster AUGUST /
Der neuen Sonne gleich den Gvelphen-Pol besteigen /
Und Dich / ELISABETH / mit neu-erweckter Lust /
Als wie den Morgen-Stern / an unserm Himmel zeigen.
Eur Strahl / der lange sich vor dieser Stadt verhel't /
110 Wird uns nun desto mehr und reicher zugezählt.

Die Alten glaubten sonst / die Sonne pflege sich
Mit ihrem Venus-Stern bey Nacht ins Meer zu senken /
Und dieses wisse sie vor andern sonderlich
Alsdenn mit süsser Ruh und neuer Kraft zu tränken.

d) In dieser / und der folgenden Strophe / ist man Hrn. B. Neukirch einiger
massen gefolget / wie der erste Th. Hoffmanns-Waldauischer Gedichte p. 222.
zeigen wird.   e) Die Römer namen vordem ihren Alexandr. Sever. also auf:
Salva Roma, quia salvus Alexander.

106 Gvelphen-Pol *Braunschweig.*

115 Ist solche Meynung nun gleich nichts als Tichterey;
So zeigt Eur Beyspiel doch / daß sie auch möglich sey.

Denn da Eur Edler Glanz jüngst unsern Kreis verließ /
Daß bey der schweren Last / die Fürsten stetig drenget /
Euch auch ein wenig Ruh und froher Lust-Genieß
120 Mit neuer Lebens-Kraft dereinst würd' untermenget:
So habt ihr ebenfalls die edle Flut erwählt /
Und Euren holden Stral der Lohne f) zugezählt.

Die Sehnsucht ward hiedurch zwar heftiglich gekränkt;
Allein / wie suchte man Euch dort nicht zu empfangen?
125 Wo sich Eur holder Fuß nur immer hin gelenkt /
Stund alles alsofort im Wunder-vollen Prangen.
Euch grünte Berg und Thal / Euch prangte Wald und Feld /
Euch stund der ganze Plan zur Wollust ausgestellt.

Und o wie emsig war nicht jenes Emser-Bad /
130 Durch seine Balsam-Kraft Euch völlig zu erquicken?
Die Lohne war bemüht / an unser Oker statt /
Euch / Theures Fürsten-Par / den Wollust-Lohn zu schicken /
Und alle Kraft / die sonst in diesen Tempe spriesst /
Ward / Euch zur Anmuth / noch mit grössrer Kraft versüsst.

135 Ihr zeiget denn nun da, wo unser Himmel thront / g)
Euch wieder voller Pracht und neu-vermehrter Stärke;
Ihr tretet / wie das Licht der Sonnen auch gewohnt /
Mit neuen Kräften an die sonst verübten Werke:
Denn diese wohnet nur der Thetis darum bey /
140 Daß ihre Kraft hernach so viel belebter sey.

So geht es Euch itzund / Erleuchtes Gvelphen-Par /
Ja / so ergeh' es Euch bis in die späten Zeiten /
Daß Eur gesundes Haupt nach acht und neunzig Jahr /
Wie dort des Zeno h) Haupt / der Tod erst mag bestreiten /
145 Als der das Sterben ehr / wie diesen Schmerz / gefühlt /
Der auf den Untergang des spröden Leibes zielt.

So sag' ich / geh' es Euch / bis Eur gesundes Herz
Dieselbe Krankheit spürt / die nicht durch Kunst zu lindern; i)
Bis Ihr in süsser Ruh / ohn den geringsten Schmerz /

f) Die Lohne ist ein Fluß unweit des Emser-Bades.   g) In dem prächti-
gen Salzdalischen Lust-Schlosse.   h) Ist der bekannte Welt-Weise / der
ohne einzige Krankheit ein so hohes Alter erreichet hat.   i) Seneca nennt
in seinem 108ten Briefe das hohe Alter: *eine unheylbare Krankheit.*

139 *bekannteste der Meernymphen, Tochter des Meergotts Nereus.*

150   Wie Theodosius / nebst andern GOttes-Kindern /
      Dereinst die ewige Gesundheit selbst erlangt / ^k)
      Womit kein Wolfahrts-Brunn und kein Bethesda prangt.

      Lasst aber / Holdes Par / die Ihr der Sonne gleicht /
      Und jenen Morgen-Stern in Euren Augen füret /
155   Auch meinen schwachen Klee / der sich zum Opfer reicht /
      Durch Euren Gnaden-Stral indeß nicht unberühret!
      Gönnt ihm ein wenig nur von Eurem Anmuths-Schein!
      So wird er voller Saft und steter Blühte seyn.   *[1721]*

    k) Dieser Kaiser ließ auf sein Grab das einzige Wort: ὑγίεια, *Gesundheit /*
setzen.

MICHAEL RICHEY

Wehmütiges und ehrerbietiges Stillschweigen
bey der hohen Leiche
des weiland MAGNIFICI Hoch-Edlen / Hoch-Gelahrten und
5 Hoch-Weisen Herrn / Herrn Bernhard Matfeld / J. U. D. und hoch-
verdienten Bürgermeisters der Stadt Hamburg. Den 5ten August /
Anno 1720.

Sonnet.

      Wie? brech' ich itzo nicht mit reichen Blättern los?
10   Da solch ein Pfeiler bricht an unsers Glückes Throne?
      Es fällt ein Edel-Stein aus Hamburgs Ehren-Krone:
        Der Theure Matfeld stirbt.   O gar zu schwerer Stoß!
      Ja wol! hier geb' ich gern mein Unvermögen bloß:
      Mein Klage-Lied erstickt in stummer Seufzer Tone:
15   Mein Lob verliert sein Lob an solchem Götter-Sohne:
        Mein Schmerz und Dein Verdienst / Hochsel'ger / sind zu groß.
      Dieß aber spricht mir Muht bey meiner Armuth ein:
      Man kann auch hier beredt / mit blossen Thränen / seyn;
      Ein Matfeld baut sich selbst / durch Thaten / Ehren-Pforten.
20   So ist zu Seinem Ruhm' umsonst der Schreiber Müh' /
      Umsonst der Redner Kunst / umsonst die Poesie:
      Was Ihn unsterblich macht / besteht in keinen Worten.   *[1721]*

---

152 *s. Joh.* 5, 2.
5 *Juris utriusque doctor (Doktor beider Rechte, des röm. u. kanon.).*

1722

JOHANN CHRISTIAN GÜNTHER

Die schmerzliche Erinnerung der Jugendjahre

Wo ist die Zeit, die güldne Zeit,
Wo sind die süßen Stunden,
5   Worin ich von der Eitelkeit
Noch wenig Gram empfunden?
Ich war ein Kind, ich trieb mein Spiel,
Das selbst der Unschuld wohlgefiel,
Und durft an keinem Morgen
10   Vor Kleid und Nahrung sorgen.

Die Einfalt gab mir Fried und Ruh,
Der Unverstand viel Glücke;
Es sazte mir kein Zweifel zu,
Viel minder Neid und Tücke;
15   Kein Ehrgeiz plagte Geist und Sinn,
Ich lebt in aller Hofnung hin
Und fühlte kein Entzünden
Noch unbekandte Sünden.

Ich schwör es, die Zufriedenheit
20   Der armen Christtagsbürde
War dort von größrer Zärtligkeit,
Als wenn ich Domherr würde.
Der Eindruck von derselben Lust
Erwacht mir noch in Marck und Brust,
25   So oft ich nur die Lehre
Des Weihnachttextes höre.

Von Fabeln bey der Rockenzunft
Empfand ich mehr Vergnügen
Als jezt von Schlüßen der Vernunft,
30   In welchen Knoten liegen.
Ja, wenn mir auf der Ofenbanck
Ein Lied vom deutschen Kriege klang,
So schien die alte Grete
Mein künstlichster Poete.

35   Ein Garthen, den des Vaters Schweiß
Stets vor der Thauzeit nezte,

Versüßte mir den Bücherfleiß,
Womit er mich ergözte.
Oft war ein Nest voll Vögel da,
40 Da klang ein froher εὑρηκα
Als deßen kaum geklungen,
Der aus dem Bad entsprungen.

Die Nachbarskinder ließen mir
Die Ehre, sie zu lencken;
45 Da spielt- und lacht- und sprungen wir
Auf Rasen, Berg und Bäncken.
Was dieser hört und jener sah,
Das in der großen Welt geschah,
Das sucht auch ich mit vielen
50 Im Kleinen nachzuspielen.

Der Schweden Beyspiel weckt einmahl
In uns viel Andachtsflammen,
Wir knieten in gehäufter Zahl
Auch öfentlich zusammen;
55 Der Eifer war mehr Ernst als Schein,
Und unser täglich Himmelschreyn
Hat etwan auch viel Plagen
Des Vaterlands verschlagen.

Wie ernstlich war ich dort ein Christ!
60 Wie brannt oft mein Verlangen,
Dich, der du unser Heiland bist,
Persönlich zu umfangen!
Wie freudig dacht ich an den Tod!
Ach Gott, gedenck einmahl der Noth,
65 Vor die ich als ein Knabe
Vorausgebethet habe.

Mit was vor Liebe, Trost und Treu
Kont eins das andre klagen,
Wenn etwan blinde Tyranney
70 Das Stiefkind hart geschlagen!
Wir stritten leicht, doch aller Streit
War stündliche Versöhnligkeit,
Und von der Eltern Gaben
Must jeder etwas haben.

---

40 ff. Archimedes soll mit dem Ruf ‚εὑρηκα‘ ‚ich habs gefunden‘ nackt aus dem Bade gesprungen sein, als er das Gesetz des spezifischen Gewichts entdeckt hatte.

75 Jezt lern ich leider allzufrüh
   Des Lebens Elend kennen.
   Es ist doch nichts als Wind und Müh,
   Wornach wir sehnlich rennen;
   Es gauckeln Reichthum, Stand und Kunst,
80 Die Wollust macht nur blauen Dunst,
   Und was wir so begehren,
   Muß allzeit Reu gebähren.

   Mein eignes Creuz ist überhaupt
   Ein Bündnüß aller Schmerzen
85 Und geht mir, weil es niemand glaubt,
   Empfindlich tief zu Herzen.
   Ach Himmel, mindre meine Qual!
   Wo nicht, so las mich doch einmahl
   Nur eine Gunst erwerben
90 Und mehre sie zum Sterben.   *[1731]*

Auf Bavium

Wie kommt es, daß ich nie in Bavens Predigt bin?
Ich weis und kenne ja die Kezer schon vorhin.   *[1935]*

Auf einen Prediger in B[rieg]

Man strafte nechsten Tag den jungen Prediger,
Der vor ein fettes Amt viel Beuthel hingeschmißen.
Er aber sprach: Die Schrift beruhigt mein Gewißen.
5 Denn kauft des Höchsten Sohn, mein Meister und mein Herr,
Sein armes Hirtendienst vor Marter, Blut und Leben,
So kan ich wohl vor dies den kahlen Mammon geben.   *[1935]*

AUF EINEN PREDIGER IN B[RIEG]. 2 *tadelte letzter Tage.*

1723

GEORG PHILIPP TELEMANN

Gedanken über (S.T.) Herrn Brockes
Sing-Gedicht vom Wasser im Frühlinge /
als er selbiges in die Music gesetzt hatte.

5 Strahlt die Gelehrsamkeit aus Lohensteins Gedichten;
  Lacht in des Hoffmanns Schrift die Mutter süßer Gluht /
Und prangt der Helicon mit mehr verschied'nen Früchten?
  So spricht der Wahrheit Mund: Sie schmecken alle gut.
Doch wird in jedem Fall zugleich der Satz verspüret /
10 Daß / wie die Neigungen der Menschen mancherley /
So jede Feder auch gewisse Schreib-Ahrt führet /
  Zum Zeugniß / daß darin ihr gröster Nachdruck sey.
Der hochbegabte BROCKS / der Auszug kluger Geister /
  Die Lust der großen / so wie Hamburgs kleinen / Welt /
15 Zeigt / wann er die Natur will mahlen / sich als Meister /
  Da das Original sich für den Abriß hält.
Ich seh' in diesem Blat zwar keine Bäche fliessen;
  Doch aber stellt es uns ein sanftes Rauschen für /
Und / ob vier Wände mich in ihren Umfang schliessen /
20 So zeigets mir im Geist der schön'sten Gegend Zier.
Die Andacht / so sich hier den Worten mitgetheilet /
  Zieht meinen Blick noch mehr ins Reich der Creatur.
Dann merk' ich / wie mein Kiel zum componiren eilet;
  Da such' ich / voller Brunst / die mir gezeigte Spur.
25 Music und Poesie will sonst verschwistert heissen;
  Doch ihre Freundschaft scheint mir dießmal ziemlich schwach.
Denn / da uns diese will zu Lust-Revieren reissen:
  Folgt jene nur / wie lam / mit sachten Schritten nach.
Indessen hab' ich hier den Pinsel doch genommen;
30 Wiewol es heisset nicht gemahlet / nur geschmiert /
Und wär' ich ohngefehr zu guten Strichen kommen:
  So sag' ich / daß mir BROCKS die blöde Faust geführt.

---

2 S. T.   *salvo titulo (unter Weglassung des Titels)*.

1724

BARTHOLD HEINRICH BROCKES

Ach HERR! eröffne mein Verständniß!
Ach gieb mir Weisheit und Erkäntniß /
Der Dinge Wesen zu betrachten /
Und in denselben Dich zu achten /
Weil alles / Dich zu ehren / lehrt.
Nicht nur der Himmel Raum / nicht nur der Sonnen Schein /
Nicht der Planeten Gröss' allein;
Ein Stäubchen / ist bewunderns wehrt.

1725

UNBEKANNTER VERFASSER

Aria di Govannini.

Willst du dein Herz mir schenken,
So fang' es heimlich an,
Dass unser Beider Denken
Niemand errathen kann.
Die Liebe muss bei Beiden
Allzeit verschwiegen sein,
Drum schliess die grössten Freuden
In deinem Herzen ein.

Behutsam sei und schweige,
Und traue keiner Wand,
Lieb' innerlich und zeige
Dich aussen unbekannt.
Kein Argwohn musst du geben,
Verstellung nöthig ist,
Genug, dass du, mein Leben,
Der Treu' versichert bist.

Begehre keine Blicke
Von meiner Liebe nicht,
Der Neid hat viele Stricke

---

2 *Der Violinist* Giovannini (*geb. um 1740 in Berlin, gest. 1782*) *galt als Komponist des Liedes. Die fehlerhafte Schreibung nach der Vorlage.*

Auf unser Thun gericht.
Du musst die Brust verschliessen,
Halt' deine Neigung ein,
25   Die Lust, die wir geniessen,
Muss ein Geheimniss sein.

Zu frei sein, sich ergehen,
Hat oft Gefahr gebracht,
Man muss sich wohl verstehen,
30   Weil ein falsch Auge wacht.
Du musst den Spruch bedenken,
Den ich zuvor gethan:
Willst du dein Herz mir schenken,
So fang' es heimlich an.   *[1893]*

UNBEKANNTER VERFASSER

1. Schau braut, wie hängt dein bräutigam an eines harten Creutzes-
stamm! ist auch wohl ein schmertz zu nennen, den man nicht an
ihm kan kennen?

5 2. Schau doch, er hänget gantz entblöst, betrübt, geängstigt, un-
getröst! voller beulen, voller wunden, ungepflegt und unverbun-
den.

3. Die glieder alle sind zerdehnt, der mund steht offen, lechtzt und
gähnt; und die lippen, wie korallen, sind verblaßt, beschmitzt mit
10 gallen.

4. Sein holdenreiches angesicht kan man fürm blut erkennen nicht;
seine stirn ist gantz zerstochen, und die augen sind gebrochen.

5. Das haupt ist grausamlich verhöhnt, mit einem dornen-krantz
gekrönt; und der haare tapffre locken hängen voller speichel-
15 flocken.

6. Die händ und füsse sind durchbohrt, verrenckt, gelähmet und
verkohrt; auch das hertz (o groß betrüben!) ist nicht unverwundet
blieben.

7. Schau, braut, so gehts dem grünen reiß! so gehts dem frucht-
20 bahrn paradeiß! schau, wie wirds mit dir denn werden. Dürres
holtz, staub, asch und erden.

---

14 tapffre locken   *volle, schöne Locken.*   17 verkohrt   *verspieen.*

8. Jedoch verzage nicht, er hat bezahlet deine missethat; schau, er neigt sich dich zu küssen, will dich um und bey sich wissen.

9. Geh, werde seinem leiden gleich, erduld auch du mit ihm den streich: denn es will sich nicht geziemen, daß die braut sey ohne
25 striemen.

10. Ach! steig hinauf und stirb mit ihm, erwege recht, was dir geziem; wer sein leben will ererben, muß mit ihm am Creutze sterben.

Unbekannter Verfasser

Mel. Ermuntre dich, mein schwacher geist, etc.

1. Als einst voll heilger liebs-begier, in feurigem verlangen, ich meines herzens schatz und zier, den bräutgam, wolt umfangen; lief
5 überall ich hin und her, bald in die läng, bald in die qver, und sucht auf allen strassen ihn emsig allermassen.

2. Ich lief und fragte fort und fort: wo mein geliebter stünde? an welchem end, an welchem ort mein JEsus sich befünde? da war kein ruhe; jederman schry ich um meinen heyland an: wer nur
10 könnt, solt mir sagen, wo er doch zu erfragen?

3. Er liegt, dacht ich, im krippelein, und an der mutter brüste; da fand man ihn ein kindlein klein, das alles leid versüßste: ich sucht ihn denn da ängstiglich; allein ich hatte leider mich vergeblich hier gesehnet, er war mir schon entwöhnet.

15 4. Da lieff ich fort, es fiel mir ein, daß er im feld zu finden; ich sprach: er ist ein blümelein; da, da werd ich ihn binden! doch, ich kam abermal zu spät, der schöne zweig von Nazareth kont mir hier auch nicht werden; er war nicht mehr auf erden.

5. Wart, sprach ich, er war gern allein, ich will ihn wol ergehen!
20 ich lieff in alle wüsteney'n, auf alle berg und höhen: umsonst! verlohren war die zeit; er hat auch diese einsamkeit schon allbereit verlassen, ich kont ihn da nicht fassen.

6. Darauf dacht ich ihn an dem stamm des Creutzes zu umgeben; weil er daran als Gottes lamm gelassen leib und leben: doch ich
25 fand mich in meinem sinn betrogen, dann es hatte ihn die bürgschafft weggenommen; ich kont ihn nicht bekommen.

Als einst voll heilger liebs-begier . . .   25 f. *wohl Bürgerschaft.*

7. Da eilte ich mit allem fleiß, und sucht ihn in dem grabe; ob etwan
hier das paradeiß sich fänd mit dieser gabe: Ach! aber es war leer
das grab, ich muste wieder ziehen ab: Er war schon auferstanden,
30 und hier nicht mehr vorhanden.

8. Da schwung ich mich mit geist und sinn in alle himmelssäle;
ich weiß, sprach ich, weil er dahin, daß seiner ich nicht fehle: Er
aber war auch nicht darinn, weil diese nicht begreiffen ihn, und alles
viel zu wenig, zu fassen diesen könig.

35 9. Als diß geschah, sanck ich vor leid in ohnmacht, und fiel nieder;
da hört ich, was mich stets erfreut, als ich zu mir kam wieder: wann
ich wolt wissen, wo er sey, solt ich, an statt ich mich zerstreu, ins
herzens grund eingehen, da würde ich ihn sehen.

10. Drauf stracks kehrt ich in mich bald ein, und sucht in meinem
40 hertzen: da wurd gelindert meine pein, und abgekürtzt die schmer-
tzen; weil ich mit freuden fande da zu innerst bey mir selbst so nah
in meiner hertzens-hölen den liebsten meiner seelen.

11. O thorheit, schry ich, die du GOtt von aussen meynst zu finden;
und kanst dich in dir selbst von noth durch ihn so leicht entbinden!
45 in dich, in dich must kehren du, wilt kommen du zur wahren ruh,
und stillen dein begehren; da wird dich GOtt wohl lehren!

DANIEL WILHELM TRILLER

Das Brennholtz.

Horat. Carm. L. I. Od. 9

Vides, vt alta stet niue candidum
5 Soracte; nec jam sustineant onus
Siluae laborantes: geluque
Flumina constiterint acuto?
Dissolue frigus, *Ligna super foco*
Large reponens:

10 Als jüngst die Welt ihr einen weissen Schleyer,
Als Widwe, die da leide trägt,
Für Schmertz, daß ihr durchlauchtigster Gemahl

---

*4–9 Horaz, Ode I, 9: Siehst du, wie glänzendweiß von hohem Schnee der Berg Soracte steht,
kaum noch die Last ertragen die ächzenden Wälder, und von scharfem Frost die Flüsse erstarren?
Vertreib die Kälte, leg Scheiter breit auf den Herd.*

Mit seinem Flammenreichen Strahl
So weit von ihr entfernet, angelegt,
15 Und man die harte Kost und Nahrung vor das Feuer,
Das Holtz, zur Gegenwehr der Kälte, braucht;
Bracht ohngefähr ein Fuhrmann einen Wagen,
Worauf erstorbne Bäume lagen,
Vor meine Wohnung angeführt,
20 Sein brauner Bart schien gleichsam als candirt,
Sein Haar, als wärs in Silber eingetaucht,
Und seine schwartzen Pferde schienen
Gleich lebenden Caminen,
Woraus ein warmer Qualm und Nebel raucht.
25 Als er den Wagen nun von seiner Last entleerte,
So dünckte michs, ob ich mein Hertz so sprechen hörte:
Wie gütig ist doch auch allhier
Der grosse Schöpffer gegen mir,
Der, daß wir, wenn es kalt, gemächlich leben,
30 Uns zum Geschenck das Holtz gegeben;
Womit er es so weislich angestellt,
Daß Hartz und Schwefel, als entzündlich,
Das Feuer fangend, drinn befindlich,
Damit es dergestalt die Flammen unterhält,
35 Als welchen lediglich die Nahrung wohl gefällt.
Laß dich dein wärmend Holtz zur heissen Andacht reitzen,
Und sey nicht als ein starres Scheit
An Undanck gegen Gott und Unempfindlichkeit:
So offt du lässt dein kaltes Zimmer heitzen;
40 So offt verjage du die Kälte deiner Brust,
Und dancke Gott, der eine Sommerlust
In deiner Stube dir geschencket,
Wenn Welt und Wald und Feld in Frost und Schnee versencket.

JOHANN VALENTIN PIETSCH

Die unverbesserliche Armee
Friedrich Wilhelms, Königes in Preussen,
An dem An. 1714. den 14ten. Aug. einfallenden
5   Geburths-Feste Sr. Königlichen Majestät.

Verbirgt mein König sich? die Liebe sucht ihn schon,
Hier liegt des Scepters Gold, dort steht der leere Thron,
Kan diese reiche Pracht nicht Friedrich Wilhelm binden?
Verbirgt mein König sich, ich will, ich muß ihn finden.
10 Verlässet er die Stadt, so will ich aus Berlin,
Aus Mauren, Burg und Hof in offne Felder ziehn,
Hebt er sich aus der Marck, mein Zug wird mich nach Preussen,
Vom Spree und Hawel-Strand zum Haf und Pregel reissen.
Das Ufer ist entdeckt, allein wo ist mein Held?
15 Hier thürmt sich Königsberg, dort grünt ein flaches Feld,
Es raucht, drum kan ich nicht die ferne Höhen kennen,
Seht den bewegten Glantz durch das Gefilde brennen,
Es scheinet, daß man hier die blancke Waffen regt,
Das auf ihr helles Stahl der Sonnen Feuer schlägt,
20 Daß sich ein grosser Strahl in tausend Lichter theilet,
Der mir entgegen fällt, wenn meine Sehnsucht eilet.

Wo die bewellte Fluth der freye Wind erweckt,
Wo sich der falbe Sand mit bunten Hügeln deckt,
Steigt der geweltzte Staub durch den verdickten Himmel,
25 Ja, ja, ich höre schon Spiel, Lermen und Getümmel,
Ich spühre wie die Lust sich durch den Geist vergiest,
Ich weiß, daß dort ein Heer und auch sein Lager ist.

Dies ist der Waffen-Platz, wo Friedrich Wilhelm thronet,
Wo er bey dir o Mars in leichten Hütten wohnet,
30 Der den Soldaten sich als Haupt und Vater zeigt,
Durch dessen Gegenwart die Kunst des Krieges steigt.
Er kommt, sein Gruß ist Blitz, man donnert ihm entgegen,
Die Crone weicht dem Helm, der Scepter muß der Degen,
Der Küraß Purpur seyn, die Helden-Burg ein Zelt,
35 Die Mauren sind das Volck, so sich zum Kampfe stellt,
Das dir zu zeigen wünscht, worauf es sich geübet,
Und dich, weil du es liebst, mehr als sein Leben liebet.

---

35 *Mauern.*

Wie viel umschliesset nicht der abgesteckte Raum,
Man sieht, man zehlet sie, allein man glaubet kaum,
40   Daß auf ein Zeichen sich viel tausend Köpfe rühren,
Die als ein eintzger Mann, Gewehr und Leib regieren,
Sie gehen und man sieht nur einen starcken Schritt,
Der Grund erschüttert sich durch einen gleichen Tritt,
Man sieht in fester Faust zugleich die Waffen blincken,
45   Zugleich erhöhet stehn, gleich wieder abwerts sincken,
Ein Winck verdrehet sie in einem Augenblick,
Ein Wort verkehrt die Brust, zieht Mann und Pferd zurück,
Es scheinet, wenn es fällt, ein schnelles Knie zu fallen
Und wenn es Feuer giebt ein eintzig Rohr zu knallen,
50   Weil das geübte Heer durch einen gleichen Schuß,
Die gleiche Linien mit Flammen zeichnen muß,
So kan der reiche Glantz durch abgelegne Gräntzen,
Mit Königlicher Pracht geschärffter Schwerdter gläntzen.

Held, ich umschrencke mich, dies Blatt ist viel zu klein,
55   Ein kleiner Umkreiß fast kein grosses Lager ein,
Sonst wolt ich meinen Sinn, und meine Feder schärffen,
Ich wolte jeden Mann und jedes Zelt entwerffen.
Held, dieses ist das Heer das deine Herrschafft ziehrt,
Held, dieses ist der Tag der dich der Welt gebiehrt,
60   Dein milder Gnaden-Strahl ist auch auf mich geflossen,
Du hast dich auf dein Land und auch auf mich ergossen.
Doch wird durch deinen Ruhm mein Trieb nicht offenbahr,
Mein Weyrauch dampffet nicht auf deinen Brandt-Altar,
Es blühe dir das Glück, ich will dein Lob verschweigen,
65   Ich zeige dir dein Heer, was kan ich grössers zeigen.   *[1725]*

1726

Horn

Ueber die Schreib-Ahrt der so genannten
Maler-Gesellschaft in der Schweiz.

Ihr Maler, scheinet euch vergeblich lieb zukosen,
5   Wenn ihr euch an der Pracht der grösten Dichter wag't,
Und dennoch wenig Teutsch in Teutschen Zetteln sag't.
Denn eure Schreib-Ahrt hat Neapler und Franzosen.
      Soll euer Werk gemal't und nicht geschmieret seyn;
So tunkt den Pinsel nicht mehr in den Nacht-Stul ein!

1727

Daniel Schönemann

1.

Offne Seite, sichre Höle,
      Ach wie schön ist es in dir,
Meine angefochtne Seele,
5   Findet ihre Zuflucht hier,
Hier verläßt sie ihre Pein,
Denn in dir muß Ruhe seyn.

2.

Sichre Höle, offne Seite,
      Du vermehrest meinen Muth;
10   Wann ich offt aus Schwachheit gleite,
      Machest du den Fehltritt gut,
Du hast Gnade, Trost und Licht,
Wann es mir daran gebricht.

3.

Offne Seite, sichre Höle,
15   In dir liegt die Artzeney!
Und du machst mit deinem Oele,
      Die zerknirschten Hertzen frey,

UEBER DIE SCHREIB-AHRT ... 3 *ihr gehörten vor allem Bodmer und Breitinger an.*
7 *Geschlechtskrankheit.*

Wer zu dir im Glauben eilt,
Wird durch dessen Krafft geheilt.

4.

Sichre Höle, stille Städte,
   Nimm den müden Pilgrim auf,
Satans Mord und Schand-Geräthe,
   Aengsten meinen Lebens-Lauff,
Täg- und stündlich wüntsche ich,
Sichre Höle, decke mich.

5.

Offne Seite, tieffe Löcher,
   Ich verkrieche mich in euch,
Ihr seyd meine feste Dächer,
   Matte Seele, auf! und fleuch,
Fleuch, wie lange zögerst du,
Fleuch der offnen Seite zu.

6.

Ich vermag es nicht zu sagen,
   Wie vergnüget ich hier bin,
Alle Schmertzen, alle Plagen,
   Fallen für der *Höle* hin,
Denn in deiner Sicherheit,
Findet sich kein Hertzeleyd.

7.

Hier will ich beständig bleiben,
   Diese *Höle* ist mein Haus,
Wer hat Macht mich auszutreiben?
   Niemand, nichts drängt mich heraus.
Hier leb ich, ich sterb auch hier,
   JESU! zeuch mich selbst nach dir!

BARTHOLD HEINRICH BROCKES

Kirsch-Blühte bey der Nacht.

Ich sahe mit betrachtendem Gemüte
 Jüngst einen Kirsch-Baum, welcher blüh'te,
In küler Nacht beym Monden-Schein;
Ich glaubt', es könne nichts von gröss'rer Weisse seyn.
Es schien, ob wär' ein Schnee gefallen.

Ein jeder, auch der klein'ste, Ast
Trug gleichsam eine rechte Last
10 Von zierlich-weissen runden Ballen.
Es ist kein Schwan so weiß, da nemlich jedes Blat,
Indem daselbst des Mondes sanftes Licht
Selbst durch die zarten Blätter bricht,
So gar den Schatten weiß und sonder Schwärze hat.
15 Unmöglich, dacht' ich, kann auf Erden
Was weissers ausgefunden werden.
Indem ich nun bald hin bald her
Im Schatten dieses Baumes gehe:
Sah' ich von ungefehr
20 Durch alle Bluhmen in die Höhe
Und ward noch einen weissern Schein,
Der tausend mal so weiß, der tausend mal so klar,
Fast halb darob erstaunt, gewahr.
Der Blühte Schnee schien schwarz zu seyn
25 Bey diesem weissen Glanz. Es fiel mir ins Gesicht
Von einem hellen Stern ein weisses Licht,
Das mir recht in die Sele stral'te.
   Wie sehr ich mich an GOtt im Irdischen ergetze,
Dacht' ich, hat Er dennoch weit grös're Schätze.
30 Die gröste Schönheit dieser Erden
Kann mit der himmlischen doch nicht verglichen werden.

Frühlings-Seufzer.

Grosser GOtt, in dieser Pracht
Seh' ich Deine Wunder-Macht
Aus vergnüg'ter Selen an.
5 Es gereiche Dir zu Ehren,
Daß ich sehen, daß ich hören,
Fülen, schmecken, riechen kann!

Ein fester Vorsatz.

Als meine Kinder einst vor wenig Tagen,
Da es noch ziemlich früh, in sanfter Ruhe lagen,
Und ich, um sie vom Schlafe zu erwecken,
5 Selbst in die Cammer trat; sah ich sie voll Vergnügen,
Vom lauen Schweiß gefärb't, in süsser Röte liegen,

Und wie die Rosen blühn. Teils hatten sie die Decken
Im Schlafe von sich weggeschoben,
Hier hatt' ein kleiner Arm sich um sein Haupt gelenkt,
10 Ein and'rer lag auf seinem Pfül erhoben,
Dort waren zwey mit Hand und Bein verschrenkt,
Ein Aermchen ruhte dort auf seines Bruders Brust,
Wie es der Zufall gab. Ich sahe sie mit Lust,
Ich dankte GOtt, daß Er sie so gesund geschaffen,
15 Auch daß sie durch Desselben Macht,
So wol als ich die ganze Nacht
So sanft, so ruhig können schlafen.

Kaum rief ich ihnen zu: Auf! als ich sie
So bald, den Schlummer zu vertreiben,
20 Zugleich beschäfftigt sah. Doch wollte sonder Müh
Der träge Schlaf nicht fort, ein sanftes Augen-reiben
Erhub sich überall, hier streckt' ein Aermchen sich,
Und dort ein kleines Bein.
Hier sahe mich von dieser kleinen Schar
25 Ein halb geöffnet Aug', indem des Tages Schein
Ihn anfangs blendete, mit holdem Lächeln zwar,
Doch kurzen Blicken an. Ich hörete von allen
Ein froh verwirrt Papa! Papa! erschallen.

Auf! rief ich, lasst mich sehn, wer von euch kann
30 Am ersten angethan,
Am schnellsten fertig werden.
Gleich war der Schlummer fort, ein emsiges Gewül
Das jedem, der es sah, gefiel,
Erhub sich überall, sie sprungen von der Erden,
35 Und, eh' ichs mich versah,
Stund alles fertig da.
Mir fiel hierüber folgends ein:

Wie nützlich und wie gut in userm Leben
Die Leidenschaften seyn;
40 Davon kan dieses Kinder-Spiel
Mir eine gute Nachricht geben.
Welch eine Schläfrigkeit würd' an dem Menschen kleben,
Wie träg und ungeschickt würd' er zu allem seyn,
Wenn eine Leidenschaft, zumal der Trieb zur Ehre,
45 Nicht bey uns Menschen wäre.

Es fliesst hieraus noch eine Lehre:
Ob gleich wir Menschen schwach und unvermögend heissen;

So sind wir doch geschickter, als man denkt,
Uns dem Gewonheits-Schlaf und Schlummer zu entreissen,
50   Wenn man die Sinne nur auf einen Vorwurf lenkt,
Der uns gefällig ist: man wird viel Unvergnügen
Und Hinderniß geschickt seyn zu besiegen,
Mehr als man selbst geglaubt.
Sprich nicht: dieß Gleichniß hier vom Schlafe geht nicht an,
55   Weil man denselbigen des Morgens leicht bekriegen,
Und durch geringen Zwang vertreiben kann,
Da er sich ohnedem hinweg pfleg't zu verfügen;
Wenn der Gewonheits-Schlaf hingegen
Beständig an uns kleb't, und immer zäher wird.
60   Dieß scheint zwar wahr zu seyn; doch, wenn wirs recht erwegen,
So hast du dich dennoch geirrt.
Ob durch Gewonheit gleich die Leidenschaft
Noch immer stärker wird; kann gleichwol ihre Kraft
Die gegenseitige Gewonheit wieder dämpfen.
65   Es liegt in diesem Fall am festen Vorsatz viel.
Fang du nur tapfer an, und fahre fort zu kämpfen!
Du kommst zuletzt gewiß zum vorgesteckten Ziel.

1728

BARTHOLD HEINRICH BROCKES

Der schönste Thau.

Als Belisander, eines schweren Falles halber, verhindert war, im
Garten zu gehen, hatte Belisa ihm eine Menge der schönsten Bluh-
5 men in ein Körbchen gesammlet. Indem er nun, um ihre ungemeine
Schönheit, so lange als möglich, zu erhalten, im Begriff war, die-
selben mit frischem Wasser zu besprützen, und er sie mit besonderer
Achtsamkeit noch einmahl ansahe; ward er durch die ausnehmende
Schönheit so gerühret, daß ihm die Thränen in die Augen traten,
10 und eine davon ungefehr auf die Bluhmen fiel. Dieses gab ihm An-
laß zu folgender Betrachtung.

Dies Tröpfgen, das so rein, so rund,
Und, wie ein Tröpfchen Thau, auf Bluhmen klar und bunt;
Auch klar und bunt auf bunten Bluhmen lieget,
15   Ergetzt, erquicket und vergnüget
Mich recht auf eine neue Weise.

Ein süsses Hoffen schmeichelt mir,
Es gläntze dieses Naß, in seiner reinen Zier,
Dem grossen Schöpfer selbst zum Preise,
20 Und werde diese kleine Fluht,
(Die aus der Creaturen Pracht,
Zu Ehren dem, der sie gemacht,
Durch eifriger Betrachtung Gluht,
Gezogen, erst sich sublimiret,
25 Und vom Gehirn den Sitz der Seelen distilliret,)
In ihrem rein und schön gefärbten Schein,
Vielleicht der Gottheit selbst gefällig seyn.
Ja, ja, wo etwas auf der Welt geschickt,
Dem Schöpfer Freude zu gewähren;
30 So ist es solch ein Thau, so sind es Freuden-Zähren,
Die Sein Geschöpf, zu Seinen Ehren,
Voll Lieb, aus Danckbarkeit, uns aus den Augen drückt.

JOHANN ULRICH KÖNIG

Poetische Einfälle,
Bey dem Königlichen Vogel-Schiessen
in dem Königlichen Schießhause zu Dreßden,
5 In Hoher Gegenwart Ihro beyder Kön. Majestäten
von Preussen und Pohlen,
gehalten den 6. Febr. 1728.

Nahmen der Schützen.

[. . .]

10 Den Lincken-Flügel.

Ein güldenes Schau-Stück von 80. Ducaten, worauf des Königs von Pohlen
Brust-Bild, auf der andern Seiten ein Römischer Altar, über welchen zween
fliegende Adler mit der Überschrifft: Omine geminato lætior. Im Abschnitte:
Grato Hospiti Sacra. An. C. M. DCC.XXVIII. Mens. Januar.
15 nebst einer Marcipane.

Ihro Königl. Majest. in Preussen.
Da *Du, König!* Sieger bist,
Da dieß Schau-Stück neu geschlagen
Und auf Dich gerichtet ist,

---

13 *Fröhlicher bei doppelten Vorzeichen (d. h. Adlern).* 14 *Dem angenehmen Gaste geweiht.*

20 Ich es auch darff zu Dir tragen,
   Fält mir was besonders ein,
   Daß allhier *drey König* seyn:
   Der König von Preussen bekömmt den Gewinn,
   Der König von Pohlen verehrt ihm die Gaben,
25 Die bringt hier der dritte mit frölichem Sinn,
   Und der bin ich selber: der König aus Schwaben.

Den Kopff, rechten Flügel und Rumpff.

Drey dergleichen güldene Medaillen, die eine von 70. die andere von 50. und die dritte von 40. Ducaten nebst 3. Marcipanen.

30 Ihro Durchl. der Hertzog von Weissenfels.
   Der Hertzog ist fürwahr im treffen noch nicht stumpff.
   Er schiest auf einmahl ab, Kopff, Flügel und den Rumpff.
   Ich glaub, er traff vor dem auch eben so genau
   Vor Strahlsund, bey der hübschen Priester-Frau.
35 Glück zu! nimm drey Gewinn'
   Auf einmahl von mir hin!
   Ich setze diese Schrifft dem Vogel auf sein Grab:
   Ein loser Vogel schoß den gantzen Vogel ab.

Den Schwantz.

40 Eine dergleichen Medaille von 60. Ducaten, nebst einer Marcipane.

Herr Obrister von Kalckstein.

   Du wustest, nebst andern im Schiessen zu siegen,
   Drum muß dich beehren, drum muß dich vergnügen
   Für deine Verdienste der letzte Gewinn,
45 Ein güldenes Schau-Stück von 60. Ducaten
   Kriegt einer von Preussens gelehrten Soldaten:
   Dieweil er es würdig, erfreut sich mein Sinn.

Schluß.

   Und da wir so vergnügt nunmehr das Vogel-Schiessen
50 Bey Beyder Adler Hierseyn schliessen,
   So wünsch ich kürtzlich noch zum Schluß hiebey:

---

  33 *(anekdotische?) Anspielung auf die Belagerung Stralsunds 1711/12, an der Herzog Jo-hann Adolph (1685–1746) beteiligt war.* 49 *Könige.*

Daß so lang noch vereint auch dieß Paar Vögel sey,
So lang die Erbarn Schwaben
Vor viertzig Jahren noch den vollen Witz nicht haben,
55   So lang der Mecklenburger sich
Nicht mit dem Pommer kan vergleichen,
Wer wohl an Höflichkeit dem anderen soll weichen.
So lang Pommochels-Köpff annoch in Preussen sind,
So lang man in der Marck noch Pletzen-Fresser findt,
60   So lang der Pohle nicht verschwört den Brandtenwein,
So lang als schon gewesen
Und auch noch bleiben wird ein Matz von Dreßden.
So lange parum wird auf gut teutsch nicht viel heissen,
So lang hier wird ein Hahnrey seyn;
65   Und trifft dieß letztere nur ein,
So wird das Freundschaffts-Band von Pohlen und von Preussen,
Von Sachsen und der Marck in Ewigkeit nicht reissen.

1729

GERHARD TERSTEEGEN*

Geduldig seyn, in Kreuz und Pein.

Senk' dich fein tief in Gottes Lieb' hinein,
Dann kannst du leicht sanft, still gelassen seyn:
5   Des Herren Kreuz ist solch ein sanftes Kissen,
Man sollt' es nicht für Seid' und Sammet missen.

Anbetung im Geiste.

Ich bet' dich an, mein Gott, ein Andrer öfters spricht;
Mein Geist es immer thut, doch sagt mein Mund es nicht.

---

53 *Anspielung darauf, daß der* Schwabe *Ulrich König damals einige Monate vor seinem*
40. Geburtstag stand?   57 Pommochelskopf *Dickkopf, Grobian etc.*   58 Pletze
Kartoffelreibekuchen.   61 Matz   *etwa: Einfaltspinsel.*   62 parum *zu wenig, nicht*
genug.

Wie Gott gesucht werde.

Laß los die Kreatur; entsink' dem eignen Willen;
Gedenk' nicht mehr an dich, und laß dich Gott im Grund,
Demüthig, liebreich, sanft; merk', wenn er dich will stillen:
5 So find'st du *dich in Gott, und Gott in dir* zur Stund'.

Ost, West; zu Haus ist's best.

Mein Geist gehört in Gott zu Haus,
Drum kehrt er sich aus allem aus;
Sein Vaterland heißt *Ewigkeit*,
5 Drein senkt er sich aus Ort und Zeit,
Da er, im innig stillen *Nun*,
In Gott kann im Verborgnen ruh'n.

Ursach' aller Pein.

Es kommt mir alle Pein aus Stolz und Eigensinn,
Daß ich kein stilles Kind und Gott gelassen bin.

Den Fremdling geht's nicht an.

Ich bin ein Pilger hier: drum geht es mich nicht an,
Was in der fremden Welt von Andern wird gethan.

An einen Vernünftling.

Vernunfts-Christ, werde doch zum Kinde
Und laß all' deines Kopfes Fünde;
Verleugne dich und alle Dinge,
5 Und Gott dein Herz und Willen bringe;
Und wandle vor sein'm Angesicht:
Dein Speculiren thut es nicht.

Durch's Nichts geht der Weg.

Christ, du willst immer viel genießen, haben, seyn;
Dein Heiland liebete Verachtung, Armuth, Pein:
Mach's auch so: denn der Weg des Friedens und des Lichts,
5 Der geht (versteh' mich recht) durch's Nichts, durch's Nichts,
durch's Nichts.

[alle 1841]

Abendgedanken einer gottseligen Seele.
Kehre wieder zu deiner Ruhe, meine Seele!
denn der Herr thut dir Gutes. Ps. 116.

Mel.: Der Tag ist hin; oder auch in folgender Melodie.
5 *[Melodie]*

1. Der Abend kommt, die Sonne sich verdecket,
Und alles sich zur Ruh und Stille strecket.
O meine Seel', merk' auf! wo bleibest du?
In Gottes Schooß, sonst nirgend find'st du Ruh'.

10 2. Der Wandersmann legt sich ermüdet nieder;
Das Vöglein fleugt nach seinem Nestchen wieder;
Das Schäflein auch in seinen Stall kehrt ein;
Laß mich in *dich*, mein Gott, gekehret seyn.

3. Ach! sammle selbst Begierden und Gedanken,
15 Die noch so leicht, aus Schwachheit, von dir wanken:
Mein Stall, mein Nest, mein Ruhplatz, thu dich auf,
Daß ich in dich, von allem andern, lauf.

4. Recht väterlich hast du mich heut' geleitet,
Bewahrt, verschont, gestärket und geweidet:
20 Ich bin's nicht werth, daß du so gut und treu:
Mein *Alles* dir zum Dank ergeben sey.

5. Vergib es, Herr, wo ich mich heut' verirret,
Und mich zu viel durch dies und das verwirret!
Es ist mir Leid, es soll nicht mehr geschehn;
25 Nimm mich nur ein, so werd ich fester stehn.

6. Da nun der Leib sein Tageswerk vollendet,
Mein Geist sich auch zu seinem Werke wendet,
Zu beten an, zu lieben inniglich,
Im stillen Grund, mein Gott, zu schauen dich.

30   7. Die Dunkelheit ist da, und alles schweiget,
Mein Geist vor dir, o Majestät! sich beuget:
In's Heiligthum, in's Dunkle, kehr' ich ein,
Herr! rede *du*, laß mich ganz stille seyn.

8. Mein Herz sich dir zum Abendopfer schenket,
35   Mein Wille sich in dich gelassen senket:
Affekten, schweigt! Vernunft und Sinnen, still!
Mein müder Geist im Herren ruhen will.

9. Dem Leib' wirst du bald seine Ruhe geben;
Laß nicht den Geist zerstreut in Unruh' schweben;
40   Mein treuer Hirt, führ' mich in dich hinein,
In dir, mit dir, kann ich vergnüget seyn.

10. Im Finstern sey des Geistes Licht und Sonne;
Im Kampf und Kreuz mein Beistand, Kraft und Wonne:
Deck mich bei dir in deiner Hütte zu,
45   Bis ich erreich' die volle Sabbathsruh'.   [*1841*]

1731

JOSEPH SCHAITBERGER*

1. Ich bin ein armer Exulant
– Also muß ich mich schreiben –
Man tut mich aus dem Vaterland
5   Um Gottes Wort vertreiben.

2. Doch weiß ich wohl, Herr Jesu mein,
Es ist dir auch so gangen.
Jetzt soll ich dein Nachfolger sein;
Mach 's, Herr, nach dei'm Verlangen!

10   3. Ein Pilgrim bin ich auch nunmehr,
Muß reisen fremde Straßen.
Drum bitt ich dich, mein Gott und Herr,
Du wollst mich nicht verlassen.

---

4 aus dem Salzburgischen, aus dem der Vf. schon 1686 vertrieben worden war. Das Lied galt den 1731 vom Erzbischof Firmian vertriebenen Protestanten.

4. Ach steh mir bei, du starker Gott!
Dir hab ich mich ergeben.
Verlaß mich nicht in meiner Not,
Wenn 's kosten sollt mein Leben!

5. Den Glauben hab ich frei bekennt;
Deß darf ich mich nicht schämen,
Ob man mich einen Ketzer nennt
Und tut mir 's Leben nehmen.

6. Ketten und Band war mir ein Ehr
Um Jesu willen zu dulden;
Denn dieses macht die Glaubenslehr
Und nicht mein bös Verschulden.

7. Ob mir der Satan und die Welt
All mein Vermögen rauben,
Wenn ich nur diesen Schatz behalt:
Gott und den rechten Glauben!

8. Herr! wie du willst, ich gib mich drein;
Bei dir will ich verbleiben.
Ich will mich gern dem Willen dein
Geduldig unterschreiben.

9. Muß ich gleich in das Elend fort,
So will ich mich nicht wehren.
Ich hoffe doch, Gott wird mir dort
Auch gute Freund' bescheren.

10. Nun will ich fort in Gottes Nam;
Alles ist mir genommen.
Doch weiß ich schon: die Himmelskron
Werd ich einmal bekommen.

11. So geh ich heut von meinem Haus;
Die Kinder muß ich lassen.
Mein Gott! das treibt mir Tränen aus
Zu wandern fremde Straßen.

12. Ach führ mich, Gott, in eine Stadt,
Wo ich dein Wort kann haben!
Damit will ich mich früh und spat
In meinem Herzen laben.

---

34 *die Fremde.*

50
13. Soll ich in diesem Jammertal
Noch lang in Armut leben,
Gott wird mir dort im Himmelssaal
Ein' bessre Wohnung geben.

14. Wer dieses Liedlein hat gemacht,
55
Der wird hier nicht genennet.
Des Papstes Lehr hat er veracht't
Und Christum frei bekennet.   *[1910]*

Nikolaus Ludwig Graf von Zinzendorf*

1. In diesem dunckeln sitz*) erblick ich einen ritz, licht der ewgen
sonne, gewürckt von deinem blitz, zu meiner grossen wonne: wär
der fels gesprengt, und ich durchgedrängt :,:*) Jes. 24

5 Seele. 2. O welchen wunder-blick schickt jener plan zurück, da die
freyen wohnen, die gerne stück vor stück des Heylands sinn gewoh-
nen, und nicht träge sind, wo man was gewinnt, :,:

JEsus. 3.ᵃ) Wer oben will hinaus bleibt in dem kercker haus, die sich
zur erde strecken, die kommen glücklich draus und bleiben niemahls
10 stecken, laß dir nur nicht graun etwas staub zu kaun, :,:

4. Seele. Hilff kleines wiegen-kind, daß ich hier über wind: men-
schen zu gewinnen, versuchtst du stanck und grind, gieb mir so
kleine sinnen: wohl mir ich bin nichts, welch ein blick des lichts, :,:

JEsus. 5.ᵇ) Nur vollends gar heraus, o seele, was wird draus, deine
15 schultern stecken, welch ungereimter graus will dich zurücke
schrecken, siehst du was dich drückt, nur das fleisch zerstückt. :,:

Seele. 6. Das thut gewaltig weh: allein ich seh wohl, eh komm ich
nicht ins freye, biß daß mein fleisch vergeh; O seele, nun gilts treue!
wohlthun ist ein traum, drüber! welch ein raum! :,:

20 JEsus. 7.ᶜ) Nun seele sieh es geht: ach! aber welch magnet hält dich
an der erden, daß der nicht auch ersteht, der doch frey können wer-
den: dieser erd-geruch ist ein grosser fluch. :,:

---

*) In den gefängnissen,   a) des hochmuths,   b) der lust,   c) der
irdigkeit, und   d) faulheit.

---

5 plan *Gefilde.*

Seele. 8. Ich bin wohl aufgerufft, doch diesen erden dufft hab ich
mehr genossen als Christi freye lufft: nun aber ists beschlossen, daß
25 ich mich entwöhn: wohl mir! ich kan stehn, :‚:

JEsus. 9. Allein, welch ᵈ) fauler trieb hat seine ruh so lieb, daß man
sich verweilte, und zurücke blieb, als ich zur arbeit eilte. Hier gilts
auch nicht stehn, sondern müde gehn. :‚:

Seele. 10. Auf, auf! und gieng im lauff auch leib und seele drauf, ich
30 wills fahren lassen, nichts halte mich mehr auf in Christi gnaden-
gassen. Wohl mir! denn ich bin über alles hin. :‚:   *[1731]*

1732

GOTTFRIED KLEINER

Adam versteckte sich mit seinem Weibe
vor dem Angesichte GOTTes unter die
Bäume im Garten.
5   1 Mos. 3/8.

O! was wilstu dich verstecken?
GOTT durchsiehet alle Hecken.
Deine Schuld muß doch ans Licht,
Kreuch hervor, und säume nicht.
10   Alle Bäume dieser Erden
Müssen helle Fackeln werden.
Alle Gräser, groß und klein,
Müssen die Verkläger seyn.
Nichts bedecket deine Sünden,
15   Nirgend kanstu Ruhe finden.
JESU Wunden öffnen sich,
Da hinein verstecke dich.

Als er im May-Monath zur Abend-Zeit die Mäyen-Käfer
in grosser Menge herum schwermen sahe;
und im Junio wahrnahm, daß keiner mehr da war.

Sic transit Gloria mundi.

5   Wie? Läst das wilde Käfer-Heer
Die Garten-Lufft so still und leer?
Wo bleibt das Sausen und das Fliegen?
O Welt! dein fleischliches Vergnügen,
Dein freches Thun', dein Sünden-Wust,
10   Vergleicht sich dieser *Käfer-Lust.*
Steh ab von deinen Eitelkeiten.
Gedencke doch der *alten Zeiten.*
Da liegt die *erste Welt* ertruncken,
Dort lieget *Sodoma* versuncken,
15   Da wird die *Isabel* bey Hunden
In ihrem Blutte todt gefunden,
Dort henget *Absalon* der Stoltze,
Dort schwebet *Haman* an dem Holtze,
Wo bleibt *Herodes* mit dem Glantze?
20   Wo *Herodias* mit dem Tantze?
Der *reiche Mann* ist nicht mehr da,
Das Eja wird ein Ejula.

Sic $\begin{bmatrix} transit \\ cessant \end{bmatrix}$ *mundi* $\begin{bmatrix} Gloria \\ gaudia \end{bmatrix}$

Als er ein Fliegen-Bein in der Speise fand,
und ihm davor eckelte.

So muß die Creatur Verdruß und Eckel bringen,
Und nach dem Sünden-Fall auf lauter Rache dringen.
5   Auch dieses Fliegen-Bein soll mein Præceptor seyn,
Es schärfft den *Sünden-Fall* mir jetzt von neuem ein.

ALS ER IM MAY-MONATH ... 4 *so vergeht die Herrlichkeit der Welt.* 15 f. *s.* 1. *Kön.*
21,23 *und* 2. *Kön.* 9,10 *und* 30ff. 17 *s.* 2. *Sam.* 18, 9. 18 *s. Esth.* 7,10.
20 *s. Mt.* 14, 6; *Mk.* 6, 22. 22 Eja *Freudenruf (aufl)* – Ejula *Imperativ von eiulare*
(laut wehklagen). 24 *so verschwinden die Freuden der Welt (s. Anm. 4).*
ALS ER EIN FLIEGEN-BEIN ... 5 *Lehrer.*

steh.

Früchte

und dort voll

hinnen geh,

Biß ich von

O mach mich grün,

O laß mich blühn,

Bewässert gutt.

Dein mildes Blutt

Die deine Liebe sucht.

Und pflantz in mich die Frucht,

In meinem Hertzen selbst den Platz,

Bereite Dir, Du Seelen-Schatz!

Ach nihm mich mir, und gieb mich Dir!

Als Du, *mein JESU*, meine Zier!

Soll Niemand seyn, und Niemand werden,

Mein Alles, dort, und hier auf Erden,

Mein auserkohrnes GOTTES-Lamm /

Mein schönster Himmels-Bräutigam /

Mein Seelen-Ruhm /

Mein Eigenthum /

Mein Port,

Mein Hort,

Mein Theil,

Mein Heil,

Mein Steig,

Mein Zweig,

Mein Raum,

Mein Baum,

Die Bäume des HErrn stehen voll Saffts / wie die Cedern
Libanon / die Er gepflantzet hat.

Ps. 104/16.

Die Zeilen 30 ff. sind Überschrift; die Zeilen 29–1 sind von unten nach oben zu lesen.

JOHANN ULRICH KÖNIG

Über das Kupffer-Bild vor dem Ersten Theile der Besserischen Schrifften.

Die *teutsche Dicht-Kunst* war veracht,
5   Sie suchte sich zu bunt zu kleiden;
Bey Hofe sah sie sich verlacht,
Denn der kan keinen Schulschmuck leiden.

Sie war nur auf den Schein bedacht,
Und was den Opitz groß gemacht,
10   Begunt' ihr falscher Witz zu meiden.

Doch *der Geschmack* nebst *der Natur*
Fieng an, sie edler auszuzieren,
Und sicher auf der Alten Spur
Nach Hofe wieder hinzuführen;
15   Wo sie, befreyt von Schminck und Tand,
Durch *Bessers Schreib-Art* Beyfall fand.

J. M. DARNMANN / H. E. WEICHMANN

Über Mademoiselle Weichmann
ungemeine Geschicklichkeit in der Dicht-Kunst
wollte seine Gedancken eröfnen, und seine Hochachtung
5   gegen Dieselbe bezeugen Dero wenig bekannter, doch ergebner
Diener, J. M. Darnmann.

Was Wunder seh ich nun! Ich mögte fast erröthen;
Crönt doch die *Weichmannin* die Anzahl der Poeten.
Der Jungfern Zierd' ist sonst die Haushaltung verstehn;
10   Solls etwas mehrers seyn, Spiel, Tantzen, Sticken, Nehn.
Der Geist der *Weichmannin* will etwas edlers haben,
Den angebohrnen Trieb zu stillen und zu laben,
Als solche Kleinigkeit, die Nadel, Cart' und Tantz.
Wenn sie ja spielen will, flicht sie den Ehren-Crantz,

ÜBER DAS KUPFFER-BILD ... 2 *Das Kupferbild (im Anschluß an das Gedicht ausführlich erläutert) zeigt den Geist der Weisheit in Gestalt Friedrichs I. von Preußen, dem die allegorische Figur der deutschen* Dichtkunst *(in der Hand eine Leier, die mit dem Doppeladler geschmückt ist) in Begleitung des guten* Geschmacks *(Jünglingsfigur) und der* Natur *(Frauenfigur)* Bessers *Gedichte überreicht. Der König reicht ihr dafür einen Lorbeerkranz.*

15 Der ihrer Stirn gebührt, mit Laub der Pierinnen,
Und steigt zum Zeit-Vertreib auf des Parnassus Zinnen.
Seh ich den muntern Schritt, so denck' ich dies dabey:
Daß sie gewiß nicht *Weich*, wol eine *Männin* sey.

Herrn Darnmanns unverdiente Höflichkeit
wollte, mit Beybehaltung der Reime, in folgendem beantworten
Dessen gehorsame Dienerin, H. E. Weichmann.

Was Wunder seh' ich doch! wie! sollt' ich nicht erröhten?
5 Zählt mich Herr *Darnmann* denn nun gar zu den Poeten?
So ists! Sein muntrer Vers giebt höflich zu verstehn,
Ich könnte schon mit Recht in dieser Reihe gehn.
Allein ich kenne mich und meine schlechten Gaben.
Kann gleich die Poesie, nebst der Music, mich laben;
10 So wag' ich mich dennoch nicht an den Dichter-Tantz,
Und lasse williglich den stoltzen Lorbeer-Crantz
Den Jungfern alter Zeit, den schlauen Pierinnen.
Mir siehts gefährlich aus auf des Parnassus Zinnen.
Seh' ich sein Gütig-seyn, so denck' ich dies dabey,
15 Daß den Poeten längst ein Schertz erlaubet sey.

ALBRECHT VON HALLER*

Morgen-Gedanken.

Der Mond verbirget sich / der Nebeln grauer Schleyer
    Dekt Lufft und Erde nicht mehr zu;
5 Der Sternen Glanz verschwindt / der Sonne reges Feuer /
    Stört alle Wesen aus der Ruh.

Der Himmel färbet sich mit Purpur und Saphiren /
    Die frühe Morgen-Röhte lacht;
Und vor der Rosen Glanz / die ihre Stirne zieren /
10   Entflieht das blasse Heer der Nacht.

Durch's rothe Morgen-Thor der heitern Sternen-Bühne
    Naht das verklärte Aug der Welt;
Der Wolken Schimmel glänzt von blizendem Rubine
    Und glühend Gold bedeckt das Feld.

15   Die Rose öffnet sich / und spiegelt an der Sonne
          Des frühen Morgens Perlen-Thau;
        Der Lilgen Ambra-Dampff belebt zu unsrer Wonne
          Der zarten Blätter Atlas grau.

        Der wache Akers-Mann eilt in die rauhen Felder /
20   Und treibet den gewohnten Pflug;
        Der Vögeln rege Schaar erfüllet Lufft und Wälder /
          Mit ihrer Stimm und frühem Flug.

        O Schöpffer! was ich sieh / sind Deiner Allmacht Werke /
          Durch Dich belebt sich die Natur;
25   Der Sternen Lauff und Licht / der Sonne Glanz und Stärke /
          Sind Deiner Hand Geschöpf und Spuhr.

        Du zünd'st die Fakel an / die in der Sonne leuchtet /
          Du giebst den Winden Flügel zu;
        Du leyhst dem Mond den Thau / damit er uns befeuchtet /
30   Du theilst der Sternen Lauff und Ruh.

        Du hast der Bergen Talg aus Thon und Staub gedrehet /
          Der Grüfften Erzt aus Sand geschmelzt;
        Du hast das Firmament an seinen Ort erhöhet /
          Der Wolken Kleid darum geweltzt.

35   Dem Fisch der Ströme bläßt / und mit dem Schwanze stürmet
          Hast Du die Adern ausgehöhlt;
        Du hast den Elefant aus Erden aufgethürmet /
          Und seinen Knochen-Berg beseelt.

        Des weiten Himmel-Raums saphirene Gewölber
40   Sind Deiner Händen leichtes Spil;
        Das ungemeßne All / begränzt nur durch sich selber
          Kost dich nichts als das Wort: Ich will.

        Doch dreymahl grosser GOtt / es sind erschaffne Seelen /
          Vor Deine Thaten viel zu klein;
45   Sie sind unendlich groß / und wer sie will erzehlen /
          Muß wie DU ohne Ende seyn.

        O ewigs Wesen-Quell! ich bleib in meinen Schranken /
          Du Sonne blend'st mein schwaches Licht;
        Und wem der Himmel selbst / sein Wesen hat zu danken /
50   Braucht eines Wurmes Lob-Spruch nicht.

Doris.

Des Tages Licht hat sich verdunkelt /
Der Purpur / der im Westen funkelt /
    Erblasset in ein falbes Grau;
5   Der Mond zeigt seine Silber-Hörner /
    Die kühle Nacht streut Schlummer-Körner
      Und tränkt die trokne Welt mit Thau.

Komm / Doris / komm zu jenen Buchen /
Laß uns den stillen Grund besuchen /
10   Wo nichts sich regt als ich und du.
Nur noch der Hauch verliebter Westen
Belebt das schwanke Laub der Aesten
      Und winket dir liebkosend zu.

Die grüne Nacht belaubter Bäumen /
15   Reizt uns zu Anmuhts-vollen Träumen /
      Worein die Seel sich selber wiegt.
Sie zieht die schweifenden Gedanken
In angenehm verengte Schranken /
      Und lebt mit sich allein vergnügt.

20   Sag' Doris! fühlst du nicht im Herzen /
Die zarte Regung sanfter Schmerzen /
      Die süsser sind als alle Lust?
Strahlt nicht dein holdes Aug gelinder?
Rollt nicht dein Blut sich selbst geschwinder
25   Und schwellt die Unschulds volle Brust?

Ich weiß / daß sich dein Herz befraget /
Und ein Gedank zum andern saget:
      Wie wird es mir? Was fühle ich?
Mein Kind! du wirst es nicht erkennen /
30   Ich aber werd' es leicht dir nennen /
      Ich fühlte eben das vor dich.

Du staunst; Es regt sich deine Tugend /
Die holde Leib-Farb keuscher Jugend
      Dekt dein verschämtes Angesicht.
35   Dein Blut wallt von vermischtem Triebe /
Der strenge Ruhm verwirft die Liebe /
      Allein dein Herz verwirft sie nicht.

---

11 *Westwinde.*   36 strenger Ruhm *guter Ruf.*

Mein Kind erheitre deine Blike
Ergiebe dich in dein Geschike /
   Dem nur die Liebe noch gefehlt.
40   Was wilst du dir dein Glük mißgönnen?
Du wirst dich doch nicht retten können /
   Wer zweifelt / der hat schon gewählt.

Der schönsten Jahren erste Blühte
45   Belebt dein aufgewekt Gemühte /
   Darein kein schlaffer Kaltsinn schleicht;
Der Augen Gut quilt aus dem Herzen /
Du wirst nicht immer fühlloß scherzen /
   Wen alles liebt / der liebet leicht.

50   Wie! schreket dich der liebe Nahme?
Nur Laster deken sich mit Schaame
   Und Lastern war sie nie verwandt.
Sieh' deine muhtige Gespielen /
Du fühlest was sie alle fühlen /
55   Dein Brand ist der Natur ihr Brand.

O könnte dich ein Schatten rühren /
Der Wollust die zwey Herzen spüren /
   Die sich einander zugedacht.
Du fodertest von dem Geschike
60   Die langen Stunden selbst zurüke
   Die dein Herz müssig zugebracht.

Wann eine Schöne sich ergeben
Für den / der für sie lebt zu leben /
   Und ihr verweigern wird zum Scherz:
65   Wann nach erkannter Treu des Hirten /
Die Tugend selbst ihn kränzt mit Myrten /
   Und die Vernunft redt wie das Herz.

Wann Flammen sich mit Flammen nähren /
Und man nichts süsses kan begehren /
70   Das man sich selbst nicht geben kan:
Wann die entzükten Sinnen fehlen /
Und sich das innerste der Seelen /
   Der heissen Wollust aufgethan.

Wann sich . . . allein / mein Kind / ich schweige
75   Von dieser Lust / die ich dir zeige
   Ist was ich sage / kaum ein Traum;

Erwünschte Wehmuth / sanfft Entzüken /
Was wagt der Mund euch auszudrüken?
   Das Herze selbst begreift euch kaum.

80 Du seufzest / Doris! wirst du blöde?
O selig! flößte meine Rede
   Dir den Geschmak des Liebens ein.
Wie angenehm ist doch die Liebe?
Erregt ihr Bild schon zarte Triebe /
85   Was wird das Urbild selber seyn?

Mein Kind / geniesse deines Lebens /
Sey nicht so schön für dich vergebens /
   Sey nicht so schön für uns zur Qual.
Schilt nicht der Liebe Forcht und Kummer /
90 Des kalten Gleichsinns ekler Schlummer
   Ist unvergnügter tausendmal.

Zu dem / was hast du zu befahren?
Laß andre nur ein Herz bewahren /
   Das / wers besessen / gleich verläßt.
95 Du bleibst der Seelen ewig Meister
Die Schönheit fesselt dir die Geister
   Und deine Tugend hält sie fest.

Erwähle nur von unsrer Jugend /
Dein Reich ist ja das Reich der Tugend /
100   Doch / darf ich rahten / wähle mich.
Was hilft es doch sein Herz verhehlen?
Du kanst von hundert edlern wählen /
   Doch keinen / der dich liebt / wie ich.

Ein andrer wird mit Ahnen prahlen /
105 Der / mit erkauftem Glanze strahlen /
   Der / mahlt sein Feuer künstlich ab.
Ein jeder wird was anders preisen /
Ich aber habe nur zu weisen
   Ein Herz / das mir der Himmel gab.

110 Trau nicht / mein Kind / jedwedem Freyer /
Im Munde trägt er doppelt Feuer
   Ein halbes Herze in der Brust.
Der / liebt den Glanz / der dich umgiebet /
Der / liebt dich / weil dich alles liebet /
115   Und der / liebt in dir seine Lust.

92 *befürchten.*

Ich aber liebe / wie man liebte /
Eh sich der Mund zum Seufzen übte /
   Und Treu zu schweren ward zur Kunst.
Mein Aug ist nur auf dich gekehret /
120   Von allem was man an dir ehret /
   Begehr' ich nichts als deine Gunst.

Mein Feuer brennt nicht nur auf Blättern /
Ich suche nicht dich zu vergöttern /
   Die Menschheit ziert dich allzusehr.
125   Ein andrer kan gelehrter klagen
Mein Mund weiß weniger zu sagen /
   Allein mein Herze fühlet mehr.

Wann ungetheilte Brunst im Herzen
Wann lang geprüfte Treu in Schmerzen /
130   Wann wahre Ehrforcht dir gefält;
Wann du dein Herz um Herzen giebest /
So bin ich schon / der den du liebest /
   Und der glükseligste der Welt.

Mein Kind! erkenne meine Flammen
135   Dein holdes Aug / woraus sie stammen /
   Ist lang genug ein Zeug davon:
Hab ich dir immer treu geschienen /
So leide / daß ich dir darf dienen /
   Ein einig Wort ist gnug zum Lohn.

140   Was siehst du forchtsam hin und wieder /
Und schlägst die holden Blike nieder /
   Es ist kein fremder Zeuge da.
Mein Kind / kan ich dich nicht erweichen?
Doch ja / dein Mund giebt zwar kein Zeichen /
145   Allein dein Seufzen sagt mir Ja.

---

118 *schwören.*

1735

NIKOLAUS LUDWIG GRAF VON ZINZENDORF

Abend-Gedancken.ª)

Du Vater aller Geister,
Du Strahl der Ewigkeit,
5   Du wunderbahrer Meister,
Du Innbegriff der Zeit,
Du hast der Menschen Seelen
In deine Hand geprägt:
Wem kans an Ruhe fehlen,
10   Der hie sich schlafen legt.

Es ziehn der Sonnen Blicke,
Mit ihrem hellen Strich
Sich nach und nach zurücke,
Die Lufft verfinstert sich,
15   Der dunckle Mond erleuchtet
Uns mit erborgtem Schein,
Der Thau, der alles feuchtet,
Dringt in die Erden ein.

Das Wild in wüsten Wäldern
20   Geht hungrig auf den Raub;
Das Vieh in stillen Feldern
Sucht Ruh in Busch und Laub;
Der Mensch von schweren Lasten
Der Arbeit unterdrückt,
25   Begehret auszurasten,
Steht schläffrig und gebückt.

Der Winde Ungeheuer
Stürmt auf die Häuser an,
Wo ein verschloßnes Feuer
30   Sich kaum erhalten kan:
Wenn sich die Nebel sencken,
Verliehrt man alle Spuhr,
Die Regen Ströhm' erträncken
Der flachen Felder Fluhr.

ª) Im Octobr.

35
Da fällt man billig nieder
Vor GOttes Majestät,
Und übergibt ihm wieder,
Was man von ihm empfäht:
Die gantze Krafft der Sinnen
40
Senckt sich in den hinein,
Durch welchen sie beginnen,
Und dem sie eigen seyn.

Das heist den Tag vollenden,
Das heist sich wohl gelegt:
45
Man ruht in dessen Händen,
Der alles hebt und trägt.
Die Himmel mögen zittern,
Daß unsre Veste kracht,
Die Elemente wittern;
50
So sind wir wol bewacht.

Auff seiner Tochter Theodore, von zwey Jahren, Heimberuffung.

Hertz der göttlichen Natur,
Hertz der offenbarten Liebe,
5
Hertz der Triebe,
Meine Seele opffert dir
Diese hier,
Und im brennenden Verlangen
Deine Salbung zu empfangen,
10
Oeffnet sich des Geistes Thür.

Dieses war des Glaubens-Wort,
Welches meiner Tochter Seele
Aus der Höhle,
Und aus alle ihrem Drang,
15
Auffwärts schwang;
Dieser Stimme stilles Thönen,
Und der Theodore Krönen,
Waren ein Zusammenhang.

Theurer Heyland! sage mir:
20
Wie gerath ich arme Made
Zu der Gnade,
Daß du meiner Kinder Last
Selbst erfaßt?

Denn sie kan so bald nicht drücken,
25 So befreyst du meinen Rücken,
Den du sonst beladen hast.

Theodora Charitas
War zwar eins der ungemeinen
Edlen Kleinen,
30 Ihrer Hütte engen Raum
Merckt man kaum,
Und ihr Kinder-Sinn und Wille
Reget sich in solcher Stille,
Daß man denckt, es sey ein Traum.

35 Eben drum, du theures Hertz!
Spricht der Hirt der kleinen Schafe:
Dorel schlafe;
Weil es ewig Schade wär,
Wenn die Ehr
40 Einer unbefleckten Seele,
Über der Gefahr der Höle,
Sich ein einigs mal verlöhr.

Falle hurtig, vierdtes Looß,
So mir lieblich ausgefallen;
45 Unter allen
Findest du das schönste Theil.
Fahr in Eil,
Und bleib im zerspaltnen Hertzen
Des verklärten Manns der Schmertzen
50 Stecken als ein reiner Pfeil!

Hörst du deines Vaters Rath;
Oder singst du deine Lieder
Etwa wieder?
Daß dir ja der Worte Sinn
55 Nicht entrinn!
Laß dich deinen König küssen;
Will er aber sonst was wissen,
Statt der Antwort, sincke hin.

Meine Sorg ist aus vor dich.
60 Drum, du Fürst der Seelen-Pflege,
Theurer Hege!

---

43 *Theodora war das vierte Kind.*

Es erstreckt sich ja die Macht
Meiner Wacht
Nur auf die in Hütten wohnen;
65 Du bist Hüter bey den Thronen;
Nimm die Dorel gut in acht!

1. Für uns verwundtes Lamm mit keines menschen zungen, nach
würdigkeit besungen, weil sich der adern-schlam noch in die kohlen
mischet, und in den gliedern zischet, die wie ein todter zahn doch
noch nicht abgethan.

5 2. Wie wärs, man schwiege gar, und ließ vors Geistes wittern die
glieder heilig zittern, biß auf das kleinste haar, die augen möchten
thränen, das innerste sich sehnen, die sinnen giengen zu, und däch-
ten Lamm nur du.

3. Wo bliebe denn der mund wer kan die liebe kennen, und sich
10 nicht liebe nennen, du treuer Fürst vom Bund! wie solten deine
zeugen, vom bundes-blute schweigen? gezeugt: so schlecht es
kling:, gesungen, daß man singt.

Gerhard Tersteegen*

Heute, weil ihr seine Stimme höret.

Mel.: Der Tag ist hin, mein Jesu etc.
[Melodie]

5 1. Gott rufet noch: sollt' ich nicht endlich hören?
Wie laß ich mich bezaubern und bethören?
Die kurze Freud', die kurze Zeit vergeht,
Und meine Seel' noch so gefährlich steht.

2. Gott rufet noch: sollt' ich nicht endlich kommen?
10 Ich hab' so lang' die treue Stimm' vernommen:
Ich wußt' es wohl, ich war nicht, wie ich sollt';
Er winkte mir, ich habe nicht gewollt.

3. Gott rufet noch: Wie daß ich mich nicht gebe!
Ich fürcht' sein Joch, und doch in Banden lebe;
15 Ich halte Gott und meine Seele auf:
Er ziehet mich, mein armes Herze, lauf!

4. Gott rufet noch, ob ich mein Ohr verstopfet;
Er stehet noch an meiner Thür und klopfet;
Er ist bereit, daß er mich noch empfang';
20 Er wartet noch auf mich; wer weiß, wie lang';

5. Gib dich, mein Herz, gib dich einst ganz gefangen;
Wo willst du Trost, wo willst du Ruh' erlangen?
Laß los! laß los! brich alle Band' entzwei!
Dein Geist wird sonst in Ewigkeit nicht frei.

25 6. Gott locket mich; nun länger nicht verweilet!
Gott will mich ganz; nun länger nicht getheilet!
Fleisch, Welt, Vernunft, sag' immer, was du willt;
Mein's Gottes Stimm' mir mehr, als deine, gilt.

7. Ich folge Gott! ich will ihn ganz vergnügen;
30 Die Gnade soll im Herzen endlich siegen:
Ich gebe mich; Gott soll hinfort allein,
Und unbedingt, mein Herr und Meister seyn.

8. Ach! nimm mich hin, du Langmuth ohne Maße;
Ergreif' mich wohl, daß ich dich nie verlasse:
35 Herr! rede nur, ich geb' begierig Acht;
Führ', wie du willst, ich bin in deiner Macht.   *[1841]*

1736

BARTHOLD HEINRICH BROCKES

Die kleine Fliege.

Neulich sah ich, mit Ergetzen,
Eine kleine Fliege sich,
5 Auf ein Erlen-Blättchen setzen,
Deren Form verwunderlich
Von den Fingern der Natur,
So an Farb', als an Figur,
Und an bunten Glantz gebildet.
10 Es war ihr klein Köpfgen grün,
Und ihr Cörperchen vergüldet,
Ihrer klaren Flügel Par,
Wenn die Sonne sie beschien,

Färbt' ein Roth fast wie Rubin,
15   Das, indem es wandelbar,
Auch zuweilen bläulich war.
Liebster GOtt! wie kann doch hier
Sich so mancher Farben Zier
Auf so kleinem Platz vereinen,
20   Und mit solchem Glantz vermählen,
Daß sie wie Metallen scheinen!
Rief ich, mit vergnügter Seelen.
Wie so künstlich! fiel mir ein,
Müssen hier die kleinen Theile
25   In einander eingeschrenckt,
Durch einander hergelenckt,
Wunderbar verbunden seyn!
Zu dem Endzweck, daß der Schein
Unsrer Sonnen und ihr Licht,⌐
30   Das so wunderbarlich-schön,
Und von uns sonst nicht zu sehn,
Unserm forschenden Gesicht
Sichtbar werd', und unser Sinn,
Von derselben Pracht gerühret,
35   Durch den Glantz zuletzt dahin
Aufgezogen und geführet,
Woraus selbst der Sonnen Pracht
Erst entsprungen, der die Welt,
Wie erschaffen, so erhält,
40   Und so herrlich zubereitet.
Hast du also, kleine Fliege,
Da ich mich an dir vergnüge,
Selbst zur GOttheit mich geleitet.

JOHANN CHRISTOPH GOTTSCHED

Ode.
An Jungfer L. A. V. Kulmus.
1731. den 11 April.

5   CONSTANCY.

Fear not, My Dear, a Flame can never dye,
That is once kindled by so bright an Eye.
View but thy self, and measure thence my Love,
Think what a Passion such a Form must move.
For, though Thy Beauty first allurd my Sight,
Now I consider it, but as the Light,
That led me to the Treasury of Thy Mind,
Whose invard Virtue in that Feature shin'd.
That knot, be confident, will ever last,
Which Fancy ty'd, and Reason has made fast;
So fast that Time, allthought it may disarm
Thy lovely Face, my Faith can never harm;
And Age deluded, when it comes, will find,
My Love remov'd and to Thy Soul assign'd.

Schönste Muse deiner Zeit,
Unvergleichliche Louise!
Hilf doch meiner Schüchternheit,
Die dich itzt so gerne priese.
Lehre du mich selber dichten,
Hilf mein schlechtes Rohr erhöhn;
Denn dein Lob so rein und schön,
Als du singest, einzurichten,
Muß mein Lied so ungemein,
Als dein ganzes Wesen seyn.

Warlich! ein so edler Geist
Wird nicht überall gefunden,
Der, was Witz und Tugend heißt,
Durch ein festes Band verbunden.

5–19 *Beständigkeit – Hab keine Angst, Geliebte, nie kann eine Flamme sterben, die einmal von einem so glänzenden Auge entzündet ward. Besieh nur dich selbst, ermiß daraus meine Liebe, bedenk, welche Leidenschaft solche Gestalt erregen muß. Denn, wenn es auch deine Schönheit war, die zuerst meinen Blick bezaubert hat – jetzt sehe ich sie als das Licht, das mich zum Schatz deines Geistes leitete, dessen inwendige Tugend in diesen Zügen erschien. Der Knoten, vertraue drauf, wird immer halten, den Neigung geknüpft und Vernunft befestigt hat – so stark, daß die Zeit – mag sie auch Dein liebliches Antlitz entwaffnen, meine Treue nie zerstören kann; und wenn das enttäuschte Alter kommt, wird es meine Liebe entfernt und Deiner Seele verbunden finden. [Verfasser?].*

Selbst bey Männern sieht man selten
35 Solcher Güter Zahl vereint;
Als in deinem Thun erscheint,
Wo sie warlich zwiefach gelten:
Weil man niemals mehr Verstand
Bey so zarter Jugend fand.

40 Kan doch weder Stolz noch Geiz
In dein starkes Herze dringen,
Noch der Eitelkeiten Reiz
Deine grosse Seele zwingen!
Deiner Mutter Witz und Tugend,
45 Einsicht und Belesenheit
Führt dich zur Gelehrsamkeit,
Und vergöttert deine Jugend;
Welche so schon, wie du bist,
Englisch mehr, als menschlich ist.

50 Pallas selbst ist nie so fern
In der Künste Feld gedrungen,
Als es dir, der Weisheit Kern
Gründlich einzusehn, gelungen.
So viel Frauenzimmerspiele
55 Man bisher bey uns vernahm,
Klingen schlecht, ja matt und lahm
Gegen deinem Dichterkiele;
Welcher nicht nur sie verlacht,
Nein! auch Männer neidisch macht.

60 Künftig darf sich dein Geschlecht
Seiner Schwachheit nicht mehr schämen,
Und der Dichtkunst Meisterrecht
Gleich den stärksten Dichtern nehmen.
Adelgunde wird mit Ruhme
65 Unsres Preußens Sappho seyn:
Ja dieß Lob ist dir zu klein,
Deutschland trotzt dem Alterthume;
Denn du fängst viel stärker an,
Als es Sappho enden kan.

70 Wird die kluge Lambert nur
Nechst, durch dich, auch deutsch gelesen,

---

49 *engelgleich.*
(*1647–1733*).

70 *die* Reflexions sur les Femmes *der Marquise de* Lambert

Kömmt man leichtlich auf die Spur,
Welch ein Geist dabey gewesen.
Doch wer weis, obs jemand glaubet?
75 Der, wenn ihn die Schrift ergetzt,
Dich, die du sie übersetzt,
Des verdienten Ruhms beraubet:
Weil er solcher Schreibart Preis
Noch von keiner Schönen weis.

80 Dieses Geistes seltne Pracht,
Dieser edlen Seele Gaben,
Würden mich entzückt gemacht,
Würden mich bezaubert haben;
Hätt ich gleich am Weichselstrande
85 Deine Schönheit nie erblickt:
Denn dadurch ist mirs geglückt,
Daß ich meinem Vaterlande;
Welch ein herrlicher Gewinn!
Nun nicht mehr gehäßig bin.

90 Selig seyst du, süsses Licht!
Daß du sie zur Welt gebohren!
O was hätte Deutschland nicht,
Ohne dich an ihr verlohren!
Seyd gegrüßt, ihr schönen Stunden!
95 Eurer Morgenröthe Schein
Soll mein liebster Anblick seyn,
Der sich jemals eingefunden:
Kommt noch oft, und stellt sie mir,
So wie jüngst, im Traume für.

100 Lies dieß Blatt, Victoria!
Als ein treues Ehrfurchtszeichen.
O wär ich dir itzt so nah!
Was könnt mir an Freude gleichen?
Doch der Himmel kan es fügen,
105 Daß mein Wunsch sich bald erfüllt;
Und indessen soll dein Bild
In Gedanken mich vergnügen;
Bis ich, (wenns doch bald geschäh!)
Dich persönlich wieder seh.

Schreiben.
An Sr. Königl. Majestät in Pohlen,
bey Gelegenheit der im Jahre 1732. in Dreßden
angestellten Fastnachtslustbarkeiten.

5 Nun hab ichs selbst gesehn, nun weis ich, wie es ist,
Mein König! wenn dein Volk des Kummers ganz vergißt;
Indem es voller Lust nach deinen Zimmern eilet,
Und da die Fastnachtslust mit deinem Hofe theilet.
Ich hatt es längst gehört: Allein, wer glaubt so leicht,
10 Wenn alles, was man sagt, uns unbegreiflich deucht,
Und fabelhaftig klingt? Nun hab ichs selbst gesehen,
Nun weis ich, daß noch mehr, als man erzählt, geschehen.

Ja, theurester August! du bist bewundernswerth.
In allem, was du wirkst, und was dir wiederfährt,
15 Erscheint ein königlich und ungemeines Wesen,
Dergleichen wir nicht leicht von andern Fürsten lesen.
Ich schmeichle nicht, o Herr! wie doch so mancher pflegt,
Der dir was Göttliches in Dingen beygelegt,
Die doch noch menschlich sind, und andern auch gelungen,
20 Wenn sie durch Witz und Macht manch grosses Werk erzwungen.
Dein starker Heldenarm und deine Kriegesmacht,
Dein Hof, dein Staat, dein Schatz, dein Bauen, deine Pracht;
Das alles ist zwar groß und wunderbar zu nennen,
Für göttlich aber kan ich keins davon erkennen.

25 Das eine kömmt mir nur ganz übermenschlich für,
Und das bewundert man mit grösserm Recht an dir;
Herr! deine Gütigkeit. Dein väterlich Gemüthe
Besteht fast ganz und gar aus lauter Huld und Güte:
Und das ist Götterart. Der Höchste hasset nichts
30 Von dem, was er gemacht. Die Kraft des Sonnenlichts,
Des Thaues Fruchtbarkeit und andre Segensqvellen
Verschwendet er der Welt, an so viel tausend Stellen.
Er theilt sich allen mit, und fragt nicht allezeit:
Wodurch verdient der Mensch dergleichen Gütigkeit?
35 Nein, es ist seine Lust, durch Wohlthun, Gunst und Gaben
Die armen Sterblichen ohn Unterlaß zu laben.

So thust du auch, o Herr! in Chur und Königreich.
Die Gnade für dein Volk macht dich dem Höchsten gleich,

---

2 *August der Starke.*   37 *August war Kurfürst von Sachsen und König von Polen.*

So weit es möglich ist. Dein väterlich Bezeigen
40 Macht sich der Bürger Herz durch lauter Wohlthun eigen.
Es ist dir nicht genug, daß du mit Sorgfalt wachst,
Dein ganzes Land umher von Feinden sicher machst,
Von innen Ruhe schaffst, Gesetze giebst und schützest,
Die Tugend gern belohnst, und auf die Laster blitzest.
45 Es ist dir nicht genug, daß nur der Adel blüht,
Der Handelsmann Gewinn aus dem Gewerbe zieht,
Der Künstler Arbeit hat, um Fleiß und Witz zu zeigen,
Der Landmann frölich kan in volle Scheuren steigen:
Nein, deine Gnade geht bis auf die Lustbarkeit;
50 Dein Unterthan genießt bey dir der güldnen Zeit,
Darinn Saturn regiert. Man sah auf kein Geschlechte,
Es war kein Unterscheid der Edlen und der Knechte,
Ein jeder war sein Herr, und allen andern gleich,
Die Welt stund offen da, und jedermann war reich.
55 So, König, ist dein Schloß, wo alle Freyheit blühet,
Von dessen Schwellen uns kein Wächter rückwerts ziehet,
Wo Fürst und Edelmann und Bürger sich vermengt,
Wohin der Pöbel selbst sich nicht vergebens drängt,
Wo lauter Freude wohnt, wenn bey den lauten Seyten
60 Die Tänzer nur an Lust um Rang und Vorzug streiten.

Herr! wenn ich sagen soll, was ich bey mir gedacht,
Als dieser Anblick mich zuerst erstaunt gemacht,
So wird es dieses seyn: Ich strafte die Tyrannen,
Die alle Lustbarkeit aus ihren Staaten bannen;
65 Durch Wachten, Thür und Schloß sich ihrem Volk entziehn,
Und ihre Bürger so, wie sie die Bürger, fliehn.
Was kan wohl, sprach ich hier, ein so bekümmert Leben
Dem Fürsten, der es führt, für ein Vergnügen geben?
Er drücket Volk und Land, ihn drückt der Bürger Haß;
70 Drum scheut er jedermann, und bebt ohn Unterlaß,
Und sieht in jedem Knecht, der ihm zur Seiten gehet,
Den Feind, der ihm wohl gar nach Kron und Leben stehet.
So machts Augustus nicht. Er kan schon sicher seyn:
Drum öffnet sich sein Schloß, und alles dringt hinein.
75 Er liebt die Bürger selbst, drum darf er sie nicht scheuen,
Und mischt sich selber oft in die verkappten Reihen.
Die meisten kennt er nicht, so ihm zur Seiten stehn;
Gleichwohl darf niemand hier aus Furcht zurücke gehn:

---

51 *Unter der Herrschaft* Saturns, *des Vaters des Zeus, erleben die Menschen das glückliche goldene Weltalter.* 63 *tadelte.*

Ein jeder kennt ihn schon an Minen und Geberden,
80 Ein jeder wünscht so gar von ihm erkannt zu werden.

Gepriesnes Sachsenland! erkenne doch dein Glück,
Und sieh die Fastnachtslust mit einem schärfern Blick,
Als kleine Kinder an, die an den Larven kleben,
Auf Schmuck und Kleidung sehn, und eifrig Achtung geben,
85 Wie manche Fackel brennt, und was für eine Pracht
An Silber, Gold und Sammt die Zimmer kostbar macht;
Wie groß die Summen sind, die mancher Spieler setzet,
Der nur ein blindes Glück für sein Vergnügen schätzet;
Wo Bild und Spiegel hängt, wie manche Maske tanzt,
90 Wo die Trabanten stehn, wohin man Schweizer pflanzt.
Wer hieran kleben bleibt, und gar nicht weiter siehet,
Der ist des Glücks nicht werth, daß er den Athem ziehet,
Wo Friedrich August herrscht: Weil er die Schalen zählt,
Und nach der Kinder Brauch den rechten Kern verfehlt,
95 Der in des Oberhaupts erwünschter Huld bestehet,
Auf dessen Spuren auch sein theurer Prinz schon gehet.

So, gnädigster August! so dacht ich ehrfurchtsvoll;
Drum nimm dieß schlechte Blatt als meiner Treue Zoll.
Ich bin dein Unterthan; und bin ichs nicht gebohren,
100 So hab ich doch dein Land zum Aufenthalt erkohren.
Ich weis, die Zahl ist groß, die eben das gethan:
Doch blickt dein Auge mich mit Gnadenblicken an,
So laß, nebst andern, mich noch dieses Glück erwerben,
Auch als dein Unterthan, und ehr als du, zu sterben.

Lehrgedichte.
Daß der Mensch selbst an seiner Verdammung Schuld ist.
Bey Gelegenheit eines Donnerwetters.
1718.

5 So fahrt nur immerfort in eurer Sicherheit!
Versäumet unverschämt die kurze Gnadenzeit,
Verzagte Sterbliche! die ihr den Höchsten hasset,
Und euer blindes Herz den Sünden überlasset.
Wie läuft doch euer Fuß so hurtig höllenwerts,
10 Erweichet doch einmal das felsenharte Herz.
Die Gnade Gottes will auch euch zum Himmel bringen,
Doch keinen mit Gewalt zum frommen Leben zwingen.

---

90 Schweizer *Leibwächter, Türhüter.*

Gott hat uns insgesammt zween Wege vorgelegt,
Wo einer dornicht ist, der andre Rosen trägt;
15 Der eine führet uns zum unverwelkten Leben,
Der andre kan uns nichts, als Tod und Marter, geben.
Er läßt im übrigen uns Menschen allzumal
Die unumschränkte Macht, die mehr als freye Wahl,
Den Rosen hold zu seyn, die Dornen auszulesen,
20 Der Höllen zu zu gehn, und ewig zu genesen.
So ist die Schuld alsdann nur unser ganz allein,
Wenn wir so bosheitsvoll, so thöricht wollen seyn,
Daß der verirrte Geist den Himmel von sich schiebet,
Und nach verkehrter Art die gröbsten Laster liebet.

25 Dem allen ungeacht, ist Gott so liebesvoll,
Wenn sein ergrimmter Arm die Sünder strafen soll,
Daß er die Missethat nicht gleich so völlig lohnet,
Und erst die Leiber straft, die Seelen noch verschonet.
Gewiß, es mangelt ihm an schweren Strafen nicht;
30 Er weis so manche Qval zu seinem Zorngericht.
Es fehlt dem Höchsten nie an scharfen Donnerschlägen,
Ein ungehorsam Volk ins schwarze Grab zu legen.

Drum denkt, ihr Sünder denkt, was ihr für Greuel thut!
Macht euren Glauben rein und euren Wandel gut,
35 Sonst möchte Gott, der Herr, mit gleichen Schwefelkeilen
Zum wohlverdienten Lohn begangner Sünden eilen.

JOHANN SIGISMUND SCHOLZE*

1.

Edle Freyheit, mein Vergnügen,
    Meiner Seelen Panace!
Du kanst allen Schmertz besiegen,
5   Du versüssest alles Weh,
Du bist denen, die dich lieben,
    Auf der Welt ihr Himmelreich:
Denn so schönen Liebes-Trieben
    Ist so leicht kein andrer gleich.

---

1 *Pseudonym:* Sperontes.   3 *Allheil-*, *Wundermittel*.

2.

10

    Zieht nur, zieht am Liebes-Joche,
      Die ihr Herz um Herz verschenckt!
    O wie manche Marter-Woche
      Hat den blinden Trieb gekränckt.
    Und wie vielerley Beschwerden,

15

      Wie viel Kummer und Verdruß
    Bringet das geliebet werden?
      O verbitterter Genuß!

3.

    Bey dem Wechsel jeder Tage
      Bin ich täglich einerley,

20

    Frey vom Kummer, frey von Plage,
      In dem Herzen immer frey.
    Ja, das günstige Geschicke,
      So den Trieb der Freyheit nährt,
    Hat mit keinem falschen Blicke

25

      Mein Vergnügen noch beschwert.

4.

    Und so gehen Tag und Stunden
      In erwünschter Ruh dahin!
    Weil ich, der ich ungebunden,
      So mein eigner Glücks-Schmidt bin.

30

    Amor weiche! Friedens-Stöhrer,
      Packe dich! ich will allein
    Edle Freyheit, dein Verehrer
      Und getreuer Diener seyn.

Murki   Mel. Ich bin nun wie ich bin

Ihr Schö-nen, hö-ret an,   Er-weh-let das Stu-

di-ren, Kommt her, ich will euch füh-ren zu

1.

Ihr Schönen höret an,
Erwehlet das Studiren,
Kommt her, ich will euch führen,
Zu der Gelehrten Bahn,
Ihr Schönen höret an:
Ihr Universitäten,
Ihr werdet zwar erröthen,
Wann Doris disputirt,
Und Amor präsidirt,
Wenn artge Professores,
Charmante Auditores,
Verduncklen euren Schein,
Gebt euch gedultig drein.

2.

15
Geht zum Pro-Rector hin,
Last euch examiniren,
Und immatriculiren,
    Küst ihn vor den Gewinn,
    Geht zum Pro-Rector hin.
20
Ihr seyd nun in den Orden
Der Schönsten Musen worden,
    Wie wohl habt ihr gethan,
    Steckt eure Degen an,
Doch meidet alle Händel,
25
Weil Adam dem Getendel
    Mit seinen Geistern feind
    Und der Pedell erscheint.

3.

Kommt mit ans schwartze Bret,
Da ihr die Lectiones,
30
Und Disputationes,
    Fein angeschlagen seht,
    Kommt mit ans schwartze Bret.
Statt der genähten Tücher,
Liebt nunmehr eure Bücher,
35
    Kauft den Catalogum,
    Geht ins Collegium,
Da könt ihr etwas hören,
Von schönen Liebes-Lehren,
    Dort von Galanterie
40
    Und Amors Courtesie.

4.

Theilt hübsch die Stunden ein,
Um neun Uhr seyd beflissen,
Wie artge Kinder müssen
    Galant und häuslich seyn,
45
    Theilt hübsch die Stunden ein.
Um zehn Uhr lernt mit Blicken
Ein freyes Hertz bestricken,
    Um ein Uhr musicirt,
    Um zwey poetisirt,
50
Um drey Uhr lernt in Briefen
Ein wenig euch vertieffen,

---

40 Courtesie *Höflichkeit.*

Denn höret von der Eh,
Hernach so trinckt Coffee.

5.

Continuirt drey Jahr,
55 Denn könnt ihr promoviren,
Und andere dociren.
O schöne Musen-Schaar,
Continuirt drey Jahr.
Ich sterbe vor Vergnügen,
60 Wenn ihr an statt der Wiegen,
Euch den Catheder wehlt,
Statt Kinder Bücher zehlt,
Ich küst euch Rock und Hände,
Wenn man euch Doctor nennte,
65 Drum Schönste fangt doch an,
Kommt zur Gelehrten Bahn.

1737

UNBEKANNTER VERFASSER

Prinz Eugens Tod.

Der Tod.
Nun gieb dich drein, du starker Held,
5 Es muß geschieden seyn!
Ob auch besiegt hast alle Welt,
Ich mäh dich nieder in dem Feld,
:/: Als wie ein Blümelein. :/:

Leg ab dein fürstlich Ornament,
10 Dein Schwert und Marschallstab,
All Zierrath, so die Welt geschenkt,
Dann ich, der Tod, komm gar behend,
:/: Itzt heißt es: fort in's Grab! :/:

Prinz Eugenius.
O Tod, du bist ein schlimmer Gast!
15 Wer schauet dich dann gern!
Doch hab ein frischen Muth gefaßt!

Dieweil mir giebt das Alter Last,
:/: So will mich auch nicht sperr'n. :/:

20 Hat man mich gleich sehr hoch geacht,
In Kriegs- und Friedenszeit,
Hab auch gewonnen manche Schlacht,
Des Kaisers Feind' zu nicht gemacht,
:/: Im ritterlichen Streit: :/:

25 So muß doch weichen deinem Schwert,
Und dir zu Willen seyn;
Mein Werk ist aus auf dieser Erd –
Ade! du Welt, so mich geehrt!
:/: Ich geh in Himmel ein. :/:

30 Der Kaiser.
O, du mein treuer General
Und ritterlicher Held,
Du mein berühmter Feldmarschall,
Ich sage dir viel tausendmal
35 :/: Ade für diese Welt! :/:

Will dir auch bau'n ein Monument
Zu deines Leibes Ehr,
Daran man immerdar erkennt,
Daß dich vor Allen hoch genennt,
40 :/: Wie sonst kein Andern mehr. :/:

Eugenius.
O großer Kaiser, was ich that,
Solch's acht' vor Schuldigkeit!
Ich dank' vor so viel Güt und Gnad,
45 Die mich so lang erfreuet hat,
:/: Noch in der Ewigkeit. :/:

Die Kriegsleut.
O Jammer, Noth und große Klag!
Der Rittersmann und Held,
50 So uns verschafft viel Siegestag,
Türk' und Franzosen hat verjagt,
:/: Der soll nun von der Welt! :/:

Hör, Tod, und merke dieses Wort:
Sollst geben noch Quartier!
55 Eugenius unser Held und Hort,

Den sollt du nicht so nehmen fort,
:/: Poch an ein ander Thür! :/:

Der Tod.

Ich lach darzu; steckt ein eu'r Schwert!
60   Schaut, daß nicht komm zu euch!
Ein solcher Held ist mir sehr werth,
Darum ich bin hier eingekehrt,
:/: Er muß nun in mein Reich! :/:

Prinz Eugenius.

65   Ihr Krieger all, es ist vorbei!
Von euch abscheid ich schwer;
Ich dank euch vor die Lieb und Treu,
So mir bezeigt nochmalen neu,
:/: Doch ist's nicht anders mehr. :/:

70   Ade, Ade! Es geht zu End!
Itzt, Tod, bin ich gerüst.
Mein Leib sich zu der Erde wendt,
Die Seel befehl in deine Händ,
:/: Mein Heiland Jesu Christ! :/:

Der Tod.

75   Bin doch der größest Kriegesmann,
Mein Zelt, das ist das Grab;
Kaiser und König, Rittersmann,
Papst, Kardinal und Bettelmann –
80   Ich hol sie alle ab. –   *[1877]*

Mademoiselle Curtia

[. . .] Bey Überreichung dieses platt-teutschen Gedichtes haben Se. Maj. die Gnade gehabt, Mad. Curtia zu fragen, ob sie es selber verfertiget habe; und auf ihre Antwort: Wie sie sich nicht unterstehen würde, Sr. Maj. was Fremdes unter
5 ihrem Namen zu überliefern: noch scherzhaft hinzu gesetzet: Warum sie denn nicht eine Mannsperson geworden sey? Worauf diese versetzet; daß es nicht in ihrer Wahl gestanden; Sonsten sie vielleicht noch jetzo Herz genug dazu haben möchte. Es ist folgends dem Herr Ober-Hoff-Commissario Lochmann befohlen worden, sie in der Poesie zu versuchen, ob sie selbst die Verfasserin beyder Ge-
10 dichte seyn könne: welches in Gegenwart des Hn. Schloß-Hauptmanns von Göritz, und des ersten Cammer-Dieners, Mons. Mehmet geschehen ist; die ihr das Thema gegeben, daß ihnen allen dreyen verlangte, bald wieder bey ihren Frauen zu seyn. Mad. Curtia hat darauf folgendes in der Eil hingeschrieben:

Da die höchste Weisheit selbst diesen Ausspruch hat gegeben,
15 Daß es nicht ersprießlich sey, einsam für sich hin zu leben:
Wer kan denn die Sehnsucht tadeln, die ein treuer Ehmann
hegt,
Die bald wieder zu umarmen, so er stets im Herzen trägt.

Wie dieses fertig, setzet sich der Herr Lochmann hin, und schreibt folgendes:
Kom, Leser, kom und sieh, was Curtia geschrieben,
20 Die unter Tausenden nicht ihres gleichen hat:
Ich glaube, sie ist von den Musen übrig blieben,
Denn solches zeiget sie genug auf diesem Blat.

Die Poetin beantwortete dieses wieder mit Beybehaltung der Reime auf folgende Art:
25 Die gute Curtia hat zwar wol was geschrieben:
Allein sie weiß gar wol, daß sie viel Meister hat.
Herr Lochmann aber ist vom Phöbus übrig blieben,

. . . .

Er ziehet ihr das Blat aus den Händen, und schreibet die letzte Zeile also
30 darunter:
Nur zeiget er's nicht so, wie sie, auf diesem Blat.

Se. Maj. haben hierauf alles sehr gnädig aufgenommen, und der Verfasserin so wol als ihrem Vater, dem Prediger zu Römstede, thätliche Zeichen der Königlichen Gnade sehen lassen. [. . .]

---

2 *Das Gedicht ist vorher wiedergegeben (vgl. Quellenverzeichnis).*

FRIEDRICH VON HAGEDORN*

Das Schäfgen und der Dornstrauch.

Ein Schäfgen kroch in dichte Hecken,
Dem rauhen Regen zu entgehn.
5   Hier konnt' es freilich trocken stehn;
Allein die Wolle blieb ihm stecken.

*

Beglückt ist, den dieß Schaf belehrt.
Bethörte Had'rer, lasst euch rathen.
Vertraut die Wolle nicht den scharfen Advocaten.
10   Oft ist, was ihr gewinnt, nicht halb der Kosten werth.

Der Marder, der Fuchs und der Wolf.

Ein Marder fraß den Auerhahn;
Den Marder würgt ein Fuchs; den Fuchs des Wolfes Zahn.

*

Mein Leser, diese drey bewähren,
5   Wie oft die Grössern sich vom Blut der Kleinern nähren.

Johannes, der Seifensieder.

Johannes war ein Seifensieder;
Der wuste viele schöne Lieder,
Und sang, mit unbesorgtem Sinn,
Vom Morgen bis zum Abend hin.
5   Sein Tagwerk konnt' ihm Nahrung bringen;
Und wann er aß, so must er singen;
Und wann er sang, so wars mit Lust,
Aus vollem Hals' und freier Brust.
Beim Morgenbrodt, beim Abendessen
10   Blieb Ton und Triller unvergessen;
Der schallte recht; und seine Kraft
Durchdrang die halbe Nachbarschaft.
Man horcht; man fragt: Wer singt schon wieder?
15   Wer ists? Der muntre Seifensieder.

Im Lesen war er anfangs schwach;
Er las nichts als den Allmanach,

Doch lernt' er auch nach Jahren beten,
Die Ordnung nicht zu übertreten,
20 Und schlief, dem Nachbar gleich zu seyn,
Oft singend, öftrer lesend, ein.
Er schien fast glücklicher zu preisen,
Als die berufnen sieben Weisen,
Als manches Haupt gelehrter Welt,
25 Das sich schon für den achten hält.

Es wohnte diesem in der Nähe
Ein Sprößling eigennützger Ehe,
Der, stolz und steif und bürgerlich,
Im Schmausen keinem Fürsten wich:
30 Ein Garkoch richtender Verwandten,
Der Schwäger, Vettern, Nichten, Tanten,
Der stets zu halben Nächten fraß
Und seiner Wechsel oft vergaß.

Kaum hatte mit den Morgenstunden
35 Sein erster Schlaf sich eingefunden,
So ließ ihm den Genuß der Ruh
Der nahe Sänger nimmer zu.
Zum Henker! lärmst du dort schon wieder,
Vermaledeiter Seifensieder?
40 Ach wäre doch, zu meinem Heil,
Der Schlaf hier, wie die Austern, feil!

Den Sänger, den er früh vernommen,
Lässt er an einem Morgen kommen,
Und spricht: Mein lustiger Johann!
45 Wie geht es euch? Wie fangt ihrs an?
Es rühmt ein ieder eure Waare:
Sagt, wie viel bringt sie euch im Jahre?

Im Jahre, Herr? mir fällt nicht bey,
Wie groß im Jahr mein Vortheil sey.
50 So rechn' ich nicht; ein Tag beschehret
Was der, so auf ihn kömmt, verzehret.
Dieß folgt im Jahr (ich weiß die Zahl)
Drey hundert fünf und sechszig mal.

Ganz recht; doch könnt ihr mirs nicht sagen,
55 Was pflegt ein Tag wol einzutragen?

Mein Herr, ihr forschet allzusehr:
Der eine wenig, mancher mehr;

So wie's dann fällt, mich zwingt zur Klage
Nichts, als die vielen Feiertage;
60   Und wer sie alle roth gefärbt
Der hatte wol, wie ihr, geerbt,
Dem war die Arbeit sehr zuwider;
Das war gewiß kein Seifensieder.

Dieß schien den Reichen zu erfreun.
65   Hans, spricht er, du sollst glücklich seyn.
Itzt bist du nur ein schlechter Prahler.
Da hast du bare funfzig Thaler.
Nur unterlasse den Gesang.
Das Geld hat einen bessern Klang.

70   Er dankt und schleicht mit scheuchem Blicke,
Mit mehr als diebscher Furcht zurücke.
Er herzt den Beutel, den er hält,
Und zählt, und wägt und schwenkt das Geld,
Das Geld, den Ursprung seiner Freude
75   Und seiner Augen neue Weide.

Es wird mit stummer Lust beschaut
Und einem Kasten anvertraut,
Den Band' und starke Schlösser hüten,
Beim Einbruch Dieben Trotz zu bieten,
80   Den auch der karge Thor bey Nacht
Aus banger Vorsicht selbst bewacht.
So bald sich nur der Haushund regt,
So bald der Kater sich beweget,
Durchsucht er alles, bis er glaubt,
85   Daß ihn kein frecher Dieb beraubt,
Bis oft gestossen, oft geschmissen,
Sich endlich beide packen müssen:
Sein Mops, der keine Kunst vergaß
Und wedelnd bey dem Kessel saß:
90   Sein Hinz, der Liebling junger Katzen;
So glatt von Fell, so weich von Tatzen.

Er lernt zuletzt, ie mehr er spart,
Wie oft sich Sorg' und Reichthum paart,
Und manches Zärtlings dunkle Freuden
95   Ihn ewig von der Freiheit scheiden,
Die nur in reine Selen stralt
Und deren Glück kein Gold bezahlt.

Dem Nachbar, den er stets gewecket,
Bis der das Geld ihm zugestecket,
100   Dem stellet er, aus Lust zur Ruh,
Den vollen Beutel wieder zu,
Und spricht: Herr, lehrt mich bessre Sachen,
Als, statt des Singens, Geld bewachen.
Nehmt immer euren Bettel hin
105   Und lasst mir meinen frohen Sinn.
Fahrt fort, mich heimlich zu beneiden.
Ich tausche nicht mit euren Freuden.
Der Himmel hat mich recht geliebt,
Der mir die Stimme wieder giebt.
110   Was ich gewesen werd' ich wieder
Johann, der muntre Seifensieder.

Die Küsse.

Als sich aus Eigennutz Elisse
Dem muntern Coridon ergab,
Nahm sie für einen ihrer Küsse
5   Ihm anfangs dreissig Schäfgen ab.

Am andern Tag erschien die Stunde,
Daß er den Tausch viel besser traf.
Sein Mund gewann von ihrem Munde
Schon dreissig Küsse für ein Schaf.

10   Der dritte Tag war zu beneiden:
Da gab die milde Schäferinn
Um einen neuen Kuß mit Freuden
Ihm alle Schafe wieder hin.

Allein am vierten giengs betrübter,
15   Indem sie Herd' und Hund verhieß
Für einen Kuß, den ihr Geliebter
Umsonst an Doris überließ.

BARTHOLD HEINRICH BROCKES

Unumstößliche Gründe.

1. Alle menschliche Vernunft stimmt der Wahrheit hierin bey,
   Jeder faßt, daß er nicht selber Ursach seines Wesens sey.
5 2. In der Ordnung der Geschöpfe, die so regel-recht, als schön,
   Da auch sie sich nicht gemacht, ist ein Schöpfer klar zu sehn.
3. Diesen muß man, durch die Sinnen, die uns zu dem Zweck
                                    gegeben,
   Nebst der Creaturen Menge, zu verehren, sich bestreben;
   Und, da eben die Geschöpfe ihn am deutlichsten uns zeigen,
10 Durch sie, zu ihm, Staffel-weise, als auf einer Leiter, steigen.
4. Dann wird man, vom Sichtbaren, zum Unsichtbaren, sich lenken,
   Und von ihm, aus allen Kräften, das Vollkommenste gedenken.
5. Daß Vollkommenste nun ist: Glauben, das, was er gemacht,
   Sey von ihm, zum guten Endzweck, bloß aus Lieb, hervor-
                                    gebracht.
15 6. Wenn wir dieß, mit Überzeugung, und dadurch gerührt,
                                    erwegen,
   Wird man wirklich wünschen müssen, daß wir ihm gefallen
                                    mögen.
7. So wie wir die *Furcht des Herrn* als der Weisheit Anfang kennen,
   Sind *Betrachtungen, der Anfang von der Furcht des Herrn,* zu nennen.
8. Die *Bewunderung* entsteht aus der *Creatur Betrachtung,*
20 Und aus der *Bewunderung solcher Wunder,* quillet *Achtung,*
   Ehrfurcht, Andacht, Dank und Liebe, deren süssen Eindruck man,
   Sonder der Natur Betrachtung, schwerlich recht empfinden
                                    kann.
9. Zur Betrachtung und Bewundrung, scheint die ganze Welt
                                    allein,
   Scheinen Sinnen, Leib und Geist eigentlich bestimmt zu seyn.
25 10. Brauchet man der Seelen Kräfte, wie man soll: So wird man
                                    finden,
   Daß zu diesem Zweck die Seelen, durch die Sinnen, sich ver-
                                    binden,
   Mit den Dingen dieser Welt. 11. Man wird finden, daß, auf
                                    Erden,
   Alle Creaturen werth, daß sie wohl betrachtet werden.

---

10 Staffel-weise   *Stufenweise.*

12. Man wird finden, daß sie herrlich. 13. Man wird finden, daß die
Macht,
30   Daß die Lieb und Weisheit dessen, welcher sie hervorgebracht,
Unergründlich und unendlich, folglich daß, auf diese Weise,
Man betrachtend und bewundernd Gott verehre, rühm und
preise.
14. Ja, man wird noch ferner finden, wenn man es recht überdenkt,
Daß Gott, recht als einen Lohn, eine Lust darein gesenkt.
35 15. Wenn wir dieses nun empfinden; wenn wir dieses nun erkennen:
Sollte denn mit Recht in uns nicht ein Andachts-Feuer brennen?
Sollten wir mit mehrem Ernst und mehr Fleiß uns nicht
bestreben,
In Bewundrung der Geschöpfe, Gott, was Gottes ist, zu geben?
Uns von Lastern abzuziehn, und, aus Liebe, fromm zu leben?

40   Ob nun zwar ein mehrers noch, wie die heilge Schrift uns lehrt,
Zum vollkommnen Gottesdienst, nach dem Christenthum
gehört;
Ist doch um so weniger diese Pflicht hindan zu setzen,
Und, als wär es gleiche viel, wie wir leider thun, zu schätzen,
Da des Glaubens erster Theil, und Artikel bloß allein,
45   Daß der Schöpfer, als ein Schöpfer, von uns muß verehret seyn,
Überzeuglich klar uns zeiget. Wann nun eine zeitlang her
Dieser dritte Theil des Glaubens, und in ihm der Gottheit Ehr,
Unglückselig ist versäumt, da man Gott, in seinen Werken,
Mit gehöriger Bewundrung, anzubethen, zu bemerken,
50   Gar zu wenig sich bemüht, weder auf die Macht geachtet,
Noch die Stralen seiner Weisheit, in der Creatur, betrachtet,
Seine Güte, seine Liebe, durch die Sinnen, nicht entdeckt,
Wie so freundlich unser Gott, nicht gesehen, nicht geschmeckt:
Sollten denn nicht unsre Pflichten, da wir es erkannt, verlangen,
55   Diesen Fehl, mit mehrerm Ernst, zu verbessern, anzufangen,
Da zumal, durch solch Beginnen und Verfahren, alle Triebe
Wahrer Ehrfurcht, froher Andacht, Lob, Bewundrung,
Gegenliebe,
Wo nicht gänzlich auf gehoben, doch gewiß geschwächt,
behindert,
Unterdrücket, nicht gebraucht, ja verringert, sehr vermindert,
60   Und fast gar vergessen worden. Ach! es ist beklagens-werth,
Daß man, durch Gewohnheit blind, unglückselig aufgehört,
Gott, in unsrer Lust, zu ehren! welches doch, im Paradeise,
Adams Dienst allein gewesen. Denn zu seines Schöpfers Preise,
Hätte, wär er nicht gefallen, anders, als auf diese Weise,

65 Nichts von ihm geschehen können. Dieß Geschäffte bloß allein,
Und kein anders, kunnte jemals seiner Schöpfung Endzweck
seyn.

Will die Menschheit sich denn nicht das, wozu sie auserlesen,
Und vom Anbeginn allein, eigentlich bestimmt gewesen,
Wieder zu erwerben trachten? Will man sich denn nicht bereiten,
70 Durch die Lust an Gott auf Erden, zu den selgen Herrlichkeiten,
Welche ja, wie nicht zu leugnen, darin bloß allein bestehn,
Gottes Allmacht, Lieb und Weisheit unaufhörlich zu erhöhn?
Ein so sträfliches Versäumen, sich des Schöpfers hier zu freuen,
Dürfte leicht, wenn es zu spät, Geist- und Weltliche gereuen.

1740

UNBEKANNTER VERFASSER

1. Das Canapee ist mein Vergnügen,
Drauf ich mir was zu Gute thu;
Da kann ich recht vergnüget liegen
In einer ausgestreckten Ruh'.
5 Wenn mir thun alle Glieder weh,
So leg' ich mich auf's Canapee.

2. Wann mir von Sorgen und Gedanken
Der Kopf als wie ein Triller geht;
10 Gesetzt, das Herz fing' an zu wanken
Als wie ein Schiff, wenn's Stürmen geht
Bei den Windwellen auf der See,
Da leg' ich mich auf's Canapee.

3. Ich thu auch gerne Coffee trinken,
15 Und wenn man mir mit diesem Trank
Auf eine deutsche Meil' wird winken;
Denn ohne Coffee bin ich krank;
Doch schmeckt mir Coffee und Thee
Am besten auf dem Canapee.

4. Ein Pfeifchen Knaster ist mein Leben,
20 Das ist mein fünftes Element,
Das kann der Zunge Kühlung geben,

Wenn auch die Sonne heftig brennt.
Ich rauche, wo ich geh' und steh',
Auch liegend auf dem Canapee.

5. Wenn mir bei heißen Sommertagen
Die Decken zu beschwerlich sein,
Muß mir mein Canapee behagen,
Da schlaf ich ungebeuget ein;
Da beißen mich auch keine Flöh'
Auf meinem lieben Canapee.

6. Wenn ich mich in die Länge strecke,
So setzt mein Schätzchen sich zu mir,
Es hält mir anstatt einer Decke
Ein lilienweißes *Kiß*chen für!
Das kutzelt in der großen Zeh
Auf meinem lieben Canapee.

7. Gesetzt, ich werde auch malade,
Daß ich ein Patiente bin,
In Schwach- und Krankheit ich gerathe,
So recolligiret sich mein Sinn,
Das letzte schmerzliche Adieu
Zu sagen auf dem Canapee.

8. Wie wollt' ich meine Ruhe haben,
Die Mißgunst aber ist so groß,
Man wird mich andern gleich begraben,
Mein Leib fault in der Erde Schoß;
Wiewohl das thut mir gar nicht weh,
Der Geist schwebt um das Canapee.   *[1895]*

---

41 recolligiret *faßt.*

ABRAHAM GOTTHELF KÄSTNER

Über die Reime, bey Gelegenheit der im Christmonate
der Belustigungen vorigen Jahres auf der 504 Seite
enthaltenen Ode.

5   Bis hieher hab ich noch, nach deutscher Dichter Sitten,
Den Rest der Barbarey, den tollen Reim geduldet.
Zwar weis ich es noch nicht, ob je sein Schellenklang
Mir Feuer und Vernunft in strenge Fesseln schloß,
Und ob ich was gedacht, das ich für schön erkannte,
10   Und das sein Eigensinn nur aus dem Liede jagte.
Wie er den, der ihn sucht, mit so viel Angst bemüht,
So flieh ich ietzt vor ihm, wenn er mich auch nicht scheut,
Ja wenn er mich verfolgt. So dient der spröden Schöne
Oft eines Buhlers Brunst zum grausamen Gespötte,
15   Des Buhlers, den hernach der Rache Lust ergötzt,
Wenn der nur Kälte zeigt, der sie in Flammen bringt.

So wagt auch ich vielleicht, den Dichtern nachzusprechen,
Die, neuer Kühnheit voll, des Reimes Fesseln brechen.
Doch, zweifelnd, ob ihr Fuß die rechte Bahn betritt,
20   Erwähl ich noch den Weg, den Opitz auch beschritt.
Der Dichtkunst Barbarey hat er zuerst verlassen;
War Reimen Barbarey: so mußt er Reimen hassen.

Du, dem es schimpflich dünkt, dem Opitz nachzugehn,
Was hast du für ein Recht, die Reime zu verschmähn?
25   „Es ist ein Kinderwerk, den Vers mit Reimen zieren,
„Was denk ich, wenn mein Ohr zwo Sylben ähnlich rühren?
„Man nennt den *Bock*, den *Stock*, ich weis es, was man spricht,
„Doch was das *ock* erklärt, weis meine Seele nicht.

So? denkest du denn nicht, wenn du nicht Wörter hörest?
30   O lerne, wie man denkt, eh du uns dichten lehrest.

---

4 *von S. E. From* Die Unnützlichkeit der Reime *Die erste der 28 Strophen lautet:*
Schäfer von dem Oderstrande, / Alter Freund, an deutscher Treu, / Der du itzt in
Schwedens Fluren / Mit beflochtnem Stabe gehst; / Dich begrüßet meine Flöthe, /
Durch ein neues Hirtenlied; / Klingt es gleich nicht nach der Mode: / Nimm es
dennoch liebreich auf.   6 *Kästner verspottet seinen Gegner in den ersten zwölf Zeilen*
durch Vermeidung der Reimworte: gelitten, zwang, bannte, flieht, Geböhne, setzt.

Nicht alles, was in uns die Seele wirken kann,
Zeigt ein bestimmter Hauch durch Zung und Lippen an.
Wie mag der Tonkunst Macht des Kenners Ohr entzücken?
Wie rührt des Malers Werk, das Farb und Leben schmücken?
35 Dieß weis man, daß es stets dem Geiste Lust erweckt,
Wenn er was neues sieht, was ähnliches entdeckt,
Das Maaß im Sinne trägt, die Größen zu vergleichen.
Was ihn vergnügen soll, muß Stoff zum Wirken reichen,
Zum Sprechen eben nicht. Was ist es, das man spürt,
40 Wenn uns ein gleicher Klang das Ohr gedoppelt rührt?
Nur Ordnung, Ähnlichkeit, zwar einfach, bald zu fühlen,
Doch zu was edlerm gut, als nur zu Kinderspielen.

Und warum schilt dein Zorn, den nur der Reim entflammt,
Nicht auch das Sylbenmaaß, wenn er den Reim verdammt?
45 Sieh die vermischte Reih von kurz- und langen Tönen;
Was denkst du denn bey der? auch die mußt du verhöhnen.

Ich glaube, daß nur die zur Gattinn dir gefällt,
Vor der man Hekuben noch schön und reizend hält.
Was dächte wohl dein Geist, selbst bey Helenens Zügen?
50 Du wirst nicht kindisch seyn, und dich daran vergnügen.

Die Regel hat man längst den Dichtern fest gesetzt,
Es werde durch ihr Werk Verstand und Ohr ergötzt.
„Doch, sprichst du, was für Kunst hört man im Reime schallen?
„Die Ziege blöckt und reimt; es reimt der Flegel Fallen,
55 „Wenn Hanns mit Merten drischt." Wie sinnreich ist dein Hohn!
Doch höre: Phylax heult, und ändert stets den Ton;
Singt er ein reimlos Lied? Wer hat den Reim erhoben,
Als wär er das allein, warum wir Dichter loben?
Nein, Reim und Sylbenmaaß, und Feuer und Verstand,
60 Die machen erst vereint des Dichters Geist bekannt,
Der, wenn er Wort und Ton nach strengen Regeln schränket,
Dabey doch schöner denkt, als man in Prosa denkt.
Dann rührt er mit der Lust, die uns ein Tänzer bringt,
Wenn sein verwegner Schritt auf schwankem Seile springt:
65 Es würde sich kein Volk vor seiner Bühne häufen,
Wollt er den trägen Fuß auf fester Erde schleifen.
Wie ähnlich wär er dem, der, da kein Reim ihn zwang,
So matt und elend singt, als kaum ein Reimer sang!

---

48 Hekuba *Gemahlin des Königs Priamos von Troja.*

Nun hör auch, ob den Reim, der dich so sehr beleidigt,
70 Vielleicht ein stärkrer Grund, als der Gebrauch, vertheidigt.
Durch künstlich Sylbenmaaß hat sonst ein römisch Lied
Zugleich das Ohr ergötzt, des Dichters Geist bemüht.
In Ordnung mancher Art sah man die Füße stehen;
Da hüpft ein Daktylus bey schleichenden Spondeen.
75 Des Deutschen ernsten Vers ziert ein gesetzter Schritt,
Der nicht itzt hurtig läuft, und itzt bedachtsam tritt.
Stets soll ein kurzer Ton bey einem langen klingen;
Mehr Wechsel, und mehr Kunst ist nicht in ihn zu bringen,
Als daß der Dichter Volk zur Freyheit angewöhnt,
80 Jetzt lange Sylben kürzt, itzt kurze Sylben dehnt.
Der muntre Daktylus läßt sich nur selten hören,
Und man fängt itzt fast an ein sapphisch Lied zu lehren.
Wie Ordnung nicht ergötzt, die man zu sehr versteckt:
So macht die wenig Lust, die sich zu bald entdeckt.
85 Mehr Ordnung und mehr Kunst wird da das Ohr empfinden,
Wo sich zwo Zeilen stets durch gleiches Ende binden.
Der schreibt; der dichtet nicht, der Zeil auf Zeilen häuft,
Wo der entreimte Vers so leicht, wie Prosa, läuft.

Ich lobe nicht den Reim; ich will ihn nur beschützen:
90 Sonst würd ich mich vielleicht auf Morhofs[a]) Ansehn stützen.
Er schilt das Sylbenmaaß, erhebt des Reimes Klang;
Den lehrt uns die Natur, das ist der Künstler Zwang.

„Was schönes muß uns auch in jeder Sprach ergötzen.
„Die Reime kann man nicht, wie Lieder, übersetzen.
95 „Drum sind die Reime nichts." Sieh! wie du dich vergehst,
Und kühn auf Gründe baust, davon du nichts verstehst.
Nur bloß des Einfalls Werth kann deine Regel zeigen;
Des Ausdrucks Reiz und Kraft bleibt jeder Mundart eigen.

Doch, warum thust du uns des Reimes Ursprung kund?
100 Zum Scherze fehlt das Salz; zum Ernste fehlt der Grund.
Nein, treibt dein Eifer dich, den Reim nur auszurotten,
So zeige mehr Verstand, und witzerfüllter Spotten.
Komm, weise, wie der Reim des Dichters Geist umschränkt;
Wie Haller, weil er reimt, nicht philosophisch denkt;
105 Wie uns noch mancher Scherz im Hagedorn entzückte,
Wenn der verhaßte Reim nicht allen Witz erstickte.

a) Unterr. von der deutschen Sprache und Poesie, 8. Capit.

82 *die* sapphische *Ode.*

Wo einst dein reimlos Lied der beyden Reimen gleicht:
So glaube ganz gewiß, daß es den Reim verscheucht.

Doch, wohin eilten wohl des Reimes bange Schritte?
110 Verjagt ihn nicht bereits der Welsche, wie der Britte?
Kaum daß des Franzen Ohr, das sich so zärtlich nennt,
Das Sylbenmaaß verhört, und nur den Reim erkennt.
Zu diesem dürft er fliehn; doch Mothen[b]) müßt er meiden.
O Volk, das Fremde liebt! nimm Theil an meinem Leiden!
115 Der Deutsche hat mich nur von seinem Lied entfernt,
Damit er etwas thu, das er von dir nicht lernt.

Doch nein, er darf auch noch durch Meer und Alpen reisen;
Wenn man ihn minder schätzt, wird man ihn nicht verweisen.
Wahr ists, des Britten Geist, der stärker denkt, als fühlt,
120 Verachtets, ob der Reim in seinem Liede spielt;
Der Welsche, der nicht ganz das alte Rom vergessen,
Hat ein geübter Ohr, die Sylben abzumessen.
So zart hört Deutschland nicht, wiewohl es doch noch hört;
Dieß ist es, was den Reim den deutschen Dichter lehrt.

125 So lerne denn was mehr, als trotzig nachzusagen,
Was mit Bescheidenheit gelehrtre Männer wagen;
Die Reimer hat ihr Spruch verachtungswerth erkannt,
Doch niemals so, wie du, die Reime ganz verbannt;
Bis einstens der Gebrauch ein Sylbenmaaß bekräftigt,
130 Das mehr den Sinn vergnügt, den Dichter mehr beschäfftigt.

HORATIVS.
Si concedere nolis.
Multa Poetarum veniet manus, auxilio quae
Sit mihi, nam multo plures sumus, ac veluti te
135 Iudaei cogemus in hanc concedere turbam.

b) Houdart de la Mothe. S. die Vorrede zum andern Bande der Oden der
deutschen Gesellschaft.

___

zu b) Houdart de la Mothe *frz. Dichter (1672–1731)*. 132–135 *wo du mir's [eine
Schwäche] nicht im Guten verwilligst, | Ruf ich zu Hilfe den Schwarm der Dichterlinge –
wir sind ja | Weit in der Überzahl: da werden wir dann wie die Juden | Schreien und zwingen
dich schon, nach unsrer Pfeife zu tanzen (Sat. I 4, 140ff.) [Schröder]*.

Luise Adelgunde Victoria Gottsched*

Von der gezwungenen dunkeln Schreibart.

[. . .] Nehmen Sie mir es nicht übel, hochzuehrender Herr, daß ich noch weiter gehe; denn das Beste habe ich mir zuletzt aufbehalten. Quintilian ist ein so gro-
5 ßer Freund der Deutlichkeit, daß er die Dunkelheit in allen ihren Gestalten und Quellen verfolget. Er setzet bald darauf noch folgendes hinzu: Est etiam in quibusdam turba inanium verborum, qui dum communem loquendi morem reformidant, ducti specie nitoris, circumeunt omnia copiosa loquacitate, quae dicere volunt - - - - In hoc malum etiam a quibusdam laboratur: neque id nouum
10 vitium est, cum iam apud Titum Liuium inueniam, fuisse praeceptorem aliquem, qui discipulos, *obscurare quae dicerent iuberet*, graeco verbo vtens: σκότισον! Vnde illa, scilicet, egregia laudatio: *Tanto melior! ne ego quidem intellexi!*

Dieser letzte Schulfuchs, mein Herr, hat mir so gut gefallen, daß ich mir die Mühe gegeben habe, ihn in seiner Schule poetisch abzuschildern, und ihn in alle
15 die Umstände zu setzen, darinnen er den Schülern sein güldnes σκότισον zurufen könnte. Ich bin aber nicht in den alten Zeiten geblieben, sondern habe die Lehre der Finsterniß nach Deutschland versetzet. Doch was darf ich Ihnen mehr davon melden? Hier ist mein Gedicht selbst. Ich überlasse es ihrer Beurtheilung, ob es zur Erhaltung des hin und wider, durch die Bemühungen gewisser alpini-
20 schen Geister, in Abnahme gerathenden guten Geschmackes, bey uns Deutschen etwas beytragen kann. Ich bin etc. etc.

Ode über eines Schulfuchses im Quintilian
σκότισον, σκότισον! Tanto melior! ne ego quidem intellexi!

Ein Feind der Kunst, recht klar zu denken,
25 Der nur verjährte Bücher las,
Orbil, stund vor den vollen Bänken,
Darauf die junge Nachwelt saß.
Er floh mit Fleiß die klaren Stellen;
Nur wenn er etwas dunkles fand,
30 Davon auch nichts im Faber stand,
So hörte man das Urtheil fällen:
Ich selber kann es nicht verstehn!
Ihr Kinder, merkts euch! das ist schön.

6–12 *Quintilian, Institutio oratoria VIII, 2: Auch findet man einen Wust leerer Worte bei Manchen, welche die gewöhnliche Ausdrucksweise vermeiden und vom Scheine der Schönheit verführt alles mit umständlicher Geschwätzigkeit umschreiben, was sie sagen wollen – Manche arbeiten sich sogar förmlich in dieses Übel hinein, und der Fehler ist auch nicht neu: schon bei Titus Livius finde ich, es habe einmal einen Lehrer gegeben, der seine Schüler genötigt, zu verdunkeln, was sie zu sagen hätten, und zwar mit dem griechischen σκότισον !, machs dunkler! Daher denn auch das große Lob: Umso besser! Nicht einmal ich hab's verstanden! [nach Baur].* 19f. alpinische Geister *d. h. die Schweizer Literaturtheoretiker Bodmer und Breitiger, und Haller.* 26 Orbil *in der antiken Literatur sprichwörtliche Figur des verknöcherten Schulmeisters.* 30 vermutl. *Anspielung auf den* Thesaurus eruditionis Scholasticae *(Schatzkammer der Schulgelehrsamkeit) des Basilius* Faber *(1520–76).*

Ein Schüler wollt ein Redner werden,
35 Und plünderte den Cicero;
Der kam mit muthigen Geberden,
Als wär er bey dem Raube froh.
So deutlich muß kein Redner schreiben!
Rief hier mit Poltern mein Orbil:
40 Denn weil ihm nur Sallust gefiel,
So sprach er, jenen einzutreiben:
Solch Zeug kann jeder Geck verstehn;
Wer dunkel schreibt, der schreibt erst schön.

Es kam ein andrer hergetreten,
45 Ein dreyzehnjähriger Virgil;
Der sich vom Naso Trost erbethen,
Der ihm vor andern wohl gefiel.
Orbil rief, als von Wuth getrieben:
So schmierst du Bube von der Hand!
50 Ist das ein Vers? Er hat Verstand!
So hat kein Persius geschrieben!
Ich wett, ihr alle könnts verstehn;
Laß Wörter aus, dann wird es schön!

Nun kam der klügste von den Jungen,
55 Der hatt' ein Stück aus dem Homer
Recht treu und fleißig nachgesungen,
Und forderte bey ihm Gehör.
Doch dieß war auch ein deutlich Wesen,
Darinn Orbil nichts finstres fand:
60 Drum warf ers grimmig aus der Hand,
Und schrie: ich mag den Quark nicht lesen!
Es taugt ja nichts: man kanns verstehn;
Verdunkl' es erst, dann wird es schön!

Es klopft ein Fremder an die Thüre,
65 Der bracht ihm ein gedruckt Gedicht.
Er las, und sprach, so viel ich spüre,
Versteht der Kerl die Dichtkunst nicht.
Der Dichter hatte hin und wieder
Den Canitz, Neukirch, Günther, feil;
70 Drum schrie er: solche Wiegenlieder,
Die singt man schlafend und in Eil.
Das kann ein Windelkind verstehn:
Drum merkts: Das Dunkle nur ist schön!

---

46 Naso *Ovid.*   51 *Aulus* Persius *Flaccus, Satiriker des 1. Jhdts. n. Chr.*

Ein loser Bube stund von weiten,
75   Dem Schalkheit aus den Augen lacht,
Der hatt' auf seine Trefflichkeiten,
Ein *schwer zu lesend* Lied gemacht:
„Erkiest, der Geister Kraft zu mehren,
„Die kaum gewollte Glut durchbricht:
80   „Erfrorner Seelen schmelzend Licht!
„Erhabner Quell von höhern Lehren!
O! schrie Orbil: Das! das klingt schön!
Der Teufel selbst kanns nicht verstehn!

FRIEDRICH VON HAGEDORN*

Der Tag der Freude.

[Melodie]

Ergebet euch mit freyem Herzen
5   Der jugendlichen Fröhlichkeit:
Verschiebet nicht das süsse Scherzen,
Ihr Freunde, bis ihr älter seyd.
Euch lockt die Regung holder Triebe;
Dieß soll ein Tag der Wollust seyn:
10   Auf! ladet hier den Gott der Liebe,
Auf! ladet hier die Freuden ein.

Umkränzt mit Rosen eure Scheitel
(Noch stehen euch die Rosen gut)
Und nennet kein Vergnügen eitel,
15   Dem Wein und Liebe Vorschub thut.
Was kann das Todtenreich gestatten?
Nein! lebend muß man fröhlich seyn.
Dort herzen wir nur kalte Schatten:
Dort trinkt man Wasser, und nicht Wein.

20   Seht! Phyllis kommt: O neues Glücke!
Auf! Liebe, zeige deine Kunst.
Bereichre hier die schönsten Blicke
Mit Sehnsucht und mit Gegengunst.
O! Phyllis, glaube meiner Lehre:
25   Kein Herz muß unempfindlich seyn.
Die Sprödigkeit bringt etwas Ehre:
Doch kann die Liebe mehr erfreun.

Die Macht gereizter Zärtlichkeiten,
Der Liebe schmeichelnde Gewalt,
30 Die werden doch dein Herz erbeuten:
Und du ergiebst dich nicht zu bald.
Wir wollen heute dir vor allen
Die Lieder und die Wünsche weihn.
O! könnten Küsse dir gefallen,
35 Und dieser Kuß der erste seyn!

Der Wein, den ich dir überreiche,
Ist nicht vom herben Alter schwer.
Doch, daß ich dich mit ihm vergleiche,
Sey jung und feurig, so wie er.
40 So kann man dich vollkommen nennen:
So darf die Jugend uns erfreun,
Und ich der Liebe selbst bekennen:
Auf Phyllis Küsse schmeckt der Wein.

Der erste May.

[Gefällig

Der er - ste tag im Mo-nat Maÿ ist

mir der glücklichste von al-len. Dich sah ich, und gestand dir

frey, den er - sten Tag im Mo-nat Maÿ, daß dir mein

Herz er-ge-ben seÿ. Wenn mein Geständ-niß dir ge-fal - len; So ist der er-ste Tag im Maÿ für mich der glücklich-ste von al - len.

Der erste Tag im Monat May
Ist mir der glücklichste von allen.
Dich sah ich, und gestand dir frey,
5   Den ersten Tag im Monat May,
Daß dir mein Herz ergeben sey.
Wenn mein Geständniß dir gefallen;
So ist der erste Tag im May
Für mich der glücklichste von allen.

Der Wettstreit.

[Melodie]

Mein Mädchen und mein Wein,
Die wollen sich entzweyn.
Ob ich den Zwist entscheide?
5   Wird noch die Frage seyn.
Ich suche mich durch Beyde
Im Stillen zu erfreun.
Sie giebt mir grössre Freude:
10   Doch öftre giebt der Wein.

GEORG HEINRICH BEHR

Worträthsel,
Französisch Logogryphe genannt.

Eilf Littern machen mich geehrter Leser aus.
5 Du könntest ohne mich, hier keine Sylbe lesen,
    Wo ich dir nicht vorhin, in meinem eignen Haus,
Was du itzt deutlich siehst, mit Fleiß so auserlesen.
    Ich bin in dieser Welt noch nicht gar lang bekannt.
Und dannoch ehrt man mich anitzo aller Orten:
10   Mein Stammherr wird mit Recht von deutschem Blut genannt,
Der itzo Kinder hat von mancher Art und Sorten.
    Europa weist kein Land, worinnen ich nicht bin,
Ja selbst der Türken Reich hat mich nun aufgenommen,
    Ich war zwar Anfangs nie nach ihrer Priester Sinn;
15 Mich hieß auch Kulikan erst kürzlich zu sich kommen.
    Kein Lehrer lebt anitzt der ohne mich könnt seyn,
Ich dien ihm meistentheils zum Ruhm, Nutz, Ehr und Freude:
    Doch oftmals mach ich ihm Verdrüßlichkeit und Pein,
Wenn ich dem Widerpart die Zeilen zubereite.
20   Genug! Errathe mich! versetze Sylb und Wort:
Doch eh du solches thust, so theil mich in zwey Glieder.
    Das erste findest du in Ost, Süd, West und Nord,
Denn wo ein Weiser sitzt, da laß ich mich auch nieder.
    Zu diesem ersten Glied setz noch das andre hin,
25 So findest du den Mann, der mich hat zu bereitet;
    Derselbe richtet sich niemals nach seinem Sinn,
Er macht die Sachen fort, wie ihm ward angedeutet.
    Diß wär das ganze Wort. Doch eins, zwey fünf und zehn,
Das kann man in der Meß zu Leipzig häufig sehn.
30 Eins, zwey, drey, vier und zehn, bringt Blätter Holz und Schatten;
Und thut man eins, sechs, zwey, fünf, zehn und eilfe gatten,
    So zeiget sich ein Freund aus Mutterleibe her.
    Zwey, vier und eilfe weist, um welche Zeit es wär.
Eilf, zwey, fünf, zehne, sechs, muß oft dem Schiffmann dienen.
35 Wenn eins, sechs, zwey, drey, vier, an seinem Leib erschienen,
    Der lauft zum Wundarzt hin, vertraut sich seiner Cur.
    Vier, sieben und auch sechs, ist eine wüste Hur.
Eins, zehen, acht und neun, schaft uns die beste Speise;
Eins, sechs, zwey, acht, neun, zehn, dient uns auf mancher Reise,

---

15 Kulikan   *Culiacan, Stadt in Westmexiko.*

40 Insonders wo zu Land dieselbe soll geschehn,
    Und wo dabey ein Fluß uns will im Wege stehn.
    Fünf, sechs, zehn, acht und neun, ist wahrlich wüst zu nennen;
    Doch muß es aus dem Leib, so es dich nicht soll brennen.
      Eilf, sieben, eins und zehn, dient öfters uns zu Tisch.
45   Sechs, sieben, vier und zehn, macht nach der Arbeit frisch.
    Neun, sieben, vier und fünf, hat Milch und keinen Saamen.
    Eins, zehen, vier und sechs, zeigt des Verfassers Namen.
      Vier, zehen, eilf und fünf, zeigt einen Ort dir an,
    Den man in neun zwey, drey, vier, zehne finden kann.
50 Mein Leser, rathe nun! Sey merksam und beflissen!
    So wirst du, dir zur Lust, das ganze Räthsel wissen.

1743

CONRAD ARNOLD SCHMIDT

Gedichte an die Kunstrichter.

Sagt, Richter, die ihr längst der Dichtkunst Wesen kennt,
Und Unsinn von Vernunft mit klugem Urtheil trennt:
5 Wie kömmts, daß man so bald der Schönheit Bild verlieret,
Und selbst abscheulich wird und andre mit verführet?
Wo findet man die Bahn darauf man sicher geht,
Die nicht zum Abgrund führt und nicht zu sehr erhöht?
Ists möglich, oder nicht, daß uns ein Lied gelinget,
10 Das gleich auf alle wirkt und aller Herz durchdringet?
Daß man sich bis zum Ruhm der höchsten Kenner hebt,
Und dem doch sichtbar ist der noch am Staube klebt;
Daß man nicht dunkel wird, und doch nicht niedrig bleibet,
Und Schönen noch gefällt, wenn man für Weise schreibet?

15 Die Bahn ist rauh und schwer, doch zeigt sie die Natur:
Wer für die Nachwelt schreibt, der folget ihrer Spur.
Der Dichter ist nicht bloß für Wenige gebohren,
Er lehrt ein ganzes Volk, er reizet tausend Ohren:
Er hilft der Wahrheit auf, sein Zweck ist allgemein;
20 Er muß der Helden Preis, der Tugend Herold seyn.
Umsonst eilt hier ein Geist auf unbekannten Wegen,

---

46 *statt* fünf *lies: zehn.*   51 *die S. 99 des Originals mitgeteilte Lösung:* **Buch-drucker**; Buch, Drucker, Bude, Buche, Bruder, Uhr, Ruder, Bruch, Hur, Beck*[er]*, Bruck, Dreck, Rube *[Rübe]*, Ruhe, Behr, Kuhe, Heerd und Kuche *[Küche]*.

Mit übertriebner Kraft der Ewigkeit entgegen;
Und schöpfet sein Gedicht mit Wissenschaften voll,
Und giebt uns Räthsel auf, wenn er ergetzen soll.
25 Er sucht in uns vielleicht schon Geister höhrer Sphären;
Wir Menschen sind zu schwach sein starkes Lied zu hören.

Wer für die Welt nicht schreibt, vergißt der Dichter Pflicht,
Ergetzen ist ihr Lob, ihr Zweck der Unterricht.
Was die Vernunft erforscht und aus verknüpften Gründen
30 Mit Müh hervorgesucht, den Menschen einzubinden;
Den Bürgern kund zu thun, was Pflicht und Wohlfahrt heißt,
Wie Üppigkeit und Zwist auch Thronen niederreißt;
Im ungezwungnem Scherz dem Hofe das zu sagen,
Was Leibnitz, Lock und Wolf den Schulen vorgetragen;
35 Durch einen eiteln Spott, den träge Seelen fliehn,
Den Thoren unverhofft die Larve wegzuziehn;
Was oft Gelehrte quält, den Schönen zu erläutern,
Und doch die finstre Stirn des Lesers aufzuheitern:
Dieß ist die seltne Kraft, die in Verwundrung setzt,
40 Dieß heißt: ein Dichter seyn, der nützet und ergötzt.

Wer Kenner rühren will, der muß für alle dichten;
Kan gleich nicht jedermann der Lieder Stärke richten.
Wie macht es doch Homer, daß ihn auch Plato las,
Die Jugend ihn verstund, das Alter nicht vergaß?
45 Daß eines Griechen Sohn, der sich der Schul entrissen,
Ihn nicht aus Rachbegier gleich an die Wand geschmissen;
Ihn nicht der dunklen Brut der Schulen beygezählt,
Und alt darum verflucht, weil er ihn jung gequählt!

Ein Geist, der sich nicht sehr erniedrigt noch erhöhet,
50 Vom Davus und Euklid in gleicher Weite stehet;
Den Einsicht und Verstand vor seines gleichen schmückt,
Doch seine Munterkeit am Pulte nicht erstickt;
Mehr weis was itzt geschicht, als was vor dem geschehen,
Den an der Bücher statt der Menschen Herz gesehen;
55 Ein wahrer Staatsmann ist, ob er gleich keiner heißt,
Und nichts aus Einfalt straft und nichts aus Einfalt preist;
Der allen Unsinn haßt und keine Possen leidet,
Und sich mit stiller Lust an fremder Thorheit weidet;
Der einen leichten Scherz nicht suchet, auch nicht flieht,
60 Und Fehler bald entdeckt und wahre Schönheit sieht:
Der soll der Richter seyn! und kann man dem gefallen

---

34 *John* Locke, *Christian* Wolff.   50 Davus   *Name von Knechten in der lat. Komödie.*

So schreibt man allen schön, und so gefällt man allen;
So wird man durch die Hand der klügsten Leute gehn,
Und neben dem Horaz und bey dem Canitz stehn.

65 Ihr Dichter! soll die Welt euch Ruhm und Beyfall schenken,
So lernt so wohl an sie, als an euch selber denken,
Für Niedre nicht zu hoch, für Hohe nicht gemein,
Den Schönen angenehm, den Weisen lehrreich seyn:
Und nicht bis zu der Höh geschweifter Sternen steigen,
70 Die ihrer Stralen Glanz bloß durch ein Fernglas zeigen;
Und deren wölkicht Licht, das kaum Caßini kennt,
Nur für den düstern Blick gelehrter Augen brennt.
Schreibt nicht, daß jedermann sich über euch beklaget:
Ihr wagt das ungereimt, was Flemming klug gewaget.

75 Wohlan! so dichte fort, was siehst du schüchtern zu?
Denkt nun vielleicht Ruffin, und stört sich aus der Ruh.
Bereichre nur die Stadt mit tausend Hochzeitblättern;
Nur munter, kühner Geist, man wird dich bald vergöttern!
Wie rein fließt nicht dein Vers! Wie strömt nicht Wort auf Wort!
80 Ergießt, ihr Sylben euch und reißt die Hertzen fort!
Die Dichtkunst ist nunmehr zum Pöbel hin verwiesen,
Je seichter man gedacht, je mehr wird man gepriesen.
Man soll nicht einem klug und vielen thöricht seyn:
Der meisten Ausspruch gilt; drum schreibe selbst gemein!
85 Dein unfruchtbarer Fleiß wird nur dein Glück zernichten,
Hast du nur nicht gefehlt, so darf kein Mensch dich richten.
Geh, klügelnder Horaz! fort strenger Stagirit!
Euch folge wer sich haßt und Ruhm und Nahrung flieht!
Ihr schreckt die arme Welt mit schwermuthsvollen Lehren,
90 Wenn man mich nur versteht, so muß man mich verehren.

Halt ein! Ruffin! halt ein! dein Schluß ist fehlerhaft;
Man straft die Dunkelheit, nicht Geist mit Wissenschaft!
Dein Lied ist kalt und matt, von aller Pracht entblößet,
Dein Kiel fehlt destomehr, je minder er verstößet.
95 O schweig! und setze nie den stumpfen Griffel an!
Beym Pöbel reimt man sich nicht gleich zum großen Mann:
Kein heischrer Schellenklang wird edle Dichter machen,
Dein übereilter Reim bringt Kluge nur zum Lachen.
Ihr aber, die ihr euch an Flaccus Seite stellt,
100 Lehrt, Richter, mich ein Lied für euch und für die Welt,

---

71 *Giovanni Domenico* Cassini, *frz. Astronom (1625–1712).*   76 Ruffin   *bei Martial*
ein Hochmütiger. · 87 Stagirit   *Aristoteles aus Stageira.*   97 heischrer   *heiserer.*

Daß meine Säyten einst den Kennern lieblich klingen.
Und feurig in das Herz der spätsten Nachwelt dringen.
Mich reizt kein kalt Gewäsch, mich reizt kein trächtig Blatt,
Das zwar Vertheidiger, doch selten Leser hat.
105 Auf! unterstützet selbst mein ringendes Befleißen!
Macht mich der Ehre werth ein Dichter einst zu heißen.

CARL FRIEDRICH DROLLINGER

Über die Tyranney
der deütschen Dichtkunst. a)

Ihr Musen helft! Der Verse Tyranney
Ist allzu schwär. O macht uns endlich frey!
5 Uns plagt ja schon mit seinem Schellenklang
Der Feind von Geist und Witz, der Reim, zu lang,
Der, von den rauhen Barden ausgeheckt,
Die strenge Herrschaft bis auf uns erstreckt.
Was schreibt doch noch der deütsche Dichter-Chor
10 Für eine Versart sich zur Strafe vor;
Ein Doppelvers, erdacht zu unsrer Pein!
Zu groß für Einen und für Zween zu klein.
Je mehr er hat, je mehr ihm stets gebricht.
Zwelf Füsse helfen ihm zum lauffen nicht.
15 Ihn macht dem Ohr kein Wechsel angenem,
Und kein geschicktes Maß dem Sinn bequem.
Er trabt betrübt daher mit schwärem Schritt.
Ein gleicher Tact bestimmt ihm jeden Tritt.
Beym Sechsten stellt auch, wenn er lauffen will,
20 Das strenge Reimgesätz ihn immer still.
Vernunft und Witz entweicht vor seinem Zwang,
Und findt ihn bald zu kurz, und bald zu lang;
Und, wenn sein Tic und Tac beständig schallt,
Gleich einer Glocke, so entschläft man bald.
25 Schau, wie so oft ein Dichter ängstlich ringt,
Bis nach den Regeln ihm ein Vers gelingt!

a) Ist eine Nachahmung des Englischen Vers- und Zahlmasses; Wer sich
nach solchem richten wollte, könnte, um mehrerer Lieblichkeit willen, den Ab-
wechsel der steigenden und fallenden Verse beybehalten.

11 Doppelvers *Alexandriner.* zu a) Englisches Vers- und Zahlmass *fünfhebi-*
ger Jambus; steigenden und fallenden *mit männlichem bzw. weiblichem Versende.*

Er martert sich, verdreht, versetzt, verschränkt;
Der Sinn wird schwach; die Sprache wird gekränkt.
Ein Einfall fließt. Doch kan er nicht bestehn.
30 Warum; Zween Füsse fehlen noch zu Zehn.
Was ist zu tuhn? Ein Flickwort kömmt herbey,
Daß die geschworne Zahl nur richtig sey.
Die Zahl ist ganz. Das Werk will doch nicht fort.
Der Abschnidt fällt nicht recht auf seinen Ort.
35 Nach langer Müh gebihrt man eine Brut,
Von Wind und Luft erfüllt, für Geist und Blut.
Und ist sie nicht an Kraft und Geiste leer,
So zeigt ihr Leib den Zwang nur desto mehr.
Was Wunder! daß der Britten feiner Ohr
40 Ein Reimgebände sich vorlängst erkohr,
Das, nicht so sehr vom Regelzwang beschränkt,
Sich nach des Dichters Wunsch bequemer lenkt,
Bald hier, bald dort den Abschnidt wechselnd stellt,
Und, wie die Regung will, so läufft, als hält.

ALBRECHT VON HALLER

Trauer-Ode
Beym Absterben Seiner geliebtesten
Mariane gebohrnen Wyß.
5 Novembr. 1736.

Soll ich von Deinem Tode singen?
    O Mariane! welch ein Lied!
Wann Seufzer mit den Worten ringen /
    Und ein Begriff den andern flieht.
10 Die Lust / die ich an Dir gefunden /
    Vergrössert jetzund meine Noth;
Ich öffne meines Herzens Wunden /
    Und fühle nochmahls Deinen Tod.

Doch meine Liebe war zu heftig /
15   Und Du verdienst sie allzuwohl /
Dein Bild bleibt in mir viel zu kräftig /
    Als daß ich von Dir schweigen soll.
Es wird im Ausdruck meiner Liebe
    Mir etwas meines Glückes neu;
20 Als wann von Dir mir etwas bliebe /
    Ein zärtlich Abbild unsrer Treu.

Nicht Reden / die der Geist gebieret /
Nicht Dichter-Klagen fang ich an;
Nur Seufzer / die ein Herz verlieret /
25   Wann es sein Leid nicht fassen kan.
Ja / meine Seele will ich schildern
Von Lieb' und Traurigkeit verwirrt /
Wie sie / ergetzt an Trauer-Bildern /
In Kummer-Labyrinthen irrt.

30 Ich seh Dich noch / wie Du erblaßtest /
Wie ich verzweifelnd zu Dir trat /
Wie Du die letzten Kräfte faßtest /
Um noch ein Wort / das ich erbat.
O Seele voll der reinsten Triebe!
35   Wie ängstig warst du für mein Leid?
Dein letztes Wort war Huld und Liebe /
Dein letztes Thun / Gelassenheit.

Wo flieh ich hin? in diesen Thoren
Hat jeder Ort / was mich erschreckt!
40 Das Haus hier / wo ich Dich verlohren;
Der Tempel dort / der Dich bedeckt;
Hier Kinder... ach! mein Blut muß lodern
Beym zarten Abdruck Deiner Zier /
Wann sie Dich stammelnd von mir fodern;
45   Wo flieh ich hin? ach! gern zu Dir.

O soll mein Herz nicht um Dich weinen!
Hier ist kein Freund Dir nah als ich.
Wer riß Dich aus dem Schooß der Deinen?
Du liessest sie / und wähltest mich.
50 Ein Vaterland / das Dir gewogen /
Verwandtschaft / die Dir liebreich war /
Dem allem hab ich Dich entzogen:
Wohin zu eilen? auf die Baar.

Dort in der bittern Abschieds-Stunde
55   Wie Deine Schwester an Dir hieng /
Wie nach und nach das Land verschwunde /
Und uns Ihr letzter Blick entgieng;
Sprachst Du zu mir / mit holder Güte /
Die mit gelaßner Wehmuth stritt;
60 Ich geh mit ruhigem Gemüthe /
Was fehlt mir? HALLER kömmt ja mit.

---

52 *Haller war gerade nach Göttingen übergesiedelt.*

Wie kan ich ohne Thränen denken
　　An jenen Tag / der Dich mir gab;
Noch jetzt / mischt Lust sich mit dem Kränken /
65　　Entzückung löst mit Wehmuth ab.
Wie ungemein war Deine Liebe!
　　Die Schönheit / Stand und Gut vergaß /
Und mich / so arm ich selbst mich schriebe /
　　Allein nach meinem Herzen maß.

70　Wie bald verliessest Du die Jugend /
　　Und mied'st die Welt / um mein zu seyn;
Du wiech'st vom Weg gemeiner Tugend /
　　Und warest schön / für mich allein.
Dein Herz hieng ganz an meinem Herzen /
75　　Und sorgte nicht für Dein Geschick;
Voll Angst / bey meinem kleinsten Schmerzen /
　　Entzückt auf einen frohen Blick.

Ein nie am eiteln fester Wille /
　　Der sich nach GOttes Fügung bog;
80　Vergnüglichkeit und sanfte Stille /
　　Die weder Muht noch Leid bewog;
Ein Vorbild kluger Zucht an Kindern;
　　Ein ohne Blindheit zartes Herz;
Ein Herz / gemacht mein Leid zu lindern;
85　　War meine Lust / und ist mein Schmerz.

Ach! herzlich hab ich Dich geliebet /
　　Weit mehr als ich Dir kund gemacht /
Mehr als die Welt mir Glauben giebet /
　　Mehr als ich selbst vorhin gedacht.
90　Wie oft / wann ich Dich innigst küßte /
　　Erzitterte mein Herz / und sprach:
Wie! wann ich Sie verlassen müßte!
　　Und heimlich folgten Thränen nach.

Ja / mein Betrübnüß soll noch währen /
95　　Wann schon die Zeit die Thränen hemmt:
Das Herz kennt andre Arten Zähren /
　　Als die die Wangen überschwemmt.
Die erste Liebe meiner Jugend /
　　Ein innig Denkmahl Deiner Huld /
100　Und die Verehrung Deiner Tugend /
　　Sind meines Herzens stäte Schuld.

Im dicksten Wald / bey finstern Buchen /
Wo niemand meine Klagen hört /
Will ich Dein holdes Bildnüß suchen /
105   Wo niemand mein Gedächtnüß stört.
Ich will Dich sehen / wie Du giengest /
Wie traurig / wann ich Abschied nahm;
Wie zärtlich / wann Du mich umfiengest;
Wie freudig / wann ich wieder kam.

110 Auch in des Himmels tieffen Fernen /
Will ich im Dunkeln nach Dir sehn;
Und forschen / weiter als die Sternen /
Die unter Deinen Füssen drehn.
Dort wird jetzt Deine Unschuld glänzen
115 Vom Licht verklärter Wissenschaft:
Dort schwingt sich / aus den alten Gränzen /
Der Seele neu-entbundne Kraft.

Dort lernst Du GOttes Licht gewöhnen /
Sein Raht / wird Seligkeit für Dich;
120 Du mischest mit der Engel Tönen /
Dein Lied / und ein Gebet für mich.
Du lernst den Nutzen meines Leidens /
GOtt schlägt des Schicksahls Buch Dir auf:
Dort steht die Absicht unsres Scheidens /
125 Und mein bestimmter Lebens-Lauf.

Vollkommenste! die ich auf Erden
So stark / und doch nicht gnug geliebt /
Wie liebens-würdig wirst Du werden!
Nun Dich ein himmlisch Licht umgiebt.
130 Mich überfällt ein brünstig Hoffen /
O! sprich zu meinem Wunsch nicht nein!
O! halte Deine Armen offen!
Ich eile / ewig Dein zu seyn.

Unvollkommne Ode über die Ewigkeit. [a])

Ihr Wälder! wo kein Licht durch finstre Tannen strahlt /
Und sich in jedem Busch die Nacht des Grabes mahlt:
Ihr holen Felsen dort! wo im Gesträuch verirret
5 Ein trauriges Geschwärm einsamer Vögel schwirret:
Ihr Bäche! die ihr matt in dürren Angern fließt /
Und den verlohrnen Strom in öde Sümpfe gießt:
Erstorbenes Gefild' und Grausen volle Gründe!
O daß ich doch bey euch / des Todes Farben fünde!
10 O nährt mit kaltem Schaur / und schwarzem Gram mein Leyd!
Seyd mir ein Bild der Ewigkeit!

Mein Freund ist hin.
Sein Schatten schwebt mir noch vor dem verwirrten Sinn;
Mich dünkt ich seh sein Bild / und höre seine Worte:
15 Ihn aber hält am ernsten Orte
Der nichts zurücke läßt
Die Ewigkeit mit starken Armen fest.

Noch heut war er was ich / und sah auf gleicher Bühne /
Dem Schauspiel dieser Welt / wie ich / beschäftigt zu.
20 Die Stunde schlägt und in dem gleichen Nu
Ist alles nichts so würklich als es schiene.
Die dicke Nacht der öden Geister Welt
Umringt ihn itzt / mit Schrecken-vollen Schatten /
Und die Begier ist was er noch behält /
25 Von dem was seine Sinnen hatten.

Und ich? bin ich von höherm Orden?
Nein / ich bin was er war / und werde was er worden.
Mein Morgen ist vorbey / mein Mittag rückt mit Macht:
Und eh der Abend kömmt / kan eine frühe Nacht /
30 Die keine Hofnung mehr zum Morgen wird versüssen /
Auf ewig meine Augen schliessen.

Forchtbares Meer der ernsten Ewigkeit!
Uralter Quell von Welten und von Zeiten!
Unendlichs Grab von Welten und von Zeit.

a) Auf daß sich niemand an den Ausdrücken ärgere / worinnen ich von dem
Tode als einem Ende des Wesens / oder der Hoffnung spreche / so berichte / daß
alle diese Reden Einwürfe haben seyn sollen / die ich würde beantwortet haben /
wann ich fähig wäre / diese Ode zu Ende zu bringen.

1 *unvollendete.*

35   Beständigs Reich der Gegenwärtigkeit!
      Die Asche der Vergangenheit
Ist dir ein Keim von Künftigkeiten.

      Unendlichkeit! wer misset dich?
Bey dir sind Welten Tag' und Menschen Augenblicke.
40   Vielleicht die tausendste der Sonnen welzt itzt sich /
Und tausend bleiben noch zurücke.
      Wie eine Uhr beseelt durch ein Gewicht /
Eilt eine Sonn aus GOttes Kraft bewegt:
Ihr Trieb lauft ab / und eine andre schlägt /
45   Du aber bleibst und zählst sie nicht.

      Der Sternen stille Majestät /
      Die uns zum Ziel befestigt steht /
Eilt vor dir weg / wie Gras an schwülen Sommer-Tagen /
      Wie Rosen die am Mittag jung /
50   Und welk sind vor der Dämmerung /
Ist gegen dich der Angelstern und Wagen.

      Als mit dem Unding noch das neue Wesen rang /
      Und kaum noch reif die Welt / sich aus dem Abgrund schwang /
Eh als das Schwere noch den Weg zum Fall gelernet /
55   Und auf die Nacht des alten Nichts /
      Sich goß der erste Strom des Lichts /
Warst du so weit als itzt von deinem Quell entfernet.
Und wann ein zweytes Nichts wird diese Welt begraben;
      Wann von dem ganzen All / nichts bleibet als die Stelle;
60   Wann mancher Himmel noch / von andern Sternen helle
Wird seinen Lauf vollendet haben /
      Wirst du so jung als itzt / von deinem Tod gleich weit /
      Gleich ewig künftig seyn / wie heut.

Die schnellen Schwingen der Gedanken
65   Wogegen Zeit / und Schall / und Wind
      Und selbst des Lichtes Flügel langsam sind /
Ermüden über dir / und hoffen keine Schranken /
Ich häuffe ungeheure Zahlen
      Gebürge Millionen auf.
70   Ich welze Zeit auf Zeit / und Welt auf Welt zu Hauf /
Und wann ich von der grausen Höhe
      Mit Schwindeln wieder nach dir sehe /
Ist alle Macht der Zahl vermehrt mit tausend mahlen

---

51 Angelstern und Wagen *Polarstern und Großer Wagen.*   52 Unding *Chaos.*

Noch nicht ein Theil von dir /
75   Ich zieh sie ab und Du liegst ganz vor mir.

O GOtt du bist allein des Alles Grund /
Du Sonne bist das Maaß der ungemeßnen Zeit /
Du bleibst in gleicher Kraft und stetem Mittag stehen /
    Du giengest niemals auf und wirst nicht untergehen /
80   Ein einzig Itzt in dir / ist lauter Ewigkeit.
Ja / könnten nur in dir die festen Kräfte sinken
    So würde bald mit aufgesperrtem Schlund
Ein allgemeines Nichts des Wesens ganzes Reich /
    Die Zeit und Ewigkeit zugleich /
85   Als wie der Ocean ein Tröpfgen Wasser trinken.

Vollkommenheit der Grösse!
    Was ist der Mensch der gegen dich sich hält!
    Er ist ein Wurm / ein Sandkorn in der Welt.
Die Welt ist selbst ein Punct wann ich an dir sie messe.
90   Nur halb gereiftes Nichts / seit gestern bin ich kaum /
Und morgen wird ins Nichts mein halbes Wesen kehren /
    Mein Lebens-Lauf ist wie ein Mittags-Traum /
Wie hoft er dann den deinen auszuwähren.

Ich ward / nicht aus mir selbst / nicht weil ich werden wolte /
95   Ein etwas das mir fremd / das nicht ich selber war /
    Ward auf dein Wort mein Ich. Zu erst war ich ein Kraut
Sich unbewußt / noch unreif zur Begier /
    Und lange war ich noch ein Thier
Da ich ein Mensch schon heißen solte.
100   Die schöne Welt / war nicht für mich gebaut /
    Mein Ohr verschloß ein Fell / mein Aug ein Staar /
Mein Denken stieg nur noch biß zum Empfinden /
Mein ganzes Kenntnüß war / Schmerz / Hunger und die Binden.

Zu diesem Wurme kam noch mehr von Erdenschollen
105   Und etwas weißer Saft /
    Ein inn'rer Trieb fing an die schlaffen Sehnen
Zu meinen Diensten auszudehnen /
    Die Füsse lernten gehn durch Fallen /
    Die Zunge reiffete zum Lallen
110   Und mit dem Leibe wuchs der Geist.
    Er prüfte nun die ungeübte Kraft
    Wie Mücken thun die von der Wärme dreist
Halb Würmer sind und fliegen wollen.

Ich starrte jedes Ding als fremde Wunder an /
115 Ward reicher jeden Tag / sah vor und hinder heute /
Maaß / rechnete / verglich / erwählte / liebte / scheute /
Ich irrte / fehlte / schlieff' / und ward ein Mann.

Itzt fühlet schon mein Leib, die Näherung des Nichts,
Des Lebens lange Last erdrückt die müden Glieder;
120 Die Freude flieht von mir, mit flatterndem Gefieder,
Der sorgenfreyen Jugend zu.
Mein Eckel, der sich mehrt, verstellt den Reitz des Lichts,
Und streuet auf die Welt den Hofnungslosen Schatten.
Ich fühle meinen Geist in jeder Zeil' ermatten,
125 Und keinen Trieb, als nach der Ruh.

1744

ELIAS CASPAR REICHARD

An der Königl. Dänischen Herren Geheimden Räthe
Johann Ludwig von Holstein und
Johann Sigismund von Schulin
5 Excellenz, Excellenz, bey Überreichung und Zueignung meiner
Antritsrede von dem Wachsthum und Flor der Wissenschaften als
einem Grunde der Glückseligkeit der Länder
1740.

Ich wag es doch, obgleich die Hand
10 Den matten Kiel annoch mit Zittern führet;
Ich wag es doch. Der Blick, der meine Brust gerühret,
Hat auch den Rest der Furcht verbannt;
Der Furcht, die mich vorher durch öftre Zweifel qvälte,
Daß meiner Schrift die Schönheit fehlte,
15 Die grosse Geister reizend deucht,
Als deren hocherhabne Cedern
Man von bestaubten Schulcathedern
Nicht ohne Muth und Geist, nicht ohne Schwung erreicht.

Sie ist schon längst dem HErrn geweiht,
20 Dem HErrn, der mich zu seinem Knecht erkohren,
Als ich den Sclavendienst der Laster abgeschworen,
Denn Gnade heischt Erkenntlichkeit;

---

118 *die letzten acht Verse zuerst in der Ausgabe von 1748 (vgl. Quellenverzeichnis).*

Und dis Gesetz ist ihr von da an vorgeschrieben,
Sich eifrigst dem zum Ruhm zu üben,
25 Der meines Wesens Ursprung heißt;
Es weit in ihrer Kunst zu bringen,
Den Held recht würdig zu besingen,
Der durch sein Blut die Welt der Höllengluth entreißt.

Nächst diesem soll sie ämsig seyn,
30 Die Gottesfurcht und Wahrheit auszubreiten,
Die Tugend zu erhöhn, und auf die Ewigkeiten
Mit Wucher Samen auszustreun.
Und, o wie süß kömmt ihr die Aufopfrung der Kräfte,
In dem ergetzlichen Geschäfte,
35 In unsres Königs Dienste, vor.
Das Lied vom *hohen Dänschen* Hause
Bleibt, ohne die geringste Pause,
Ein Übungslied für mich und für mein Dichterrohr.

Befördert diesen edlen Trieb!
40 Ihr zween, zum Heil des Volks gebohrne, Männer,
Ihr, uns vom Himmel selbst zum Trost geschenkte, **Gönner**,
Ich weis, Ihr habt die Musen lieb.
Die Musen lieben, heißt, sich ewge Namen geben,
Augustus und sein *Liebling* leben
45 Noch itzt im *Flaccus* und *Virgil*;
O möcht ich Euch in meinen Liedern
Doch auch dergleichen Dank erwiedern!
Es wird geschehn, Ihr stimmt ja selbst mein Saitenspiel.

Ich wag es doch. Die Ohnmacht merkt
50 Sich durch den Trieb der Ehrfurcht schon beflügelt.
Wie kömmts, daß sie sich nicht an Icars Falle spiegelt?
Weil Ihr sie hebt, weil Ihr sie stärkt,
Von Holstein und *Schulin*, ihr dänschen Wohlfahrtssäulen,
Die sich ins Königs Lasten theilen,
55 Durch welche Staat und Kirche blüht;
Euch lodern die entzündten Flammen,
Ihr könnt das Opfer nicht verdammen,
Das auf dem keuschesten und reinsten Altar glüht.

Die Muse, die ihr erstes Blatt
60 Aus Altona an Eure Zimmer heftet,
Ist blöde, schwach und jung, und fühlt sich leicht **entkräftet**,

---

44 *Mäcenas; s. Anm. 36 S. 23.* 51 *Icarus'.*

Wenn sie sich stark beschäftigt hat;
Doch läßt sie sich den Ruhm der Redlichkeit nicht nehmen;
Der Vorwurf soll sie nie beschämen,
65 Daß sie der Schmeicheley gefröhnt;
Noch haben die verworfnen Flöten
Der niederträchtigen Poeten
Bey ihr den reinen Ton der Stimme nicht verwehnt.

Vollkommnes und vortreflichs Paar
70 *So gütiger als kluger Mäcenaten,*
Hier legt sie Euch den Keim von Euren guten Saaten,
Und Proben ihrer Treue dar.
Diß ganze Werkchen ist nur ein Entwurf zu nennen,
Den Euer Blick das Wachsthum gönnen,
75 Den Eure Huld erweitern kann;
Bey *Christians* gepriesner Milde,
Und unter Eurem sichern Schilde,
Wächßt meine Muse noch mit unsrer Schul heran.

Die Verbindung der Dichtkunst
mit der Gottesfurcht und Weltweisheit
Eine Cantate zu der den 27 Januar 1741. bey dem Antritte meines
Professorats gehaltenen Rede verfertiget. in die Musik gesetzt und
5 aufgeführet von Herrn Georg Philip Telemann.

Vor der Rede.
Aria.
Hinkende Dichter am Helikons Rande,
Klettert, und stürzet! dem Hochmuth zur Schande,
10 Und den erhabnen Poeten zum Ruhm!
Ehr ist auf Verdienst gegründet,
Kränze, die Apollo windet,
Sind der Tugend Eigenthum.   Von forn.

Ersprießlichs Band!
15 Vereinigung, die Lust und Heil verspricht!
Die Dichtkunst gibt der Weltweisheit die Hand,
Und beyd umstralt der Weisheit helles Licht.
In diesem schönen Bunde
Steht die gepriesne Poesie
20 Auf einem unbeweglich festen Grunde.

---

67 *etwa: niedriger Unterhaltungsdichter.*   76 Christian *VI. von Dänemark.*

In der Gesellschaft singet sie
Mit einem herzbezwingerischen Munde.
So wird sie ohne Müh
Den Spott, das Unrecht und die Kränkung rächen,
25   Die man ihr zugefügt,
Da man, in Meynung, daß man sie vergnügt,
Sich recht bemühet hat, ihr Hohn zu sprechen.

Aria.

Du hast ja Schmach genug gelitten,
30   Gekränkte Dichtkunst siege nun!
Neid, Unvernunft und Thorheit sind bestritten,
    Auf Streit und Sieg folgt ein Triumph.
      Die Waffen deiner Feinde,
      Und falschgeglaubten Freunde,
35   Sind gegen deine Kräfte stumpf.
      Du kanst nun in der Mitten
    Der Tugend und der Weisheit ruhn,
    Und, wenn du siegest, Wunder thun.   Von forn.

Ja, ja, sie siegt,
40   Und wird noch ferner triumphirend siegen;
Die magre Reimkunst liegt,
Und ächzet in den letzten Zügen.
Der hirn- und tugendlose Schwarm
Der brodbegiergen Sylbenhenker,
45   Wird zaghaft, hungrig, matt und arm,
Und ärgert sich von Tag zu Tage kränker.
Ihr Unglück geht mir nah!
Ist keine Hülfe für sie da?
Noch ist die Hoffnung nicht verloren.
50   Schickt nur die Thoren
Gleich nach Anticyra!

Aria.

Tugend, Witz, Verstand und Feuer
Stimmen die poetsche Leyer,
55   Nützlich, reizend, stark und rein.
Dichter, die nach Ruhm und Leben
Bey der klugen Nachwelt streben,
    Müssen GOtt die Herzen weihn,
    Müssen Philosophen seyn.   Von forn.

---

51 Anticyra   *Stadt in Phokis, von wo man Nieswurz gegen Wahnsinn und Dummheit bezog.*

60   Nach der Rede.
          Aria.
    Nehmt hin den Schmuck für eure Scheitel
      Ihr Söhne der Melpomene!
    Entreißt euch dem Pöbel der kriechenden Dichter,
65   Und werdet derselben erbarmende Richter,
      Thut niemand, als der Bosheit weh!
    Und machet die hämische Tadelsucht eitel.   Von forn.

    Die Weisheit lacht und winket euch,
    Euch ihre Gunst,
70   Euch ihre Schätze mitzutheilen.
    O welch ein Glück für eure Kunst!
    Ich seh euch schon in ihren Tempel eilen,
    Ich seh euch schon an ihren Gütern reich.
    Was wird, wenn eure Geister sich zugleich,
75   Von GOtt entzündt,
    Das liebenswürdge Himmelskind,
    Die reine Tugend anvermählen,
    Sagt mir, was wird alsdenn wol euch
    Und euren Poesien fehlen?

80   Aria.
    Reizende Töne, bezaubernde Lieder,
    Schaffet der Dichtkunst die Hochachtung wieder,
      Welche die Anmuth und Nutzbarkeit zeugt!
      Bessert und gefallet,
85   Wenn ihr itzt erschallet,
    Daß der Menschen Herz und Ohr,
    Auf ein lieblich lockend Rohr,
    Sich zur Tugend und zur Weisheit neigt.   Von forn.

          CHRISTIAN FÜRCHTEGOTT GELLERT

          Die Biene und die Henne.
              Eine Fabel.

    Nun, Biene, sprach die träge Henne,
5   Dieß muß ich in der That gestehn,
    So lang ich dich nunmehro kenne:
    So seh ich dich auch müßig gehn.

---

63 Melpomene   *Muse des Gesangs und der Tragödie.*

Du thust ja nichts, als dich vergnügen.
Im Garten auf die Blumen fliegen,
10   Und ihren Blüthen Saft entziehn,
Mag eben nicht so sehr bemühn.
Bleib immer auf der Nelke sitzen,
Dann fliege zu dem Rosenstrauch,
Wär ich, wie du, ich thät es auch,
15   Was brauchst du andern viel zu nützen?
Genug, daß wir so manchen Morgen,
Mit Eyern, unser Haus versorgen.

O! rief die Biene, spotte nicht,
Du denkst, weil ich bey meiner Pflicht
20   Nicht so, wie du, bey einem Eye,
Aus vollem Halse zehnmal schreye:
So denkst du, wär ich ohne Fleiß.
Der Bienenstock sey mein Beweis,
Wer Kunst und Arbeit besser kenne,
25   Ich oder eine träge Henne?
Denn, wenn wir auf den Blumen liegen:
So sind wir nicht auf uns bedacht,
Wir sammlen Saft, der Honig macht,
Um Mund und Zunge zu vergnügen.
30   Macht unser Fleiß kein groß Geräusch,
Und schreyen wir bey warmen Tagen,
Wenn wir den Saft in Zellen tragen,
Uns nicht, wie du im Neste, heisch:
So präge dir es itzund ein:
35   Die Bienen hassen stets den Schein;
Will jemand ihrer kundig seyn,
Der muß in Honig, Rost und Kuchen,
Fleiß, Kunst und Ordnung untersuchen.

Auch hat uns die Natur beschenkt,
40   Und einen Stachel eingesenkt,
Damit wir die bestrafen sollen,
Die, was sie selber nicht verstehn,·
Doch meistern und verachten wollen;
Drum, Henne, rath ich dir, zu gehn.

*

45   O Spötter, der mit stolzer Mine,
In sich verliebt, die Dichtkunst schilt;

---

33 heisch   *heiser.*   37 Rost und Kuchen *Honigwabe und Wachsscheiben.*

Dich unterrichtet dieses Bild.
Die Dichtkunst ist die stille Biene;
Und willst du selbst die Henne seyn;
50 So trifft die Fabel völlig ein.
Du fragst, was nützt die Poesie?
Sie lehrt und unterrichtet nie.
Allein, wie kannst du doch so fragen?
Du siehst an dir, wozu sie nützt:
55 Dem, der nicht viel Verstand besitzt,
Die Wahrheit, durch ein Bild, zu sagen.

JOHANN LUDWIG MEYER VON KNONAU

Die zwo ungleiche Katzen.

Ein Bauer, den die Mäus' und Ratten
Jahr ein Jahr aus beschädigt hatten,
5 Ging hin, und dung für wenig Batzen
Zwo auserlesne starke Katzen.

Er sprach zu jeder: Thut ihr mir
Die Katzenpflichten nach Gebühr,
So will ich euch zum Lohn hingegen
10 Mit guter Milch und Speck verpflegen;
Und werdet ihr inzwischen alten,
Will ich euch reichlich unterhalten.

Gut, sprachen sie, wir sinds zufrieden,
Wir beyde wollen nie ermüden,
15 Dir deine Ratten nach Verlangen
Zusamt den Mäusen wegzufangen.

Die Sache ging auch gut von statten
Zum Untergang der Mäus' und Ratten.
Vom Übel ward in kurtzer Zeit
20 Der lang geplagte Mann befreyt.

Den Katzen wurde wunderwohl,
So daß sich eine wollustsvoll
Weit besser als die andre pflegte,
Indem sie sich aufs Naschen legte;
25 Und endlich kam es gar zum Rauben,
Sie stahl Kapaunen, Enten, Dauben;

Sie zog auch stets den Vögeln nach,
Daher der Bauer zu ihr sprach:

30 Soll ich dir, Katze, treulich rathen,
So fange nichts als Mäus' und Ratten.
Dein Stehlen macht dir sonst noch bange;
Fürwahr, so daurt es nicht mehr lange.

Umsonst; sie stahl, und trug zum Lohn
Den wohlverdienten Tod davon.

35 Die andre hielt sich nach Versprechen;
Auch ließ der Mann ihr nichts gebrechen.
Er war in ihrem hohen Alter
Ihr reicher Geber und Erhalter.

FRIEDRICH VON HAGEDORN*

An die Freude.

[Melodie]

Freude, Göttinn edler Herzen!
5   Höre mich.
Laß die Lieder, die hier schallen,
Dich vergrössern, dir gefallen:
Was hier tönet, tönt durch dich.

Muntre Schwester süsser Liebe!
10   Himmels-Kind!
Kraft der Seelen! Halbes Leben!
Ach! was kann das Glück uns geben,
Wenn man dich nicht auch gewinnt?

Stumme Hüter todter Schätze
15   Sind nur reich.
Dem, der keinen Schatz bewachet,
Sinnreich scherzt und singt und lachet,
Ist kein karger König gleich.

Gib den Kennern, die dich ehren,
20   Neuen Muth:
Neuen Scherz den regen Zungen,
Neue Fertigkeit den Jungen,
Und den Alten neues Blut.

Du erheiterst, holde Freude,
25   Die Vernunft.
Flieh, auf ewig, die Gesichter
Aller finstern Splitter-Richter,
Und die ganze Heuchler-Zunft!

Der Morgen.
[Melodie]

Uns lockt die Morgenröthe
        In Busch und Wald,
Wo schon der Hirten Flöte
        Ins Land erschallt.
Die Lerche steigt und schwirret,
        Von Lust erregt:
Die Taube lacht und girret:
        Die Wachtel schlägt.

Die Hügel und die Weide
        Stehn aufgehellt,
Und Fruchtbarkeit und Freude
        Beblümt das Feld.
Der Schmelz der grünen Flächen
        Glänzt voller Pracht,
Und von den klaren Bächen
        Entweicht die Nacht.

Der Hügel weisse Bürde,
        Der Schafe Zucht
Drängt sich aus Stall und Hürde
        Mit froher Flucht.
Seht wie der Mann der Herde
        Den Morgen fühlt
Und auf der frischen Erde
        Den Buhler spielt.

Der Jäger macht schon rege
        Und hetzt das Reh
Durch blutbetriefte Wege,
        Durch Busch und Klee.
Sein Hifthorn gibt das Zeichen;
        Man eilt herbey:
Gleich schallt aus allen Sträuchen
        Das Jagd-Geschrey.

35   Doch Phyllis Herz erbebet
      Bey dieser Lust:
   Nur Zärtlichkeit belebet
      Die sanfte Brust.
   Laß uns die Thäler suchen,
40   Geliebtes Kind!
   Wo wir von Berg und Buchen
      Umschlossen sind.

   Erkenne dich im Bilde
      Von jener Flur:
45   Sey stets, wie dieß Gefilde,
      Schön durch Natur.
   Erwünschter als der Morgen,
      Hold wie sein Stral,
   So frey von Stolz und Sorgen
50   Wie dieses Thal.

Die erste Liebe.

[Melodie]

   O wie viel Leben, wie viel Zeit
   Hab ich, als kaum beseelt, **verlohren**,
5   Eh mich die Gunst der Zärtlichkeit
   Begeistert und für dich erkohren!
   Nun mich dein süsser Kuß erfreut,
   O nun belebt sich meine Zeit!
   Nun bin ich erst gebohren!

JOHANN WILHELM LUDWIG GLEIM*

Anakreon.

   Anakreon, mein Lehrer,
   Singt nur von Wein und Liebe;
   Er salbt den Bart mit Salben,
5   Und singt von Wein und Liebe;
   Er krönt sein Haupt mit Rosen,
   Und singt von Wein und Liebe;
   Er paaret sich im Garten,

ANAKREON 9 paaren   *noch nicht auf die biologische Bedeutung eingeengt.*

10   Und singt von Wein und Liebe;
Er wird beim Trunk ein König,
Und singt von Wein und Liebe;
Er spielt mit seinen Göttern,
Er lacht mit seinen Freunden,
15   Vertreibt sich Gram und Sorgen,
Verschmäht den reichen Pöbel,
Verwirft das Lob der Helden,
Und singt von Wein und Liebe;
Soll denn sein treuer Schüler
20   Von Haß und Wasser singen?   *[1964]*

Todesgedanken.

Ich bin noch nicht gestorben,
Und wenn ich einmal sterbe,
Dann will man mich begraben,
5   Und dann soll ich vermodern,
Und nicht noch einmal tanzen.
Jetzt, da ich noch nicht modre,
Muß ich noch Rosen pflükken,
Weil ich den Duft noch rieche;
10   Jetzt, da ich noch nicht modre,
Muß ich noch Mädchens küssen,
Weil ich den Kuß noch fühle;
Jetzt, da ich noch nicht modre,
Muß ich den Wein verbrauchen.
15   Werd ich im Grab auch dursten?   *[1964]*

1745

Johann Wilhelm Ludwig Gleim*

Zefir.

Rosen blühn auf schwarzen Stökken.
Seht, wie sich die Farben mischen!
5   Lilien stehn, wie weisse Kronen,
Stolz auf grünen Heroldsstäben.

Nelken stehn, wie bunte Kränze,
Auf gefärbten Schwanenhälsen.
Aber seht, sie stehn so stille!
10   Läßt sie Zefir so zufrieden?
Zefir, bist du denn so müßig,
Oder bist du weggeschwärmet?
Kannst du diese Flur verlassen?
Wohnst du nicht in diesem Garten?
15   Schwärmst du nicht in diesen Büschen,
Die mein Prinz für dich gepflanzet?
Komm, es warten tausend Nelken,
Komm, und schüttle sie zusammen,
Daß es läßt, als wenn sie küßten!
20   Schwärme doch um tausend Rosen!
Laß mich sehn, ob sie am liebsten
Rosen oder Nelken küssen!
Zefir kannst du nicht mehr schwärmen?
Oder bist du weggeschwärmet?
25   Sucht ihn doch, ihr muntern Knaben,
Sucht ihn doch, den Müßiggänger!
Kommt, dort wollen wir ihn suchen,
Dort bewegen sich die Lilien.
Seid nur still, ich hör ihn lachen,
30   Hört nur zu, er lacht recht laute!
Seht, dort schwärmt er um das Mädchen!
Seht, der Zefir iagt das Mädchen!
Seht, ietzt schwärmt er um den Busen!
Seht, ietzt weicht die leichte Seide!
35   Seht, ietzt zeigt er uns den Busen.
Kommt, wir wollen näher laufen,
Denn er soll uns noch was zeigen!   *[1964]*

An die Alten.

Väter, stört uns nicht im Tanze!
Kommt, und mischt euch in die Reihen,
Wenn ihr gleich mit Krükken tanzet!
5   Tanzt, ihr Väter, mit den Töchtern,
Geht, ihr Söhne, holt die Mütter,
Tragt sie tanzend auf den Armen,

---

19 läßt   *aussieht.*

Oder laßt die alten Rükken
Auf den iungen Rükken tanzen!
10   Schüttelt Väter, schüttelt Mütter,
Daß das kalte Blut erwärme,
Daß das Feuer in den Adern,
Noch einmal für Wollust brenne,
Wie es in der Jugend brannte,
15   Damals, als ihr Söhne wurdet!
Väter, fühlt die Freude wieder,
Die ihr in der Jugend fühltet,
Nehmt die Mütter bei den Hälsen,
Herzt und küßt sie, bis sie lachen!
20   Wälzt die Falten von der Stirne,
Laßt die Jugend wieder blühen!
Was ist besser, als die Jugend?
Was ist schöner, als der Früling?   *[1964]*

Die Revüe.

Was lieb ich doch für Schönen?
Ich liebe die Helenen,
Die Hanchen und die Fiekchen,
5   Die Lieschen und die Miekchen,
Die Willigen, die Spröden,
Die Freundlichen, die Blöden,
Die Zärtlichen, die Netten,
Die Schlanken, die Brunetten.
10   Ich liebe die Blondinen,
Mit zarten Venusminen,
Und die mit treuen Herzen,
Und die so witzig scherzen,
Und die mit edlen Seelen,
15   Die mich zum Schatz erwälen.
Ich hasse nur die Schönen,
Die dich, o Liebe, hönen,
Die mit nicht edlen Trieben,
Und die, so mich nicht lieben.   *[1964]*

Der Tröster.

Als Barinchen ihren Liebling,
In dem leichten Todtenkleide,
Auf der Bahre liegen sahe:
5   Stiegen aus dem schönsten Busen
Tausend Ach, und tausend Seufzer.
Von den Wangen, die an Farbe
Dem erblaßten Todten glichen,
Flossen tausend heisse Tränen.
10   Und es rief das arme Mädchen
Tausendmahl: Gerechter Himmel,
Grausamer gerechter Himmel,
Gib mir meinen Liebling wieder!
Aber der gerechte Himmel
15   Gab den Liebling doch nicht wieder.
Ich beiammerte das Mädchen.
Und ich bat den harten Himmel:
Laß doch nur Geliebte leben.
Himmel, wenn Geliebte sterben,
20   Müssen treue Mädchen weinen.
Ach, wie wird mein treues Mädchen
Einst bei meiner Leiche weinen!
Ach wie traurig wird es seufzen!
Ach wer wird, wenn ich einst sterbe,
25   Mein getreues Mädchen trösten?
Kleist du must, wenn ich einst sterbe,
Mein getreues Mädchen trösten.
Als ich nach vollbrachter Bitte,
Wieder nach dem Mädchen sahe,
30   Sah ich noch die Tränen fliessen;
Und ich stahl den Weisen Gründe.
Und ich sprach mit Trauerminen:
Weine nicht, gebeugtes Mädchen,
Weine nicht um deinen Liebling.
35   Lebt er doch anitzt im Himmel,
Gönn ihm doch das Glükk der Engel,
Murre nicht mit dem Geschikke!
Aber das gebeugte Mädchen
Murrte doch mit dem Geschikke;
40   Denn von den erblaßten Wangen

---

26 *Chr. E. von* Kleist *(s. Quellenverzeichnis).*

Flossen noch viel heisse Tränen,
Als ich ausgetröstet hatte.
Ich verließ hierauf das Mädchen,
Und begleitete die Leiche,
45 Ihres Lieblings in den Tempel.
Und nach zwanzig Todtenseufzern,
Welche mich ein Redner lehrte,
Ging ich wieder zu dem Mädchen.
Und ich tröstete von neuen,
50 Und ich seufzte, wie der Redner.
Und das Mädchen ließ sich trösten.
Denn es floß von seinen Wangen,
Als ich ausgetröstet hatte,
Nur noch eine heiße Träne.
55 Werd ich morgen, wenn ich lebe,
Wieder zu dem Mädchen gehen,
Will ich es noch einmal trösten.
Wird alsdann von seinen Wangen,
Wenn ich ausgetröstet habe,
60 Keine heiße Träne fliessen;
So will ich zum Mädchen sagen:
Nimm dir einen andern Liebling!   *[1964]*

IMMANUEL JAKOB PYRA*

Thirsis hört den Damon an Horatzens Seite singen.

Entferne dich, verhaßter Reimer-Schwarm,
    Verstöhre nicht die heilge Stille,
5 Die ehrfurchtswürdig sich um das bepalmte Haupt
    Des Sternen nahen Pindus ziehet.
Flieh, Battus Brut, von dem geweihten Fuß,
    Und scheue des Apollo Rache.

Mein stoltzes Ohr, zu hoch für dein Geheul,
10   Sucht auf den sonnenhellen Höhen
Die ewge Harmonie des göttlichen Gesangs,
    Wodurch der weise Nebenbuhler
Des unermeßlichen Thebanschen Pindars
    Das herrschend kluge Rom entzückt.

---

2 Thirsis *Pyra;* Damon *Lange (s. Quellenverzeichnis).*   7 Battus *Name eines miserablen antiken Poeten.*

15 Erscheine mir, du Priester des Apoll,
        Du Erbe der Thebanschen Leyer.
    Erschein und sing in der gelehrten Wuth
        Von Helden, Riesen, oder Göttern:
    Wo nicht, so preise nur die Ruh und Lalagen
20   Auf deiner sanftgedämpften Zitter.

    Hör ich dich nicht? Täuscht mich die Zauberey
        Von deinen Jonisch stolzten Träumen?
    Wie oder reisset mich dein unbekannter Geist
        Von Dunst der weisen Rasereyen
25   Berauscht, entzündt, aus der gemeinen Welt
        Ins Reich der fabelhaften Schatten?

    Ja Flaccus kömmt, der gantze Hömus schallt
        Von den unsterblichen Gesängen.
    Es kommen überall aus dem gelehrten Hain
30   Und durch die unentweihten Schatten
    Die keuschen Nymphen schon mit frohen Reihn
        Ihn zu empfangen hergeeilet.

    Er jauchzt daher vom Bacchus gantz erfüllt;
        Die Macht der feuerreichen Gottheit
35   Treibt ihn in neuer Wuth durch Felsen, Wald und Kluft;
        Er singt was nie ein Mund gesungen.
    Die Welt hört ihn den würdigen August
        Bis zu der Götter Rath erheben.

    Er schweifft umher mit Libers Priesterin
40   In den schlaflosen tollen Nächten;
    Er stutzt und sieht, wie sie, verwundrungsvoll
        Die Thäler, Ufer, leere Wälder,
    Und jauchzt und folgt dir, der Najaden Gott,
        Durch tausend rühmliche Gefahren.

45   Welch deutscher Mund singt neben dir, Horatz,
        Wer drückt mit noch verwegnern Solen,
    O glücklich kühner Geist, als du selbst, deine Spur,
        Auf diesen nie bestiegnen Felsen?
    Was wagt er sich in seiner frechen Wuth
50   Nicht vor Verwüstung anzurichten?

---

17 *wohl der* furor poeticus *Begeisterung des Dichters.*   19 Lalage   *Mädchenname*
bei Horaz.   22 Jonisch   *hier im Sinne von klassisch.*   24 *s. Anm. 17.*
27 Haemus, Haimos   *das thrakische (Balkan-)Gebirge.*   39 Liber   *Dionysos, Bacchus.*
43 Najaden   *Quellnymphen,* Gott   *Bacchus.*

Wohin, wohin, o Freund, o kühner Geist?
    Erstaunst du nicht vor diesen Klüften,
Die rund um dich herum mit offnen Abgrund drohn?
    Erstaunst du nicht vor diesen Höhen?
55 Wer Pindarn folgt der stürtzt und stürtzt mit Spott;
    Wer aber darf dem Flaccus folgen?

Umsonst heb ich die Flügel mühsam auf.
    Und reisse mich vom Staub und Erde;
Umsonst sing ich von einem grossen Geist
60   Und seines Lebens Seligkeiten;
Umsonst streb ich, doch lachst du eckler Sinn,
    Du lachst doch meiner matten Kräffte.

Laß o Horatz, laß einen Augenblick
    Den Dampf der klugen Wuth verdünsten,
65 Belehre mich, du Ehre deines Roms,
    Du ihrer Leyer höchster Meister,
Wie flieget man verwegen, klug, und frey,
    Und doch bewundrungswürdig glücklich?

Du setzest dich, du krönst die edle Stirn
70   Selbst mit den Zweigen grosser Helden.
Du nimmst dein Spiel, du stimmst; dein Antlitz wird voll Ruh,
    Dein Geist voll göttlicher Gedancken,
Die Leyer tönt, des Vorspiels Kraft vertreibt
    Den Schauer knechtisch banger Schrecken.

75 „Ein grosser Mann, der voll Gerechtigkeit
    „Nie von dem weisen Vorsatz wancket,
„Wird durch des Pöbels Wuth, der tobend Laster heischt,
    „Und durch der rasenden Tyrannen
„Ergrimmten Blick und Antlitz nimmermehr
80   „In seinem festen Sinn erschüttert.

„Er scheuet nicht den Zorn des Africus,
    „Des stürmschen Herrn der wilden Wellen,
„Und selbst den grossen Arm des donnernd starcken Zevs.
    „Ja stürtzte gleich die Welt zusammen,
85 „So würd ihn zwar der grausen Trümmer Last,
    „Doch unerschrocken, niederschlagen.

Wohin fliegst du, wo findest du den Weg,
    Wodurch der irrende Alcides

---

81 Africus   *der aus Afrika kommende Wind.*   88 Alcides   *Beiname des Herkules.*

Durch jenes helle Thor beflammter Schlösser drang?
90 Wie hörtest du die hohe Juno,
Im Götter-Rath, des Schicksals strengen Schluß
Von Trojens Untergang vermelden?

Steigt, steigt zugleich durch die bestirnte Luft
Horatz und du, o deutscher Flaccus,
95 Und setzt der Doris Bild bey Ariadnens Krantz.
Ich will hier in den Thälern bleiben,
Und ihrer blühenden erhobnen Schilderey
Der sanften Lieder Ehre opfern.   *[1885]*

Des Thirsis Empfindungen, da er ihnen entgegen gehet.

Du Sohn der Großmuth und der Treue,
O Damon, meine Lust, und ewig meine Zier,
Du würdiger Bewahrer meines Hertzens,
5 Du durch die Huld des Vaters aller Liebe
Für mich allein bestimmter Freund,
Sieh da das Bild des gantz entzückten Geistes,
Durchschau das ofne Heiligste
Des dir gewiedmeten Gemütes.

10 Bis in den stillen Grund der Seelen,
Vom allerreinsten Licht erhabner Zärtlichkeit
Durchaus erhellt verkläret und durchdrungen,
Entzückst du mich, voll himmlischer Gedancken,
Mit dir von der unwürdgen Welt,
15 Vom Schwarm des Staubs, in ewig heitre Sphären.
O göttlich schöne Einsamkeit!
Nichts ist um mich als du und Doris.

Ich höre dich, still, ruht ihr Lüfte,
O Doris höre drauf, du süsse Freundlichkeit,
20 Der Unschuld Bild, der Tugend reine Tochter,
Mein Damon singt von dein und meiner Liebe;
Der gantze Himmel wird verklärt;
Mein Hertz, beklemmt von innigstem Vergnügen,
Schöpft Luft, bey deiner keuschen Lust,
25 Erleichtert sich, durch fremde Zähren.

---

95 Doris *Langes Frau;* Ariadnens, *der kretischen Königstocher, Krone wurde von Zeus*
unter die Gestirne versetzt.

O Freund, wer giebt dich meinem Arm?
Was hält, was hält dich auf? was, bist du noch nicht da?
O Zeit! warum verweigerst du so lange
Der Brust den Trost, dem Wunsche die Vergnügung?
30   Mein Auge weicht nicht von der Höh,
Wovon der krumme Weg sich zu uns niederdrehet.
    Nun, nunmehr kommen sie hervor.
    Ach! nicht mein Damon, meine Doris.

    Kein Gang in noch entlaubten Schatten
35   Des rieselnden und schmahlen Schmerlenbachs
Kan meinen Fuß in die begrünten Thäler
Zu sich herab von eurem Wege locken,
    Der steil und voller Sand und Kies
Für meine Schenckel jetzt allein ein Lustgang bleibet,
40   Wo selbst mein niemals müder Schritt
    Noch einen neuen Fußsteg zeichnet.

    Dann steh ich einsam auf der Höhe
Bey gantzen Stunden still, voll sehnlicher Begier;
Der Wind pfeift mir durch die zerstöhrten Haare,
45   Doch irrt mein Blick durch alle Weg und Felder
    Und über Thürm und Berge hin.
Oft waffn ich auch die allzublöden Augen;
Doch Damon, Doris, kommen nicht;
    Und Abends kehr ich traurig wieder.

50   Die unverzärtelt muntre Lerche,
Wenn sie den Morgenthau, gantz frostig, wie bereift,
Von den geschütterten beperlten Federn sprützet,
Dringt durch die Macht unschuldig heisser Triebe
    Bis unters rothe Thaugewölck;
55   Schaut unter sich Berg, Thäler, grüne Felder,
    Wann die verjüngte Sonn erscheint,
    Und wieder in die Wolcken sincket;

    Bald flittert sie mit regen Schwingen,
Bald steigt sie schnell empor, bald ruht sie wiederum,
60   Und hänget hoch an unbewegten Federn;
Bald lehret sie hoch aus den blauen Lüften
    Die Welt das Lob des Ewigen;
Bald singet sie, die Gattin zu erfreuen;
    Und bald ruft sie ihr kirrend zu;
65   Zuletzt sinckt sie stillschweigend nieder.

---

35 Schmerle *Karpfenart.*

Dieß sah ich, wenn ich nach dir sah,
Und fand mit halbem Trost ein gleich betrübtes Bild.
O fesselte mich nicht das Band der Pflichten,
Die meiner Treu allein vertrauet worden,
70 So flög ich schon in deinen Arm:
Ich dränge durch die brausend wilden Strudel
    Der Stürm in der durchwühlten Luft,
    Die Dächer, Feld und Wald bestürmen.

Ich müßt euch sehn, dich und die Doris,
75 Die Doris gegen die mein Hertz ein Feuer nährt,
Das in der stärcksten Loh doch keinen Dampf erzeuget,
Und die mir selbst das Zeugniß soll ertheilen:
    Ja Thirsis war ein edler Freund,
Der mich, so sehr, so zärtlich er mich ehrte,
80   Nie, wie Tibull[a]) des Freundes Weib,
    Durch ein verwehrtes Wort beschämte.

Dieß soll, o Freund, die Nachwelt wissen,
Die unsre Lieder liest. Der Jugendzunder liegt
Zwar in dem Blut und Hertzen auch verborgen,
85 Allein die Majestät von ihrer holden Tugend
    Bewafnet auch die meinige
Durch jeden süssen Blick der ehlich reinen Lichter.
    Die Hydra schnaubet Glut und Dampf,
    Umsonst, die schwartzen Flammen fallen.

90 Das kan die Tugend edler Seelen.
Du kanntest deinen Freund, des Mistrauns tolle Brut
Bemeisterte sich nie des grossen Geistes,
Du scholtest nie der ofnen Freundschaft Zeichen,
    Wir lebten, wie Geschwister thun.
95 Wie froh war ich, o Freund! bey euren Küssen?
    Vergnügt mit eurer Freundlichkeit,
    O solt ich ewig mit euch leben!

Begraben in der Ruh der Liebe,
Von keinem hochgeehrt, von dir allein geschätzt,
100 Wollt ich bey euch mein Dach mit Zweigen decken,
Wenn GOtt mich nicht zu andern Diensten rüfte,
    Und ich dir nicht zur lieben Last,

[a]) Ovid. lib. II. trist. v. 447. etc.

---

81 verwehrt *verboten, unziemlich.*   *zu* a) *Ovids Klagelieder II, 447 ff. beziehen sich auf die von Tibull geschilderten Listen beim Ehebruch.*

Mir selber zum Verdruß um deinetwillen würde.
     Die Armuth wär ein Überfluß,

105   Ich hätte gnug. GOtt, dich, und Doris.   *[1885]*

EWALD CHRISTIAN VON KLEIST*

Sehnsucht nach der Ruhe.

Rura mihi et rigui placeant in vallibus amnes,
Flumina amem, siluasque, inglorius.

5   O Silberbach! der vormals mich vergnügt,
     Wenn wirst du mir ein sanftes Schlaflied rauschen?
     Glückselig, wer an deinem Ufer liegt,
     Wo voller Reiz der Büsche Sänger lauschen.
     Von dir entfernt, mit Noth und Harm erfüllt,
10   Ergötzt mich noch dein Wollustreiches Bild.

     Und du, o Hain! o duftend Veilchenthal!
     O holder Kranz von fernen blauen Hügeln!
     O stille See! In der ich tausendmal
     Auroren sah ihr Purpurantlitz spiegeln;
15   Bethaute Flur, die mich so oft entzückt,
     Wenn wird von mir dein stolzer Schmuck erblickt?

     Sprich, Widerhall! der, wenn die Laute klang,
     Vom kühlen Sitz in dickbelaubten Linden,
     Mit hellem Ton in göldne Saiten sang,
20   Sprich! soll ich nie die Ruhe wieder finden?
     Wie oft, wenn ich von meiner Liebe sprach,
     Und Doris rief, riefst du mir Doris nach!

     Jetzt fliehet mich die vorempfundne Lust;
     Ich kann nicht mehr dein schwirrend Schallen hören.
25   Du fülltest dort mit Anmuth Ohr und Brust;
     Hier fliegt der Tod aus tausend erztnen Röhren.
     Dort both die Flur, der Bach, mir Freude dar;
     Hier wächst der Schmerz, hier fliesset die Gefahr.

     Wie, wenn der Sturm aus Äols Höle fährt,
30   Und Staub und Sand im Wirbel heulend drehet,
     Dem Sonnenstral durchaus den Durchbruch wehrt,

---

3 f. *will ich euch, Wälder und Au'n, von lauteren Strömen durchronnen,* | *Gerne beglückt
einwohnen und ruhmlos.* [*Vergil, Georgica II 485 f., Schröder*].   29 Äolus *Gott der
Winde.*

Das grüne Feld mit Stein und Kieß besäet:
So tobt der Feind, so wütend füllet er
Die Luft mit Dampf, die Auen mit Gewehr.

35 Der Fruchtbaum traurt, die Halmen bücken sich,
Der Weinstock stirbt, von räuberischen Streichen,
Die schöne Braut sieht hier ihr ander ich,
Den Blumen gleich, durch kalten Stahl erbleichen;
Ein Thränenbach, indem sie es umschließt,
40 Netzt ihr Gesicht, wie Tau von Rosen fließt.

Dort flieht ein Kind. Sein Vater, der es führt,
Fällt schnell dahin durchlöchert vom Geschütze;
Er nennt es noch, eh er den Geist verliert;
Der Knabe wankt und stürzet ohne Stütze:
45 Wie Boreas, wenn er die Schwingen regt,
Gepfropftes Reis, das Stablos, niederschlägt.

Die Felder hat ein Feuermeer erfüllt,
Das voller Wuth vom Feind auf Feinde brauset,
Als wenn der See bebergter Rücken schwillt,
50 Durch Dämme reißt, auf Flur und Furchen sauset.
Die Thiere fliehn, das Feur ergreift den Wald,
Der Stämme hegt, trotz seiner Mutter, alt.

Was Kunst und Witz durch Müh und Schweiß erbaut,
Korinth und Rom mit Gold und Pracht gezieret,
55 Der Städte Schmuck, wird schnell entflammt geschaut,
Wie mancher Thurm aus Marmor aufgeführet,
Um dessen Haupt ein Kranz von Wolken schwebt,
Stürzt von der Glut! des Bodens Veste bebt.

Das blasse Volk, das löschen will, erstickt;
60 Die Gassen deckt ein Pflaster schwarzer Leichen:
Und dem es noch das Feur zu fliehen glückt,
Das kann dem Grimm der Stücke nicht entweichen.
Statt Wasser trinkt die Wiese Ströhme Blut;
Es zischt und rollt auf Felsen voller Gluth.

65 Wenn Phöbus weicht, weicht doch die Klarheit nicht,
Die Nacht wird Tag vom Leuchten wilder Flammen;
Den Himmel färbt ein wallend Purpurlicht,
Von Dächern schmilzt ein Kupferfluß zusammen;
Der Kugeln Saat pfeift, da die Flamme heult:
70 Mond und Gestirn erschrickt, erblaßt, und eilt.

---

45 Boreas, *der Nordwind.* 52 Stämme, *die sich im Alter mit* seiner Mutter *[der Natur] messen.*

Wie, wenn ein Heer Kometen aus der Kluft
Die Bodenlos, ins Chaos niederfiele:
So zieht die Last der Bomben durch die Luft,
Mit Feur beschweift. Vom reißenden Gewühle,
75 Fließt hier Gehirn, liegt dort ein Rumpf gestreckt,
Hier raucht Gedärm: so ist der Grund bedeckt.

Der Erden Bauch wirft oft, vom Pulver wild,
Nebst Maur und Heer, sein felsicht Eingeweide
Den Wolken zu. Die ferne Klippe brüllt,
80 Des Himmels Raum erbebt und schallt vor Leide;
Er wird mit Schutt und Leichen überschneit,
Als wenn Vesuv und Hekla Schiefer speyt.

O! wer entwirft den Jammer, das Geschrey,
Des Pulvers Grimm, das Winseln und das Sterben
85 Naturgemäß wie sinkt der Kiel aus Scheu,
Wer kann mit Blut und Feur die Worte färben!
Du kannst es, Mond! auf, wink es! wehe du
Das, was du hörst, o Luft! den Völkern zu.

So wütet Mars. Und hört sein Wüten auf:
90 So drehn wir selbst das Schwerdt in unsre Leiber.
Ja, Gott des Streits! hemm deiner Waffen Lauf!
Was braucht es Krieg? Wir sind uns selber Räuber.
Uns schließt der Stolz in göldne Ketten ein,
Der Geldgeiz schmelzt aus Schächten seine Pein.

95 Bald stiehlt ein Fürst uns Freyheit, Ruh und Glück;
Bald suchen uns die Richter zu betriegen;
Hier wirkt das Gold ein geistlich Bubenstück;
Dort rast ein Freund und tödtet uns mit Lügen.
Bist du geschickt, ein andrer glaubt es nicht,
100 Warum? Weil ihm selbst Witz und Kunst gebricht.

Des Nächsten Glück, Erfahrung, Fähigkeit,
Und Wissenschaft, und ächter Tugend Proben
Sind Fehler, die kein kluger Mensch verzeiht;
Ein großer Geist muß niemals andre loben
105 Wer küßt und drückt, und lästert, ist verschmitzt;
Wer höhnisch blinkt, der hat sich selbst genützt.

Wenn dich das Glück auf seinen Flügeln hebt:
So mag man nichts der Freunde Huld vergleichen.
Wenn Unglück stürmt, daß Mast und Steuer bebt:
110 O! wie dem Frost alsdann die Schwalben weichen.

Man hat den Schwarm, wie Stumme, anzusehn,
Die bloß zur Pracht auf unsern Bühnen stehn.

Und wer auch noch auf Tugend standhaft hält,
Wird doch zuletzt vom Haufen hingerissen,
115   Gleich einem, der in wilde Fluthen fällt;
Er peitscht den Strom mit Händen und mit Füssen;
Er klimmt hinauf: doch endlich fehlt die Kraft;
Der Leib erstarrt, sinkt, und wird fortgerafft.

Ja, Welt! Du bist des wahren Lebens Grab.
120   Oft reizt mich auch ein heißer Trieb zur Tugend;
Vor Wehmuth rollt ein Bach die Wangen ab;
Das Beyspiel siegt, und du, o Feur der Jugend!
Du trocknest bald die edlen Thränen ein.
Ein wahrer Mensch muß fern von Menschen seyn.

125   Ihr Thoren! kreuzt ins ferne Mohrenland
Pflügt Fluß und Meer, fischt Perlen aus dem Grunde,
Es sey ein Brett des Todes Scheidewand;
Um Bein von Gold steigt in des Berges Wunde.
Ihr quälet mich; was sucht ihr? Angst und Noth;
130   Ein göldner Dolch befördert euren Tod.

Vergießt das Blut aus falscher Tapferkeit,
Tobt kühn herum, wie wilde Hauer toben,
Damit ihr seyd, wenn ihr gleich nicht mehr seyd;
Damit euch einst die Todtenlisten loben.
135   Wird wohl der Geist durch Schilderey ergetzt,
Wenn euch der Staat den Augensaft verletzt?

Führt Schlösser auf, laßt eine Morgenwelt
An jeder Wand, mit Gold durchwirket, sehen;
Laßt Trinkgeschirr, aus Indien bestellt,
140   Nebst Diamant, den Werth von euch erhöhen.
Ihr grabt die Ruh bei Marmorsäulen ein;
Ihr sehet Pracht, ich, Leinwand, Erde, Stein.

Eur stolz Gespann stampft, schäumet, schnaubt und schreyt,
Die Mähne fliegt, der Adern Äste schwellen;
145   Ein ganzes Heer folgt euch zur Friedenszeit;
Ihr glaubt den Glanz des Hofes zu erhellen.
Der Bänder Pracht, die wäßricht auf euch ruht,
Erinnert euch: traut Höfen gleich der Fluth.

Wie täuscht der Schein! Ihr seyd Verliebten gleich,
150   Die Feuervoll den Gegenstand nicht kennen.

Macht mich das Glück nicht groß, berühmt und reich:
Geringer Gram! ich will es Fürsten gönnen.
Ein ruhig Herz im Thal, wo Zephir rauscht,
Sey nimmermehr für Flittergold vertauscht.

155 O! zeig dich mir Tapeten gleiche Flur,
O Bach! den Duft und Rohr und Wald umfangen.
Kein göldner Sand, dein Murmeln reizt mich nur,
Und Zweige, die wie grüne Schirme hangen.
Wenn ich im Geist auf euch, Gebürge! steh:
160 Schätz ich die Welt so klein, als ich sie seh.

Wie der, der sich von seiner Schönen trennt
Untröstbar ist; die dunkeln Blicke kleben
An allem steif, ohn daß er sieht. Er rennt
Er seufzt und sucht sein Leben in dem Leben,
165 Liebt Kluft und Wald, klagt, ringt die Hände, schreyt,
Der Widerhall klagt auch, und mehrt sein Leid:

So sehn ich mich, o grüne Finsterniß
Im dichten Hain! ihr Hecken! und ihr Auen!
Nach eurem Reiz: so klag ich, ungewiß
170 Euch nur einmal, geschweige stets, zu schauen.
O zeigt euch bald! o Doris! meine Ruh
Drück mir einst dort die Augen, weinend, zu.

JOHANN ELIAS SCHLEGEL*

An Doris.

Mein Herz entschließt sich nimmermehr,
Zu deinem Willen ja zu sprechen.
5 Fällt dir der Liebe Joch zu schwer:
So magst du es für dich zerbrechen.
Brich nur dieß harte Joch entzwey.
Das rührt mich nicht; ich bleibe treu.

Es bringt dir Unruh und Verdruß,
10 Voll Furcht und im Verborgnen brennen.
Wie sollte dir mein treuer Kuß
So vielen Schmerz vergelten können!
Um aller Sorge los zu seyn,
Verschaff dir Ruh durch meine Pein.

15 Grausame! Wenn dein zaghaft Herz
Mit Recht voll Furcht und Unruh wäre:
So dient ich dir mit meinem Schmerz,
Und rechnet ihn mir selbst zur Ehre.
Nun steht dem kleinsten Ungemach
20 Bey dir die stärkste Liebe nach.

Wen seine Glut so leicht gereut,
Der konnte niemals ernstlich lieben.
Du liebtest mich aus Grausamkeit,
Mich durch die Trennung zu betrüben.
25 Und, ach! mich reißt ein Augenblick
Aus deinem Arm, und meinem Glück.

Nein! Nein! Du hast ein Recht auf mich,
Deß du mich selbst nicht kannst entlassen.
Dem folg ich, und ich liebe dich,
30 Du magst mich lieben, oder hassen.
Den Trost, den mir dein Mund verspricht,
Die laue Freundschaft will ich nicht.

Du hast mir Liebe zugesagt.
Nimm nicht zurück, was du geschenket.
35 Wenn dich Verdruß und Unruh plagt:
So weißt du, wer sich mit dir kränket.
Die Unruh, die man so erfährt,
Ist mehr, als alle Ruhe, werth.

Doch, fliehst du mich gleich tausendmal:
40 So wirst du deine Ruh doch stören.
Du wirst von mir, zu deiner Qvaal,
Daß ich dich liebe, täglich hören.
Die Ruh ist schwach und unruhvoll,
Die sich auf Untreu gründen soll.

JOHANN NICOLAUS GÖTZ*

Über seine Freundschaft mit dem Thirsis.

Hier sasen wir beysammen
Am kleinen Wasserfall,
5 Und sangen unsre Flammen
Dem blumenvollen Thal.

Die säumende Narcisse,
    Bog, wo mein Thirsis sas,
Beschwert durch Thränengüsse
10   Das schöne Haupt ins Gras.

Da sahet ihrs, ihr Heiden,
    Ich drückt ihm seine Hand,
Wandt, reich an Pein und Freuden,
    Den Blick zum Vaterland,
15 Und sprach mit leisem Thone:
    Die Tugend segne mich,
Und gebe mir zum Lohne,
    Mein zarter Freund, nur dich.

Bekennen will ichs gerne,
20   Ich bin nicht deiner werth,
Doch gäben mir die Sterne,
    (Was ich zwar nie begehrt)
Glantz, Schönheit, hohe Gaben,
    Was See, und Erdreich hat,
25 Sucht ich doch dich zu haben,
    Und dich nur früh und spath.

Ja, Freund, bey diesen Matten,
    Bey meinen Zähren hier,
Und unsrer Väter Schatten
30   Bezeug und schwör ich dir,
Dir hab ich mich ergeben;
    Nur dich lieb ich, nächst GOtt;
Darf ich bey dir nicht leben,
    So fühl ich stets den Tod.

35 Ein gütiges Geschicke
    Verknüpfte mich mit dir.
Dein Leben ist mein Glücke;
    Wo du bist, da ist mir
Der Himmel in der Nähe.
40   Doch jedes Körngen Zeit,
Wofern ich dich nicht sehe,
    Wird mir zur Ewigkeit.

Gesundheit, Kind des Himmels,
    Die auch der Weise sucht,
45 Und du, Feind des Getümmels,
    Schlaf, der Gesundheit Frucht,

Ihr flieht vor meinen Blicken;
O flieht, mit stätem Flug!
Mich ewig zu beglücken,
50   Ist Thirsis schon genug.   *[1893]*

1746

Unbekannter Verfasser

Mel. O welt sieh hier dein leben.

1. Es sey zum spinnen gehen, zum kochen, waschen, nähen, zum
strikken, überall, zum bakken, pressen, plätten, zum scheuren,
5 kehrn und betten, bedarf man der fünf wunden maal.

2. So gehts nach deinem herzen, zur freude deiner schmerzen, und
wir geniessen dich in unverrüktem friede, und würde eines müde,
im wunden-maale stärkt es sich.

3. Auch itzt beym mahl der liebe gehn unsre herzens-triebe zu dir
10 im segen hin: füll jeder schwester herze von deinem blut und
schmerze so voll bis eine jede schwimm.

Barthold Heinrich Brockes

Der Punct.

Jüngst hatt' ich einen Punct auf mein Papier gemacht:
Mein Aug' erblickt' ihn kaum. Mein Geist hatt' aber Acht
5 Auf seine Kleinheit; sonderlich
Auf seine fast vollkommne Ründe.

Die *Ründ'* und *Kleinheit* brachten mich
Zu einem abgezognen Denken.
Es fing mein Geist an, sich ins Meer
10 Der dunklen Kleinheit zu versenken:
Dieß kam mir gleichsam vor, als obs unendlich wär.
Denn, dacht ich, ich vermag ein Pünctchen, das so klein,

Der Punct 8 abgezognen   *abstrakten.*

Mir in Gedanken vorzustellen,
Daß, wenn man meinen Punct dagegen hält,
15 Er, unserm Kreis der Welt,
An Größe, gegen jenem, gleichet.

Wie fern, wie weit nun gleich das Ziel,
Wohin der Geist, *im Kleinen*, reichet;
So finden wir doch ja so viel
20 Bewundernswürdiges, von seinen weiten Schranken,
Und wie so fern er sich, *im Großen*, auch erstreckt:
Worinn den forschenden Gedanken
Ein Ziel so wenig scheint gesteckt;
Daß ich gar leicht *den Kreis der Erden*,
25 Durch die Vergleichung andrer Größen
Im Himmels-Raum, die nicht zu messen,
Zu einem Punct, der meinem Puncte gleich,
Zu machen, mich geschickt befinde.

Woraus ich mich, zu schliessen, unterwinde:
30 " Wie unser Geist an Fähigkeit so reich;
" Auch, daß wir noch dadurch die Wahrheit mehr **erkennen:**
" *Nichts Endlichs sey, für sich, groß oder klein zu nennen.*
" *Nur die Unendlichkeit der Gottheit bloß allein,*
" *Als unvergleichbar, kann groß, an sich selber, seyn.*

CHRISTIAN FÜRCHTEGOTT GELLERT

Die Nachtigall und die Lerche.

Die Nachtigall sang einst mit vieler Kunst;
Ihr Lied erwarb der ganzen Gegend Gunst,
5 Die Blätter in den Gipfeln schwiegen,
Und fühlten ein geheim Vergnügen.
Der Vögel Chor vergaß der Ruh,
Und hörte Philomelen zu.
Aurora selbst verzog am Horizonte,
10 Weil sie die Sängerinn nicht gnug bewundern konnte.
Denn auch die Götter rührt der Schall
Der angenehmen Nachtigall;
Und ihr, der Göttinn, ihr zu Ehren,
Ließ Philomele sich noch zweymal schöner hören.
15 Sie schweigt darauf. Die Lerche naht sich ihr,

Und spricht: Du singst viel reizender, als wir;
Dir wird mit Recht der Vorzug zugesprochen:
Doch eins gefällt uns nicht an dir,
Du singst das ganze Jahr nicht mehr, als wenig Wochen.

20 Doch Philomele lacht und spricht:
Dein bittrer Vorwurf kränkt mich nicht,
Und wird mir ewig Ehre bringen.
Ich singe kurze Zeit. Warum? Um schön zu singen.
Ich folg im Singen der Natur;
25 So lange sie gebeut, so lange sing ich nur;
So bald sie nicht gebeut, so hör ich auf zu singen;
Denn die Natur läßt sich nicht zwingen.

*

O Dichter, denkt an Philomelen,
Singt nicht, so lang ihr singen wollt.
30 Natur und Geist, die euch beseelen,
Sind euch nur wenig Jahre hold.
Soll euer Witz die Welt entzücken:
So singt, so lang ihr feurig seyd,
Und öffnet euch mit Meisterstücken
35 Den Eingang in die Ewigkeit.
Singt geistreich der Natur zu Ehren,
Und scheint euch die nicht mehr geneigt:
So eilt, um rühmlich aufzuhören,
Eh ihr zu spät mit Schande schweigt.
40 Wer, sprecht ihr, will den Dichter zwingen?
Er bindet sich an keine Zeit.
So fahrt denn fort, noch alt zu singen,
Und singt euch um die Ewigkeit.

Der Schatz.

Ein kranker Vater rief den Sohn.
Sohn! sprach er, um dich zu versorgen,
Hab ich vor langer Zeit einst einen Schatz verborgen;
5 Er liegt - - - Hier starb der Vater schon.
Wer war bestürzter, als der Sohn?
Ein Schatz! (So waren seine Worte,)
Ein Schatz! Allein an welchem Orte?
Wo find ich ihn? Er schickt nach Leuten aus,

10 Die Schätze sollen graben können,
Durchbricht der Scheuern harte Tennen,
Durchgräbt den Garten und das Haus,
Und gräbt doch keinen Schatz heraus.

Nach viel vergeblichem Bemühen
15 Heißt er die Fremden wieder ziehen,
Sucht selber in dem Hause nach,
Durchsucht des Vaters Schlafgemach,
Und findt mit leichter Müh (wie groß war sein Vergnügen!)
Ihn unter einer Diele liegen.

*

20 Vielleicht, daß mancher eh die Wahrheit finden sollte,
Wenn er mit mindrer Müh die Wahrheit suchen wollte.
Und mancher hätte sie wohl zeitiger entdeckt,
Wofern er nicht geglaubt, sie wäre tief versteckt.
Verborgen ist sie wohl; allein nicht so verborgen,
25 Daß du der finstern Schriften Wust,
Um sie zu sehn, mit tausend Sorgen,
Bis auf den Grund durchwühlen mußt.
Verlaß dich nicht auf fremde Müh,
Such selbst, such aufmercksam, such oft; du findest sie.
30 Die Wahrheit, lieber Freund, die alle nöthig haben,
Die uns, als Menschen, glücklich macht,
Ward von der weisen Hand, die sie uns zugedacht,
Nur leicht verdeckt; nicht tief vergraben.

Der grüne Esel.

Wie oft weis nicht ein Narr durch thörigt Unternehmen
Viel tausend Thoren zu beschämen!

Neran, ein kluger Narr, färbt einen Esel grün,
5 Am Leibe grün, roth an den Beinen,
Fängt an, mit ihm die Gassen durchzúziehn;
Er zieht, und jung und alt erscheinen.
Welch Wunder! rief die ganze Stadt,
Ein Esel, zeisiggrün! der rothe Füße hat!
10 Das muß die Chronick einst den Enkeln noch erzählen,
Was es zu unsrer Zeit für Wunderdinge gab!
Die Gassen wimmelten von Millionen Seelen;
Man hebt die Fenster aus, man deckt die Dächer ab;

Denn alles will den grünen Esel sehn,
15   Und alle konnten doch nicht mit dem Esel gehn.

Man lief die beiden ersten Tage
Dem Esel mit Bewundrung nach.
Der Kranke selbst vergas der Krankheit Plage,
Wenn man vom grünen Esel sprach.
20   Die Kinder in den Schlaf zu bringen,
Sang keine Wärterinn mehr von dem schwarzen Schaf;
Vom grünen Esel hört man singen,
Und so geräth das Kind in Schlaf.

Drey Tage waren kaum vergangen:
25   So war es um den Werth des armen Thiers geschehn.
Das Volk bezeigte kein Verlangen,
Den grünen Esel mehr zu sehn.
Und so bewundernswerth er anfangs allen schien:
So dacht itzt doch kein Mensch mit einer Sylb an ihn.

*

30   Ein Ding mag noch so närrisch seyn,
Es sey nur neu: so nimmts den Pöbel ein.
Er sieht, und er erstaunt. Kein Kluger darf ihm wehren.
Drauf kömmt die Zeit, und denkt an ihre Pflicht,
Denn sie versteht die Kunst, die Narren zu bekehren,
35   Sie mögen wollen, oder nicht.

1747

Christoph Friedrich Wedekind*

Die zwey grossen Dichter in Teutschland
die Herrn v. Hagedorn und Gellert.

Bey vielen Dichtern sind die Verse matt, ja todt,
5   Wo nicht, so leyden sie doch an Gedancken Noth.
Weit lebendiger klingt, was ihr uns vorgesungen,
Denn eure Dichterey hat Geist, und Feur, und Zungen,
Ist witzig, fliessend rein, durchdringend und beweglich,
Anmuthig, reitzend, mild, einnehmend und behäglich.

---

1 *Pseudonym:* Koromandel.   7 *vermutl. Anspielung auf das Pfingstwunder.*

Über die Madame Gottsched.

Du Sappho dieser Zeit, du zweyte Schurmannin,
Du teutsche Gometz du, gepriesne Gottschedin,
Du Muster von gelehrt- belebt- und klugen Frauen,
5 In der sich Geist und Witz und Feur verschwistert schauen.
Der Engelsche Geschmack, der deine Schriften ziert,
Hat deinen Namen längst zur Ehrenburg geführt,
Dich mag man wohl mit Recht, zum Ruhm von Leipzigs-Pleissen.
Das rein und artige, das holde Schwängen heissen.

Anakreontische Ode.

Weg! mit dem Sonnen-Wedel,
Die Zeit ist viel zu edel.
Laß uns bey jenen Buchen,
5 Den Lentz der Jugend suchen.
Auf dem beblümten Rasen,
Wo sanfte Lüftgens blasen,
In dunckel grünen Schatten,
Wo sich die Lerchen gatten.
10 Der holde Reitz des Lebens
Lacht nicht an dir vergebens.
Laß mich an deinen Schätzen,
So Geist als Auge letzen.
Das hüpfende Verlangen
15 Der Grübgens in den Wangen.
Der rund gewölbte Spiegel
Lebhafter Schwanen-Hügel.
Die thönend zarte Klippen,
Der Rosen rothen Lippen.
20 Der Augen leuchtend Feuer
Macht deine Liebe theuer,
Doch, will ich ohn Bedencken,
Mein Hertz dafür verschencken,
Drum Chloris setz dich nieder,
25 Die Zeit kommt nimmer wieder,
Eh wir sie gantz vermissen,
So laß uns sie verküssen.

ÜBER DIE MADAME GOTTSCHED. 2 *Anna Maria von* Schurmann *(1607–78), Mitglied*
des Pegnesischen Blumenordens.   3 *Magdalena Angelica Poisson de* Gomez *(1684 bis*
1770), frz. Schriftstellerin.   9 *der* Schwan *ist das Symbol der Dichter.*

Dragoner-Lied.

Taratantara tantara tum!
Dragoner, macht euch fertig,
Und seyd des Marschs gewärtig,
Der Trommelschlag geht rum,
Tarantara etc.
Fort, tummelt eure Pferde,
Erschüttert Stein und Erde,
Streicht euren Schnurrbart auf,
Sa! rennt in vollem Lauf.
Halt! schwenckt euch, werdet kühner,
Ergreifet den Carbiner,
Macht eure Säbel bloß,
Geht auf die Feinde los.

Spornt euren Heldenmuth,
Haut ein auf die Panduren,
Jagt sie aus Wald und Fluren,
Zerfleischt die Satansbrut,
Spornt etc.
Peitscht auch mit gantzen Schaaren,
Die streiffenden Husaren,
Legt an, gebt Feur, und kracht,
Wenn der Tolbatsch erwacht,
Croaten und Uhlanen,
Erschreckt bey ihren Fahnen,
Des schwartzen Adlers Blitz,
Zerschmettert ihr Geschütz.

Vivat! Printz Ludewig,
Der Vater der Soldaten,
Er wird uns weiter rathen,
GOtt gebe Glück und Sieg,
Vivat! etc.
Kommt, laßt uns Blut und Leben,
Für unsern König geben.
Er eilt ja selbst voran,
Und öfnet uns die Bahn;

---

16 Panduren *südungar. Fußvolk der österr. Armee.* 23 Tolbatsch *urspr. (wegen des Schuhwerks) Breitfuß, Schimpfname für die ungar. oder slaw. Fußsoldaten der österr. Armee.* 24 Ulanen *leichte Reiterei.* 28 Prinz Ludwig *Eugen von Württemberg führte seit 1742 das 2. preuß. Dragonerregiment.*

Drum lustig ihr Dragoner,
Er bleibet eu'r Belohner,
Und steht euch allzeit bey,
40   Seyd eurem Herrn getreu!

GEORG LUIS*

Doris.

Vertraut saß einst auf ihren Matten
Des Abends Doris beym Elpin.
5   Und wen verführen nicht die Schatten?
Ihr Schäfer ward zuletzt zu kühn.
Sie stieß ihn ganz erzürnt zurücke,
Und droht, ihm nimmer zu verzeihn,
Und fieng, zur Strafe solcher Tücke,
10   Den Augenblick laut an zu schreyn.

Ihr Hylax, seine Pflicht zu zeigen,
Fiel den Elpin mit Bellen an.
Und Doris - - Doris hieß ihn schweigen
Hat Hylax denn nicht recht gethan?
15   Aus Furcht, die Mutter möcht es hören,
Schalt sie des treuen Hündchens That.
Und uns kann diese Vorsicht lehren,
Wie laut sie selbst geschrieen hat.

SAMUEL GOTTHOLD LANGE

An Hr. Gleim.

Als ich jüngst Thränenvoll das Thal besuchte,
Das Pyra durch sein hohes Spiel geweihet,
5   Da zierete der Frühling zwar die Wiesen,
                Mit göttlicher Hand.

Die Zephirs gauckelten um ihre Flora,
Und färbten reizend, durch gestohlne Küsse,
Die zarten Wangen, Baum- und Kräuterblühten,
10   Balsamten die Luft.

Des Himmelsblau, des Lenzen erste Wärme,
Der reizende Gesang der Philomele,
Die Lüfte, die durch Büsche rauschend strichen,
        Belebten das Jahr.

15 Nur ich sah, fühlte, hörte keine Freude,
Denn ohne Pyra kam zum erstenmale
Der Lenz zurück. Die Gegend war mir öde,
        Ohn ihm und sein Lied.

Und plötzlich schreckte mich ein goldner Schimmer,
20 Ein himmlischer Gesang schlug meine Ohren,
Und mischte sich in scharfe Harfentöne,
        Und Pyra stund da.

Ein blendendweiß Gewand floß von den Schultern,
Ein Kranz von Sternen glänzte auf der Scheitel,
25 Sein Antlitz strahlt, und Er strich auf den Boden,
        Mit göttlichem Gang.

Er lächelte mir zu, und sprach: Nun hemme
Den Gram, und widme Deine treue Freundschaft
Dem, den ich Dir, statt meiner, hinterlasse,
30   Jetzt kommt Er daher.

Der Schatten wich, und ich sah Theocriten,
Und einen Alten mit gesalbtem Barte,
Die führten singend einen in der Mitten,
        Und nennten ihn Gleim.

35 Schnell rührte mich des Frühlings erste Wärme,
Ich roch den Duft, und sah die bunten Blumen,
Schnell hört ich Philomelen, und das Murmeln,
        Des rauschenden Bachs.

An Hr. Haller.

Du grosser Geist, den der Latona Sohn
Die Kunst gelehrt, die Tod und Krankheit fliehen,
Mein Haller, der Du nach des Orpheus Spiel,
5 Den Wald bewegst, der Fluthen Lauf verzögerst.

---

32 einen Alten   *Anakreon.*
2 Latona   *griech. Leto, Mutter des Apollo und der Diana, griech. Artemis.*

Mit hohem Flug entschwingst Du Dich dem Lerm
Des Pöbels, der am Fuß des heilgen Pindus,
Mit blödem Blick Dich nicht erreichen kan,
Und die ihm viel zu schweren Griffe lästert.

10 So wie der Donnerreichen Wolken Heer,
Mit schwerem Zug die dicken Lüfte presset;
Und schnell aus dunkelm Schos den rothen Blitz,
Zerberstend wirft, und durch den Himmel brüllet,

Daß die erschrockne Welt erstaunt, und still
15 Des Wetters Majestät und Pracht bewundert,
Bey welchem man den Feuerreichen Knall
Des donnernden Geschützes selbst nicht höret.

So donnerst Du im schwerem hohem Flug,
Mit starkem Grif auf sterbliche Gemüther,
20 Sie hören Dich, ganz aus sich selbst gesetzt,
Und hören nicht das Heer der andern Dichter.

Die Sprache welzt sich von Gedanken schwer,
Und steigt Berg an, mit mächtigerm Geräusche,
Als das verwöhnte Ohr des Volks verträgt,
25 Das durch den Tadel Deine Töne rühmet.

Du eilest mit verwegen sicherm Flug,
Und wagest Dich zurück bis zu den Anfang,
Du dringst ins alte Reich der todten Nacht,
Und siehst und singst, wie neue Welten werden.

30 Die Weisheit und Natur eröfnen Dir,
Den sonst verwehrten Weg zur tiefen Wahrheit,
Du zeigest uns die dunkele Geburt,
Und Lauf und Wachsthum der geheimsten Triebe.

Du lehrest uns mit göttlichem Gesang,
35 Des Übels Quell, thust in der Menschen Busen
Den forschenden verrätherischen Blick,
Auch Dir verbirgt sich nicht des Übels Ursprung.

Dein Trauerlied macht uns bey nah ergrimmt
Auf das Geschick. So rührend sang nicht Orpheus,
40 Als er der Gattin Geist zurück geholt,
Dir würde Cerberus besänftigt schmeicheln.

---

27 *im folgenden Anspielungen auf Hallers Gedicht* Der Ursprung des Übels.
38 *s. S. 169 dieser Sammlung.* 41 Cerberus *Höllenhund.*

Bezaubernd mahlest Du die rauhe Pracht
Der Alpen, wo die freye Unschuld wohnet,
Und lehrst mit scharfem Ton und holdem Ernst,
45   Die lang betrogenen, der Ehre Unding.

Und so entwöhnst Du sie vom falschem Brauch
Der Worte. Und den Lorber, womit Sclaven
Den Landbezwinger schmeichelhaft umkränzt,
Nimmst Du, und zierst damit den Tugendhaften.

50   Du nimmst den Alexander aus der Schaar
Der Glücklichen, ob er gleich den Darius
Vom Throne stieß, und sich selbst drauf gesetzt,
Und lebend ihm gebrannte Opfer roche.

Apollo lehrte so die neue Welt,
55   Mercur zog also die noch wilde Sitten
Der Menschen. Du, der Musen Erb und Sohn,
Belehre mich und Hirzeln, Dir zu folgen.

FRIEDRICH VON HAGEDORN*

An die Dichtkunst.

Gespielinn meiner Neben-Stunden,
Bey der ein Theil der Zeit verschwunden,
5   Die mir, nicht andern, zugehört:
O Dichtkunst, die das Leben lindert!
Wie manchen Gram hast du vermindert,
Wie manche Fröhlichkeit vermehrt!

Die Kraft, der Helden Trefflichkeiten
10   Mit tapfern Worten auszubreiten,
Verdankt Homer und Maro dir.
Die Fähigkeit, von hohen Dingen
Den Ewigkeiten vorzusingen,
Verliehst du ihnen, und nicht mir.

15   Die Lust, vom Wahn mich zu entfernen
Und deinem Flaccus abzulernen,

---

43 *Haller:* Die Alpen.   45 Über die Ehre.   50 Der Ursprung des
Übels *III, 94.*   57 *Hans Kaspar* Hirzel *(1725–1803), Arzt, Politiker und Phil-
anthrop, befreundet u. a. mit Bodmer, Klopstock, Gleim, Kleist, Ramler.*   11 Maro
Vergil.

Wie man durch echten Witz gefällt;
Die Lust, den Alten nachzustreben,
Ist mir im Zorn von dir gegeben,
20   Wenn nicht mein Wunsch das Ziel erhält.

Zu eitel ist das Lob der Freunde:
Und drohen in der Nachwelt Feinde,
Die finden unsre Grösse klein.
Den itzt an Liedern reichen Zeiten
25   Empfehl ich diese Kleinigkeiten:
Sie wollen nicht unsterblich seyn.

Anacreon.

In Tejos und in Samos
Und in der Stadt Minervens
Sang ich von Wein und Liebe,
Von Rosen und vom Frühling,
5   Von Freundschaft und von Tänzen;
Doch höhnt ich nicht die Götter,
Auch nicht der Götter Diener,
Auch nicht der Götter Tempel.
10   Wie hieß ich sonst der Weise?

Ihr Dichter voller Jugend,
Wollt ihr bey froher Musse
Anacreontisch singen;
So singt von milden Reben,
15   Von rosenreichen Hecken,
Vom Frühling und von Tänzen,
Von Freundschaft und von Liebe;
Doch höhnet nicht die Gottheit,
Auch nicht der Gottheit Diener,
20   Auch nicht der Gottheit Tempel.
Verdienet, selbst im Scherzen,
Den Namen echter Weisen.

---

3 Stadt Minervens   *Athen.*

GOTTHOLD EPHRAIM LESSING*

Die Türken.

Die Türken haben schöne Töchter,
Und diese scharfe Keuschheitswächter;
Wer will, kann mehr als Eine freyn:
Ich möchte schon ein Türke seyn.

Wie wollt' ich mich der Lieb' ergeben!
Wie wollt' ich liebend ruhig leben,
Und - - Doch sie trinken keinen Wein;
Nein, nein, ich mag kein Türke seyn.   *[1886]*

Der Tod.

Gestern, Brüder, könnt ihrs glauben?
Gestern bey dem Saft der Trauben,
(Stellt euch mein Erschrecken für!)
Gestern kam der Tod zu mir.

Drohend schwung er seine Hippe,
Drohend sprach das Furchtgerippe:
Fort, du theurer Bacchusknecht!
Fort, du hast genug gezecht!

Lieber Tod, sprach ich mit Thränen,
Solltest du dich nach mir sehnen?
Sieh, da stehet Wein für dich!
Lieber Tod verschone mich!

Lächelnd grif er nach dem Glase;
Lächelnd macht ers auf der Baase,
Auf der Pest Gesundheit leer;
Lächelnd setzt ers wieder her.

Fröhlich glaubt ich mich befreyet,
Als er schnell sein Drohn erneuet.
Narre, für dein Gläschen Wein
Denkst du, sprach er, los zu seyn?

Tod, bat ich, ich möcht' auf Erden
Gern ein Mediciner werden.
Laß mich, ich versprech dafür
Meine Patienten dir!

Gut, wenn das ist, magst du leben:
Sprach er. Nur sey mir ergeben.
Lebe, bis du satt geküßt,
Und des Trinkens müde bist.

30
O! wie schön klingt dieß den Ohren!
Tod, du hast mich neu geboren.
Dieses Glas voll Rebensaft,
Tod, auf gute Brüderschaft!

35
Ewig muß ich also leben,
Ewig! denn, beym Gott der Reben!
Ewig soll mich Lieb' und Wein,
Ewig Wein und Lieb' erfreun!   [1886]

Die drey Reiche der Natur.

Drey Reiche sinds, die in der Welt
Uns die Natur vor Augen stellt.
Die Anzahl bleibt in allen Zeiten
5
Bey den Gelehrten ohne Streiten.
Doch wie man sie beschreiben muß,
Da irrt fast jeder Physikus.
Hört, ihr Gelehrten, hört Mich an,
Ob Ich sie recht beschreiben kann?

10
Die Thiere sind den Menschen gleich,
Und beyde sind das erste Reich.
Die Thiere leben, trinken, lieben;
Ein jegliches nach seinen Trieben.
Der Fürst, Stier, Adler, Floh und Hund
15
Empfindt die Lieb und netzt den Mund.
Was also trinkt und lieben kann,
Wird in das erste Reich gethan.

Die Pflanze macht das andre Reich
Dem ersten nicht an Güte gleich.
20
Sie liebet nicht, doch kann sie trinken,
Wenn Wolken treufelnd niedersinken.
So trinkt die Ceder und der Klee,
Der Weinstock und die Aloe.
Drum was nicht liebt, doch trinken kann,
25
Wird in das andre Reich gethan.

---

1 *unterzeichnet:* L.

Das Steinreich ist das dritte Reich,
Und dieß macht Sand und Demant gleich.
Kein Stein fühlt Durst und zarte Triebe;
Er wächset ohne Trunk und Liebe.
30   Drum was nicht liebt, noch trinken kann,
Wird in das letzte Reich gethan.
Denn ohne Lieb und ohne Wein,
Sprich, Mensch, was bleibst du noch? Ein Stein.

Das Lob der Faulheit[a]).

Faulheit! itzo wollt ich dir
Auch ein kleines Loblied schenken;
Käm es nur gleich aufs Pappier,
5   Ohne lange nachzudenken.
Doch ich will mein bestes thun;
Nach der Arbeit ist gut ruhn.

Höchstes Gut! wer dich nur hat,
Faulheit! dem muß dieses Leben
10   Mehr - - Ich gähn; ich werde matt.
Nun du wirst mir es vergeben,
Daß ich dich nicht loben kann;
Du verhinderst mich ja dran.

a) Als ich meinen poetischen Gehülfen an einem Beytrage erinnerte, schickte er mir dieses Lied. Als ich ihn hierauf fragte, wie er denn sein Leben bey der Faulheit so hinbringen wollte, daß ihm die Zeit nicht lang würde? so erhielt ich folgendes zur Antwort. [Mylius]

1748

Unbekannter Verfasser

Braut-Psalm
im Febr. 1747.

Sagt an, woher die lüftlein wehn, die durchs gebein und adern gehn?
5 mein Herze brennt, so bald mans nennt. O Seiten-Loch! ja, du bists
doch. Dir, Seiten-Höhlgen ehr allein, du blutigs Seitelein, das lieb-

---

DAS LOB DER FAULHEIT 1 *Später:* Lob der Faulheit; *unterzeichnet:* L.

lichste am Lämmelein, dems Creutz-Luft-Vöglein Ave tönt, in dich
verliebet und verwöhnt: jahr aus jahr ein, mein Seitelein! mein aug
wird naß, denn das ist was! der ausdruk fehlt. Ich bleib in dir, so
10 lang ich hier; und du bist ewiglich in mir. Wenn ich noch rede, spiel
und sing, sag ich nichts rechts, ich tummes ding. Horcht, herzelein,
aufs Vögelein, nichts ist so theur, als GOttes Pleur. Du nasses
Kirchen-Äugelein, magnet'sch vors Lämmelein, brings Lämmlein
mit sein'm Seitelein.

GOTTHOLD EPHRAIM LESSING*

Über die Alten und Neuern.

Ob wir, die Neuern, vor den Alten
Den Vorzug des Geschmacks erhalten,
5   Was lest ihr davon vieles nach,
Was der und jener Franze sprach?
Die Franzen sind die Leute nicht,
Aus welchen ein Orakel spricht.

Ich will ein neues Urtheil wagen
10   Geschmack und Witz, es frey zu sagen,
War bey den Alten allgemein,
Warum? Sie trunken alle Wein.
Doch ihr Geschmack war noch nicht fein,
Warum? Sie mischten Wasser drein.

MAGNUS GOTTFRIED LICHTWER*

Der Mohr und der Weisse.

Ein Mohr und Weisser zanckten sich
Der Weisse sprach zu dem Bengalen,
5   Wär ich wie du, ich liesse mich
Zeit meines Lebens niemals mahlen.

BRAUT-PSALM 12 Pleur *(griech.) Seite des Leibes.*
ÜBER DIE ALTEN UND NEUERN 1 *unterzeichnet:* L. 2 *Anspielung auf die* Querelles
des Anciens et des Modernes, *auf die in einem Aufsatz vor diesem Gedicht Bezug
genommen wird; später:* Der Geschmack der Alten.

Besieh dein Pech-Gesichte nur
Und sage mir, du schwartzes Wesen,
Ob dich die spielende Natur,
10   Nicht uns zum Scheusal auserlesen.

Gut, sprach der Mohr, hat denn ihr Fleiß
Sich deiner besser angenommen?
Unausgebratner Naseweis,
Du bist noch ziemlich unvollkommen.

15   Die Welt, in der wir Menschen sind
Gleicht einem ungeheuren Baume,
Darauf bist du, mein liebes Kind,
Die noch nicht reif gewordne Pflaume.

Sie zanckten sich noch lange Zeit
20   Und weil sich keiner geben wollte,
Beschlossen sie, daß ihren Streit
Ein kluger Richter schlichten sollte.

Als nun der Weisse Recht behielt,
Da sprach das schwartze Kind der Mohren,
25   Du siegst, ich habe hier verspielt,
In Tunis hättest du verlohren.

*

So manches Land, so mancher Wahn,
Es kömmt bey allen Nationen,
Der Vorzug auf den Ort mit an,
30   Schön ist, was da gilt, wo wir wohnen.

Der Käse.

Es ward nunmehr die letzte Tracht
Bey einem Schmauß herein gebracht,
Ein Käse ward mit aufgetragen.
5   Ihr Herren, rief der Wirth, beliebt euch, mir zu sagen,
Ob ihr den Käse kosten wollt?
Er scheinet gut zu seyn. Vergebt, er kann nichts taugen,
Schrie hier ein Gast mit gläsern Augen;
Die rechten sehn, so gelb als Gold.
10   Der andre rief, er riecht: er regt sich, sprach der dritte,
Der vierte Gast vermaß sich recht,

---

2 Tracht   *der letzte Gang*

Dergleichen Käse schmeckten schlecht,
Und widerstünden Biß und Schnitte;
Ja rief ein voller Greiß, der fast in Wein zerfloß,
15 Ein Weinglas taumelnd hielt, und zitternd in sich goß,
Man kriegt, ich hab es wo gelesen,
Man kriegt den Stein von solchen Käsen.
Gleich stimmt der helle Haufen ein,
Ein solcher Käse macht den Stein.

20 Unselige Geburt, unglücklichstes Geschöpfe,
Das je aus Schweitzer-Milch gerann,
Wenn sonst ein Käs' empfinden kann,
So sag, erschreckt dich nicht solch Urtheil kluger Köpfe?
Du schweigst: Der Hausherr schweigt. Man trägt dich drauf,
o Jammer!
25 Verschmäht vom Tische weg, und in die Speisekammer.
Es aß den Tag darauf, der Wirth vor sich allein,
Und sprach zu seinem Sohn: bring meinen Käs' herein,
Ich will davon zur Nachkost essen.
Ach Vater! rief der Sohn, habt ihr es denn vergessen,
30 Er taugt nichts, sagte der und der,
Gantz gut! doch gieb ihn immer her.
Man bracht ihn, und er aß: Sind das nicht Narren-Possen?
Sohn! rief er, koste, liebes Kind,
Seit dem die Käse Käse sind,
35 Hab ich nichts niedlichers genossen.
Von nun an glaub ich keinem nicht,
Der mir etwas von Käsen spricht,
Bis ich erst selbst dabey gewesen,
Dis war sein Urtheil von den Käsen.
40 Darnach hat er bisher gethan,
Folg ihm, so thust du wohl daran,
Und tadle keine Schrift, bis du sie selbst gelesen,
Es geht mit Büchern, wie mit Käsen.

Die Schlange.

In Africa war eine Schlange,
Die alle Thier ohn Ursach biß,
Und was sie biß, das triebs nicht lange,
5 Die Wunde schwall, es starb gewiß.

Dis gieng ihr lange Zeit von statten,
Bis, da sie einst im Grase spielt,
Sie endlich ihren eignen Schatten
Vor eine fremde Schlange hielt.

10   Da biß sie, weil sie es nicht wuste,
Mit einer solchen Wuth nach sich,
Daß sie sofort verrecken muste,
Daran, Verleumder, spiegle dich.

Die Katzen und der Hausherr.

Murner, eine Cyper-Katze
Gab unlängst den Gülde-Schmauß,
Und ersahe sich zum Platze,
5   Eines Bürgers Wohnung aus.

Mensch und Thiere schliefen feste
Selbst der Hauß-Prophete schwieg,
Als ein Schwarm geschwäntzter Gäste
Von den nächsten Dächern stieg.

10   Murner kömmt, sie zu begrüssen
Führt sie drauf in einen Saal,
Und setzt jeden auf ein Küssen
Von dem feinsten Katzen-Zahl.

Sechzig feiste Mäuse-Zimmel
15   Machten die Versammlung satt,
Ob gespickt? das weiß der Himmel,
Jeder giebt, so gut ers hat.

Von der Mahlzeit giengs zum Tantze,
Wo der Wirth sich hören ließ,
20   Und auf einem Ratten-Schwantze,
Manch verliebtes Stückgen bließ.

Hintz, des ersten Schwieger-Vater,
Sang darein erbärmlich schön,
Und zween abgelebte Kater,
25   Quälten sich, ihm beyzustehn.

DIE KATZEN UND DER HAUSHERR 7 Hauß-Prophete   *Hahn.*   13 Katzen-Zahl
Katzenschwanz; hier wohl das Kannenkraut und etwa zu übersetzen: von feinstem Nessel.
14 Mäuse-Zimmel   *Mäuserücken.*

Jetzo tantzen alle Katzen,
Poltern, lermen, daß es kracht,
Zischen, heulen, sprudeln, kratzen,
Bis der Herr im Haus erwacht.

30 Dieser springt mit einem Stecken,
In den finstern Saal hinein,
Schlägt um sich, sie zu erschrecken,
Schmeisset einen Spiegel ein.

Stolpert über einge Späne,
35 Stürtzt im Fallen auf die Uhr,
Und zerbricht zwo Reihen Zähne,
Blinder Eyfer schadet nur.

Die Kröte und Wassermaus.

Von dem Ufer einer See,
Krochen annoch Abends späte,
Eine Wassermaus und Kröte
5 An den Bergen, in die Höh.
Aber mitten in den Wandern
Kollert eine mit der andern,
Plötzlich in den See herab,
Und wie sehr die Kröte runge,
10 Und den Bauch zu schwimmen zwunge,
Fand sie doch allhier das Grab.
Also giengs der guten Kröte,
Ihr Gesell die Wassermaus,
Die sich in den Fluthen drehte,
15 Machte sich nicht viel daraus,
Sie treibt ihr Gewerb' in Flüssen,
Wenn es auf der Erde ruht.
Also sag ich, es ist gut,
Mehr als eine Kunst zu wissen.

FRIEDRICH GOTTLIEB KLOPSTOCK*

Elegie.

Dir nur, liebendes Herz, euch, meine vertraulichsten Thränen,
Sing ich traurig allein dieses wehmüthige Lied.
5 Nur mein Auge soll es mit schmachtendem Feuer durchirren,
Und, an Klagen verwöhnt, hör es mein zärtliches Ohr!
Bis, wie Byblis einst in jungfräuliche Thränen dahin floß,
Mein zu weichliches Herz voller Empfindung zerfließt.
Ach! warum, o Natur, warum, unzärtliche Mutter,
10 Gabst du zur Empfindung mir ein zu biegsames Herz?
Und ins biegsame Herz die unbezwingliche Liebe,
Ewiges Verlangen, keine Geliebte dazu?
Die du künftig mich liebst, (wenn anders zu meinen Thränen
Einst das Schicksal erweicht eine Geliebte mir giebt!)
15 Die du künftig mich liebst, o du vor allen erlesen,
Sprich, wo dein fliehender Fuß ohne mich einsam itzt irrt?
Nur mit einem verräthrischen Laut, nur mit einem der Töne,
Die, wenn du lachst, dir entfliehn, sag es, o Göttliche, mir!
Fühlst du, wie ich, der Liebe Gewalt, verlangst du nach mir hin,
20 Ohne daß du mich kennst; o so verheele mirs nicht!
Sag es mit einem durchdringenden Ach, das meinem Ach gleichet,
Das aus innerster Brust zitternd dem Munde zufließt.
Durch die Mitternacht hin klagt mein sanftthränendes Auge,
Daß du, Göttliche, mir immer noch unsichtbar bist!
25 Durch die Mitternacht hin streckt sich mein zitternder Arm aus,
Und umfasset ein Bild, das vielleicht ähnlich dir ist!
Ach! wo such ich dich doch? Wo werd ich endlich dich finden?
O du, die meine Begier stark und unsterblich verlangt!
Wo ist der Ort, der dich hält? Wo fließt der segnende Himmel,
30 Welcher dein Aug umwölbt, heiter und lächelnd vorbey?
Dürft ich mein Auge zu dir einst, seeliger Himmel, erheben,
Und umarmet die sehn, die du von Jugend auf sahst!
Aber ich kenne dich nicht! Vielleicht gieng die fernere Sonne
Meinen Thränen daselbst niemals nicht unter und auf.
35 Soll ich dich niemals, o Himmel, erblicken? Führt niemals im
           Frühling
Meine sanftzitternde Hand Sie durch ein blühendes Thal?
Sinkt Sie, von süsser Gewalt der allmächtigen Liebe bezwungen,

---

2 *Später:* Die künftige Geliebte. 7 Byblis *Gestalt der griech. Mythologie, vergeblich in ihren Bruder verliebt; aus ihren Tränen entsteht eine Quelle.*

Nie, wenn der Abendstern kömmt, mir an die bebende Brust?
Ach, wie schlägt mir mein Herz! Wie zittern durch meine Gebeine
40   Freud und Hoffnung, dem Schmerz unüberwindlich, dahin!
Unbesingbare Lust, ein süsser prophetischer Schauer,
Eine Thräne, die mir still von den Wangen entfiel;
Und ein Anblick geliebter mitweinender weiblicher Zähren,
Ein mir lispelnder Hauch, und ein erschütterndes Ach;
45 Ein mich segnender Laut, der mir rief, wie ein liebender Schatten
Seiner Entschlafenen ruft; weissagt dich, Göttliche, mir.
O du, die du Sie mir und meiner Liebe gebahrest,
Hältst du Sie, Mutter, umarmt; dreymal gesegnet sey mir!
Dreymal gesegnet sey mir dein gleich empfindendes Herze,
50   Das der Tochter zuerst weibliche Zärtlichkeit gab!
Aber laß Sie itzt frey! Sie eilt in den Garten, und will da
Keinem Zeugen behorcht, keinem beobachtet seyn.
Eile nicht so! doch mit welchem Nahmen soll ich dich nennen,
Die du unaussprechlich meinem Verlangen gefällst?
55 Eile nicht so, damit kein Dorn des vergangenen Winters
Deinen zu flüchtigen Fuß, indem du eilest, verletzt;
Daß kein schädlicher Duft des werdenden Frühlings dich anhaucht;
Daß sich dem blühenden Mund reinere Lüfte nur nahn.
Aber du gehst denkend und langsam, das Auge voll Zähren,
60   Und jungfräulicher Ernst deckt dein verschönert Gesicht.
Täuschte dich iemand? Und weinst du, weil deiner Gespielinnen eine
Nicht, wie du von ihr geglaubt, redlich und tugendhaft war?
Oder liebst du, wie ich? Erwacht mit unsterblicher Sehnsucht,
Wie sie mein Herz mir empört, in dir die starke Natur?
65 Was sagt dieser erseufzende Mund? Was sagt mir dieß Auge,
Das mit verlangendem Blick zärtlich gen Himmel hin sieht?
Was entdeckt mir die brünstige Stellung, als wenn du umarmtest,
Als wenn du ans Herz eines Glückseligen sänkst?
Ach du liebest! So wahr die Natur kein erhabenes Herz nicht
70   Ohne den heiligsten Trieb derer, die ewig sind, schuf!
Göttliche, du liebest! Ach wenn du den doch auch kenntest,
Dessen liebendes Herz unbemerkt zärtlich dir schlägt!
Dessen Seufzer dich ewig verlangen, dich bang vom Geschicke
Fordern; von dem Geschick, das unbeweglich sie hört.
75 Wehten dir doch sanftrauschende Winde sein brünstig Verlangen,
Seiner Seufzer Getön, seiner Gesänge Laut, zu!
Wie die Winde des goldenen Alters vom Ohre des Schäfers
Mit der Schäferinn Ach hoch zu der Götter Ohr flohn.
Eilet, Winde, mit meinem Verlangen zu ihr in die Laube,

---

44 *flüsternder*

80 Schauert durch den Wald hin, rauscht, und verkündigt mich ihr!
Ich bin redlich! Mir gab die Natur Gefühle zur Tugend;
   Aber zur Liebe gab sie noch ein gewaltigers mir;
   Zu der Liebe, der schönsten der Tugenden, wie sies den Menschen
   In der Jugend der Welt edler und mächtiger gab.
85 Alles empfind ich von dir; kein halb nur begegnendes Lächeln;
   Kein unvollendetes Wort, welches in Seufzer verflog;
   Keine stille mich fliehende Thräne, kein leises Verlangen,
   Kein Gedanke, der sich mir in der Ferne nur zeigt;
   Kein halb stammelnder Blick voll unaussprechlicher Reden,
90 Wenn er den ewigen Bund süsser Umarmungen schwört;
   Auch der Tugenden keine, die du mir sittsam verbirgest,
   Eilet unausgeforscht mir und unempfunden vorbey!
   Ach, wie will ich dich, Göttliche, lieben! Das sagt uns kein Dichter,
   Selbst wir entzückt im Geschwätz trunkner Beredsamkeit nicht.
95 Kaum daß noch die Unsterbliche selbst, die fühlende Seele,
   Ganz die volle Gewalt dieser Empfindungen faßt!

JOHANN ADOLF SCHLEGEL*

Streit der Natur und Metaphysik.

   Cleanthes, der dem Wein, den Küssen,
   Dem Umgang, und der Poesie
5 Die Stunden wechselsweise lieh,
   Kurz, der bisher gewußt, sein Leben zu geniessen
   Verirrte sich, ich weis nicht wie,
   Einmal in die Philosophie,
   Und fieng sich an abstrackt zu schliessen.

10 Er las des Abends noch, wie früh,
   Sonst nichts, als nur Ontologie,
   Cosmologie, Psychologie,
   Und irrt aus ieglicher Logie
   In eine trocknere Logie.
15 Er las, ein Nichts gelehrt zu wissen,
   Und die Vernunft ganz einzubüssen,
   In mancher leeren Pansophie.

---

9 *fing an, abstrakte Schlüsse zu ziehen.*   17 Pansophie   *neuplatonisch und alchi-
mistisch beeinflußte Universalwissenschaft, zum erstenmal durch Paracelsus vertreten und bis ins
18. Jhdt. wirksam.*

Nach Folgerungen, die aus Schlüssen,
Aus denen man sie zieht, nicht fliessen,
20 Wußt er, es wären alle die,
Die dichten, lachen oder küssen,
Nicht Menschen, sondern wirklichs Vieh;
Und daß, wer weise sey, Witz und Galanterie,
Als eine böse Seuche, flieh;
25 Und was den Menschen noch dem Thierischen entzieh,
Das sey nur die Philosophie.
Kurz, wie ich schon gesagt, er ward, ich weis nicht wie,
Von einer Thorheit hingerissen.
Wen überrascht die Thorheit nie!
30 Beym Dichter kostet es nur Müh.
Ohnfehlbar war Cleanths Philosophie
Ein Anstoß von Melancholie.

Er ärgerte sich selbst an seinen vorgen Küssen;
Doch konnt er nicht so gleich die erste Lust ganz missen,
35 Und er behielt sich vor, Melissen
Nur noch ein einzigmal zu küssen.
Er gieng zu ihr, und küßte sie.
Der eine Kuß reizt ihn zu hundert Küssen,
Die hundert reizten ihn sodann zu tausend Küssen.
40 Die Kette von den starken Schlüssen
Ward durch die Schöne bald zerrissen.
Auf ihrem jungen Mund starb die Philosophie,
Und des Verstandes Monarchie
Ward wiederum zur Anarchie.
45 Ihm glückt es ohne viele Müh
Die Narrheit wieder auszuküssen;
Und die Natur war, im Beweis von Küssen,
Gescheidter, wie mich dünkt, als die Philosophie.

JOHANN WILHELM LUDWIG GLEIM*

Der freywillige Actäon.

Entfernt vom Lande der Romanen,
Wo Zärtlichkeit den Scepter führt,
Sing ich, bey Amors Unterthanen,
Die frey sind, weil er sie regiert.

Ich singe, Spröde zu besiegen,
Doch keine mir zum Ehgemahl;
So macht nur Amor mir Vergnügen,
So macht mir Hymen keine Quaal.

Ich lieb und ehr euch all, ihr Schönen,
Mit weiser Unbeständigkeit;
Drum sollt ihr alle mich verhöhnen,
Wenn einer einst mein Herz sich weiht.

Und die, die mich alsdann besieget,
Die mich beständig macht, und treu,
Die mich in Hymens Joch betrüget,
Die kröne mich mit Hirschgeweih.   *[1964]*

JOHANN PETER UZ*

Ein Traum.

O Traum, der mich entzücket!
Was hab ich nicht erblicket!
Ich warf die müden Glieder
In einem Thale nieder,
Wo einen Teich, der silbern floß,
Ein schattigtes Gebüsch umschloß.

Da sah ich durch die Sträuche
Mein Mädchen bey dem Teiche.
Das hatte sich, zum Baden,

DER FREYWILLIGE ACTÄON 2 Actäon *Jäger der griech. Mythologie, der von Artemis
in einen Hirsch verwandelt und von seinen eigenen Hunden zerrissen wird.*

Der Kleider meist entladen,
Bis auf ein untreu weiß Gewand,
Das keinem Lüftgen widerstand.

15   Der freye Busen lachte,
Den Jugend reizend machte.
Mein Blick blieb sehnend stehen
Bey diesen regen Höhen,
Wo Zephyr unter Lilien blies
20   Und sich die Wollust greifen ließ.

Sie fieng nun an, o Freuden!
Sich vollends auszukleiden;
Doch, ach! indems geschiehet,
Erwach ich und sie fliehet.
25   O schlief ich doch von neuem ein!
Nun wird sie wohl im Wasser seyn.

Einladung zum Vergnügen.
An Herrn - - -

Wie magst du stets der falschen Hoffnung trauen,
Die dich mit Träumen unterhält;
5   Und in die Luft manch glänzend Schloß erbauen,
Das plötzlich ohne Spur zerfällt?

Zu selten wird vom Himmel uns vergönnet,
Wornach wir, als verliebt, gestrebt.
Indessen flieht und fliehet, ungekennet,
10   Die Freude, die uns nahe schwebt.

Die Rasen hier, die weiches Gras bedecket,
Und über die zur Sicherheit
Sich, schattenreich, die breite Linde strecket,
Erwarten uns schon lange Zeit.

15   Hier laß uns, Freund! bey Wein und Liedern liegen:
Wie süß ist, von Lyäen glühn!
Auf! hohl' ihn her! Ihm folge das Vergnügen,
Und eitle Sorge müsse fliehn.

Denn tiefe Nacht deckt vor uns her die Tage,
20   Die ieder noch durchwandern wird.
Ich schleiche fort, bereit zu Lust und Plage,
Gleich einem, der im Nebel irrt.

Wie Schritt vor Schritt die schwarze Wolke fliehet,
Entdeckt sich ihm bald öder Sand,
25 Der, unerfrischt von kalten Quellen, glühet
Und Felsen und unwirthbar Land.

Bald aber wird sein frohes Lied erschallen,
Wann, nach so viel Beschwerlichkeit,
Am kühlen Bach, ein Wald voll Nachtigallen
30 Ihm angenehme Schatten beut.

Die Weinlese.

Willkommen, Weinles, unsre Freude!
Sey ewig unser grosses Fest!
Wir jauchzen nach so langem Leide,
5 Weil Bacchus uns nicht gar verläst!
Du schenkst uns nun das Mark der Reben,
Den Greis und Jüngling zu erfreun.
Ja, ja! nun mag ich wieder leben:
Denn was ist Leben ohne Wein?

10 Der Erdkreis drohte zu vergehen:
Denn, ach! die Rebe stund betrübt.
Nun fließt ihr Necktar auf den Höhen,
Der allem neues Leben giebt.
Erfrorne Dichter, singt nun wieder!
15 Will keine Muse günstig seyn?
Lyäus lehret beßre Lieder:
Nichts macht so sinnreich, als der Wein.

Verschmachtend warf die matte Liebe
Den schlaffen Bogen in den Sand.
20 O Schade, wann sie frostig bliebe!
Du, Bacchus! giebst ihr neuen Brand.
Du hilfst ihr deine Freunde krönen:
Beqvem ist, deren Gattin seyn:
Sie küssen immer treue Schönen;
25 So überredend ist ihr Wein!

Ismenen qvält ein träger Gatte,
Der lange Nächte schlafen kann.
Weil Amor nicht geholfen hatte,
So ruft sie Vater Bacchum an.
30 Der Alte zecht, wird los und herzet,

Und schläft erst spät und küssend ein.
Daß der mit halber Jugend scherzet;
O Wunder! thut es nicht der Wein?

35 Ja, Wein kann alles möglich machen:
Dir, Wein, sey dieser Tag geweiht!
Es herrsche Scherz, Gesang und Lachen;
Man zech' aus frommer Dankbarkeit.
Was fehlt? Ihr Freunde, nur noch eines:
Den frohen Amor ladet ein.
40 Denn Amor ist ein Freund des Weines,
Und ohne Küsse schmeckt kein Wein.

NIKOLAUS DIETRICH GISEKE*

Schreiben an Herrn K***k.

Freund, fordre nicht von mir ein Thränenvolles Lied,
Das, nur von uns gehört, das Ohr der Grossen flieht,
5 Um das Panegyristen lärmen.
Was säng ich dir so gern, als meinen ewgen Schmerz,
Der deinem Schmerzen gleicht, und mein zerrißnes Herz,
In dem sich Lieb und Freundschaft härmen?
Doch klagend klimmt man itzt nicht den Parnaß hinan.
10 Mein Freund, der ist allein den Schmeichlern unterthan,
Und hört kein Lied von Freundschaft an.

Singst du denn darum nur, damit dich niemand hört,
Wo bleibt dein Ruhm, wenn ihn kein Hof mit Beyfall ehrt,
Und dich kein Junker um sich leidet?
15 Den Flaccus hört August, auch eh er ihn noch pries,
Und jeder, dem sein Lob die Ewigkeit verhieß,
Ward von des Kaysers Stolz beneidet.
Er zittert, wenn das Lob des Hofes ihn betäubt,
Und glaubt nicht, daß der Ruf von seinen Thaten bleibt,
20 Wofern Horaz nicht an ihn schreibt.

Es fehlt auch unsrer Zeit kein Herrscher, wie August.
Doch, Freund, die finden nur in großen Thaten Lust,
Und werden nie dein Lob begehren.
Von ihrem Thron, um den geübte Kenner stehn,

---

2 *Klopstock.*   5 Panegyristen *Lobredner.*

25 Wird nie ihr Aug herab auf unsre Schlegel sehn,
Und wenn sie mehr, als Flaccus, wären.
Sie singen; keiner hörts, und fragt, wer ist denn der?
August hätt es gefragt; doch so gemein, wie er,
Macht sich bey uns kein Sekretär.

30 Vergiß denn deine Kunst, lern den Geschmack der Welt,
Der nicht dein eigner ist, und singe, was gefällt;
Gefallen aber Meßiaden?
Versuch ein lehrreich Lob, das man errathen kann,
Fang, eh du dich geübt, bey reichen Bürgern an,
35 Und wage dich zuletzt an Gnaden.
Dein ehrerbietigs Lob wird nicht ihr Stolz verschmähn.
So strenge sind sie nicht! Und wenn sie dich verstehn,
So fehlt gewiß dir kein Mäcen.

Dann zweifelst du nicht mehr, ob man Geschmack besitzt.
40 Von manches Kenners Huld belehrt und unterstützt,
Wirst du wohl gar an Höfen wohnen.
Was du dann singst, ist nur ein Fest, ein Carnevall,
Bald eine blutge Jagd, bald ein vermummter Ball,
Und bald Illuminationen.
45 Bleibt dein bewundert Lied auch C** unbekannt,
Und wirft es G** gleich verächtlich aus der Hand;
Bey Hofe hast du doch Verstand!

NIKOLAUS DIETRICH GISEKE [?]

Ode an Phyllis.

Nun, Phyllis, weiß ich mein Geschicke,
Das ich zu wissen oft begehrt.
5 Ich sehs in iedem deiner Blicke,
Mein Herz ist dir nicht liebens werth;
Doch darfst du mich nicht einmal hören?
Ist es ein Schimpf, geliebt zu seyn?
Ich will dich nicht dein Unrecht lehren,
10 Dein eigen Herz spricht dazu Nein!

---

25 *Joh. Adolf und Joh. Elias* Schlegel *(vgl. Quellenverzeichnis).* 32 Meßiaden
Messias-Epen wie das Klopstocks. 45 f. *vermutlich Cramer und Gärtner.*

Von meiner Neigung hintergangen,
Hofft ich vielleicht zu viel von dir.
Bestrafe mein zu kühn Verlangen,
Dich selbst, dich, Phyllis, wünscht ich mir.
15 Ich habe mich vielleicht vergessen:
Ich sehs; allein, ich liebte dich.
Ein Herz, das liebt, ist stets vermessen,
Kein Herz, das liebt, verachtet sich.

Und wer liebt mehr, als ich dich liebe?
20 Selbst C*** liebet kaum so sehr.
Dieß sind nur noch die ersten Triebe;
Sie wachsen noch, und täglich mehr.
Selbst dann werd ich dich lieben müssen,
Wenn auch dein Herz mich hassen kann.
25 Doch laß mich nur mein Schicksal wissen,
Und höre mich zuvor nur an.

Du darfst mir deinen Zorn nur zeigen,
Um dich von mir ganz zu befreyn.
Ich will auf ewig vor dir schweigen;
30 Denn ich mag nicht gefürchtet seyn.
Die Hoffnung selbst ist mir nur Plage,
Der noch ein Zweifel widerspricht.
Bleib lieber kalt bey meiner Klage,
Nur, meine Phyllis, flieh mich nicht.

FRIEDRICH GOTTLIEB KLOPSTOCK*

Ode an Daphnen.

Wenn ich einst todt bin, wenn mein Gebein, wie Staub,
Lange zerstreut ist, wenn du, mein Auge, nun
5   Über das Schicksal meines Lebens
    Ausgeweint hast, und gebrochen zufällst,

Und stillanbetend nach dem Olympus hin
Nicht mehr hinaufblickst, wenn mein ersungner Ruhm,
   Die Frucht von meinen jungen Thränen,
10   Und von der Liebe zu dir, Messias,

---

2 *Später:* An Fanny.

Entweder aus ist, oder von wenigen
In jene Welt hinübergerettet wird;
    Wenn du alsdann, o meine Daphne,
      Lang auch schon todt bist, wenn deiner Augen

15   Stillheitres Lächeln, und ihr beredter Geist
Nun ausgelöscht ist, wenn du, unangemerkt
    Dem Pöbel, deines ganzen Lebens
      Edlere Thaten nunmehr gethan hast,

Werther des Nachruhms, als ein unsterblich Lied,
20   Ach wenn du dann auch einen Glückseeligern,
    Als mich, geliebt hast, laß den Stolz mir!
      Einen Glückseeligern, doch nicht Edlern:

Dann wird ein Tag seyn, den werd ich auferstehn!
Dann wird ein Tag seyn, den wirst du auferstehn!
25   Dann trennt kein Schicksal mehr die Seelen,
      Die du einander, Natur, bestimmtest!

Dann wägt, die Wage des Gerichts in der Hand,
Gott Glück und Tugend gegen einander gleich!
    Was in der Dinge Lauf itzt misklingt,
30   Tönt dann in ewigen Harmonien!

Wenn du dann da stehst, jugendlich auferweckt,
Dann eil ich zu dir! warte nicht, bis mich erst
    Ein Seraph bey der Rechten fasse,
      Und mich, Unsterbliche, zu dir führe.

35   Dann soll dein Bruder, von mir getreu umarmt,
Mit zu dir eilen, dann will ich thränenvoll,
    Voll süsser Thränen jenes Lebens,
      Neben dir stehn, dich mit Nahmen nennen,

Und dich umarmen! Ach dann, o Ewigkeit!
40   Bist du ganz unser! Kommt, unbesingbare,
    Kommt, unaussprechlichsüsse Freuden!
      So unaussprechlich, als itzt mein Schmerz ist!

Fließt unterdessen, fließt, melancholische
Stunden, vorüber! Keine von Thränen leer!
45   Keine der bangen schwermuthsvollen
      Zärtlichkeit leer! Und umwölkt, und dunckel!

Ode an den Herrn E**t.

E**t, mich scheucht ein trüber Gedanke vom blinkenden Weine
 Tief in die Melancholey!
Ach vergebens redst du, vor dem gewaltiges Kelchglas,
5 Heitre Gedanken mir zu!
Ich muß weggehn, und weinen! Vielleicht, daß die lindernde
 Zähre

 Meine Betrübniß verweint.
Lindernde Thränen, euch gab die Natur dem menschlichen
 Elend

 Weis, als Gesellinnen, zu.
10 Wäret ihr nicht, und könnten die Menschen ihr Unglück nicht
 weinen;

 Ach wie ertrügen sies da!
Ich muß weggehn, und weinen! Mein melancholischer Gedanke
 Bebt noch gewaltig in mir!
E**t, wenn sie einst alle dahin sind, wenn unsere Freunde
15 Alle der Erde Schooß deckt:
Und wir wären, zween Einsame, dann von allen noch übrig!
 E**t, verstummst du nicht hier?
Sieht dein Auge nicht bang, und starr, und seelenlos, um sich?
 Ach, so erstarb auch mein Blick!
20 So erbebt ich, als mich von allen Gedanken der bängste
 Donnernd das erstemal traf!
Ja, wie einen reisenden Mann, der, der Gattinn zueilend
 Und dem gutartigen Sohn,
Und der gefälligen Tochter, nach ihrer Umarmung schon
 hinweint,

25 Wie du den, Donner, ergreifst,
Tödtend ihn fassest, und seine Gebeine zu fallendem Staub
 machst,

 Dann triumphirend und hoch
Wieder den trüben Olympus durchwandelst: So trafst du,
 Gedanke,

 Meinen erschütterten Geist,
30 Daß mein Auge sich dunkel verlohr, daß mein bebendes
 Knie mir

 Marklos und ohnmachtsvoll sank.
Um die Mitternachtszeit gieng das Bild vom Grabe der Freunde
 Meine Seele vorbey.

---

1 *Später:* An Ebert.

Um die Mitternachtszeit sah ich die Ewigkeit vor mir,
35   Und die unsterbliche Schaar.
Wenn des zärtlichen G*** Auge mir nun nicht mehr lächelt!
    Wenn, von der R*** fern,
Unser redlicher C** verwest! Wenn G**, wenn R**
    Nicht mehr, wie Sokrates, spricht!
40 Wenn des edelmüthigen G** harmonisches Leben
    Keinen Laut nicht mehr singt!
Wenn vom Grabmal empor der freye gesellige R**
    Frankreichs Gesellschafter sucht!
Wenn uns O** verläßt, und dir, empfindende Sch**
45   Folgt, oder vor dir entflieht!
Wenn der erfindende Sch** aus einer längern Verbannung
    Keinem Freunde mehr schreibt!
Ach wenn in meines geliebtesten Sch** Umarmung mein Auge
50   Nicht mehr vor Zärtlichkeit weint!
Wenn sich unser Vater entfernt, wenn Hagedorn todt ist:
    E**t, was sind wir alsdann,
Wir verlassenen Beyde! Läßt uns ein trüberes Schicksal
    Länger, als alle sie, hier?
55 Stirbt denn auch einer von uns, (Mich reißt mein banger
                               Gedanke
    Immer nachtvoller fort!)
Stirbt denn auch einer von uns, und bleibt nur einer noch übrig;
    Bin ich der einsame denn;
Hat mich alsdenn auch die schon geliebt, die künftig mich
                              liebet,
60   Ruht auch ihr zartes Gebein;
Bin ich allein, allein auf der Welt, von allen noch übrig:
    Wirst du da, ewiger Geist,
Wirst du, Seele zur Freundschaft erschaffen, die leeren Tage
    Sehen, und fühlend noch seyn?
65 Oder wirst du betäubt für Nächte sie halten, und schlummern,
    Und gedankenlos ruhn?
Aber wenn du bisweilen erwachtest, dein Elend zu fühlen,
    Banger unsterblicher Geist!
Rufe, wenn du erwachst, das Bild vom Grabe der Freunde,
70   Das nur rufe zurück!
Einsame Gräber der Todten, ihr Gräber meiner Entschlafenen!
    Warum liegt ihr zerstreut?

---

36 *im folgenden abgekürzt: Giseke, Radikin, Cramer, Gärtner, Rabener, Gellert, Rothe,*
Olde, Schelinn, Schlegel, Schmidt.

Warum lieget ihr nicht in blühenden Thälern beysammen?
　　Oder in Hainen vereint?
75 Sammelt euch, Gräber, um mich; ich will mit bebendem Fuße
　　Gehn, und auf jegliches Grab
Einen Cypressenbaum pflanzen, die noch nicht schattenden Bäume
　　Thränend um mich erziehn;
Oft in der Nacht auf biegsamen Wipfeln die himmlische Bildung
80　　Meiner Unsterblichen sehn;
Zitternd mein Haupt gen Himmel erheben, und weinen, und
　　　　　　　　　　　　　　　　　　sterben!
　　Enkel, grabet mich dann,
Neben meinen Entschlafenen ein! Dann nimm, o Verwesung,
　　Meine Thränen und mich!
85 Finstrer Gedanke, laß ab! laß ab, in die Seele zu donnern!
　　Wie die Ewigkeit, ernst!
Furchtbar, wie das Gericht! Laß ab! Die verstummende Seele
　　Faßt dich, Gedanke, nicht mehr!

Ode auf die G. und H. Verbindung.

　　Unberufen zum Scherz, welcher im Liede lacht,
　　Nicht gewöhnet zu sehn tanzende Gratien,
　　　　Wollt ich Lieder, wie Schmidt singt,
5　　　　　Lieder singen, wie Hagedorn:

　　Schon griff, zärtliche Braut, meine verlohrne Hand
　　Nach Anakreons Spiel, schon lief ein Silberton
　　　　Durch die Leyer herunter,
　　　　　Vom hinfliegenden blonden Haar;

10　　Von dem Kuß, den man raubt, und ihn nur flüchtig fühlt,
　　Von der süsseren Lust eines gegebenen;
　　　　Von dem frohen Gelispel
　　　　　Unter Freunden und Freundinnen,

　　Wenn die schnellre Musik in die Versammlung sich
15　　Ungestümer ergießt, wenn der Tanz Flügel hat,
　　　　Und das wildere Mädchen
　　　　　Feuervoller vorüber rauscht;

---

1 *Gutbier und Hagenrud'sche. Später:* Die Braut.　　4 *Klopstocks Vetter Joh. Christoph* Schmidt.

Von der bebenden Brust, welche sich sanft empört,
Nicht gesehen seyn will, und doch gesehen wird:
  Und von allem, was sonst noch
   Durch die Lieder zur Freude lockt.

Aber mit Blicken voll Ernst winket Urania,
Meine Muse, mir zu, gleich der unsterblichen
  Brittisch denkenden Singer,
   Oder, göttliche Fanny, dir!

Singe, sprach sie zu mir, was die Natur dich lehrt!
Scherz und Lieder hat dich nicht die Natur gelehrt!
  Aber Freundschaft und Tugend
   Sollten deine Gesänge seyn!

Also sprach sie, und flog nach dem Olympus zu.
Aber darf auch ihr Ernst, bey dem Geräusch der Lust,
  Bey den blühenden Mienen,
   Leis und furchtsam vorüber gehn?

Ja, Du hörest mich, Braut, und dein gesetzter Geist
Mischt zur Freude den Ernst, und fühlt die Freude mehr!
  Du verkennest das Lächeln
   In dem Antlitz der Tugend nicht!

Wenn die Lippe nicht mehr, nicht mehr die Wange blüht,
Wenn der sterbende Blick sich in die Nacht verliert,
  Wenn wir unsrer Verlangen
   Thorheit weis und verachtend sehn;

Wenn, wo sonst uns der Lenz auch zu den Blumen rief,
Wenn, bey unserem Grab, Enkel und Enkelinn
  Uns vergessend sich lieben:
   Dann ist, Freundinn, die Tugend noch!

Jene Tugend, die Du kennst und bescheiden übst,
Die Den, welchen Du liebst, neben Dir glücklich macht,
  Die dem Auge der Eltern
   Heimlich Thränen der Freud entlockt.

---

22 Urania *Name der ‚himmlischen‘ Aphrodite, der Göttin edler Liebe und Name der Muse der Astronomie.*   24 Singer   *Mädchenname der engl. Dichterin* Elisabeth Rowe *(1674–1737).*   25 Fanny   *Klopstocks Kusine* Marie Sophie Schmidt.

Kriegslied, zur Nachahmung des alten Liedes
von der Chevy-Chase-Jagd[a]).

Die Schlacht geht an! Der Feind ist da!
    Wohlauf zum Sieg ins Feld!
5 Es führet uns der beste Mann
    Im ganzen Vaterland.

Es braust das königliche Roß,
    Und trägt ihn hoch daher.
Heil, Friedrich! Heil dir, Held und Mann
10   Im eisernen Gefild!

Sein Antlitz glüht vor Ehrbegier,
    Und herrscht den Sieg herbey!
Schon ist an seiner Königsbrust
    Der Stern mit Blut bespritzt.

15 Streu furchtbar Stralen um dich her,
    Stern an des Königs Brust;
Daß alles tödtliche Geschoß
    Den Weg vorüber geh.

Der du im Himmel donnernd gehst,
20   Der Schlachten Gott und Herr!
Leg deinen Donner! Friedrich schlägt
    Die Schaaren vor sich hin.

Willkommen, Tod fürs Vaterland!
    Wann unser sinkend Haupt
25 Schön Blut bedeckt; dann sterben wir
    Mit Ruhm fürs Vaterland.

Wenn vor uns wird ein offnes Feld,
    Und wir nur Todte sehn
Weit um uns her; dann siegen wir
30   Mit Ruhm fürs Vaterland.

Dann treten wir mit hohem Schritt
    Auf Leichnamen daher!
Dann jauchzen wir im Siegsgeschrey!
    Das geht durch Mark und Bein!

35 Uns preist mit frohem Ungestüm
    Der Bräutgam und die Braut;
Er sieht die hohen Fahnen wehn,
    Und drückt ihr sanft die Hand,

---

1 *Später:* Heinrich der Vogler.   9 Friedrich *der Große.*

Und spricht zu ihr: Da kommen sie,
40   Die Kriegesgötter her!
Sie stritten in der finstern Schlacht
Auch für uns beide mit.

Uns preist von Freudenthränen voll,
Die Mutter und ihr Kind.
45 Sie drückt den Knaben an ihr Herz,
Und sieht dem König nach.

Uns folgt ein Ruhm, der ewig bleibt,
Wenn wir gestorben sind!
Gestorben für das Vaterland
50   Den ehrenvollen Tod!

a) Dieses Lied wird den Lesern bereits aus dem Zuschauer bekannt seyn, der
im siebenzigsten Stücke des ersten Theils die natürlichen Schönheiten desselben
aus einander setzt. Sie wieder daran zu erinnern, wollen wir ein Paar Strophen
hersetzen.

Die Zeitung kam nach Edenburg,
    Wo Schottlands König herrschte:
Der tapfre Feldherr Douglas sey
    Durch einen Pfeil gesunken.

O harte Post! war Jacobs Wort;
    Ganz Schottland sey mein Zeuge,
Ich habe keinen Hauptmann mehr,
    Der ihm an Ansehn gleichet.

1750

Johann Adolf Schlegel [?]*

Neid über die Weste.

Weste, soll ich euch beneiden:
So buhlt nicht bloß um Narcissen;
5 So verlaßt geküßte Rosen,
Und buhlt um Selindens Wangen,
Um den Hals, und um die Lippen.

---

zu a) Zuschauer *die englische Wochenschrift* The Spectator *(1711/12 von Addison und
Steele), auch ins Deutsche übersetzt.*
2 *Westwinde.*

Wenn der weisse Hals euch blendet:
So blinzt zu, und küßt ihn dennoch.
10   Und wollt ihr von euern Scherzen
Ja auf jungen Blumen ausruhn:
Nun, so ruhet auf dem Strause,
Der Selindens Busen schmücket.
Weste, wenn ihr dann im Ausruhn
15   Lüstern durch die Blumen gucket:
O wie werd ich euch beneiden:
O wie sehnlich werd ich seufzen;
Wer doch auch zum Weste würde!

FRIEDRICH VON HAGEDORN

Der grüne Esel.

Es schöpft ein Fabulist aus alten Wunderzeiten,
Giebt, lenkt und hemmt Erdichtungen den Lauf.
5   Erzehler halten sich bey neuern Seltenheiten,
So gar, wie Wolgemuth,[a]) beym grünen Esel, auf.
Aesopus selbst lehrt oft aus Kleinigkeiten.
Es wollte sich ein nicht zu junges Weib,
Von weisen, neun und vierzig Jahren,
10   Aus innerem Beruf zum holden Zeitvertreib,
Mit einem frischen Stutzer paaren
Und ihrer Nachbarinn, die ungemein erfahren
Und klug war, wie Ulyß,[b]) den Vorsatz offenbaren.
Sagt, spricht sie, sagt mir doch: gefällt Leander euch?
15   Ist er nicht meinem Mann, dem selgen Manne, gleich,
Nur freundlicher als er? Einander zu erbauen,
Soll uns der Oberpfarrherr trauen:
Doch, wenn wir uns, aus keuscher Liebe, freyn,
Werd ich, sagt, werd ich nicht ein rechtes Mährchen seyn?

a) Huldericus Wolgemuth, im newen und vollkommenen Esopus, F. 271.
nach der achtzigsten Fabel des Abstemius. Diese Erzehlung findet sich auch,
obwohl mit andern Umständen, in den schönen Fabeln und Erzehlungen des
Herrn Gellert, die jederzeit den Beyfall aller Kenner verdienen und erhalten
werden.   b) Caligula nannte die Livia, des Augustus Gemahlinn, wegen
ihrer Verschlagenheit, Ulyssem stolatum. S. den Sueton, im Calig. C. 23.

zu a) Gellert   *vgl. S. 206 dieser Sammlung.*   zu b) Ulysses stolatus   *mit einem
Frauenkleid angetaner Odysseus.*

20   Romanenschreiber, Liederdichter
Und die gemeinern Splitterrichter,
Und ach! die Weiber selbst, die Weiber muß ich scheun.
Freyt! lehrt die Nachbarinn. Laßt jeden schreiben, sagen,
Ja singen, wenn er singen kann.
25   Es sey ein Mährchen von acht Tagen!
Am neunten hebt gewiß sich schon ein neues an.
Das soll mein Esel demonstriren.
Den färb ich euch so grün, als meinen Papagey.
Dann soll er durch die Stadt spatzieren,
30   Damit er allen sichtbar sey,
Und alle wird das grosse Wunder rühren.
Das träge Thier wird auf den Markt gebracht,
Der Pöbel läuft herzu, bewundert, gafft und lacht.
Wie? ruft man. Können Esel grünen?
35   Das hätt ich nimmermehr gedacht. . . .
O kommt doch, seht! . . . Sollt aber diese Tracht
Nicht mehr für edle Pferde dienen?
Doch alles ist recht schön, wie die Natur es macht. . . .
Was? die Natur? Es ist ein Werk der Kunst. . . .
40   Der Kunst? o nein, Gevatter, nein, mit Gunst!
Er ist das, was er ist, und kömmt uns aus dem Lande
Der grünen Esel her. Ich weiß nicht, wie es heißt;
Doch, wenn er mir das Gegentheil beweist,
So gleicht im Kirchspiel ihm kein Doctor an Verstande. . . .
45   Der Herr hat Recht; so sprach ein Bader, der gereist
Und ein Gelehrter war. Ich habe, wider Hoffen,
In Capo Verde, selbst dergleichen angetroffen.
Als Füllen sind sie gelb und blau,
Hernachmals grün. Ich kenne sie genau.
50   Dort hielt ich anfangs auch den Mund erstaunend offen;
Allein weit mehr, als ich in Chymia
Gar einen grünen Löwen sah.
Ach! seufzt ein Weib, das gerne prophezeyte,
Das Unglücksthier! beschaut es nur, ihr Leute!
55   Mir hat, vor kurzer Zeit, von grünem Vieh geträumt,
Und, leider! dieser Traum war gar nicht ungereimt,
Denn, seht! er ist erfüllt. Ein Unglück droht den Ländern,
Wo Thiere so die Farben ändern.
Nicht wahr? Hier liessen sich schneeweisse Mäuse sehn,

---

47 Capo Verde   *Kap Verde, Wortspiel mit* verde *grün.*   51 Chymia   *wohl erfundener Name.*

60   Wir sahen bald hernach die besten Kühe schwinden.
    Seitdem sich um Paris die Purpurkatzen c) finden,
    Soll auch die Falschheit dort recht sehr im Schwange gehn:
    Kein Wunder, daß daher Haß, Krieg und Mord entstehn.

    Sechs Tage zeigt er sich den Haupt- und Nebengassen,
65   Und kein Rhinoceros reizt mehr die Neubegier.
    Bald aber wird auch er so aus der Acht gelassen,
    Als das gemeinste Müllerthier.

c) Chats des Chartreux.

UNBEKANNTER VERFASSER

Arie.

1. Ich liebte nur Ismenen,
Ismene liebte mich.
5   Mit unverfälschten Thränen
Getreu verließ ich dich.
Noch fühl' ich gleiche Triebe,
Nur du fliehst mein Gesicht.
Beweg ihr Herz, o Liebe,
10   Nur straf Ismenen nicht!

2. Wie oft hast du geschworen,
Du liebtest mich allein,
Sonst sollt' dein Witz verloren,
Dein Anblick schrecklich sein.
15   Aus Liebe zu Narcissen
Vergisst du Schwur und Pflicht.
O rühre sie, Gewissen,
Nur straf Ismenen nicht!

3. Dort unter jener Buchen
20   Gabst du mir Blum' und Band.
Dort kamst du mich zu suchen,
Hier gabst du mir die Hand.
Dort gabst du mit Erröthen
Den Ring. Der Untreu bricht –
25   Gedanken, die mich tödten,
Straft nur Ismenen nicht!

4. Du grubst in diese Linde
Mit eignen Händen ein:
Wer untreu wird, der finde
30   Hier seinen Leichenstein.
Schont Götter, schont Ismenen,
Die selbst ihr Urtheil spricht!
Mein Grab soll euch versöhnen,
Nur straft Ismenen nicht!   *[1855]*

FRIEDRICH GOTTLIEB KLOPSTOCK

Zweyte Ode
von der Fahrt auf der Zürcher See.

Schön ist, Mutter Natur, deiner Erfindung Pracht,
5   Auf die Fluhren verstreut; schöner ein froh Gesichte
    Das den großen Gedanken
      Deiner Schöpfung noch einmahl denkt.

Von der schimmernden See weinvollen Ufer her,
Oder, flohest du schon wieder zum Himmel auf,
10   Komm im röthenden Strale,
      Auf den Flügeln der Abendluft;

Komm, und lehre mein Lied jugendlich heiter seyn,
Süße Freude, wie du! gleich dem aufwallenden
    Vollen Jauchzen des Jüngelings!
15   Sanft, der fühlenden Sch - - inn gleich.

Schon lag hinter uns weit Uto, an dessen Fuß
Zürch in ruhigem Thal freye Bewohner nährt;
    Schon war manches Gebirge
      Voll von Reben vorbey geflohn;

20   Jetzt entwölkte sich fern silberner Alpen Höh;
Und der Jünglinge Herz schlug schon empfindender;
    Schon verrieth es beredter
      Sich der schönen Begleiterinn.

---

2 *Vorausgeht die Ode* An Bodmer; *später:* Der Zürchersee.   15 *Schmidtin, s.*
Anm. 25 S. 237.

Hallers Doris sang uns selber des Liedes Werth
25   Hirzels Daphne, den Kleist zärtlich, wie Gleimen, liebt;
      Und wir Jünglinge sangen
      Und empfanden wie Hagedorn.

Jetzt empfing uns die Au in die beschattenden
Kühlen Arme des Walds, welcher die Insel krönt:
30   Da, da kamst du, o Freude!
      Ganz in vollem Maaß über uns

Göttinn Freude! du selbst! dich, dich empfanden wir!
Ja du warest es selbst, Schwester der Menschlichkeit,
      Deiner Unschuld Gespielinn,
35   Die sich über uns ganz ergoß!

Süß ist, frölicher Lenz, deiner Begeisterung Hauch,
Wenn die Flur dir gebiert, wenn sich dein Odem sanft
      In der Jünglinge Seufzer,
      Und ins Herze der Mädchen gießt.

40   Durch dich wird das Gefühl jauchzender, durch dich steigt
Jede blühende Brust schöner und bebender,
      Durch dich reden die Lippen
      Der verstummenden Liebe laut!

Lieblich winket der Wein, wenn er Empfindungen,
45   Wenn er sanftere Lust, wenn er Gedanken winkt,
      Im sokratischen Becher,
      Von der thauenden Ros umkränzt;

Wenn er an das Herz dringt, und zu Entschließungen,
Die der Säufer verkennt, jeden Gedanken weckt,
50   Wenn er lehrt verachten,
      Was des Weisen nicht würdig ist.·

Reizend klinget des Ruhms lockender Silberthon,
In das schlagende Herz, und die Unsterblichkeit,
      Ist ein großer Gedanke,
55   Ist des Schweißes der Edlen werth.

Durch der Lieder Gewalt bey der Urenkelinn
Sohn und Tochter noch seyn; mit der Entzückung Thon,
      Oft beym Namen genennet,
      Oft gerufen vom Grabe her;

---

24 *vgl. S. 123 dieser Sammlung.*   25 Hirzel *s. Anm. 57 S. 213.*

60 Da ihr sanfteres Herz bilden, und, Liebe, dich,
Fromme Tugend, dich auch genießen ins sanfte Herz,
     Ist, beym Himmel! nicht wenig!
          Ist des Schweißes der Edlen werth.

Aber süßer ists noch, schöner, und reizender,
65 In dem Arme des Freunds wissen, ein Freund zu seyn!
     So das Leben genießen,
          Nicht unwürdig der Ewigkeit!

Treuer Zärtlichkeit voll in den Umschattungen,
In den Lüften des Walds, und mit gesenkten Blick,
70   Auf die silbernen Wellen,
          That mein Herz den frommen Wunsch:

Möchtet ihr auch hier seyn, die ihr mich ferne liebt,
In des Vaterlands Schoos einsam von mir verstreut,
     Die in seligen Stunden
75   Meine suchende Seele fand.

O! so wollten wir hier Hütten der Freundschaft baun,
Ewig wohnten wir hier, ewig! wir nennten dann
     Jenen Schatten-Wald, Tempe,
          Diese Thäler, Elysium.   *[1751]*

FRIEDRICH CARL CASIMIR VON CREUZ*

Abendgedanken.

Die Hälfte meiner kurzen Tage
Verschläft mein Geist, verträumt die Fantasie,
5 Und, ungleich eingetheilt in mindre Lust als Plage,
Verschwinden sie.

Wie lang seh ich den Trunkenheiten
Von Wahn und Glük berauschter Höfe zu?
Wann werden sich auf mich einst deine Schwingen breiten
10 O güldne Ruh?

Heut nimmt der jugendlichen Scherze
Zufriednes Chor mich singend in den Reihn,
Der Morgen kömmt, und mein mit ihm erwachend Herze
Fühlt Reu und Pein.

15   Das künftige bleibt uns verborgen;
Der Wechsel nur ist Sterblichen bewust.
Oft unterbricht der Tod die Träume unsrer Sorgen,
Oft unsrer Lust.

Teuscht, Dunkelheiten, meinen Kummer,
20   Teuscht meinen Geist, der, ihn zu nähren, wacht!
Umschattet mich! und du, komm tröstend, sanfter Schlummer,
Thauender Nacht!

An den Schlaf.

Die Vögel ruhn auf selbst gewählten Bäumen,
Und Sicherheit dekt ihre Nester zu;
Die Ehrsucht schläft, und Geiz und Lüste träumen:
5   Und mich allein; mich fliehst du noch o Ruh?

Die Träume fliehn; die Sterne gehen unter:
Ich seh sie fliehn? ich seh sie untergehn?
Und meinen Gram soll selbst die Nacht noch munter,
Und ihn soll noch Aurore wachen sehn?

10   Doch nein; du wachst, o Aug, dem nichts verborgen,
Du wachst für mich, daß ich sanft ruhen kan:
Stört, Stürme, nicht den Schlummer meiner Sorgen!
Brich, holder Tag, eh sie erwachen, an!

1751

Johann von Loen

Die Kirchen-Gebräuche.

Ein frommer Priester auf dem Land,
War, weil er sich des Grund-Texts nicht beflissen,
5   Auf ein sehr armes Dorf verwiesen.
Er lebte schlecht und unbekant,
Und muste, leider, sich bequemen,
Mit wenig Sold vorlieb zu nehmen.

Die Kirchen-Gebräuche 4 *ohne Hebräisch- und Griechischkenntnisse.*

Einst, da ich zu ihm kam, beklagt er sich gar sehr,
10 Daß lang in seinem Dorf kein Kind erschienen wär;
Auch sey in sieben Jahrenfrist,
Ihm einmal nur das Glück gelungen,
Daß man in seiner Kirch, den Morgenstern gesungen.[a])
Zwey Gulden brächte ihm die Leichenpredigt ein;
15 Wenn nun kein Sterben würde sein:
So wär der Sold doch gar zu schlecht.
So gern er auch zu GOttes Ehren,
Hier seine Redekunst lies hören.
Der arme Mann hat recht,
20 Er ist des Altars Knecht;
Und hat sonst nichts zu heben;
Von Tauf, und Beicht, und Sterben muß er leben;
So ist es einmal eingericht;
Ist dieses Christi Kirch? Diß glaub ich nicht.
25 Das Kind in Mutterleib muß schon die Vorbit kaufen:
So bald sich die Geburt nur meldt;
So bringt die Taufe Geld.
Die Jugend siehet man zum Pfarrherrn laufen.
Wenn er sie confirmirt,
30 Zahlt man, wie sichs gebührt,
Den Meynungs-Cram, davon sie nichts verstehet.
Wenn man darauf zum Tisch des HErren gehet:
So macht das Geld für Ablas, nach der Beicht,
Sünd und Gewissen leicht.
35 Man freyt; doch gilt der Ehstand nicht,
Wenn nicht der Priester erst den Segen drüber spricht;
Diß trägt ihm ein. Schreckt Kranckheit oder Todt;
So hilft der Priester auch mit Beten aus der Noth;
Doch nichts umsonst. Man scharrt die Todten ein,
40 Und lobet sie zulezt, das muß bezahlet sein.
Man hat den Ablas abgeschaft:
Wie, daß man noch an solchen Dingen haft?
Fürwahr, ich kan hier nicht den frommen Tadel lassen;
Und solte man mich drüber hassen.
45 Ich sag und wiederhol es frey,
Daß hier nicht Christi Kirche sey.
Die Früchte sind allein des Geistes Gaben,
Was Wunder, daß wir sie verloren haben?

a) Ist das bekante Kirchen-Lied: *Wie schön leucht uns der Morgenstern.* Welches
man an einigen Orten bey denen Trauungs-Ceremonien zu singen pfleget.

CHRISTIAN FÜRCHTEGOTT GELLERT

›Erzählung.‹

Ein junger Mensch, der, wenn er Briefe schrieb,
Die Sachen kunstreich übertrieb,
5   Und wenig gern mit stolzen Formeln sagte,
Las einem klugen Mann ein Trauerschreiben vor,
Darinn er einen Freund beklagte,
Der seine Frau durch frühen Tod verlohr,
Und ihm mit vielem Schulwitz sagte,
10 Daß nichts gewisser wär, als daß er ihn beklagte.

Ihr Brief, fiel ihm der Kenner ein,
Scheint mir zu schwer und zu studirt zu seyn.
Was haben Sie denn sagen wollen?
„Daß mich der Fall des guten Freunds betrübt;
15 „Daß er ein Weib verlohr, die er mit Recht geliebt,
„Und meinem Wunsche nach stets hätte haben sollen;
„Daß ich, von Lieb und Mitleid voll,
„Nicht weis, wie ich ihn trösten soll.
„Dieß ungefähr, dieß hab ich sagen wollen.

20 Mein Herr, fiel ihm der Kenner wieder ein,
Warum sind Sie sich denn durch Ihre Kunst zuwider?
O schreiben Sie doch nur, was Sie mir sagten, nieder:
So wird Ihr Brief natürlich seyn.   [1758]

ABRAHAM GOTTHELF KÄSTNER*

Anakreontische Ode.

Ich kann kein *Haller* werden
Und in erhabnen Liedern
5   Von hoher Weisheit singen:
Ich kann nicht, muntres Scherzen
Mit Wissenschaft zu zieren,
Nach *Hagedorns* Exempel,
Viel lesen und viel denken;
10 Ich kann mit *Schlegels* Fleisse,
Mit *Schlegels* großem Geiste

ANAKREONTISCHE ODE 1 *unterzeichnet:* Antipompiel 10 *Joh. Elias* Schlegel.

Kein Trauerspiel erfinden,
Ich kann nicht Fabeln machen,
Wie *Gellert* zärtlich fühlen,
Wie *Gellert* edel denken;
Ich kann nicht, kühn wie *Klopstock*
In prächtgen Hexametern
Die Schönen ernsten Tiefsinn,
Die Stutzer Andacht lehren.

Viel minder wie die Zyrcher
Patriarchaden schaffen;
Auch kann ich nicht wie *Lessing*
Von Thieren, Pflanzen, Steinen,
Von Türken und Gespenstern,
Selbst Weisen zum Ergötzen,
Sind sie nur keine Alten,
Sind sie nur keine Türken,
Sind sie nur keine Steine,
Anakreontisch scherzen.

Was henker soll ich machen,
Daß ich ein Dichter werde?
Gedankenleere Prose,
In ungereimten Zeilen,
In Dreyquerfingerzeilen,
Von Mägdchen und von Weine,
Von Weine und von Mägdchen,
Von Trinken und von Küssen,
Von Küssen und von Trinken,
Und wieder Wein und Mägdchen,
Und wieder Kuß und Trinken,
Und lauter Wein und Mägdchen
Und lauter Kuß und Trinken,
Und nichts als Wein und Mägdchen
Und nichts als Kuß und Trinken,
Und immer so gekindert,
Will ich halbschlafend schreiben,
Das heißen unsre Zeiten
Anakreontisch dichten.

[*1751*]

---

20 *Dieser und der folgende Vers nach Schweizer Vorbild im Original in Antiqua. Die* Zyrcher *Bodmer und Breitinger.* 21 Patriarchaden *Epen über die alttestamentlichen Väter.* 23 f. *Vgl. zu den folgenden Versen S. 215 f. dieser Sammlung* Die drei Reiche, Die Türken, *außerdem Lessings* Die Gespenster *und* Wem ich zu gefallen suche . . .

Gotthold Ephraim Lessing*

Zur Feldmaus sprach ein Spatz: Sieh dort den Adler sitzen!
Sieh, weil du ihn noch siehst! er wiegt den Körper schon;
Bereit zum kühnen Flug, bekannt mit Sonn' und Blitzen,
5   Zielt er nach Jovis Thron.
Doch wette, – seh' ich schon nicht adlermäßig aus –
Ich flieh so hoch als er - - So Prahler? rief die Maus.
Indeß floh jener auf, stolz auf geprüfte Schwingen;
Und dieser wagts, ihm nachzudringen.
10   Doch kaum, daß ihr ungleicher Flug
Sie beide bis zur Höh' gemeiner Häuser trug,
Als beide sich dem Blick der blöden Maus entzogen,
Und beide, wie sie schloß, gleich unermeßlich flogen. *[1886]*

Ein schlechter Dichter Spahr? ein schlechter Dichter? Nein.
Denn der muß wenigstens ein guter Reimer seyn.   *[1886]*

An Herrn D**.

Ich freue mich, mein Herr, daß ihr ein Dichter seyd.
Doch seyd ihr sonst nichts mehr, mein Herr? Das ist mir leid.

[1886]

Faustin.

Faustin, der ganzer funfzehn Jahr
Von Haus und Hof und Weib und Kindern war,
Ward', von dem Wucher reich gemacht,
5   Auf seinem Schiffe heimgebracht.
Gott, seufzt der redliche Faustin,
Als ihm die Vaterstadt in dunkler Fern erschien,
"Gott strafe mich nicht meiner Sünden,
"Und gieb mir nicht verdienten Lohn,
10   "Laß, weil du gnädig bist, mich Tochter, Weib und Sohn

---

2 Zur Feldmaus ... *später mit Überschrift:* Der Sperling und die Feldmaus.
5 Jovis   *Jupiters.*

Ein schlechter Dichter ... *später mit Überschrift:* Auf den Bav.   1 Spahr
nicht nachzuweisen.

An Herrn D** ... *später:* An den Herrn R.

"Gesund und fröhlich wieder finden.
So seufzt Faustin, und Gott erhört den Sünder.
Er kam und fand sein Haus in Überfluß und Ruh.
Er fand sein Weib und seine beyden Kinder,
15   Und - - - Segen Gottes! - - - zwey dazu.   *[1886]*

Der Adler und die Eule.

Der Adler Jupiters, und Pallas Eule stritten.
"Abscheulich Nachtgespenst! - - - Bescheidner, darf ich bitten.
"Der Himmel heget mich und dich;
5   "Was bist du also mehr als ich?
Der Adler sprach: wahr ists: der Himmel hegt uns beyde;
Doch mit dem Unterscheide:
Ich kam durch eignen Flug,
Wohin dich deine Göttin trug.   *[1886]*

Die Antwort des trunkenen Dichters.

Ich spielte jüngst den Sittenrichter,
Gewiß ein schweres Spiel,
Und sprach zu einen trunknen Dichter:
5   Hör auf! du trinkst zu viel.

Schon fertig untern Tisch zu sinken,
Sprach er; du bist nicht klug,
Zu viel kan man wol trinken,
Doch nie trinkt man genug.

Die verschlimmerten Zeiten.

Anakreon trank, liebte, scherzte,
Anakreon trank, spielte, herzte,
Anakreon trank, schlief, und träumte
5   Was sich zu Wein und Liebe reimte,
Und hieß mit Recht der Weise.

Wir Brüder trinken, lieben, scherzen,
Wir Brüder trinken, spielen, herzen,

DIE ANTWORT . . . 1 *Später:* Antwort eines trunkenen Dichters.

Wir Brüder trinken, schlafen, träumen
10   Wozu sich Wein und Liebe reimen,
Und heissen nicht die Weisen.

Da seht den Neid von unsern Zeiten!
Uns diesen Namen abzustreiten.
O Brüder! lernet hieraus schliessen,
15   Daß sie sich stets verschlimmern müssen,
Sie nennen uns nicht weise.

Der Irrthum.

Mit ihrem Hund und blossen Brüsten
Sah Lotte frech herab.
Wie mancher ließ sich nicht gelüsten,
5   Daß er ihr Blicke gab.

Ich kam Gedanken voll gegangen
Und sahe steif heran.
Der, denkt sie, der ist auch gefangen?
Und lacht mich schalkhaft an.

10   Allein, gesagt zur guten Stunde,
Die Jungfer irrt sich hier.
Ich sah nach ihrem bunten Hunde.
Es ist ein artig Thier.

Johanna Charlotte Unzer*

Mittel zum Vergnügen.

Schwestern! wollt ihr wissen,
Wie ich mich vergnüge,
5   Daß ich immer scherze,
Daß ich immer singe,
Daß ich auch im Winter,
Wenn auch schon die Rosen
Unser Haupt nicht krönen,
10   Doch noch immer scherze?
Machts wie ich, und liebet!
Doch liebt nicht nur Männer:
Liebet auch die Tugend;

Liebet schöne Bücher;
15 Stimmet auch die Saiten,
Dichtet schöne Lieder;
Singet von der Liebe!
Liebt ihr aber Männer;
O! so liebt nur einen,
20 Liebet ihn recht zärtlich,
Scherzt mit eurem Freunde:
So seyd ihr recht glücklich!

Gedankenleere Reime.

Empfindt nicht die Brust
Entzückende Triebe,
Den Ursprung der Lust,
5 Die zärtliche Liebe?

Schon siegt der Affeckt!
Die Ruhe, die Schmerzen,
Entfliehen, erschreckt,
Den siegenden Scherzen.

10 Die Seufzer fliehn nach,
Und jagen sie weiter!
Ich fühl allgemach
Die Stärke der Streiter.

O glücklicher Krieg!
15 O fröhliche Stunden!
Itzt hab ich den Sieg
Der Liebe empfunden!

Die Lieb ist kein Schmerz!
Ich seh es aus Gründen:
20 Verschenkt man sein Herz,
Um Schmerz zu empfinden?

Johann Franz von Palthen

Beym Eintritt des neuen Jahrs.
1749.

Heic ames dici pater.
Horat.

5

Nie wünsch ich mir mehr, Witz, Ordnung, Schwung und
Begeistrung,
Als wenn ich mein Spiel dir Theurester! weihe und stimme,
Und nie schein ich mir so matt und minder befeuret,
10   Als wenn ich dir singe.

O könnt ich auf dich ein Lied der Ewigkeit singen!
Du Vater verdiensts, und bist der Ewigkeit würdig.
Wie stimmt' ich so gern die prächtigzitternden Därme
Der Lesbischen Leyer.

15 Doch, wer kann dein Bild, dein edles Wesen wohl schildern?
Du selbst stiftest dir die unverweslichsten Mäler,
Es träget dich schon auf Zeiten trotzenden Schwingen,
Ein ewig Gerüchte.

Ein höherer Ton durch lange Übung geläutert,
20 Ein muthiger Geist, den niedre Schranken nicht halten,
Der stark wie Horaz die Spur zur Ewigkeit drücket,
Besingt dich nur würdig.

Ich kann mich nicht so wie Tyberschwäne erheben,
Sie schwingen sich frey, ich flattre noch an der Erden,
25 Und lalle, wenn sie durch Harmonien bezaubern;
Doch lall ich von Herzen.

Du ließt dir ja sonst den Ton des Lehrlings gefallen,
Dies machet mich kühn, dir neue Töne zu weihen,
Ich singe getrost, wenn Schmäuchler künstlicher singen;
30   So meyn ichs doch besser.

Das sterbende Jahr, und das so es uns gebieret,
Entwickelt in mir Besorgniß, Zärtlichkeit, Freude,
Die dunkel vermischt aus einer Quelle entspringen
Die nimmer versieget.

---

4 *hier liebe es, Vater zu heißen (Ode I 2, 50).*   14 *Lesbos war die Heimat der Sappho.*
23 Tyberschwäne   *Dichter aus Rom; vgl. Anm. 9 S. 208.*

35 Mein dankvolles Herz fühlt sie im Innersten beben,
Es flehet zu GOtt, die Triebe so zu vereinen:
Damit durch dein Wohl die immer wirksamern Wünsche
                              Triumphe erleben.

Das treue Gebeth so vieler fühlenden Herzen.
40 Die Wohlthun und Gunst dir immer stärker verbinden,
Dringt zu ihm hinauf, er hörts und wirds auch erhören,
                              Er sieht auf dich nieder.

So wird dir dies Jahr erwünscht und glücklich verfließen,
Und Plage und Noth von deiner Schwelle entweichen,
45 Und Freude und Lust dein Alter stärkend verjüngen,
                              Und so mich entzücken.

Ja Vater! ich schwörs, kann mich hienieden was reizen;
So ist es dein Wohl, stets wird dein Leben mir theurer,
GOtt kennet mein Herz, er weis es, daß ich nicht lüge.
50   Ihn ruf ich zum Zeugen!

Dein liebreiches Herz kann nur der Himmel vergelten,
Der köstlichste Preis der irdische Tugend belohnet,
Ist wankend und dient dem Zahn der Zeiten zum Raube.
                              Der Himmel bleibt ewig.

55 Da lohnet der Herr mit unvergänglichen Gütern,
Die jauchzende Schaar des dünnen Häufleins der Frommen,
Da stralet um sie vom Stuhl des Lammes die Wonne
                              Der sichtbaren Gottheit.

O Ausfluß des Lichts! wirf denn die Stralen der Gnade,
60 Auf den, den ich dir, sein Alter segnend empfehle,
Und spare ihm dort, wo deine Heiligen glänzen,
                              Die himmlischen Schätze.

                    Serus in coelum redeas, diuque
                    Lætus intersis populo - -
                              Horat.

---

63 f. *Spät erst kehr gen Himmel zurück und wolle/Gern und lang beim Volk (des Quirinus)
weilen. [Schröder]. (Ode I 2, 45 f.).*

Johann Adolf Schlegel*

Ode bey der Cr** und R**ischen Eheverbindung.

Verwaiste Leyer, welche die Traurigkeit,
Seit keines Freundes Umgang dich stimmen half,
    Der Hand entschlug! Die du vergessen
      An dem Cypressenast müßig dahiengst!

Da mich die Freude wieder besuchet hat,
Der ich sonst nachrief, (Ach, sie, als wenn sie mich,
    Mich, ihren alten Freund, nicht kennte,
      Hörte mein Flehn nicht und floh vorüber!)

Da mich die Freude selbst wieder zu sich ruft,
Und meinem Cr** lächelnd entgegenführt,
    Nehm ich dich wieder; festlich prangst du
      Mit der hochzeitlichen Myrth umschlungen!

Du schallest Töne hoher Begeisterung;
Nichts, als Entzücken, jauchzet der Wiederhall.
    Mein Cr** liebt, er liebet glücklich;
      Seine Charlott ist gerührt, und liebet.

Sie bückt sich auf dich. Freundlichkeit träufelt itzt
Von ihrem Lächeln über dein Angesicht,
    Freund, fühl, und ungenützt entflieh dir
      Keine Minute von deinem Leben.

Ihr niedern Sklaven roher Empfindungen!
Entweich o Pöbel! Fliehe! Wir hassen dich.
    Mein Cr** donnre diesen Pöbel,
      Donnre die Schande der Liebe nieder.

Wie paradiesisch bildet die Unschuld nicht
Dein Herz zur Liebe. Sehnende Sittsamkeit
    Führt deine Braut zu dir, wie Eva
      Schüchtern zum wartenden Adam eilte.

Mein Herz, wie mächtig drängt sich der Überfluß
Der Freuden in dich! Augen, was blendet euch!
    Der Himmel theilt sich; o wer läßt sich
      Mit den gebreiteten Flügeln auf uns!

---

2 *Cramer und Radikischen.*

Welch Antlitz! Ist es eine der seligen
Verklärten Seelen? Ist es die Sittsamkeit,
In menschliche Gestalt gekleidet?
Cr** sie seegnet dich, und verschwindet.

1752

Johann Friedrich von Cronegk*

An den Herrn Professor Gellert.

Wie lange muß ich dich noch, empfindender Gellert, entbehren?
Vergebens sucht dich mein wartender Blik.
5 Bald trennt uns der Schickung Gewalt, bald seh ich mit sehnlichen
Nach Leipzigs glücklicherm Himmel zurück.   Zähren

So bald der künftige Lenz, die Hoffnung einsamer Hayne,
In jugendlich fröhlichen Fluren wird blühn,
Dann lächelt die ganze Natur. Doch ach! da werd ich alleine
10 Gezwungen zur traurigen Einsamkeit fliehn.

Wie reizend wird nicht ein Schwarm von schmeichelnd gesclligen
Der Schönen bräunliche Locken durchwehn!   Winden
Wie reizend werdet ihr blühn, freundschaftlich beschattende
Doch ach! ich werd euer Blühen nicht sehn!   Linden!

15 Dann wecket kein munterer Ton die Saiten der staubichten Leyer
Dann hängt sie vergessen an Buchen, und schweigt.
In Träumen nur seh ich dich noch, entzückt durch das heilige
Das Dichtern der Zukunft Entfernungen zeigt.   Feuer,

Erlaubt dem begierigen Blick, der Zeiten Nacht zu durchdringen!
20 Wen seh ich? O Göttinn im dichtrischen Hayn!
O, wer ist würdig genug, o Brühl! dich einst zu besingen?
Und wer von dir besungen zu seyn?

Ich seh, o Gellert, ich seh der Nachwelt künftige Schönen
Dein Grab mit aufblühenden Rosen bestreun.
25 Dryaden umtanzen es froh! Ein später Freund der Camönen
Begießt es mit itzo gewachsenem Wein!

---

21 *vielleicht Alois Friedrich Graf von* Brühl *(1739–93), Theaterschriftsteller.*
25 Camönen   *italische Quellgottheiten, von den Römern den Musen gleichgesetzt.*

Entweich, unheiliges Volk vom Hayn, wo der Liebling der Musen,
Die Asche des Dichters der Zärtlichkeit ruht!
Es fühle, wer sich nur naht mit Schauer im bebenden Busen,
30 Der Dichtkunst heilig entzückende Glut!

CHRISTOPH MARTIN WIELAND*

Eingang.

Die Muse, die mich gerne folgenden
Oft in die jugendliche Zeiten fyhret,
5 Da die Natur auf Hygeln und in Thälern
In Thieren und in unverwöhnten Menschen
Mit seelger ungebundner Einfalt wyrkte:
Zeigt mir die Glyklichen in ihrer Unschuld,
Frey von der Kunst, unwissend in Begierden
10 Und Vorurtheilen, die der stolzen Nachwelt
Die Menschlichkeit mit ihren Freuden raubten.
Da spielen in der anmuthsvollen Wildniss
Die jungen Rehe mit der Brut des Pardels,
Die Vögel, die noch nicht des Voglers List
15 Noch Schling und Stange fyrchten, singen frölich
Einander zu, und hypfen durch die Zweige,
Die sich, indem sie singen, mehr belauben.
Da hör ich durch die Wipfel junger Palmen
Den fryhen Waldgesang des Hirten zittern.
20 Er singt des Mädchens Reiz das ihn gefangen,
Ihr braunes Aug, ihr syssentzyckend Lächeln.
Sie aber irrt am Fuß des grynen Hygels,
Voll innerlichen Stolz, ihm zu gefallen,
Und windt aus thauerfyllten Morgenrosen
25 Ihm einen Cranz um seine schwarze Locken.
Bald hör ich unter kyhlen Sommergrotten
Ein zärtlich dichtrisch Paar, wie *Lang* und *Pyra*,
Voll Ryhrungen das Lob der Gottheit singen.
Sie hört von ihrer stolzen Höh die Ceder
30 Und rauscht den frohen Beyfall oft herunter;
Auch hört euch oft, wann ihr begeistert spielt,

---

2 *das Original in kursiver Schrift.*   13 Pardel   *Leopard.*

Des Himmels Jugend stillhernieder-segnend
Aus rosenfarben Abendwolken zu.

Beglykte Zeit! Dich hat die Liebe selbst
35 Aus ihrer Welt herabgesandt, dich haben
Die Stunden und die Zephyrgleichen Freuden
Die, mit durchschlungnem Arm wie Gratien,
Sich nie verlassen, jauchzend hergefyhrt.
Natur, Natur, du und dein Kind die Unschuld
40 Ihr athmetet in jeder freyen Brust.
Ach kehrt zuryk, entflohne goldne Tage,
Und du, o Freyheit, mit der heilgen Tugend!
O was fyr Nebel haben dir, o Erde,
Die Heiterkeit, den Jugendglanz geraubt!
45 Sind diese Thoren, die dich izt entehren,
Sind sie die Enkel jener edlen Menschen?
Ach warum seh ich nimmer in den Auen
Die Schäfferinnen, rein wie ihre Lämmer,
In freyer Anmuth, wie Dryaden, tanzen?
50 Ach warum wohnt der Friede mit der Wonne,
Nicht, wie auf Stroh vordem, auf goldnen Dächern?
Warum verschwand doch das gesellge Lächeln
Im Angesicht der bryderlichen Menschen?
Die List, der Eigenuz, der Stolz, die Bosheit,
55 Der Höllen Aushauch, ach die sind anizt
Die Seele der entarteten Begierden.
Flieh, Pöbel, den ich hasse, flieh den Hayn
Wo meine Lieder schallen, flieht ihr Ohren,
Die nie die Harmonien der Natur
60 Und nie der Tugend Seraphsstimme hörten.

Ihr aber, die ihr, unentweyht vom Laster,
Ein bildsam weiches Herz im Busen fyhlt,
Ihr Seelen, deren reines Himmelslicht
Kein Hauch unedler Meynungen umnebelt,
65 O höret mich und lernet den Bewohnern
Der goldnen Zeit die Kunst zu leben ab.

FRIEDRICH VON HAGEDORN

Hofmann von Hofmannswaldau.

Zum Dichter machten dich die Lieb und die Natur.
O wärst du dieser nur, wie Opitz, treu gewesen!
5   Du würdest noch mit Ruhm gelesen:
Itzt kennt man deinen Schwulst und deine Fehler nur.
Hat sonst dein Reiz auch Lehrer oft verführet,
So wirst du itzt von Schülern kaum berühret.
Allein wie viele sind von denen, die dich schmähn,
10   Zu metaphysisch schwach, wie du, sich zu vergehn!

Es erklären sich nicht wenige wider den Hofmannswaldau unglimpflicher,
als Wernike, der auch in der bekannten Strenge seiner Beurtheilung dieses
Dichters billig ist. "Denn, schreibt er im fünften Buche seiner Überschriften,
"zu welchen er Anmerkungen schreiben durfte, S. 125, ich gestehe es mit Freu-
15   "den, daß, wenn dieser scharfsinnige Mann in die welschen Poeten nicht so sehr
"verliebt gewesen wäre; sondern sich hergegen die lateinischen, die zu des
"Augustus Zeiten geschrieben, allein zur Folge gesetzet hätte; so würden wir
"etwas mehr als einen deutschen Ovidius an ihm gehabt haben.

Ich hege alle Hochachtung für die Verdienste des Thomasius, des fürchter-
20   lichen Feindes so vieler Vorurtheile: es gehöret aber, wie ich glaube, zu dieses
gelehrten Mannes Übereilungen sowohl die unerlaubte Vergrösserung des
Lohensteins und Hofmannswaldaus, von denen er, in seiner Erfindung der
Wissenschaften anderer Gemüter zu erkennen, die unter seinen kleinen deut-
schen Schriften zu Halle 1707 herausgekommen, urtheilet, daß sie sechs Virgiliis
25   den Kopf bieten können, als die unbillige Verkleinerung der Character des Theo-
phrasts, die wir in seiner Ausübung der Sittenlehre, im zwölften Hauptstücke,
§ 61. ohne Beweis wahrnehmen müssen.

Es war damals so lächerlich als gewöhnlich, in einem Schriftsteller alles, als
gut und richtig, anzunehmen oder gegentheils nichts gelten zu lassen: so sehr
30   wurden grosse Bewunderer einfältig, grosse Verächter ungerecht, beyde ver-
führt und verführerisch.

---

12 *Chr.* Wernicke *(s. Quellenverzeichnis).*   19 *Christian* Thomasius *(1655–1728)*
bedeutender Jurist der Frühaufklärung.   25 f. Theophrast *(372–287 v. Chr.), Schüler
des Aristoteles.*

GOTTHOLD EPHRAIM LESSING

Die schlafende Laura.

Nachläßig hingestreckt,
Die Brust mit Flohr bedeckt,
Der jedem Lüftchen wich,
Das kühlend ihn durchstrich,
Ließ unter jenen Linden
Mein Glück mich Lauren finden.
Sie schlief, und weit und breit
Schlug jede Blum ihr Haupt zur Erden,
Aus mißvergnügter Traurigkeit,
Von Lauren nicht gesehn zu werden.
Sie schlief, und weit und breit
Erschallten keine Nachtigallen,
Aus weiser Furchtsamkeit,
Ihr minder zu gefallen,
Als ihr der Schlaf gefiel,
Als ihr der Traum gefiel,
Den sie vielleicht jezt träumte,
Von dem, ich hoff es, träumte,
Der staunend bey ihr stand,
Und viel zu viel empfand,
Um deutlich zu empfinden,
Um noch es zu empfinden,
Wie viel er da empfand.
Ich ließ mich sanfte nieder,
Ich segnete, ich küßte sie,
Ich segnete, und küßte wieder:
Und schnell erwachte sie.
Schnell thaten sich die Augen auf.
Die Augen? – nein, der Himmel that sich auf.

Der Tod eines Freundes.

Hat, neuer Himmels Bürger, sich
Dein geistig Ohr nicht schon des Klagetons entwöhnet,
Und kann ein banges Ach um dich,
Das hier und da ein Freund bey stillen Thränen stöhnet,
Dir unterm jauchzenden Empfangen
Der bessern Freunde hörbar seyn,

So sey nicht für die Welt, mit unserm Schmerz zu prangen,
Dieß Lied. Es sey für dich, für dich allein!

10 Wenn war es, da auch dich noch junge Rosen zierten - -
Doch nein, die Rosen ziertest du - -
Da Freud und Unschuld dich im Thal der Hofnung führten,
Dem Alter und der Tugend zu?
Gesichert folgten wir; als schnell, aus schlauen Hecken,
15 Der Unerbittliche sich wies,
Und dich, den Besten, uns zu schrecken,
Nicht dich zu strafen, von uns riß.

Wie ein geliebtes Weib vom steinern Ufer blicket,
Dem Schiffe nach, das ihre Kron entreißt:
20 Sie stehet, Stein auf Stein, zu Stunden unverrücket;
In Augen ist ihr ganzer Geist.
So standen wir betäubt, und angeheftet,
Und sannen dir mit starren Sinnen nach,
Bis sich der Schmerz durch Schmerz entkräftet,
25 Und strömend durch die Augen brach.

Was weinen wir? Gleich einer Weibersage,
Die im entstehn schon halb vergessen ist,
Flohst du dahin! - - Geduld! Noch wenig Tage,
Und wenige dazu, so sind wir was du bist.
30 Ja, wenn der Himmel uns die Palme leicht erringen,
Die Krone leicht ersiegen läßt,
So werden wir, wie du, das Alter überspringen,
Des Lebens unschmackhaften Rest.

Was wartet unser? - - Ach! Ein unbelohnter Schweis,
35 Im Joch des Amts bey reifen Jahren,
Für andrer Wohl erschöpft, als unbrauchbarer Greis
Hinunter in die Gruft zu fahren.
Doch deiner wartet? - - Nein! Was kannst du noch erwarten,
Im Schooß der vollen Seligkeit?
40 Nur wir, auf blindes Glück, als Schiffer ohne Karten,
Durchkreutzen ihn, den faulen Pfuhl der Zeit.

Vielleicht - - noch ehe du dein Glücke wirst gewohnen,
Noch ehe du es durchempfunden hast.
Flieht einer von uns nach in die verklärten Zonen,
45 Für dich ein alter Freund, und dort ein neuer Gast.
Wen wird - - verborgner Rath! die nahe Reise treffen,
Aus unsrer jezt noch frischen Schaar?

O Freunde, laßt euch nicht von süsser Hofnung äffen!
Zum Wachsam seyn verbarg Gott die Gefahr.

50 Komm ihm, wer er auch sey, verklärter Geist, entgegen,
Bis an das Thor der bessern Welt,
Und führ ihn schnell, auf dir dann schon bekannten Wegen,
Hin, wo die Huld Gerichte hält.
Wo um der Weisheit Thron der Freundschaft Urbild schwebet,
55 Im seraphinschen Glanze schwebt,
Verknüpf uns einst ein Band, ein Band von ihr gewebet,
Zur ewgen Dauer fest gewebt!

Die Sinngedichte an den Leser.

Wer wird nicht einen Klopstock loben?
Doch lesen sollt ihn jeder? Nein.
Wir wollen weniger erhoben,
5 Und fleißiger gelesen seyn.

Auf einen bekannten Dichter.

Den nennt der Dichter Mars, und die nennt er Cythere;
Hier kommen Grazien, hier Musen ihm die Quere.
Apoll, Minerva, Zevs verschönern was er spricht;
5 Wen er zum Gott nicht macht, den lobt er lieber nicht.
Ihr, die ihr ihn der Welt verachtungswerth gewiesen,
Troz allen Tugenden, die er verstellt gepriesen;
Wenn er die Götter all auf fertger Zunge trägt,
Was wunderts euch, daß er im Herzen keinen hegt?

An die Galathee.

Die gute Galathee! Man spricht, sie schwärzt ihr Haar;
Da doch ihr Haar schon schwarz, als sie es kaufte war.

AN DIE GALATHEE   1 *später:* Auf die Galathee.

FRIEDRICH GOTTLIEB KLOPSTOCK*

Hermann und Thusnelde.

Thusnelde.
Ha! da kömmt er mit Schweiß, mit Römerblute,
Mit dem Staube der Schlacht bedeckt! So schön war
 Hermann niemals! So hats ihm
  Noch nicht vom Auge geflammt!

Komm! Ich bebe vor Lust! reich mir den Adler
Und das triefende Schwerdt! Komm, athm, und ruhe
 Von der donnernden Schlacht in
  Meinen Umarmungen aus!

Ruh hier, daß ich den Schweiß der Stirn abtrockne
Und der Wange das Blut! Wie glüht die Wange!
 Hermann! Hermann! So hat dich
  Noch nicht Thusnelde geliebt!

Selbst nicht, als du zuerst im Eichenhaine
Mit dem bräunlichen Arm mich wilder faßtest!
 Fliehend blieb ich und sah dir
  Schon die Unsterblichkeit an,

Die nun dein ist! Erzählts im dunkeln Haine,
Daß Augustus nun bang mit seinen Göttern
 Nectar trinket! daß Hermann,
  Hermann, unsterblicher ist!

Hermann.
Warum lockst du mein Haar? Liegt nicht der stumme
Todte Vater vor uns? O hätt Augustus
 Seine Reiter geführt! Er
  Läge noch blutiger da!

Thusnelde.
Laß dein fliegendes Haar mich, Hermann, locken!
Daß es unter dem Kranz in Kreise falle!
 Siegmar ist bey den Göttern!
  Besser gefolgt, als beweint!

ABRAHAM GOTTHELF KÄSTNER

Über einige Pflichten eines Dichters.

Verlangst du, daß dein Lied den Ruhm von Deutschlands Witze
Einst vor der Nachwelt Schmach, und ietzt vor Frankreichs schütze:
5 So sey nie durch das Lob des Pöbels so ergötzt,
Als wenn ein Kluger dich des Tadels würdig schätzt.
Nimm für den Dichtertrieb nicht Leichtigkeit zu Reimen,
An kühnen Einfalls statt, ein Heer von wilden Träumen.
Kenn erst die Dichtkunst recht, eh ihr dein Fleiß sich weiht.
10 Wiß, ihrem Werthe gleicht nur ihre Schwierigkeit.
Nicht, daß dein schmeichelnd Lob des Reichen Stolz bereimet,
Daß der verletzte Thor bey deinem Lachen schäumet,
Und, daß ein Mägdchenherz durch deinen Vers zerfließt:
Nicht dadurch zeig es nur, daß du ein Dichter bist.
15 Weit über deinen Ruhm wird Nürnbergs Künstler steigen,
Der, tändelt er gleich oft, doch oft kann Nutzen zeigen.
Viel besser ist dein Lied der Arbeit Augspurgs gleich,
Durch äußern Zierrath schön, am innern Wehrte reich.

Der Tugend ernster Blick schreckt unsre leichten Triebe;
20 Wenn er noch Ehrfurcht wirkt, wirkt er doch keine Liebe.
Und wenn sie in die Hand des trocknen Weisen fällt,
Giebt er ihr einen Putz, der sie noch mehr verstellt.
Doch du, bemühe dich, sie prächtig auszuschmücken;
Durch sie befiehlst du uns, sie muß durch dich entzücken.

25 Auch ihrer Schwester Reiz ist deiner Lieder werth,
Der dienet keiner recht, der beyde nicht verehrt;
Die Wahrheit; sollten sie nur alle Geister kennen!
Es würden bald für sie auch alle Geister brennen.
Sie kann, wenn du sie schmückst, noch manchen an sich ziehn,
30 Dem sie nicht schön genug, und viel zu spröde schien,
Und der, wenn ihn dein Vers auch nicht zum Leibnitz machet,
Doch die Vernunft gebraucht, und falschen Wahn verlachet.

---

2 ff. *Erstdruck bereits 1745 mit unerheblichen Abweichungen in Quelle Nr.* **74** *S. 275*
(vgl. Verzeichnis der Quellen S. 337ff.). 15 *vermutlich Anspielung auf das* Nürn-
berger *Spielwarenhandwerk.* 16 tändeln *evtl. in der alten Bedeutung: Spielzeug (oder
Kleinigkeiten) verkaufen.* 17 *vermutlich Anspielung auf die* Augsburger *Goldschmiede-
kunst.*

Von Tugend sey dein Herz, der Geist von Kenntniß voll,
Wofern uns dein Bemühn ergötzend nützen soll,
35 Und setze mehr dir vor, als ein Poet zu werden;
Sonst kriechst du Lebenslang mit Reimern auf der Erden.
Sieh auf den Boberfeld, den Schul und Hof erhob;
Der Dichtkunst Vater seyn, das war sein kleinstes Lob.
Geschäffte, Wissenschaft, Erfahrung, Umgang, Reisen,
40 Die bilden einen Geist, wie wir am Opitz preisen.
Wie kömmts, daß unter ihm der muntre Günther steht?
Weil ihn die Dichtkunst nur, und sonsten nichts erhöht.
Umsonst, daß Dichterglut in einem Sinne brennet,
Der nicht des Staatsmanns Welt, die Welt des Weisen kennet.
45 Der von Gedanken leer, nie dem Verstande singt,
Und nur ein leichtes Blut in kurzes Wallen bringt.
Aufs höchste mag sein Spiel ein Mägdchen noch ergötzen,
Die wenig gnug versteht, ihn für gelehrt zu schätzen,
Und einen Augenblick des Putzes Tand vergißt,
50 Was ernstlichers zu thun, indem sie Verse liest.

Laß dich den Pöbel nicht zur Unvernunft verführen.
Dein Lied muß den Geschmack, nicht der dein Lied regieren.
Sey sanftem Klange hold, doch starkem Ausdruck mehr;
Nur daß das Herze fühlt, ergötze das Gehör.
55 Schreib, daß dich die verstehn, die Witz und Dichtkunst kennen;
Wer jedes Carmen liest, den laß dich dunkel nennen.
Dein Scherz sey von der Art, die den Verstand auch rührt,
Dein Ernst sey allemal durch muntern Witz geziert.
Voll Feuer, voll Vernunft, bemüh dich, daß dein Spielen
60 Die Schöne denken lehrt, den Philosophen fühlen.
Dir sey der Fremden Kunst, der Alten Geist bekannt;
Dann rühmt der Stutzer dich, und schimpft dich kein Pedant.
Soll dir der Richter Lob wahrhaftig Ehre bringen:
Erschmeichle dir es nicht, du kanst es dir erzwingen.
65 Auch schreib, von wilder Glut der Jugend angeflammt,
Kein Werk, das einst vielleicht dein reifrer Geist verdammt.
So bist du Deutschlands Ruhm, und Deutschland wird dich ehren,
Die Donau wird dein Lied, so wie die Neva, hören.
Und schließen, was du schreibst, nur wenig Bogen ein,
70 Du wirst doch allemal der größte Dichter seyn.
Verstärkt zeigt sich in dir den Deutschen Opitz wieder,
Ein Blatt von dir gilt mehr, als alle Schäferlieder.

---

37 *Opitz führte den Adelsnamen* von Boberfeld.

Die veränderlichen Triebe der
menschlichen Alter.

Nach Puppen wird das Kind sich sehnen,
Der muntre Jüngling nach der Schönen,
Der Ruhm erhitzt des Mannes Fleiß,
Und Gold begehrt der matte Greis.
Bey so veränderlichen Trieben,
Wer wird sein wahres Glücke lieben?
Nur der, der Schönen, Ruhm und Geld
Für Puppen der Erwachsnen hält.

Deutsche Verse mit lateinischen Buchstaben.

Seht die epischen Zeilen, frei vom Maasse der Syllben,
Frei vom Zwange des Reimes, hart, wie Zyrchische Verse,
Leer, wie Meissnische Reime; Seht, der glyckliche Kynstler
Fyllt mit rœmischen lettern, mit pythagorischen y y [a])
Zum Ermyden des Lesers, besser zu nytzende Bogen.

a) Deutsche Leser myssen sich belehren lassen, daß der Buchstabe *y* bei den Schweizern *i* genannt wird.

Auch Hexameter.

P. P.
Mein nun seraphisches Minchen, hoch oben in glycklichern
                Sphaeren,
Mit Myriaden von Kyssen aesthetisch aetherisch umarmen. [a])

a) Diese Zeilen allein haben keinen Verstand. Es ist eine Ellipse bey ihnen zu ergænzen, welches man leichte thun wird, wenn man die Elegien nachsehen will. Es giebt Zeilen von dieser Art, die auch in ihrer vœlligen Verbindung mit anderen noch keinen Verstand haben.

DEUTSCHE VERSE . . . 1 lateinische Buchstaben *Antiqua, in der dies und das folgende Gedicht gesetzt ist.* 3 Zyrchische Verse *Anspielung auf Bodmer und seine Anhänger.* 4 Meissnische Reime *Anspielung auf die Schule Gottscheds.*
    AUCH HEXAMETER. 2 P.P. *Prämissis praemittendis (Vorauszuschickendes vorausge-schickt) oder Publice Proposita (zu jedermanns Kenntnis).*

Im Namen eines Dorfjungens,
als sein Chorgeselle in eine fürstliche Residenz auf die Schule zog.*)

Du, unsrer Fluren Orpheus, singst nun dort,
Dich hört der Fürst, du fürstlich hoher Sänger,
5   Es höret dich die Schaar der Capellisten
Und steht erstaunt, und sieht, und schweigt.

*) Orig. Aus einem Gedichte
auf des Conr. Pyra Tod.

Du aber, deutscher Pindar! singst nun dort,
10   Dich höret Gott, du göttlich hoher Sänger,
Es höret dich die Schaar der heilgen Engel
Und steht erstaunt, und sieht, und schweigt.ᵃ)

    a) **Das Original dieses Originals ist eine bekannte Grabschrift auf einen Sän-
ger, die irgendwo in Spanien zu lesen seyn soll, und die ich hier nicht anführe,
weil ich mir nicht die Mühe geben mag, sie aufzusuchen, und durch Anführung
derselben aus meinem Gedächtnisse den Wortrichtern der künftigen Zeiten
keine Gelegenheit zu verschiedenen Lesarten derselben geben will.**

1756

Johann Wilhelm Ludwig Gleim*

Der arme Mann. Sein Kind.
An einen reichen Mann.

Ein armer Mann, gedrukkt von mancher Noth,
5   Nahm in die Hand sein lezztes Brod,
Und schnitt davon ein Stükkchen ab,
Das er dem kleinen Kinde gab,
Das bey ihm stand, und, *GOtt! ach GOtt!*
Seufzt er dabey.

---

    8 Conr. *Conrectors. Kästner bezieht sich auf die 28. Strophe von S.G.Langes* Damons
Thränen über des Thirsis Tod. *aus Pyras und Langes* Freundschaftlichen Liedern.
(s. Quellenverzeichnis Nr. 73).

10   Beweglich bot
Das kleine Kind das Stükkchen Brod
Dem Vater wieder. - - *Nehmt es doch,*
Sprach es, *ich bitt euch, ich will noch*
Wohl warten, Vater, weint nur nicht!

15   Der Vater wendet sein Gesicht,
Und sagt: *Ich schneide noch ein Stükk*
Behalt es, Kind!

             Mit nassem Blikk,
Sieht er auf seinen Sohn herab
20   Auf seinen Trost, und schneidet ab,
Doch, wie erschrikkt er!

                Plözzlich fällt
Ein Haufen glänzend Silbergeld
Aus seinem Brodt.

25   *Ach! was ist das!*
Sagt er erschrokken, *Söhnchen laß*
Die Thaler liegen, ich will gehn
Der Bekker soll sie liegen sehn.
Vermuthlich hat der Mann das Geld,
30   *Das aus dem lieben Brodte fällt*
Hineingebakken, der muß es
Auch wieder haben, bleib indeß
Dabey, ich will geschwinde gehn.

Er geht, des Kindes Augen sehn
35   Ganz starr die blanken Thaler an,
Allein es rühret nicht daran.

Der Bekker kommt, sieht sie, und spricht:
Freund, das sind meine Thaler nicht,
Nein, glaubt es mir. Doch, wißt ihr was?
40   *Ein reicher Mann macht euch den Spaß.*
Denn hört, das Brodt, das ihr geholt
War nicht von mir, ihr aber sollt
Nicht fragen, und, von wem es ist
Auch nicht erfahren. Dieses wißt:
45   *Daß gestern Abend einer kam*
Der mir das Brod gab, das ich nahm,
Und sagte:

---

10 *rührend.*

       Wenn ein armer Mann,
Der krank ist, nichts verdienen kan,
50   *Ein Brod holt, Freund, so gebt ihm dis!*

So sagt er, ja, das ist gewiß!
Drauf kamt ihr, und ich gab es euch!
Seht, wie GOTT sorgt, nun seyd ihr reich!
Das Geld hat einen rechten Glanz.

55   Der arme Mann verstummte ganz
Und auch sein Kind. Er nahm das Brod
Und seufzt' und sagte nur: *ach GOtt!*
Und schnitt sich noch ein Stükchen ab
Und sprach:
60   *Den Mann, der mir es gab*
Den segne GOTT! Ach lebte doch
Sprach er: *nun deine Mutter noch,*
Du liebes Kind!

           Das Söhnchen spricht:
65   *Weint, Herzen-Vater, weint doch nicht.*

Damons und Ismenens
zärtliche und getreue Liebe,
getrennet
durch einen Zweykampff,
5   in welchem Herr Damon
von seinem Nebenbuhler
am 20ten August 1755 auf Auerbachs Hofe
zu Leipzig mit einem grossen Streit-Degen
durchs Herz gestochen wurde,
10   wovon er seinen Geist jämmerlich aufgeben müssen,
zum Trost der herzlich betrübten Ismene
gesungen.

1.
Ach Damon, ach Ismene!
Mein Herz ist weich!
Ach welche heisse Thräne,
15   Wein ich um euch!
Von deiner Abentheuer,
Du schöne Braut!
Sing ich, in meine Leyer,
20   Und weine laut!

2.

Ach er ist hin, Ismene!
　Dein Bräutigam,
Das zärtliche, das schöne,
　Das treue Lamm!
Die Grösse deines Schmerzens,
　Begreift kein Sinn!
Der Abgott deines Herzens,
　Ach, der ist hin!

3.

Ihr waret alle Beyde
　Was wen'ge sind;
Er, deine Lust und Freude,
　Und Du, sein Kind.
Den Scherz in Finsternissen,
　Wart ihr gewohnt.
Ach, bey viel tausend Küssen,
　War nur der Mond.

4.

Nun ist er weggenommen
　Und, ach, o Gram!
Er wird nicht wieder kommen,
　Dein Bräutigam!
Er ging in jene Fernen,
　Ihn dekkt kein Grab;
Er wandelt unter Sternen,
　Und sieht herab!

5.

In seiner lezten Stunde
　War ich ihm nah,
Als ich in seiner Wunde,
　Den Tod schon sah.
Freund, sprach er, *meine Schöne*
　Find ich einst dort!
Und, sterbend war *Ismene!*
　Sein leztes Wort.

6.

Man singt von seinem Tode,
　Nun weit und breit,
In mancher Trauer-Ode
　Voll Herzeleid!

Der Held, der ihn, verliebet
  In dich, erstach,
Ist auch, wie du, betrübet,
60   Sagt auch: ach, ach!

7.

Er sieht mit bangem Leide
  Sein Mordgewehr!
Hat, sagt er, keine Freude
  Auf Erden mehr.
65 Blaß, wie ein Todten-Schatten,
  Nicht mehr ergrimmt,
Klagt er den treuen Gatten,
  Den er dir nimmt.

8.

Oft sieht er ihn bey Tage,
70   So, wie bey Nacht,
Springt auf, hört seine Klage,
  Wenn er erwacht.
Ein winselndes Gethöne,
  Läßt ihn nicht froh!
75 *Ach Mörder! ach, Ismene!*
  Stets rufts ihm so.

9.

Und du, ach du Getreue!
  Du achtest nicht
Des Mörders späte Reue,
80   Und was er spricht.
Er raubte dir dein Leben
  Und deine Lust;
Kanst du ihm das vergeben,
  In deiner Brust?

10.

85 Ach nein, in deinem Herzen,
  Verewigt das
Dein Elend, deine Schmerzen,
  Und seinen Haß.
Du lässest ihn nicht wieder,
90   Vor dein Gesicht,
Und seine Klage-Lieder
  Erhörst du nicht.

11.

Verzehrt von deinem Jammer,
Gehüllt in Flor,
95 Bleibst du auf deiner Cammer,
Ach komm hervor!
Komm wieder an die Sonne
Wie gern bin ich:
Dein Labsal, deine Wonne,
100 Komm küsse mich!

1757

GERHARD TERSTEEGEN

Die in Jesu eröffnete Liebe Gottes.

Mel.: Wer nur den lieben Gott läßt etc. Oder auch in folgender **Melodie**.
[Melodie]

1.

5 Für dich sey ganz mein Herz und Leben,
Mein süßer Gott, und all' mein Gut:
Für dich hast du mir's nur gegeben;
In dir es nur, und selig ruht.
Hersteller meines schweren Falles,
10 Für dich sey ewig Herz und alles.

2.

Ich liebt' und lebte recht im Zwange,
Wie ich *mir* lebte ohne dich;
Ich wollte dich nicht, ach so lange!
Doch liebtest du, und suchtest mich,
15 Mich böses Kind aus bösem Saamen,
Im hohen, holden *Jesus-Namen*.

3.

Dein's Vaterherzens Eingeweide
In diesem Namen öffnen sich;
Ein Brunn der Liebe, Fried' und Freude,
20 Quillt nun so nah', so mildiglich;
Mein Gott, wenn's doch der Sünder wüßte!
Sein Herz alsbald dich lieben müßte.

4.

Ich bete an die Macht der Liebe,
Die sich in *Jesu* offenbart;
Ich geb' mich hin dem freien Triebe,
Wodurch ich Wurm geliebet ward:
Ich will, anstatt an mich zu denken,
In's Meer der Liebe mich ersenken.

5.

Wie bist du mir so zart gewogen!
Und wie verlangt dein Herz nach mir!
Durch Liebe sanft und tief gezogen,
Neigt sich mein Alles auch zu *dir*.
Du traute Liebe, gutes Wesen,
Du hast mich, und ich dich, erlesen.

6.

Ich fühl's, *du bist's*; ich muß dich haben:
Ich fühl's, ich muß für dich nur seyn:
Nicht im Geschöpf, nicht in den Gaben;
Mein Plätzchen ist in dir allein:
Hier ist die Ruh', hier ist Vergnügen:
Drum folg' ich deinen sel'gen Zügen.

7.

Ehr' sey dem hohen *Jesus-Namen*,
In dem der Liebe Quell entspringt,
Von dem hier alle Bächlein kamen,
Aus dem der Sel'gen Schaar *dort* trinkt!
Wie beugen sie sich ohne Ende!
Wie falten sie die frohen Hände!
Wir beugen uns mit ohne Ende;
Wir falten mit die frohen Hände.

8.

O Jesu, daß dein Name bliebe
Im Grunde tief gedrücket ein!
Möcht' deine süße *Jesus-Liebe*
In Herz und Sinn gepräget seyn!
Im Wort, im Werk, und allem Wesen,
Sey *Jesus*, und sonst nichts, zu lesen!   [*1841*]

CHRISTIAN FÜRCHTEGOTT GELLERT

Prüfung am Abend.

Der Tag ist wieder hin, und diesen Theil des Lebens,
Wie hab ich ihn verbracht? Verstrich er mir vergebens?
5 Hab ich mit allem Ernst dem Guten nachgestrebt?
Hab ich vielleicht nur mir, nicht meiner Pflicht gelebt?

Wars in der Furcht des Herrn, daß ich ihn angefangen?
Mit Dank und mit Gebet, mit eifrigem Verlangen,
Als ein Geschöpf von Gott der Tugend mich zu weihn,
10 Und züchtig, und gerecht, und Gottes Freund zu seyn?

Hab ich in dem Beruf, den Gott mir angewiesen,
Durch Eifer und durch Fleiß ihn, diesen Gott, gepriesen;
Mir und der Welt genützt, und jeden Dienst gethan,
Weil ihn der Herr gebot, nicht weil mich Menschen sahn?

15 Wie hab ich diesen Tag mein eigen Herz regieret?
Hat mich im Stillen oft ein Blick auf Gott gerühret?
Erfreut ich mich des Herrn, der unser Flehn bemerkt?
Und hab ich im Vertraun auf ihn mein Herz gestärkt?

Dacht ich bey dem Genuß der Güter dieser Erden
20 An den Allmächtigen, durch den sie sind und werden?
Verehrt ich ihn im Staub? Empfand ich seine Huld?
Trug ich das Glück mit Dank, den Unfall mit Geduld?

Und wie genoß mein Herz des Umgangs süsse Stunden?
Fühlt ich der Freundschaft Glück, sprach ich, was ich empfunden?
25 War auch mein Ernst noch sanft, mein Scherz noch unschuldsvoll?
Und hab ich nichts geredt, das ich bereuen soll?

Hab ich die Meinigen durch Sorgfalt mir verpflichtet,
Sie durch mein Beyspiel still zum Guten unterrichtet?
War zu des Mitleids Pflicht mein Herz nicht zu bequem?
30 Ein Glück, das andre traf, war dieß mir angenehm?

War mir der Fehltritt leid, so bald ich ihn begangen?
Bestritt ich auch in mir ein unerlaubt Verlangen?
Und wenn in dieser Nacht Gott über mich gebeut,
Bin ich, vor ihm zu stehn, auch willig und bereit?

35 Gott, der du alles weist, was könnt ich dir verheelen?
Ich fühle täglich noch die Schwachheit meiner Seelen.
Vergieb durch Christi Blut mir die verletzte Pflicht;
Vergieb, und gehe du nicht mit mir ins Gericht.

Ja, du verzeihest dem, den seine Sünden kränken;
40 Du liebst Barmherzigkeit, und wirst auch mir sie schenken.
Auch diese Nacht bist du der Wächter über mir;
Leb ich, so leb ich dir, sterb ich, so sterb ich dir!

Preis des Schöpfers.

Wenn ich, o Schöpfer, deine Macht,
Die Weisheit deiner Wege,
Die Liebe, die für alle wacht,
Anbetend überlege:
5 So weis ich, von Bewundrung voll,
Nicht, wie ich dich erheben soll,
Mein Gott, mein Herr und Vater!

Mein Auge sieht, wohin es blickt,
10 Die Wunder deiner Werke.
Der Himmel, prächtig ausgeschmückt,
Preist dich, du Gott der Stärke!
Wer hat die Sonn an ihm erhöht?
Wer kleidet sie mit Majestät?
15 Wer ruft dem Heer der Sterne?

Wer mißt dem Winde seinen Lauf?
Wer heißt die Himmel regnen?
Wer schließt den Schooß der Erden auf,
Mit Vorrath uns zu segnen?
20 O Gott der Macht und Herrlichkeit,
Gott, deine Güte reicht so weit,
So weit die Wolken reichen!

Dich predigt Sonnenschein und Sturm,
Dich preist der Sand am Meere.
25 Bringt, ruft auch der geringste Wurm,
Bringt meinem Schöpfer Ehre!
Mich, ruft der Baum in seiner Pracht,
Mich, ruft die Saat, hat Gott gemacht;
Bringt unserm Schöpfer Ehre!

30 Der Mensch, ein Leib, den deine Hand
So wunderbar bereitet;
Der Mensch, ein Geist, den sein Verstand
Dich zu erkennen leitet;
Der Mensch, der Schöpfung Ruhm und Preis,

35   Ist sich ein täglicher Beweis
    Von deiner Güt und Größe.

    Erheb ihn ewig, o mein Geist,
    Erhebe seinen Namen!
    Gott, unser Vater, sey gepreist,
40   Und alle Welt sag Amen!
    Und alle Welt fürcht ihren Herrn,
    Und hoff auf ihn, und dien ihm gern!
    Wer wollte Gott nicht dienen?

Bußlied.

An dir allein, an dir hab ich gesündigt,
    Und übel oft vor dir gethan.
Du siehst die Schuld, die mir den Fluch verkündigt;
5   Sieh, Gott, auch meinen Jammer an.

Dir ist mein Flehn, mein Seufzen nicht verborgen,
    Und meine Thränen sind vor dir.
Ach Gott, mein Gott, wie lange soll ich sorgen?
    Wie lang entfernst du dich von mir?

10 Herr, handle nicht mit mir nach meinen Sünden,
    Vergilt mir nicht nach meiner Schuld.
Ich suche dich; laß mich dein Antlitz finden,
    Du Gott der Langmuth und Geduld.

Früh wollst du mich mit deiner Gnade füllen,
15   Gott, Vater der Barmherzigkeit.
Erfreue mich um deines Namens willen;
    Du bist ein Gott, der gern erfreut.

Laß deinen Weg mich wieder freudig wallen,
    Und lehre mich dein heilig Recht,
20 Mich täglich thun nach deinem Wohlgefallen;
    Du bist mein Gott, ich bin dein Knecht.

Herr, eile du, mein Schutz, mir beyzustehen,
    Und leite mich auf ebner Bahn.
Er hört mein Schreyn, der Herr erhört mein Flehen,
25   Und nimmt sich meiner Seelen an.

UNBEKANNTER VERFASSER

1. Zwei Kaiser, drei König beisammen war'n,
Sie wollten mitnander in fremde Land fahr'n,
Miteinander wollten's davon,
Ins Preußenland wollten sie fahren,
:/: Da bekommen sie Fritzen sein' Kron. :/:

2. Sie brachten zusammen viel Roß und viel Wag'n,
Darzu auch Mannschaft, den König zu verjag'n,
Sie hatten ein frischen Muth,
Verhofften groß Ruhm und Ehren –
:/: Die Sache die war gut. :/:

3. Und als sie nun waren auf halbem Weg,
Da begegnet ihn'n Fritze schon auf dem Steg,
Sie schauten sich sauer an:
Hilf Gott, hilf ewiger Herre,
:/: Wir müssen uns greifen an! :/:

4. Darunter da ware ein trutz'ger Kumpan,
Der hatte ein feines Röckelein an,
Der sprach: „Ich fürcht mir nik sähr;
Brauk nik mein zarte Tägen,
:/: Jak die Könik mit ein Schär!" :/:

5. So ziegt er sein bisamen Handschuh an:
„Trutz wen ik treff in die Feld allhier an!
Ik werd ihn, Swerenoth!
Rekt tüktik abkuranse,
:/: Daß er sein mausetodt! :/:

6. „He foudre, diable, vite, vite!
Ik förcht, er halt mir still nit,
Lauft wie ein Has hinweck;
Die Siek die sein dann verlor'n,
:/: Fallt in die tiefe Träck! :/:

7. Friederikus, der schaut den Hahnen an,
Weil er so stolz prangiren kann;
Drauf klopft er man blos auf die Hos,
Da schweiget der freche Hahne,
:/: Reißt aus Mosje Franzos. :/:

---

2 *Österreich, Rußland; Frankreich, Schweden und wohl irrtümlich Kursachsen.*
22 bisamen *parfümiert.*   25 abkuranse *durchprügeln.*   27 *Potz Blitz, Teufel,*
schnell, schnell.

8. Auweh, auweh! durch Distel und Dorn
Laufen Alle geschwinde hinten und vorn,
Sie schreien: Die Sache geht krumm;
40   Diable, wir seind verloren! –
: /: Kein Einziger kucket mehr um. : /:   *[1872]*

1758

JOHANN WILHELM LUDWIG GLEIM*

Schlachtgesang
bey Eröfnung des Feldzuges 1757.

[Melodie]

5   Auf Brüder, *Friedrich*, unser Held,
     Der Feind von fauler Frist,
Ruft uns nun wieder in das Feld,
     Wo Ruhm zu hohlen ist.

Was soll, o Talpatsch und Pandur,
10   Was soll die träge Rast?
Auf! und erfahre, daß du nur
     Den Tod verspätet hast.

Aus deinem Schädel trinken wir
     Bald deinen süssen Wein,
15   Du Ungar! Unser Feldpanier
     Soll solche Flasche seyn.

Dein starkes Heer ist unser Spott,
     Ist unsrer Waffen Spiel;
Denn was kann wieder unsern Gott,
20   *Theresia* und *Brühl?*

Was helfen Waffen und Geschütz
     Im ungerechten Krieg?
Gott donnerte bey Lowositz,
     Und unser war der Sieg.

---

9 *s. Anm. 16 u. 23 S. 209.*   20 *Kaiserin Maria* Theresia *und der sächsische Premier-
minister Graf* Brühl.

25 Und böt uns in der achten Schlacht
Franzoß und Russe Trutz,
So lachten wir doch ihrer Macht,
Denn Gott ist unser Schutz.

Lied
nach der Schlacht bey Collin den 18ten Junius 1757.

Zurück, rief Vater *Friederich*,
Zurück, rief er, zurück!
5 Nachdenkend dacht er schon bey sich:
Gott giebt dem Feinde Glück.

Wir aber stürmten noch das Nest,
Wir wolten noch hinan!
Wir kletterten, wir hielten fest
10 Uns aneinander an.

Und sagten dem, der oben stand:
Wie kommen wir herauf?
Und schlugen tapfer Hand in Hand,
Und halfen uns hinauf.

15 Da stürzte von Kartetschensaat
      Getroffen, eine Schaar
    Von Helden, ohne Heldenthat,
      Die halb schon oben war!

    Das sahe *Friedrich*. Himmel! Ach!
20   Wie blutete Sein Herz!
    Wie stand, bey mitleidsvollem Ach,
      Sein Auge Himmelwärts!

    Was für sanftmüthge Blicke gab
      Sein Heldenangesicht!
25 Laßt, rief er, Kinder, laßt doch ab!
      Mit uns ist Gott heut nicht.

    Da liessen wir den blöden Feind
      In seinem Felsennest.
    Nun jubelt er; o Menschenfreund!
30   Nun hat er Siegesfest.

    Wie kann er aber? Brüder, sagt!
      Er kann ja nicht, fürwahr!
    Denn haben wir ihn nicht gejagt,
      So weit zu jagen war?

35 Wir stritten, nicht mit Roß und Mann,
      Mit Felsen stritten wir.
    Hier, Heldenbrüder, bind er an,
      Hier, Brüder, sieg er! hier!

    Du Feind! herab in grünes Feld,
40   Und weise freye Brust,
    Und streit und sieg und stirb ein Held!
      Hier ist zu sterben Lust!

    Allein der blöde wagt sich nicht,
      Wir mögen lange stehn
45 Und auf ihn warten. *Friedrich* spricht:
      Geht Kinder! Laßt uns gehn.

EWALD CHRISTIAN VON KLEIST*

Lied eines Lappländers.

Komm Zama, komm! Laß deinen Unmuth fahren,
O du der Preis
5   Der Schönen! komm! In den zerstörten Haaren
Hängt mir schon Eis.

Du zürnst umsonst. Mir giebt die Liebe Flügel,
Nichts hält mich auf.
Kein tiefer Schnee, kein Sumpf, kein Thal, kein Hügel
10   Hemmt meinen Lauf.

Ich will im Wald auf hohe Bäume klimmen
Dich auszuspähn,
Und durch die Fluth der tiefsten Ströhme schwimmen,
Um dich zu sehn.

15   Das dürre Laub will ich vom Strauche pflücken,
Der dich verdeckt,
Und auf der Wies' ein iedes Rohr zerknicken,
Das dich versteckt.

Und solltest du, weit übers Meer, in Wüsten
20   Verborgen seyn;
So will ich bald an Grönlands weißen Küsten,
Nach Zama schreyn.

Die lange Nacht kommt schon. Still mein Verlangen
Und eil zurück!
25   Du kommst, mein Licht! du kommst, mich zu umfangen;
O, welch ein Glück!

Die Freundschafft.
Eine Erzehlung.
An Herrn Gleim.

Leander und Selin, zween Freunde, die
5   Verstand und Edelmuth und gleicher Trieb
Zur Tugend, fest verband, vertrauten sich,
Einst in Geschäften, dem treulosen Meer.
Die Winde wehten erst der Gegend zu,
Die schon die Reisenden im Geiste sahn;

10 Das Ufer floh, und bald erblickten sie
Rings um nur Luft und See. Das Firmament
War heiter und voll Glantz. Sie seegelten
In seinem Wiederschein geruhig fort,
Und nahten sich bereits der Reise Ziel,
15 Als schnell die Wellen sich empöreten.
Ein reißender Orcan erwacht und schlug
Das Schiff von seiner Bahn. Es scheiterte
Am Felsen. Jeder sucht den Tod zu fliehn;
Das kleinste Stück vom Schiff wird jetzt sein Schiff –
20 Den beyden Freunden ward ein Bret zu Theil;
Allein, es war zu leicht für seine Last.
Wir sincken, sprach Selin, das Bret erträgt
Uns beyde nicht, o Freund! Leb ewig wohl!
Du must erhalten seyn, an dir verliehrt
25 Das Wohl der Welt zu viel, und ohne dich
Wär mir das Leben doch nur eine Qvaal.
Nein, sprach Leander, nein, ich sterb o Freund! –
Allein Selin verließ zu schnell das Bret
Und übergab getrost dem naßen Grab
30 Der Waßerwogen sich. Die Vorsehung
Die über alles wacht, sah seine Treu
Und seine Großmuth an, und ließ das Meer
Ihm nicht zum Grabe seyn. Mitleidig trugs
Auf seinen Wellen ihn zum Ufer hin.
35 Er fand Leandern schon daselbst – O, wer
Beschreibt die Regungen der Freude, die
Sie beyde fühlten! – Sie umarmten sich
Mit Zähren in dem Aug. Leander sprach:
O allzutreuer Freund, in was für Qvaal
40 Hat deine Freundschafft mich gestürtzt! Ich hab
Um dich des Todes Angst zehnfach gefühlt.
Was du thatst wolt ich thun, denn ohne dich
Wünscht ich das Leben nicht – Geliebtester
Was wär ich ohne dich! versetzt Selin;
45 Der Himmel sey gelobt, der dich mir schenkt!
Komm laß uns ihn, der uns vom Tod befreyt,
Verehren, und ihm ganz das Leben weyhn.
Sie knieten weinend an das Ufer hin
Und dankten dem, der sie errettete.
50 Und ihre Regung drang die Wolcken durch –
Leander theilte mit Selin, der arm
An Güthern und nur reich an Tugend war,

All seine Schätze, die Selin nur nahm
Weil sich sein Freund dadurch glückseelig pries.
55   Und Seegen kam auf sie und auf ihr Haus,
Und lange waren sie das Wohl der Welt.

Milon und Iris.
Idylle.
An Herrn Leßing.

Milon.
5   Komm Iris, komm mit mir ins Kühle, komm!
Die Geißblattlaube dort erwartet uns
In grüner Dunckelheit, und streut Geruch.
Die holde Stimme hab ich lange nicht
Gehört, mit welcher du, mir ehedem
10   Den Himmel öffnetest, und in mein Herz
Ruh und Vergnügen sangst. Die Musen sind
Mir auch anjezt nicht feind, sie lehren mich
Gesänge, die das Chor der Nymphen liebt,
Und die der Wiederhall im Hayne singt.
15   Komm, laß uns singen! Komm, o meine Lust!

Iris.
O Milon! wie wird mich dein Lied erfreun,
Das Liebe dich gelehrt und Gratien!
Dein Ton, indem du sprichst, ergötzt mich mehr
20   Als wenn im Veilchen-Thal der Westwind rauscht,
Als wenn der laute Bach durch Blumen rinnt;
O wie vielmehr wird mich dein Lied erfreun!
Komm in die Laube, komm! mir schlägt das Herz!

Sie gingen fröhlich hin, und Milon sang:

25
Milon.
O Wiederhall, der meine Pein erfuhr,
Als Iris spröde war,
Vernimm nun auch mein unaussprechlich Glück,
Und breit es aus: Sie liebet mich!

30   Sie liebet mich; wer ist so froh als ich!
Wer ist so schön als sie!
Aurora, die in rosenfarbner Tracht
Vom Himmel sieht, ist nicht so schön.

Iris.

35 Auch du bist schön, auch du erfreust mein Herz!
Die Ros ist nicht so schön,
Voll Silberthau, die zarte Lilje nicht,
Vom Morgenroth gefärbt, als du!

Milon.

40 Wenn in dem Teich das Bild des Gartens hängt,
Und jedes blühnden Baums,
Um den ein Heer von Schmetterlingen sich
Mit hundertfarbgen Flügeln jagt.

Denn freu ich mich. Doch wenn im Rosen-Kranz
45 Am Ufer Iris läuft;
Alsdenn seh ich des Gartens Bildnis nicht;
Dann seh ich nur ihr Bild und sie.

Iris.

Schön ist der Bach, wenn Zephyrs Fittig drauf
50 Der Bäume Blüthen weht.
Die Silberfluth, auf ihre Decke stolz,
Rauscht froh dahin, und hauchet Duft.

Doch schöner ists, wenn sanfter Wind die Fluth
Von Milons finsterm Haar,
55 Mit Blüthen und mit güldnen Veilchen schmückt;
Dann fließ, o Bach, ich seh sein Haar!

Milon.

O, welch ein Glück ist treue Liebe! Wenn
Dein sanftes Auge sagt,
60 Daß du mich liebst, denn seh ich aufwärts hin,
Zum Sitze der Unsterblichen.

Ich seufze denn, und Thränen fließen mir
Vom Aug; ich dank entzückt
Dem Himmel für mein Glück, und bitte nicht
65 Um Schätze, nur um Ruh und dich.

O, sey mir stets, was du mir jetzo bist,
Mein Reichthum, Glück und Ruhm!
Mit dir ist mir die finstre Wüste schön,
Und ohne dich die Welt ein Grab.

70
Iris.
Wenn mir dein Auge sagt, daß du mich liebst,
Dann fühl ich auch mein Glück,
Geschwinder läuft mein Blut, der Busen wallt,
All meine Sinnen sind Gefühl.

75
Ich suche denn einsame Gänge, wo
Nichts die Gedanken stöhrt.
Ich seh dein Bild, und seufze Sehnsuchtsvoll,
Und dank dem Himmel für mein Glück.

Sey mir auch stets, was du mir jetzo bist,
80
Mein Wunsch, mein Trost, mein Ruhm!
Mit dir ist mir die finstre Wüste schön,
Und ohne dich die Welt ein Grab. –

Indem sie sangen schwieg der Wind im Hayn,
Der Himmel hörte zu, das Volk der Luft
85
Lauscht auf ihr Lied, versteckt in dunkles Laub.
Die kleine Lalage lauscht auch darauf,
Im krausen Schatten vom Gebüsch, und sprang
Hervor, und sprach bewegt: Jetzt hab ich euch
Belauscht! recht sehr belauscht! Ihr singet schön!
90
Sie seufzet und die Brust empörte sich. –
Was seufzest du? warum bist du bewegt?
Frug Milon. Aber sie erröthete
Und seufzt und wollte nicht gestehn, warum.

CHRISTIAN FELIX WEISSE*

Der Kuß.

Ich war bey Chloen ganz allein,
Und küssen wollt ich sie:
5
Jedoch sie sprach: sie würde schreyn,
Es sey vergebne Müh!

Doch wagt ich es, und küßte sie,
Wie oft? fällt mir nicht ein!
Und schrie sie nicht? Ja wohl, sie schrie - -
10
Doch lange hinter drein.

An die Muse.

Hier nimm die sanfte Leyer wieder,
O Muse, die du mir geliehn:
Nun sing ich weiter keine Lieder,
Die von der Jugend Freuden glühn.

Verzeih, wenn ich zu schwach gespielet:
Die Liebe fodert unser Herz:
Das wenigste hab ich gefühlet;
Das meiste sang ich blos aus Scherz.

Von Waffen und vom Haß umgeben,
Sang ich von Zärtlichkeit und Ruh:
Ich sang vom süßen Saft der Reben,
Und Wasser trank ich oft darzu.

Kömmt einst der goldne Friede wieder,
Fühl ich einst gar der Liebe Glück:
Vielleicht wag ich dann schönre Lieder:
Dann, Muse, gieb mir sie zurück!

JOHANN ANDREAS CRAMER

Ode auf den Geburtstag des Königes.

Ich sah es! Myriaden Bitten
Ergossen sich zu Gott empor:
So stralt der Blitz hinauf! Sie stritten,
Im Eifer Ein harmonisch Chor.
Sie stritten, wer mit heißerer Liebe
Geflügelter sich in die Himmel erhübe,
Und eine jede flog gleich schnell;
Und jed in einem Feyerkleide
Durchglänzte die Wolken in festlicher Freude
Und hinter ihnen blieb es hell.

Da sie dem Throne nahe kamen,
Ertönt auf einmal ihr Gesang,
Und alle nannten *Friedrichs* Namen,
Und alle nannten Ihn voll Dank.
Uns hat, uns hat Jehova sein Leben
In einer der gnädigsten Stunden gegeben;

Fleug, unser Dank, fleug mit umher!
20   Er, der Ihn gab, gedenke Seiner!
Wer liebet nicht seine Beherrscher? Doch keiner
Wird billiger geliebt, als *Er*.

Noch schwinget, mehr noch zu verheeren,
Der Krieg die Fackel, und die Glut
25   Vertilgt! Einander zu zerstören,
Ergrimmt der Nationen Wut.
Er stürmet neue Wetter zusammen;
Die Hütten; die stolzen Palläste, sie flammen;
Noch floß des Blutes nicht genug!
30   Nur *Friedrichs* Scepter ist umkränzet
Mit friedlichen Palmen und feyerlich glänzet
Sein Volk, das keine Plage schlug.

Du gabst, damit es sicher bliebe,
Ihm, Gott, ein väterliches Herz.
35   Sein Glück ist seiner Völker Liebe,
Und was sie leiden, wird sein Schmerz.
Ergeuß, o Qvell des Ewigen, Leben
Auf unsern Geliebten! Du hast Ihn gegeben,
Erhalt Ihn, wie die Völker flehn!
40   Wir danken dir! Wir flehen! Höre!
Laß Weisheit zur Rechten, laß Gnade, laß Ehre
Zur Linken unsers Vaters stehn!

Ich hörts, und eine Myriade
Drang näher an den Thron heran,
45   Und rief: Heil, Heil *Ihm*, Freud und Gnade
Von dem, der *Ihm* vergelten kann!
Die Myriade schimmert in Freude:
So glänzt des erretteten Jünglinges Freude,
Wenn er ein neues Leben fühlt.
50   Sie ruft frohlockend: Die wir danken,
Wir sind die Gebete genesener Kranken;
Erhalt Ihn, wie Er uns erhielt!

Gott hörts, und alle Myriaden
Von unsern Bitten wandeln sich,
55   Und sie, sie alle, werden Gnaden,
Und kommen, *Friedrich* über Dich.
Wer zählt sie? Die verwandelten Heere
Sind Friede, sind Weisheit, sind Freuden, sind Ehre.
Seht, wie viel Gott für ihn vermag!

60   Daß Gott noch oft die Völker danken,
     Wird von den Gebeten genesender Kranken
     Zu seinem Leben jed' ein Tag!

FRIEDRICH GOTTLIEB KLOPSTOCK*

Die Gottheit Jesu.

Mel. Gelobet seyst du Jesu Christ etc.

Der Herr ist Gott! Der Herr ist Gott!
5   Jesu Christi Mittlertod,
     Der uns mit Gott versöhnet hat,
     War keines nur Erschafnen That!
     Der Herr ist Gott!

     Der Herr ist Gott! Der Herr ist Gott!
10   Er bezwang den ewgen Tod!
     Er kam von seines Himmels Thron,
     Als er, erniedriget, ein Sohn
     Der Menschen ward!

     Gott ist der Herr! Gott ist der Herr!
15   Ewig, ewig ist auch Er!
     Der Wesen Wesen! Licht vom Licht!
     Schaun ihn, die vor dem Angesicht
     Der Gottheit stehn!

     Er sprach; da kam die Welt hervor!
20   Wonnevoll stieg sie empor!
     Noch spricht er; und sie eilet fort
     Auf ihrer Bahn, durch ihn, das Wort!
     Halleluja!

     Er spricht; und schaft zum Heiligthum
25   Sich erlöste Seelen um!
     Die Sünder, die sich ganz ihm weihn,
     Sind ohne Fehl vor Gott! sind rein
     Durch Christi Blut!

     Vor Gott! durch Christi Blut! O Heil!
30   O du meines Mittlers Heil!
     Einst schlummr' ich auch, und erbe dich!
     Einst ruft mein Herr und Gott auch mich!
     Halleluja!

Allein Gott in der Höh sey Ehr.

Gott in der Höh sey Ehr allein,
Sey Dank für seine Gnaden!
Der Herr hat uns, sein Volk zu seyn,
Erbarmend eingeladen!
5   Mit Wohlgefallen schaut herab
Auf uns, der seinen Frieden gab
Dem menschlichen Geschlechte!

Dich preisen wir, dich flehn wir an!
10   Du herrschest, Gott, ohn Ende!
Die Himmel sind dir unterthan,
Sind Werke deiner Hände!
Unausgeforscht und ewig ist
Die Macht, durch die du Herrscher bist!
15   Wir freun uns dein, o Vater!

O Jesu Christ, des Vaters Sohn,
Du warst dahin gegeben!
Du führst uns zu des Himmels Thron
Zurück, zurück ins Leben!
20   Lamm Gottes! Mittler! Mensch! und Gott!
Erhör das Flehen unsrer Noth!
Erbarm, erbarm dich unser!

Des Vaters und des Sohnes Geist!
Gott ausgesandt, zu trösten
25   Die, denen Christus dich verheißt,
Die glaubenden Erlösten!
Rett uns aus jeder Seelennoth,
Wir sind durch Jesu Christi Tod,
Erlöst zu jenem Leben!

Mitten wir im Leben sind

Wir der Erde Pilger sind
Mit dem Tod umfangen!
Wer, ach wer errettet uns,
Daß wir Gnad erlangen?
5   Das thust du, Herr, alleine!
Es reut uns unsre Missethat,
Die dich, Herr, erzürnet hat!

Heiliger! Schöpfer, Gott!
Heiliger! Mittler, Gott!
Heiliger! barmherziger Tröster!
Du ewiger Gott!
Laß uns nicht versinken
In des Todes tiefen Nacht!
Erbarm dich unser!

In dem Tod ergreifen uns
Unsrer Thaten Schrecken!
Ach, wer wird, wer wird uns dann
Vorm Gerichte decken?
Das thust du, Herr, alleine!
Preis ihm! wir überwinden weit
Durch des Herrn Barmherzigkeit!
Heiliger! Schöpfer, Gott!
Heiliger! Mittler, Gott!
Heiliger! barmherziger Tröster!
Du ewiger Gott!
Laß uns Gnade finden
In der letzten, letzten Noth!
Erbarm dich unser!

Ach, wenn uns in dieser Angst
Unsre Sünden treiben;
Wo entfliehen wir dann hin
Da wir können bleiben?
Zu dir allein, Versöhner!
Vergossen ist dein heiligs Blut,
Das gnug für die Sünde thut!
Heiliger! Schöpfer, Gott!
Heiliger! Mittler, Gott!
Heiliger! barmherziger Tröster!
Du ewiger Gott!
Stärke, stärk im Tode
Uns durch deiner Liebe Trost!
Erbarm dich unser!

1759

FRIEDRICH GOTTLIEB KLOPSTOCK

ODE
über die ernsthaften Vergnügungen
des Landlebens.

Nicht in den Ocean
Der Welten alle
Will ich mich stürzen!
Nicht schweben, wo die ersten Erschafnen,
Wo die Jubelchöre der Söhne des Lichts
Anbeten, tief anbeten,
Und in Entzückung vergehn!

Nur um den Tropfen am Eimer,
Um die Erde nur, will ich schweben,
Und anbeten!

Halleluja! Halleluja!
Auch der Tropfen am Eimer
Rann aus der Hand des Allmächtigen!

Da aus der Hand des Allmächtigen
Die grössern Erden quollen,
Da die Ströme des Lichts
Rauschten, und Orionen wurden;
Da rann der Tropfen
Aus der Hand des Allmächtigen!

Wer sind die tausendmal tausend,
Die myriadenmal hundert tausend,
Die den Tropfen bewohnen?
Und bewohnten?
Wer bin ich?
Halleluja dem Schaffenden!
Mehr, als die Erden, die quollen!
Mehr, als die Orionen,
Die aus Strahlen zusammenströmten!

Aber, du Frühlingswürmchen,
Das grünlichgolden

---

2 ff. *später:* Die Frühlingsfeier.   21 *Sternbilder (Pl. von* Orion*).*

35 Neben mir spielt,
Du lebst;
Und bist, vielleicht - -
Ach, nicht unsterblich!

Ich bin herausgegangen,
40 Anzubeten;
Und ich weine?

Vergieb, vergieb dem Endlichen
Auch diese Thränen,
O du, der seyn wird!

45 Du wirst sie alle mir enthüllen
Die Zweifel alle
O du, der mich durchs dunkle Thal
Des Todes führen wird!

Dann werd ich es wissen:
50 Ob das goldne Würmchen
Eine Seele hatte?

Warest du nur gebildeter Staub,
Würmchen, so werde denn
Wieder verfliegender Staub,
55 Oder was sonst der Ewige will!

Ergeuß von neuem, du mein Auge,
Freudenthränen!
Du, meine Harfe,
Preise den Herrn!

60 Umwunden, wieder von Palmen umwunden
Ist meine Harfe!
Ich singe dem Herrn!

Hier steh ich.
Rund um mich ist Alles Allmacht!
65 Ist Alles Wunder!

Mit tiefer Ehrfurcht,
Schau ich die Schöpfung an!
Denn Du!
Namenlosester, Du!
70 Erschufst sie!

Lüfte, die um mich wehn,
Und süsse Kühlung
Auf mein glühendes Angesicht giessen,
Euch, wunderbare Lüfte,
75   Sendet der Herr? Der Unendliche?

Aber itzt werden sie still; kaum athmen sie!
Die Morgensonne wird schwül!
Wolken strömen herauf!
Das ist sichtbar der Ewige,
80   Der kömmt!
Nun fliegen, und wirbeln, und rauschen die Winde!
Wie beugt sich der bebende Wald!
Wie hebt sich der Strom!
Sichtbar, wie du es Sterblichen seyn kannst,
85   Ja, das bist du sichtbar, Unendlicher!

Der Wald neigt sich!
Der Strom flieht!
Und ich falle nicht auf mein Angesicht?

Herr! Herr! Gott! barmherzig! und gnädig!
90   Du Naher!
Erbarme dich meiner!

Zürnest du, Herr, weil Nacht dein Gewand ist?
Diese Nacht ist Seegen der Erde!
Du zürnest nicht, Vater!
95   Sie kömmt, Erfrischung auszuschütten
Über den stärkenden Halm!
Über die herzerfreuende Traube!
Vater! Du zürnest nicht!

Alles ist stille vor dir, du Naher!
100   Ringsum ist Alles stille!
Auch das goldne Würmchen merkt auf!
Ist es vielleicht nicht seelenlos?
Ist es unsterblich?

Ach vermöcht ich dich, Herr, wie ich dürste, zu preisen!
105   Immer herrlicher offenbarst du dich!
Immer dunkler wird, Herr, die Nacht um dich!
Und voller von Seegen!

Seht ihr den Zeugen des Nahen, den zückenden Blitz?
Hört ihr den Donner Jehovah?
110   Hört ihr ihn?

Hört ihr ihn?
Den erschütternden Donner des Herrn?

Herr! Herr! Gott! barmherzig und gnädig!
Angebetet, gepriesen
115   Sey dein herrlicher Name!

Und die Gewitterwinde? Sie tragen den Donner!
Wie sie rauschen! Wie sie die Wälder durchrauschen!
Und nun schweigen sie! Majestätischer
Wandeln die Wolken herauf!

120   Seht ihr den neuen Zeugen des Nahen,
Seht ihr den fliegenden Blitz?
Hört ihr, hoch in den Wolken, den Donner des Herrn?
Er ruft Jehovah!
Jehovah!
125   Jehovah!
Und der gesplitterte Wald dampft!

Aber nicht unsre Hütte!
Unser Vater gebot
Seinem Verderber
130   Vor unsrer Hütte vorüberzugehn!

Ach schon rauschet, schon rauschet
Himmel und Erde vom gnädigen Regen!
Nun ist, wie dürstete sie! Die Erd erquickt,
Und der Himmel der Fülle des Seegens entladen!

135   Siehe, nun kömmt Jehovah nicht mehr im Wetter!
Im stillen, sanften Säuseln
Kömmt Jehovah!
Und unter ihm neigt sich der Bogen des Friedens.

KARL WILHELM RAMLER*

ODE an die Stadt Berlin.
den 24. Jenner 1759.

Ich sahe sie! (Mir zittern die Gebeine)
5   Ich sah, glückseliges Berlin,
Die Göttin deines Stroms vor deinem Tannenhayne
Mit ihren Schwänen ziehn.

Vergönne mir, Najade, nachzulallen
Was mein erstauntes Ohr durchdrang,
10   Und was dein Göttermund den Faunen sang, und allen
Hamadryaden sang.

Sey mir gegrüßt, Augusta! meine Krone!
Die Städte Deutschlands bücken sich!
Es hören meinen Stolz Belt, Donau, Wolga, Rhone,
15   Und weichen hinter mich!

Was fürchten wir, ist gleich die Zahl des Feindes
Wie dieser beyden Ufer Sand?
O Tochter, hast du nicht zur Seite meines Freundes
Stets einen Gott erkannt?

20   Stritt Jupiter nicht selbst mit *Friedrichs* Volke,
Und donnerte den Feind zurück?
Warf nicht der Kriegesgott einst plötzlich eine Wolke
Vor Seines Mörders Blick?

Sah ich nicht jüngst, als Er vom fernen Süden
25   Den Riesen aus der Mitternacht
Sein Heer entgegen riß, ein kleines Heer von Müden,
Bereit zur zehnten Schlacht;

Wie das Panier, von Seiner Hand gefasset,
Zur drohenden Aegide ward?
30   Die Feinde sahn den Schild der Pallas, die sie hasset,
Und wurzelten, erstarrt

Vor Schrecken, in das Land; bis sie, zerschlagen
Von seinem Heer, das auf sie drang,
Wie Halmen von des Himmels Schlossen niederlagen,
35   Drey Hundert Hufen lang.

Ja, dinget nur die halbe Welt zusammen,
Und raset wider Einen Mann,
Und wendet wider Ihn Verrath, Nacht, Meyneid, Flammen,
Den ganzen Orcus an!

40   Borussiens gerechter Held soll siegen;
Die Götter schützen ihren Sohn.
Bald wird Er im Triumph zu Seinen Kindern fliegen.
Er kömmt, ich seh Ihn schon!

---

11 Hamadryaden *Baumnymphen, die in und mit den Bäumen leben und sterben (anders als die Dryaden).*   12 Augusta *Erhabene.*   25 Riesen *gemeint ist wohl Österreich.*   29 Aegide *lähmende, schildartige Schutzwaffe des Zeus, die er Athene leiht.*

Er kömmt, das Haupt mit Stralen rund umwunden,
45   Wie Delius Apollo kam,
Als er den Python schlug und ihm mit tausend Wunden
Die schwarze Seele nahm.

Eilt, Ihn in Erz den Enkeln aufzustellen!
Eilt, einen Tempel Ihm zu weihn
50   Am Rande meines Stroms! Ich brenne, seine Schwellen
Mit Blumen zu bestreun.

CHRISTIAN FELIX WEISSE*

Der Weise.

Von allen Freuden abgeschieden,
Mit Wasser und mit Brod zufrieden,
5   Lebt dort Arist vergnügt allein.
Und man verleibet ihn den Reihn
Der Weisen unsrer Zeiten ein.

Von ihm bin ich nicht unterschieden.
Ich lebe so wie er zufrieden, - -
10   Doch nur bey Freunden, Mädchen, Wein:
Warum verleibt man mich den Reihn
Der Weisen unsrer Zeit nicht ein?

Klagen.

Ach! an dem Ufer dieser Quelle
Hab ich Damöten oft gesehn,
Wie sanft floß sie mir da, wie helle!
5   Und ach! wie war Damötas schön! - -
Ich seufze noch? wie! giebt dem Schmerze
Der Liebe meine Brust Gehör?
Schweig einmal, widerspenstigs Herze,
Du liebst ihn ja nicht mehr.

10   Fand ich sein Auge sanft geschlossen,
Wie oft hab ich ihn nicht erschreckt,

---

45 Apollo *ist auf* Delos *geboren.*   46 Python   *der von Apollo getötete delphische Drache.*

Und ihn mit Blumen übergossen
Und dann mit Küßen aufgeweckt! - -
Ich seufze noch? wie! giebt dem Schmerze,
15   Der Liebe meine Brust Gehör?
Schweig einmal widerspenstigs Herze,
Du liebst ihn ja nicht mehr!

Oft, eh die Lerche noch erwachte,
Strich ich schon einsam durch die Au,
20   Und pflückte, bis dein Blick mir lachte,
Für dich schon Veilchen voller Thau - -
Ich seufze noch? wie! giebt dem Schmerze
Der Liebe meine Brust Gehör?
Schweig einmal, widerspenstigs Herze,
25   Du liebst ihn ja nicht mehr!

Dann glänzte mir aus seinen Blicken
Der Liebe süße Trunkenheit,
Und jeder Ausdruck war Entzücken
Und jeder Kuß Glückseligkeit - -
30   Ich seufze noch? wie! giebt dem Schmerze
Der Liebe meine Brust Gehör?
Schweig einmal, widerspenstigs Herze,
Du liebst ihn ja nicht mehr.

Oft schien ich ihn erzürnt zu fliehen:
35   Er bat mit schönen Ungestüm,
Und eh er bat, ward ihm verziehen,
Und fast für Lust starb ich mit ihm. - -
Ich seufze noch? wie! giebt dem Schmerze
Der Liebe meine Brust Gehör?
40   Schweig einmal, widerspenstigs Herze,
Du liebst ihn ja nicht mehr.

Jüngst schien er Chloen nachzugehen
Und meinen Blick beschämt zu fliehn,
Nun mag er um Verzeihung flehen,
45   Umsonst! es wird ihm nicht verziehn. - -
Was seufz ich noch? wie! giebt dem Schmerze
Der Liebe meine Brust Gehör?
Gesteh es nur, verräthrisch Herze,
Du liebst ihn noch zu sehr!

HEINRICH WILHELM VON GERSTENBERG

Der Geschmack eines Kusses.
Herrn Lubbes gewidmet.

Als ich ein Knabe war, und von meinem Vater nach Paphos ge-
5 schickt wurde, um die Liebe zu lernen: da erfuhr ich von einer
Dryas – itzt, Schönen, könnt ihr es von mir erfahren – was Küsse
sind. Nie tanzten die Nymphen und die Dryaden, ohne zu ihren
Chören mich zuzulassen: denn ich war dem Gott der Liebe geweiht,
und meine ganze Bildung redte Gefühl.

10 Dann konnt ich Knabe mich erfreun!
Ganz Paphos schien mir Tanz zu seyn.
Denn auf mir tanzten Liebesgötter,
Und unter mir die Blumenblätter.

Unter den Dryaden war eine, die mich vor allen andern immer
15 zum Tanzen aufforderte, und mir meine kleine Hand liebreizend
drückte, und anmuthig erröthete, wenn ich mit ihr tanzte. Auch
ich drückte der Dryas freundlich die Hand, und erröthete,
wenn ich mit ihr tanzte. Noch ehe Aurora aus dem Oceane herauf-
fuhr, war ich schon im Hayne, und spielte mit der holdseligen
20 Dryas.

Bald überrascht ich sie in Sträuchen,
Wo sie, entdeckt zu seyn, sanft in das Laub gerauscht;
Bald, wenn ich mich verbarg, ward ich von ihr belauscht,
Dann floh sie, wenn sie mich belauscht,
25 Und ich ihr nach, sie zu erreichen.
Doch schnell verschloß sie sich in Eichen,
Und wehrte mir, sie zu erreichen.
Dann klettert ich auf manchen Baum empor,
Und hörte sie verräthrisch lachen,
30 Und bat, ihr Eichenhaus mir Knaben aufzumachen,
Dann sprang sie froh aus ihrer Eich hervor –

Einst, als ich mit meiner Dryas im Hayne spielte, streichelte sie mir
freundlich die Wangen, und sprach: Drücke deine Lippen auf die
meinigen, ich drückte sie auf die ihrigen, und o Himmel! welch ein
35 Geschmack.

---

4 *in* Paphos *auf Zypern hatte Aphrodite einen Tempel.*

So süß ist Honig nicht, der vom Hymettus fließt;
So süß ist nicht die Frucht von Surentiner Reben:
So süß der Nektar nicht, durch den unsterblichs Leben
Den Göttern Ganymed in güldne Schaalen gießt.

40 Itzt drückte sie wieder ihre Lippen auf die meinigen. Ganz trunken
von Entzücken rief ich: o Unvergleichliche! wie nennest du diese
Wollust, die von deinen Lippen auf die meinigen strömt, so oft sie
einander berühren? Sie sprach mit einem holdseligen Lächeln:
Küssen!

1760

FRIEDRICH GOTTLIEB KLOPSTOCK

Ein Danklied für die Genesung
des Königes von den Blattern.

nach der Melodie: Lobet den Herren; denn er ist – – –

5   Laßt dem Erhalter
     Unsers Geliebten
     Uns freudig danken!
     Du hasts allein gethan, o du des Lebens
     Herr! und Herr des Todes!
10   Dir sey der Ruhm, der Dank, der Preis, die Ehre,
     Grosser Erhalter
     Unsers Geliebten!

     Thränen und Wonne
     Dankende Thränen
15   Seyn unser Opfer!
     Mit diesem Opfer fallet tiefanbetend
     Vor dem Throne nieder,
     Von dem des Rettenden Befehl erschollen:
     Leben, ja leben
20   Soll mein Gesalbter!

---

36 Hymettus *Berggruppe südöstl. von Athen.*   37 Surentiner *Sorrenter.*
39 Ganymed *Mundschenk der olympischen Götter.*
  2 f. *später:* Die Genesung des Königs.   3 König *Friedrich V. von Dänemark.*

Wunderbar hast Du,
Vater des Schiksals,
Uns Ihn erhalten!
Zu viel, zu viel Barmherzigkeit, o Vater,
25   Hast du uns gegeben!
Steig oft und stark, Gebet, viel ist der Gnade!
Steige mit Wonne
Auf zu dem Geber!

Mengen erlagen!
30   Doch Ihn berührte
Sanft deine Hand nur!
So sanft, daß wir so gar (wer kann hier danken?)
Nicht einmal erschracken!
Zu viel, zu viel Barmherzigkeit, o Vater,
35   Gab uns die Stunde
Deiner Errettung!

Ach, den wir lieben,
Vater, er lebet!
Und auch wir leben!
40   Denn in der Stunde deiner reichen Gnaden,
Da Du ihn erhieltest,
Da rührtest Du auch uns mit sanfter Hand an.
Vater, die Erde
Bebt', und wir leben!

45   Herr! da die Erde
Unter uns bebte,
Scholl deine Stimme!
Nicht deines Zornes, deiner Liebe Stimme
Scholl, uns aus dem Staube
50   Zu rufen, und gen Himmel schaun zu lehren,
Nach dir, des Todes
Herr und des Lebens!

Noch mit Entzücken
Hör ich der Erde
55   Gelindes Rauschen!
Des Richters Arm, der über andre Völker
Fürchterlich sich ausstrekt!
Die Städt' erschüttert, daß sie im Erdbeben
Donnern, und fallen,
60   Unterzugehen!

Der itzt die Völker,
Daß es sie würge,
Dem Schwerte zuführt!
Der Arm wird über unserm Haupt erhoben,
65 Ach, daß er uns segne!
Und, daß wir, auf des Segens Fülle, merken!
Wecket er sanft uns
Auf aus dem Schlummer!

Fallet mit Jauchzen
70 Vor dem Erbarmer
Aufs Antlitz nieder!
Laßt jedes Herz sein Halleluja singen!
Herr, Herr, Gott! barmherzig!
Du Duldender! Getreuer! Gnadevoller!
75 Ehre dir! Preis dir!
Dank dir, Erbarmer!

Ging nicht des HErren
Herrlichkeit sichtbar
Vor uns vorüber?
80 Laßt uns anbetend ihr von ferne nachsehn!
Ja! in unsrer Seele
Soll dieses Heils Erinnrung ewig bleiben!
Bleiben, ein Nachhall
Dessen, was Gott that!

85 Sagt es den Enkeln
Väter! und lehrt sie
Gen Himmel schauen!
Vernimms, der Enkel Sohn, und lerne danken!
Und kein Greis entschlummre,
90 Der nicht noch Einmal Dank, wenn er entschlummert,
Gott aus des Herzens
Innersten stammle!

Daß wir dir danken!
Vater, o gieb uns
95 Auch diese Gnade!
Herr, Herr! Preis, Ehr, und Ruhm sey und Anbetung
Deinem grossen Namen!
Hoch in den Himmeln hubst du deinen Arm auf,
Herr, uns zu segnen!
100 Herr, uns zu segnen!

JOHANN FRIEDRICH VON CRONEGK

An die Laute.

Du singst, o Nachtigall! allein
Bey schauervoller Nacht:
Dein Lied ertönt im dunkeln Hayn,
Wo nur die Schwermuth wacht.

Dein Lied erfrischt des Wandrers Herz,
Der tief im Wald verirrt,
Von mancher Furcht, von manchem Schmerz
Bestürmt und trostlos wird.

Er hört den kläglich süßen Ton,
Mit ehrfurchtvoller Lust:
Die Hoffnung, die schon fast entflohn,
Erwacht in seiner Brust.

Nun geht er durch die dunkle Bahn
Mit sichern Schritten hin
Sein Schutzgeist gehet still voran;
Der Nächte Schrecken fliehn.

Wenn auf des Lebens dunkelm Pfad
Die Seele trostlos irrt,
Und ohne Schutz und ohne Rath
Der Schwermuth Beute wird:

O sanfte Laute! töne du,
Bey stiller Mitternacht,
Mir Hoffnung, Trost und Ruhe zu,
Die Hirten glücklich macht!

Entfernt von prächtger Thoren Hohn,
Lehrst du mich ruhig seyn.
Mein Leben sey, so wie dein Ton,
Still, anmuthsvoll und rein.

Der prächtigen Trompeten Klang
Ist schön, doch fürchterlich:
Ganz leise tönet dein Gesang,
Und reizend nur für mich.

35 So sey mein Leben stillbeglückt,
 Sanft, aber unbekannt,
 Mit stillen Tugenden geschmückt,
 Im sichern Mittelstand.

 Ein schimmernd Glück begehr ich nie:
40 O wär die Weisheit mein!
 Erhabne Vorsicht, gieb mir sie,
 So werd ich glücklich seyn!

 Der Lorbeer bleibt beständig grün,
 Den uns die Muse reicht,
45 Wenn auch die Zeiten schnell entfliehn,
 Der Jugend Scherz entweicht.

 Mein Alter sey nicht freudenleer,
 Nicht ohne Scherz und Lied!
 Der Tod ist nur dem Thoren schwer,
50 Dem sterbend alles flieht.

An Chloris.

 Schweigend senkt sich der Schlaf von dem Olymp herab;
 Mit balsamischer Kraft stärkt er die müde Welt,
 Alles ruht – Nur dein Kummer,
5 Allzureizende Chloris! wacht.

 Ach! Vielleicht wird das Aug, aus dem die Liebe lacht,
 Und mit siegender Macht bis in die Herzen dringt,
 Ach, von einsamen Thränen
 Wird es itzo vielleicht benetzt!

10 Chloris weint – Die Natur staunet und weint mit ihr;
 Dunkler herrscht die Nacht dorten, wo Chloris weint,
 Still in trauriger Schönheit:
 Auf dem Bogen sanft hingelehnt,

 Steht selbst Amor bestürzt: der ihre Thränen sieht:
15 Endlich regt sich der Gott, sieht still umher und spricht:
 Damis, treuloser Damis!
 Bist du wohl dieser Zähren werth?

 O warum hast du nicht, als dich mein Zug gerührt,
 Chloris, einen gekannt, der dich betrübt verehrt,
20 Einen zärtlichen Jüngling,
 Der dich itzt noch halb sterbend liebt!

1762

FRIEDRICH GOTTLIEB KLOPSTOCK*

Das schlafende Mägdchen.

[Mit durchkomponierter Melodie]

Im Frühlings Schatten fand ich sie;
5   Da band ich sie mit Rosenbändern:
Sie fühlt es nicht und schlummerte.

Ich sah sie an; mein Leben hieng
Mit diesem Blick an ihrem Leben:
Ich fühlt es wohl und wußt es nicht.

10   Doch lispelt ich ihr sprachlos zu,
Und rauschte mit den Rosenbändern:
Da wachte sie vom Schlummer auf.

Sie sah mich an; ihr Leben hieng
Mit diesem Blick an meinem Leben:
15   Und um uns wards Elysium.

1763

KARL WILHELM RAMLER*

ODE an Hymen.

Lyäens und Cytherens Sohn,
Im schönsten Rausch geboren,
5   Gott Hymen, der du dir zum Thron
Das Hochzeitbett erkohren!

Dir fleht der sorgenvolle Greis:
O Stifter der Geschlechter,
Nimm, was ich nicht zu schützen weiß,
10   Nimm mir die großen Töchter.

DAS SCHLAFENDE MÄGDCHEN 2 *später:* Das Rosenband

Dir schmückt das fromme Mädchen sich
Bey seinem Morgenliede;
Der weise Jüngling hofft auf dich,
Des falschen Amors müde.

15 Dich rufen junge Wittwen an
Im hochbetrübten Schleyer,
Im Flohr bekennt der Trauermann
Dir sein gewaltig Feuer.

Du, mehr als alle Götter werth,
20 Dir flehen auch die Prinzen:
Erfülle, was der Krieg geleert,
Erfüll' uns die Provinzen!

O komm! zwey Ring' an Einer Hand,
Und um die Schläfe Myrthen,
25 Und um den Arm ein goldnes Band,
Das Knie der Braut zu gürten;

Die, wann von Wein und Liebe voll
Ein Gast zu viel begehret,
Und sie doch etwas missen soll,
30 Am liebsten Band entbehret:

Die Schaar der trunknen Räuber theilt
Sich in die goldne Beute,
Sie flieht indeß, der Liebling eilt
Und giebt ihr das Geleite.

35 O wenn dich noch ein Opferschmaus
Herab vom Himmel ziehet:
So komm in meines Leukons Haus,
Der am Altare knieet!

MATTHIAS CLAUDIUS

An eine Quelle.

Du kleine grünumwachsne Quelle,
An der ich Chloe jüngst gesehn,
5 Dein Wasser war so still, so helle,
Und Chloens Bild darinn – so schön.
O, wenn sie sich nochmal am Ufer sehen läßt,
So halte du ihr schönes Bildniß vest.

Ich schleiche dann voll Liebe einsam hin,
10   Dem Bilde mein Gefühl zu klagen,
Denn, wenn ich bey ihr selber bin,
Dann, ach! dann kann ich ihr nichts sagen.

Der alte Mann.

Ein alter schwacher steifer Mann,
Der schon sechs Dutzend Jahre zählte,
Grub einsten, weil ihm Wasser fehlte,
5   Und stöhnte, wenn er grub, und traf kein Wasser an.
Ein Jüngling kam von ohngefähr,
Und sah' den Alten wankend stehen,
Und traurig in die Grube sehen,
Ihr Alter! hub er an, gebt mir die Schaufel her,
10   Legt euch dort hin, ich will bald Wasser haben,
Ich bin noch jung, und kann noch besser graben.
Der Alte gab sie ihm, und sah ihn dankbar an,
O, daß ichs dir nicht lohnen kann,
So sprach er bey sich selbst, der Jüngling traf bald Wasser an,
15   Und fand zugleich dort einen Schatz vergraben.
Seht, Alter! seht, was ich gefunden habe,
Indem ich dort nach Wasser grabe,
Da, nehmt ihrs hin, es ist mir lieb, daß ichs gefunden habe.
Nein, dieß verdient der Trieb, dem Schwachen beyzustehn,
20   Der dir im schönen Herzen wohnet,
Ich freue mich, daß ichs gesehn,
Wie GOtt dir deine That belohnet.

Ich mag heut' nicht im DichterSchmuck erscheinen,
Mein Lied sey traurig, wie mein Herz!
O lieber Leser, höre meinen Schmerz,
Und habe Lust mit mir zu weinen!
5   GOtt hatte, GOtt, ders mitten in dem Leide,
Wodurch er uns zu strafen scheint,
Doch treu und redlich mit uns meint,
(Ich glaub' es vest, und das ist meine Freude,)
Mir einen Bruder hier geschenkt.
10   Sein Herz war stets von schönen Trieben voll,
Er war so fromm, so sorgsam für mein Wohl,

Er hat mich oft vom Bösen abgelenkt.
Und dieser Redliche - sags traurig, mein Gedicht,
Er starb in meinem Arm, - - - dort ist er eingegraben - -
O GOtt - - Nein - ich will ihn nicht wieder haben - -
Ach - zürn' auf diese Thräne nicht! - -

15 (margin)

JOHANN GOTTFRIED HERDER*

An Ihro Hochfürstliche Durchlauchten,
Den Herzog Ernst Johann,
am Tage Höchst Dero Huldigung in Mitau, von Johann Jacob
Kanter, Königl. Preußischen Hofbuchhändler, und Buchhändler
in Mitau.
Den 22. Jun. 1763.
Königsberg,
gedruckt bey dem Königl. Preuß. Hofbuchdrucker,
Daniel Christoph Kanter.

Welch lauter Jubel schallt von Curlands Gränzen?
    Dem Fürsten schwört und singt und jauchzt das Land;
Das Echo lallet nach, und auf dem West des Lenzen
    Trägt es Sein Lob vom Obystrand
Durch alle Welt: auch Preußen freuet sich. –
Apoll besang Dein Schicksal brüderlich.

So, wenn um unsers Helden Siegeswagen
    Berlin sich drängt, frohlockt und Palmen streut;
Steht jeder Wandrer still, verlieret sich im Fragen
    Und taumelt mit – Voll Menschlichkeit
Nimmt *Friedrich* auch den Zoll der Neugier an
Und dies mein niedrig Lied hört *Ernst Johann*.

Dich wünschete Dein Land, als wenn bey Stürmen
    Verwirrt das Schiffsvolk seufzt, die Hände ringt,
Und Er, des Sturmes Gott, es gnädig zu beschirmen
    Die Meeresstille wiederbringt.
Nun schöpft Dein Volk, da Du aus langer Nacht
Aufgehst, den Segensthau, und Alles lacht.

AN IHRO HOCHFÜRSTLICHE ... 14 Ernst Johann *von Biron (s. Überschrift) war,*
1740 nach Sibirien verwiesen (Oby   *russ. Name des Ob), 1763 wieder als Herzog von Kur-*
land eingesetzt worden.

Wie den Ulyß nach zwanzig Prüfungsjahren
30   Penelope: so küßt Dich jetzt Dein Land.
Und für Dich danken dort der frommen Väter Schaaren
      Die ehmals, da Dein Licht verschwand,
Geseufzet: Vater komm! und sterbend Dir
Im Bildniß huldigten – Jezt ist Er hier.

35   Da steht Sein Stuhl! – und Du mit grauen Haaren
      Die in der Wüste Dir Dein Vatergram gebleicht,
Siehst Deine Kinder an, die lang verwaiset waren.
      Ihr Treuschwur, und Gebet erreicht
Dich Fürst und den Olymp: Du segnest ihre Thrän
40   Und GOtt Dein Haupt, um Hiobs Glück zu sehn.

In Ewigkeit zum Fürsten ausgeruffen
      Warst Du, und bist im Glück und Unglück Herr.
Im Thale bliebst Du groß; bist auf der Hoheit Stuffen
      Gesegnet, noch erhabener.
45   Dein Curland gränzt an *Friedrichs* Staat und Glück:
Der Götter Ruff bringt goldne Zeit zurück.

Die Musen, Gratien und Künste weiden
      Nach Deinem Hof; und Mitaus ofne Flur
Verkleinert den Apoll zu neuen Hirtenfreuden.
50   Kein Delphis mehr: Dein Curland reitzt ihn nur,
Wo Großmuth herrscht, und Fleiß und Treue wohnt,
Wo Tugend blüht, weil GOTT und *Ernst* sie lohnt. *[1889]*

Johann Gottlieb Willamov*

Beschlus.

Fahr hin! Fahre hin, Löwenbezwinger!
Und du trunknes Getymmel um ihn
5   Mit Epheu und Reben bekränzet!
Fahr hin! – ich folge nicht mehr!

    Sie flattern – sie flattern! –
    Lächelnd wie Phöbe

---

50 Delphi   *Kultort des Apollo.*
2 *Original in Antiqua.*   3 Löwenbezwinger *Dionysos, Bacchus.*   8 Phöbe
manchmal als Schwester des Phöbus (Apoll, Sonnengott) der Mond.

Mit vollem Silbergesicht –
10 Und Myrth und Nelken umkränzen sie –
Sie flattern mir zu, die Liebesgötter.
Gebt mir, gebt mir, Amors!
Fittige der Zephirs! –
Windet nicht Blumenfesseln um mich!
15 Ich fliege mit euch! – Sie sprossen schon,
Ich fyhl es – sie sprossen die Flygel –
Begeistrung raft mich gewaltsam hin –
Nicht Begeistrung von dir, Bacchus! – –
Cypern! – sei mir gesegnet! –
20 Paphos – Gnidus! – ich seh euch.
Labyrinthen von Rosen
Entduften Scherze mir zu –
Gesänge Zärtlichkeit schaffend
Schwellen den pochenden Busen – ungestym.

25 Fahr hin! Fahre hin, Löwenbezwinger!
Und du trunknes Getymmel um ihn
Mit Epheu und Reben bekränzet!
Fahr hin! – ich folge nicht mehr!

Sie selber, die Göttin –
30 Sehet, da kommt sie! –
Ich bebe neues Gefyhl –
Im Purpurwagen als Königin
Umweht von Balsam kommt Cythere.
Wald und Hygel hypfen
35 Trunken von Entzyckung –
Ehrfurcht fesselt die Nereiden –
Die Styrme säuseln in Harmonien! – –
Umtanzet von Nymphen und Amorn
Und nakten Grazien, siegt ihr Blick
40 Fernher. – Lächelt sie mir? – Göttin!
Holde Göttin! – ich zittre
Ganz Empfindung – Wo bin ich? –
Wie? bist du es? – – Sie ists!
Das ist ihr Auge voll Glut!
45 Das ist das Lächeln voll Tugend! –
Welche Entzyckung, o DAPHNE, täuschte mich?

---

20 Paphos *auf Zypern und* Gnidus *(Knidos) an der kleinasiat. Küste waren Sitz eines Aphroditekultes.* 36 *Meernymphen, Töchter des Meergottes Nereus.*

Fahr hin! Fahre hin, Löwenbezwinger!
Und du trunknes Getymmel um ihn
Mit Epheu und Reben bekränzet!
50 Fahr hin! – Ich folge nicht mehr.

1764

ANNA LOUISA KARSCH

An Thyrsis.

Als man die erste Nachricht erhielt, daß der rußische Käyser Peter
der dritte des Königs Freund sey, und darüber ein Fest angestellet
5   war.
Den 9ten des Hornungs 1762.

Den Oberschäfer Friederich
Mein Thyrsis, hoffen wir!
Zu seinen Füssen krümmet sich
10 Nun bald das böse Thier,

Das oft in unsre Heerden fällt,
Die besten Lämmer würgt,
Sich auf die höchsten Berge stellt,
Und seinen Raub verbirgt.

15 In tiefer Höhle schlau versteckt,
Lauscht es, und dürstet Blut,
Und springt, wann es ein Schaf entdeckt,
Hervor mit Tyger-Wuth.

Die grossen Hunde werden scheu,
20 Das Thier hascht sie mit List;
Bald aber steurt die Räuberey
Pan, der mit Friedrich ist!

Schon seinem Herzen zugelenkt
Ward ihm ein fremder Hirt,
25 Der zornig an das Thier gedenkt,
Und treu ihm helfen wird.

Wir hörten dies, und angefüllt
Von Freuden, wie entzückt,

30   Ward hergetanzt, um Friedrichs Bild,
      Mit Lorber rund umschmückt.

      Hoch aufgehüpft mit Herzenstanz
      Ist vor uns her Welin!
      Er flochte selbst den grossen Cranz
      Von Zweigen frisch und grün!

35   Und hergetragen bracht er froh
      Das theure Bild, und sprach:
      Zurücke kommt der Schäfer so
      Mit Lorber, den er brach!

      Wir fühlten in der Seele tief,
40   Wir jauchzten laut, wie er!
      Und Faunen, die der Jubel rief,
      Die hüpften um uns her!

      Auf tausend Saiten spielte sich
      Mein Herz; ich hüpfte mit
45   Warf Freudenvolle Blick' auf dich,
      Und dachte nicht den Trit.

      Und wenn des Oberhirten Hand
      Das Ungeheur erlegt,
      Wenn er wie Hercul zum Gewand
50   Die Haut des Thieres trägt;

      Dann komme Thyrsis hin mit mir
      Zu danken hoch dem Pan!
      Nachsingen will ich Lieder dir,
      Auf grüner Siegesbahn!

55   Im breiten Schatten an der Spree
      Versammlen Hirten sich,
      Behorchet werden aus der Höh
      Von Göttern du und ich!

---

32 Welin   *nicht zu ermitteln.*

An Herrn Utz,
den Verfasser der lyrischen Gedichte.

Du, der vom Weine berauscht, die Lust der Erde besungen,
Mir gab Apollo kein lyrisches Spiel

5 Bespannt mit Saiten von Gold, doch sind mir Lieder gelungen,
Süßklingend sang ich der Seele Gefühl.

Mich hört der eiserne Held, mir horcht der ernste Gesandte
Herunter kommend vom Stuhle des Herrn,
Auch höret meinen Gesang, wer sonst die Muse verkannte,

10 Des Geizes Priester, vernehmen ihn gern.

Mir gab dein liebender Freund, der Felsenspringerin Laute
O, ihn nur denken wird süsser Gesang
In der ganz saphischen Brust; der Liebes Götter Vertraute
Ward ich und habe die Herzen in Zwang!

15 Mich fühlt der wankende Greis, die abgelebte Matrone,
Mich horcht der Jünglinge klopfendes Herz.
Das Mädchen fürchtet den Pfeil! er rauscht im saphischen Thone
Laut, wie im Utzischen Liede voll Scherz.

UNBEKANNTER VERFASSER

Gedicht[e] auf eine junge Virtuosinn
in der Kunst die Biegsamkeit und Behendigkeit
ihrer Glieder zu zeigen.

5 Vor ohngefehr drey Wochen erhielte ein Italiänischer Equilibrist, Nahmens
Caratta, allhier die Erlaubniß, seine Kunst und die Geschicklichkeiten einiger
Kinder, die er mit sich führte, sehen zu lassen. Diese Geschicklichkeiten bestan-
den in gefährlichen Biegungen des Leibes. Die Anzahl der Zuschauer war im-
mer groß. Sehr viele von ihnen kehrten traurig nach Hause zurück. Diese un-
10 schuldigen Kinder, besonders ein junges Mädchen von ohngefehr eilf Jahren,
das sich darunter befand, erregten das lebhafteste Mitleid. Bey der liebenswür-
digsten Gestalt schien sie eine nicht gemeine Fähigkeit des Verstandes zu be-
sitzen, und für diese Lebensart nicht gebohren zu seyn. Ein sittsamer Anstand
bezeichnete alle ihre Bewegungen. Sie war vortreflich in ihrer Kunst, aber man
15 vergaß beynah, sie deswegen zu bewundern, weil man ihren Zustand so sehr be-
daurete, und das Schicksal erwog, welches ihrer noch wartet. Vielleicht wird
diese Person, deren Besitz, wenn sie einer tugendhaften Erziehung genösse, ei-

---

AN HERRN UTZ . . . *3 Vermutlich Anspielung auf das Gedicht* Die Weinlese *S. 229
dieser Sammlung.* 11 *Sappho (griech. Dichterin, 628–568) – diesen Ehrennamen hatte
Gleim der Karschin beigelegt – soll sich vom leukadischen Felsen zu Tode gestürzt haben.*

nen rechtschafnen Mann glücklich machen könnte, vielleicht wird sie einmal zu
den niederträchtigsten Ausschweifungen verkauft und gezwungen. Wer weiß,
20 ob ein einziger unglücklicher falscher Tritt ihr nicht im Kurzen das Leben
kostet, oder sie auf alle ihre Tage schwach und kränklich macht? Diese Empfin-
dungen haben folgende Gedichte veranlaßt. Wir wünschen, daß die Kunstrich-
ter dieselben nicht völlig tadelhaft finden mögen; aber wir wünschen noch weit
mehr, daß diese Lieder jemanden, dem der Himmel die Mittel dazu verliehen hat,
25 das Vorhaben einflößten, diese junge Beklagenswürdige ihrem Elend zu ent-
reissen.

 Göttingen den 29. März 1764.   S.

[. . .]

 Weint, holde Mädchen; klaget, ihr Jünglinge,
 Beym Schmerz der Unschuld: göttlicher war kein Gram!
30   Flucht dem Barbaren, den in ,Wüsten
   Löwinnen, rauchend vom Blute, säugten!

 Nicht jenes Lächeln, nicht der gelaßne Blick
 Rührt ihren Räuber! Menschliches Mitleid kennt
  Sein Felsenherz nicht; ihn ergötzen
35   Künstliche Marter und Todesschrecken!

 Verzweifelnd sitzt und ringet die Hände dort
 Ein banger Jüngling, dem die Natur dies Kind
  In anmuthduftenden Gefilden
   Schuf, und den Grazien anvertraute.

40 „Als Du im Arm der Mutter, bezaubernd Kind,
 „Einst ruhig schliefst, wie wallte mein junges Blut!
  „Die Liebe drang durch alle Adern:
   „Mächtig und unwiederstehlich rührte

 „Mich früh die Wohllust himmlischer Zärtlichkeit:
45 „Und Deine Mutter nannte mich ihren Sohn.
  „Wie reizend war Dein holdes Lächeln,
   „Göttliches Mädchen! – ich bin verloren!

 „Sie ist verloren, ewig für mich dahin!
 „Ach! warum gieng sie einsam ins Veilchenthal?
50   „Ach! nahte sie sich unerfahren
   „Fleckigten Tiegern, und ward zerrissen?

---

27 *Schiebeler (s. Quellenverzeichnis).*

Jetzt blüht für ihn kein Frühling: er nährt sein Leid
In dunkeln Wäldern, wo die Melancholie
   Mit schwarzen Flügeln um ihn rauschet,
     Und ihm in nächtlichen Finsternissen

Sein Kind erscheint. So traurete Orpheus, als
Die Freundinn hinsank, mitten im frohen Tanz;
   Und um die reizende Gespielinn
     Nymphen und Grazien zärtlich weinten.

JOHANN GEORG JACOBI*

Der Mond
an einem Sommerabend
an das Fräulein v. H. in Z.

Vergnügt grüßt ihn die Erde wieder,
Den schönen Mond,
   Schon wirft er in entschlafne Thäler
   Sein Silberlicht.

Der Dichter liegt auf weichem Rasen,
Vom Lerm entfernt,
   Und sieht in sanft schattierte Wiesen,
   Am Wasserfall,

Hier dichtet er ein Lied von Freundschaft,
Von Zärtlichkeit:
   Dem Freund und der gerührten Schönen
   Gefällt sein Lied.

Ein muntrer Jüngling führt sein Mädchen
Alleen durch,
   Ihm folgt ein Chor vertrauter Freuden
   Und freyer Scherz.

Da setzet unter seine Linde
Ein Greiß sich hin,
   Sieht um sich her die Enkel spielen,
   Und freuet sich.

Der blasse Mond führt zu den Gräbern
Damöten hin,
   Hier sieht Damöt des Freundes Hügel,
   Steht still, und seufzt.

Die Liebe schleicht durchs ernste Lager;
Die Waffen drohn,
Sie lacht, und sagt dem iungen Krieger:
Dein Mädchen weint.

Die Unschuld, die, gescheucht vom Frevel,
Verlassen irrt,
Die arme Tugend, die verachtet
In Hütten wohnt,

Sehn ietzt mit mattgeweintem Auge
Gen Himmel auf,
Der Mond ist ihr vertrauter Zeuge,
Dem klagen sie. –

O wißts, die ihr so weint! der Himmel
Blickt ganz herab;
Er ehrt die Tränen seiner Freunde,
Sie sind gezält. –

Der Fromme sieht in iene Gegend
Des Lichtes hin,
Und denkt der künftigen Bestimmung
Der Sele nach.

Nun klopft für dich, entfernte Freundinn,
Mein zärtlich Herz,
Ich fühl der Freundschaft heil'gen Schauer,
Ganz fühl ich ihn.

So oft mit dir ein stiller Abend,
O Mond, sich naht,
Und dann mein Geist, in sich gehüllet,
Sich denkt und fühlt,

So spreche mich ein rein Gewissen
Von Lastern frey,
So nenne die zufriedne Tugend
Mich ihren Freund.

Dann kan ich dir mit heitren Blicken
Entgegen sehn,
Dann wiegt mich iede fromme Handlung
In sanfte Ruh.

JOHANN GOTTFRIED HERDER

Bey dem Sarge der Hochedlen Jungfer
Jungfer Maria Margaretha Kanter,
redete J. G. Herder.

5   Königsberg, den 16. Merz 1764.

[...] – – O Grab, was kanst du einem Menschen – einem Jünglinge
sagen? – auch mir sagen, einem Jünglinge in denselben Jahren, der
an dir Sterblichkeit und Leben lernen will – Ja ich verliere mich von
Ihnen, H. A. mit *Mitternacht* umgeben, trete ich einsam auf das
10 Grab: Gedanken-Schaudervoll steh ich –

Hier steh ich Jüngling!
Um mich Gräber der Brüder; und trete
verblühten Schwesterstaub!

Fühlst du? – Nein er fühlt nicht meinen Tritt,
15 Der verlebte Staub!
Hört nicht meine Stimme, nie des Tempels
Stimme, die Tod und Leben posaunt.

Nacht! – ich hör'! wie redst du mir, Asche
aus der Urne schwangren Schoos
20 Gedanken herauf, und jener Moder
dumpfte Antwort und schwieg?

Denn es lispelt um mich – im heilgen Kreise
wandeln Geister um mich?
Geister! weiht ihr die neue Todte vorm Altar
25 Eleusinisch in euren Kreis?
Denn kaum *Hekate* siehts durchs ewge Fenster
und ich seh euch nicht! –

Könnt ich – – – ja ich werd' euch – – wie?
wenn ich Asche bin? und wenn?
30 Tod! du kochst in mir, mein Feuer zu Asche
den Gedanken zu Nichts, den Wunsch zu Nichts!

Gedankenwelt! Fluthen von Wünschen, ihr sammlet
steht und brauset um mich!
Brauset herab! – Sey in mir, Stille!
35 wie die Natur einst steht

---

6 s. *Quellenverzeichnis* 9 H. A. *Hochgeneigte Anwesende.* 25 *Anspielung auf
den Mysterienkult von* Eleusis. 26 Hekate. *u. a. Göttin des Zauber-, Spuk- und Hexen-
wesens.*

wenn sie Welten zur Sonn' zu hauchen, erst Kräfte
athmet; stille wie mein Gedank
einst aufflammet und stirbt; der Wünsche letzter
einst auffluthet und sinkt
40 hin ins Nichts!

O Kluft! – ich Geist, wie GOtt –
Er rief Geister aus Nichts; ich Geist, Gedanken
aus Nichts hervor.
Er sprach: Körper; auch ich will, es wird Handlung;
45 und ich Schöpfer bin einst Nichts!
Gedanke – Handlung – mein Ich – kein Fußstapf mehr!
Ich war nicht – – bin – – – bin nicht mehr;
schattete auf – – – schatte – – schatte vorbey – –
Licht! das mich abschattete, *warum?* – –
50 Doch Mitternachtgedanke,
Sey mir Morgenstern!
Bin ich *durch ihn* – *ward* ich – wohl! so werd' ich
durch ihn seyn!
Denn durch ihn, durch ihn schaff ich seine Welten
55 in mir nach, und seh mich selbst!
und auch ihn kann ich einst, wie mich selbsten sehn!
Geist! mit welchem Gedankenstral im hohen
Auge gehst du einst ihn zu sehn!

Morgenstern! nein Morgensonne, den Tempel
60 glänzest du um mich auf!
Dort Meßias Bild am heiligen Altar
stirbt, der Jüngling; im Auge des Jünglings stirbt
der Gedank: *Vollbracht ists, Vater!* –
Wohl! *Vater?* vollbracht? wohl! diesen Gedanken
65 Tod, ihn brich einst ab; nimm mich in ihm!
Doch *vollbracht?* – ich? weiß ich? fing ich an?
und vollbracht? – Noch steh ich hier Jüngling!
Wohlan, ich geh und denk' und wirk' und genieße
mich noch, Jüngling ganz!
70 Jede Nerv und Ader und Freund und Augenblick
Mensch und Christ und Freund zu seyn!
Und wie Sonne, Leben umher zu streuen:
Daß ichs fühl; und jeder fühl': ich bin!
Und mein höchster Freudengedank ist Tod; mein **Todesgedank ist**
75 Vater! vollbracht! – – –
und denn läutet! – – sie läuten? – –

Ja sie läuten, die Todesglocken! es betrog sich meine Phantasie,
vergeben Sie ihren hingerissenen Traum; – doch nicht mein Ohr!
Sie ruffen uns zum Grabe! – Wir gehen; unser Gedanke sey Grab!!!

[1889]

Zweites Selbstgespräch.

Wer bin ich? alles erwacht in mir! mein Geist! . . .
Höhen . . . Tiefen! – – ich schaudre! . . . die nur Gott durchmißt! . . .
Dunkel liegt mein Grund! – Leidenschaft durchfleußt
5   ihn unendlich und braus't! – braus't! – Geist du bist
eine Welt, ein All, ein Gott, Ich! –

Mensch fühl ich mich, und beten vor mir an?
Nein! aufrecht stehn und denken will ich mich!
    Du jeder mein Gedank, des stärksten Selbsttriebs Blut
10   und jede Nerv sey *Kraft*, und jede Ader Glut
daß ich mich fühlen, faßen, lenken kann!

Es schläft in mir! im Schoos des Chaos schläft
welche Gedankenwelt!
um einen Punkt dehnt ein unendlich Feld
15   sich in der Ferne Schatten. Hier schläft
um mein Jezt die Asche von Vergangen
in ihr der Keim der ganzen Künftigkeit
so wes't im Todtenkrug die Asche von Vergangen
zum Keim der Künftigkeit! –

20   Wolkenhoch erwach ich am Segel und unter mir
ruht ein Ocean! Doch in den holen Tiefen
donnert herauf Neptun; so steigen hier
Gedanken empor; es rauscht das Feld in mir
von Todten, die sich ins Leben riefen.

25   O spräch ich „Sey!" und meine ganze Welt
erstünde mir, *dem Gott*, so! welche Millionen
der Zoll der ganzen Schöpfung, tief versenkt
ins Meer der Nacht!

            So ruht das Gold, umschränkt
30   von Acherons – von Cerbers rings umbellt

---

30 Acheron   *der Höllenfluß;* Cerberus   *Höllenhund.*

da Alpen – Klüfte – Plutons auf ihm thronen!
So ruhn im Meere Schätze Millionen
der Raub der Indiens im Schiffbruch ach! ertränkt
so schlummert unter Eis- und Schneesthronen
35 des Frülings bunte Blumenwelt!

Wer rufft dich Frülingswind! der mich von Banden
enteist! o welche Sonne gebiert
aus mir ein Tempe und weckt ein hohes Ährenheer
wie Riesen aus Jasons Saat entstanden!
40 Entwälzt kein Herkul die Felsen mir, und entführt
der Hölle mein Gold! – Wer spricht zum Meer
Gib deine Todten her!

Und kann ich selbst nicht – selbst mir Herkul seyn?
Er, der den Cerber speind, die Allmachtskeule
45 gefaßt im Löwenschmuck
voll Hiderblut erschien und Ruh und Säule
und Kampf Olympens nachließ; denn es trug
den Pappel- Öl- und Lorbeer neugekrönten
die Wolke Himmelwärts
50 und dunkler Götterblitz im Auge des Verhönten

nahm Junons ganzes Herz
und Pindars Geist! der seinen Spuren
voll Trotz sich, Adler, nachschwang! –
wie Shakespear, der aus Wildnißfluren
55 im Räubersbart zu Göttern drang.
Denn er grub ins Menschenherz zur Höllenglut
erschüttert, Simson, seine Tempelsäulen
Er, fast sein Schöpfer. – Und sein Schöpferstab
spricht hier ein Feenreich; dort Wildniße, die häulen.
60 Das war er! und Mensch? – Mensch? und ich knie vor Dir!
ich knie! ja weinen will ich Blut
mir; nicht dir; – und schwören mir
nicht Shakespear; *ich* zu seyn! Fallt ab
Feßeln der Feigheit ab – – –   [1889]

---

31 Pluto *Gott der Unterwelt.*   39 Jason *mußte vor Erlangung des Goldenen Vlieses*
Drachenzähne aussäen, aus denen gepanzerte Männer wuchsen.   44 speind   *verspottend.*
46 Blut *der* Hydra, *die Herkules besiegt hatte.*   53 *wie ein* Adler.

Entschluß.

Als Knabe liebt ich Bücher,
die ich, jezt Jüngling, hasse;
im Winter sucht' ich Freunde
die mich im Früling fliehen,
wie andre sie vergaßen!
und ich soll Frülingsfreunde,
die ich im Winter misse,
und Rosenmädchen suchen,
die mir der Sommer raubet?
Nein! mich selbst will ich suchen
daß ich mich endlich finde
und denn mich nie verliere
und denn mich Freunden schenke
bis ich ein Mädchen finde.
Komm! sey mein Führer, Rousseau!   *[1889]*

1766

Unbekannter Verfasser

Himmelsau, licht und blau, wieviel zählst du Sternlein?
    Ohne Zahl! Soviel Mal sei gelobt der ewige Gott.

Gottes Welt, wohl bestellt, wieviel zählst du Stäublein?
    Ohne Zahl! etc.

Sommerfeld, uns auch meld, wieviel zählst du Gräslein?
    Ohne Zahl! etc.

Dunkler Wald, grün gestalt', wieviel zählst du Zweiglein?
    Ohne Zahl! etc.

Tiefes Meer, weit umher, wieviel zählst du Tröpflein?
    Ohne Zahl! etc.

Sonnenschein, klar und rein, wieviel zählst du Fünklein?
    Ohne Zahl! etc.

Ewigkeit, lange Zeit, wieviel zählst du Stündlein?
    Ohne Zahl! Soviel Mal sei gelobt der ewige Gott.

[ca. 1957]

HEINRICH WILHELM VON GERSTENBERG*

Gedicht eines Skalden.
Zweyter Gesang.

Stiller wird das Meer
Der Entzückung um mich her.
Weh mir! auf welcher Stätte ruht
Mein blutbetriefter Fuß?
Welch feyerliches Graun
Steigt langsam über diese Hügel
　　Wie im Nachtgewölk
　　Neugeschiedner Seelen auf? –

Ach hier! – hier? – Ach, Halvard!
Wie manch geflügeltes Aeon
Ist von der Nornen Stunden-Thron,
Seit ich dieß Grab gebaut, entflohn! –
Ruht hier die Urne, mein Halvard,
Hier, bester Freund, dein edler Staub? –

Mir schwindelt! durch Jahrhunderte
Blick ich, durch trübe ferne Nebel
Hoch übern Horizont, ins Grab,
Auf unsrer Freundschaft Maal herab!

Lernts, Gotlands Söhne! Wenn der Stein
Der Hügel schweigt, wenn seine Runen
Verloschen sind, kein Trümmer mehr,
Kein Brand-Altar der Freundschaft zeugt: –
O! lernts durch ewigen Gesang,
Und flammet neuen Opferdank
Vom rauhen hüglichten Altar,
Der euren Vätern heilig war.

Im Schatten dieses Eichenhayns,
Hier wars, von hoher Flamme warm,
Wo ich, Halvard, in deinem Arm
Den großen Todesbund beschwur.
Still war die Luft, in Majestät
Lag die Natur zu Vidris Füßen;
Die stolzesten der Wipfel rauschten,

---

13 Aeon *Zeitalter.*　　14 Nornen *Schicksalsgöttinnen.*　　35 Vidris ,der
Sohn des Odin' *(Gerstenberg, auch in den folgenden Anmerkungen).*

Und leise Bäche murmelten.
Unsichtbar wandelten um uns
Zween Alfen, von Odin gesandt.
40 Wo über buntbeblühmte Rasen
Der See vom Hauch der Luft bewegt,
Crystallne Wellen von sich jägt,
Sahn wir, mit süßem Duft beladen,
Die Göttinn Blakullur sich baden.
45 Vom Hügel braust im Bogenschuß
Ein breiter Quell, schwillt auf zum breitern Fluß,
Springt donnernd über jähe Spitzen,
Und diamantne Tropfen blitzen,
Im Lichtstrahl und im Silberschein
50 Erzitternd, durch das Laub im Hayn:
Indeß die Wellen schmeichlerisch sich regen,
Ihr Bild in die glanzvolle Luft zu prägen.
Die Göttinn sah ihr himmlisch Bild,
Wie es die Wasser-Scene füllt;
55 Bescheiden schlüpfte sie zur Tiefe nieder:
Allein das Ebenmaaß der weißen Glieder
Strahlt durch die heitre Fläche wieder.
Es scherzt um ihren Hals ihr blondes Haar,
Verbirgt ihn halb, stellt halb entblößt ihn dar.
60 Die seidnen Locken spielen mit den Lüften,
Und thauen dann herab auf Marmor-Hüften.
Die Wangen blühn in seelenvollrer Glut;
Die runden Arme rudern durch die Fluth;
Die kleinen Füße rudern, sanft gebogen,
65 Der volle Busen wallt auf zarten Wogen.
Die sternenvolle Nacht umschwebet sie,
Die Flur ist Duft, der Wald ist Melodie.
Sieh den gelindern West ihr Haar umfließen!
O sieh den hellern Mond zu ihren Füßen! –
70 Wir sahn das Wunder, staunen, beten an! –
Schnell hören wir aus einem Zauberkahn
Fremde Spiele der Saiten
Mystische Lieder begleiten.
Stillschweigend horchen wir; die Saite klingt,
75 Die himmlische verborgne Stimme singt:
„Beglückt! beglückt! dreymal beglückt!

---

39 Alfen ,Schutzgeister'. 44 Blakullur eine ,Wasser-Gottheit'.

    „Den Hiorthrimul angeblickt!
    „Beglückt! beglückt! beglückt!
      „Wer in die Freuden der Götter entrückt
80   „Am Busen seines Freundes stirbt,
      „Ihm reichen Hrist,
      „Und Skogula und Mist,
      „Und Hilda und Hertrudra,
      „Und Hloka und Herfiudra,
85   „Gaull, Geira, Radgrida,
      „Hod, Reginleif, Rangrida,
    „Und alle Valkyriur in Valholl
    „Einherium Ol.
    „Laßt uns spinnen, laßt uns spinnen
90   „Den Faden Thorlaug und Halvard!
    „Laßt ihn in Nebel zerrinnen,
      „Den Leib, der Einherium ward!„

Der Schauer der Begeisterung
Ergriff mein schwellend Herz! Ich schlung
95 Den Arm um meinen Freund, und schwur
    Meines Freundes Tod zu sterben!
    Da jauchzten die Valkyriur!
Da hub mein Freund den Arm, und schwur
    Den blanken Schild zu färben,
100 Und meinen Tod zu sterben!
    Da jauchzten die Valkyriur!

1767

Henriette Louise von Hayn*

1. Ave, zum Heraustritt aus der Kammer! möcht mein Kuß der
erste seyn! Ave zum verschlafnen Todesjammer! komm in meinen
Arm hinein, schönstes Herz! du Herz mit tausend Wunden: meine
5 Seele bleibt an dich gebunden, und auch's sterbende Gebein girrt
und weint nach dir allein.

---

77 Hiorthrimul ,eine Todes-Parze'.   81–86 *Namen der Walküren* (,Valkyriur'),
die den Halbgöttern in Walhall (,Himmel des alten Nordens') *aufwarten.*   88 ,Ein-
herium Helden, die das Schwert einer Stelle in Valholl würdig gemacht hat. –
Einherium Ol das himmlische Getränk dieser Helden.'   90 Thorlaug, Halvard
Namen des Sprechers und seines Freundes.

2. Arzt, voll Lebenssaft für deine Kranken! kaum bist du vom
Schlaf erwacht, so sind deine ersten Liebsgedanken gleich auf ihren
Trost bedacht: eines lockst du hin zu deinen Füssen, und das andre
10 läßst du freundlich grüssen; ein lebendger Zeuge ist mein Herz,
was du Sündern bist! *[1778]*

CHRISTIAN FELIX WEISSE*

Zuschrift an ein paar Kinder.

Ihr fodert hüpfend eine Gabe
Mir, kleinen Schmeichler, ab?
5 Hier habt Ihr alles, was ich habe,
Und mir die Muse gab.

Die Muse – doch ich hör Euch fragen,
Welch Wunderding dieß ist?
Ich will es im Vertraun Euch sagen:
10 So bald ich Euch geküßt.

Es ist die väterliche Liebe,
Der jede Liebe weicht,
Und der bey mir nichts, als die Liebe
Für Eure Mutter gleicht.

15 Laßt sie Euch diese Lehren geben,
Durch Harmonie versüßt:
Weit kräftiger lehrt Euch ihr Leben,
Das lauter Wohllaut ist.

Lob der Unschuld.

Du, der Unschuld süße Ruh,
O wie lieblich schmeichelst du
Unsern Seelen!
5 Eitle Wollust fleucht vor dir,
Und doch lässest du es mir
Nicht an Wollust fehlen.

Du streust Rosen und Jesmin
Auf die sichern Pfade hin,
10 Die ich gehe.

Ich bin ganz Zufriedenheit,
Wenn ich dich voll Heiterkeit
Auf mich lächeln sehe.

Ohne Kummer, ohne Reu,
15 Führst du sie vor mir vorbey
Meine Tage.
Meine Müh machst du mir leicht,
Und in meine Spiele schleicht
Sich nicht späte Klage.

20 Laß mein Herz sich deiner freun,
Dich noch, werd ich älter seyn,
Freundinn nennen.
In dem Unglück tröste mich,
Und nie laß mich ohne dich
25 Eine Freude kennen.

Die Mücke.

Des Lichtes Glanz in dunkler Nacht
Reizt einer Mücke Unbedacht:
Sie spielt und nimmt nicht die Gefahr,
5 Die ihr das Leben kostet, wahr.

O ladet mich der goldne Schein
Der Wollust dieses Lebens ein:
So denke stets mein Herz daran,
Wie leicht ihr Reiz verderben kann!

Das Clavier.

Süßertönendes Clavier,
Welche Freuden schaffst du mir!
In der Einsamkeit gebricht
5 Mir es an Ergötzen nicht;
Du bist, was ich selber will,
Bald Erweckung und bald Spiel.

Scherz ich, so ertönet mir
Ein scherzhaftes Lied von dir;
10 Will ich aber traurig seyn,

Klagend stimmst du mit mir ein;
Heb ich fromme Lieder an,
Wie erhaben klingst du dann!

15 Niemals öffne meine Brust
Sich der Lockung falscher Lust!
Meine Freuden müssen rein,
So wie deine Saiten seyn,
Und mein ganzes Leben nie
Ohne süße Harmonie.

DANIEL SCHIEBELER

Phaeton.

Zum Phöbus kam Prinz Phaeton,
Und klagte laut mit heissen Thränen:
5 Man schmäht, o Vater, deinen Sohn,
Dich, grosser Phöbus, und Climenen.

Der Io stolzer Bube spricht:
Er sey allein aus Göttersamen;
Du habest, grosses Weltenlicht,
10 Von meinem Vater nur den Namen.

Laß mich, ich sey dein Sohn, itzt sehn,
Laß michs dem stolzen Buben zeigen.
Gewähre mir ein einzig Flehn,
Ich weiß, dann bring ich ihn zum Schweigen.

15 Apollo giebt ihm einen Kuß,
Und ruft: Laß deine Bitte hören!
Ich schwör es dir beym Höllenfluß,
Ich will der Bitte dich gewähren.

Ach! ach! was schwört Apollo da?
20 Er wird bereun, was er versprochen.
So spricht man ein gewisses Ja;
Und man beweints nach wenig Wochen.

---

3 Phaeton *Sohn des Sonnengottes Helios, hier des* Phöbus *Apollo.*   6 Climene
Okeanide, Mutter des Phaeton.   7 *Sohn der* Io, *der Geliebten des Zeus war allerdings der
spätere König von Memphis, Epaphos, der hier kaum gemeint sein kann.*

Wohlan, mein Vater, sagt der Sohn,
Ich will mein Wünschen offenbaren!
25 Auf einen Tag laß Phaeton,
Herr, deine güldne Kutsche fahren.

Wie, meine Kutsche, schreyt Apoll?
Die Hengste dort willst du regieren?
O glaube, von Entsetzen voll,
30 Wirst du die Zügel bald verlieren.

Ach, welch ein Schrecken drohte dir,
Wenn erst dein Auge in der Nähe
Den Scorpion, den Krebs, den Stier
Und mehr – die alte Jungfer sähe.

35 Laß, laß von deinem Vorsatz ab,
Ein Vater bittet dich mit Zähren.
Sohn, du bereitest dir das Grab.
Ach, warum mußt ich, Narr, doch schwören?

Umsonst. Man hält ihn fest beym Wort;
40 Man springt voll Freuden in den Wagen,
Und peitschet drauf und rollet fort,
So schnell, als nur die Pferde jagen.

Die raschen Hengste fühlen bald,
Es sey nicht Phöbus, der sie leite,
45 Und springen wiehernd mit Gewalt
Von einer auf die andre Seite.

Der Jüngling sieht den Scorpion,
Er sieht die alte Jungfer grüssen,
Er sieht des Löwen Rachen drohn,
50 Und läßt die Zügel plötzlich schiessen.

Dem Armen hilft kein Ach und O;
Geschüttelt von den wilden Pferden,
Stürzt er hinunter in den Po.
Am Mittag wird es Nacht auf Erden.

55 So schwingt sich oft zur Epopee
Ein Herr Verfasser kleiner Lieder,
Und von der ungewohnten Höh
Stürzt er mit seinem Ruhm danieder.   [1773]

---

55 *Epos.*

Johann Kaspar Lavater*

An den Leser.

Wenn Leser! dir mein Reim gefällt,
Danks dem Tyrtäus *Gleim!*
Der sang von Helden wie ein Held
Und dessen ist mein Reim.

Wilhelm Tell.

Nein! vor dem aufgestekten Hut,
  Du Mörderangesicht!
Bükt sich kein Mann voll Heldenmuth,
  Bükt *Wilhelm Tell* sich nicht!

Knirsch immer, du Tyrannenzahn!
  Wer frey ist, bleibet frey!
Und wenn er nichts mehr haben kann,
  Hat er noch Muth und Treu!

Der Landvogt voll von Raache schnaubt
  Ihn an, „Schieß deinem Kind
„Schnell einen Apfel weg vom Haupt;
  „Sonst würg ich dich geschwind!„

Tell hörts und seufzt – „Ach der Tyrann
  „Ich sterbe Sohn, für dich!
„Doch Sohn! – ich schiesse – ja ich kann
  Erretten dich und mich!

Drükt an die Brust ihn – welch ein Schmerz!
  Und lispelt ihm: „Steh still!
„Eh schlägt nicht mehr mein Vaterherz,
  „Eh ich dich trefen will!“

Und führt ihn sanft an einen Baum,
  Drükt ihm den Apfel auf
Und legt den angewiesnen Raum
  Zurük im schnellen Lauf,

---

4 Tyrtaios   *griech. Dichter kriegerischer Elegien (7. Jhdt. v. Chr.); Gleim wurde wegen seiner Preußischen Kriegslieder so benannt (vgl. S. 279 ff. dieser Sammlung).*

Nimmt eilends Pfeil und Bogen – spannt
  Blikt scharf – fest steht der Knab
Und drükt mit unbewegter Hand.
35 Es knällt – den Apfel ab!

Voll jugendlicher Munterkeit
  Sucht ihn der Knab; in Eil
Bringt er dem Vater voller Freud
  Am Apfel seinen Pfeil.

40 Hätt der ihm nur ein Haar gefehlt,
  Der zweyte träfe doch!
Wen? *Geßler*, dich! du lägst entseelt,
  Und *Tell* wär, frey vom Joch!

Der Vogt, von Raach, und Wuth entflammt
45 Bindt schnell ihm Händ' und Füß'
Und schäumt und stampfet und verdammt
  Den *Tell* zur Finsterniß.

Gebunden bleibt der Held ein Held,
  In Ketten *Tell* noch *Tell*.
50 Gott, dem die Freyheit stets gefällt,
  Sieht ihn und hilft ihm schnell.

Er ruft dem Sturm! der Sturm braust her,
  Die Schiffer stehn erblaßt,
Sehn bebend keine Rettung mehr,
55 Wenn *Tell* das Steur nicht faßt.

Des Helden losgebundner Arm:
  Arbeitet fort zum Strand:
Tell springt und steht von Freyheit warm
  (Das Schiff prellt weg) – am Land!

60 Die Wogen rauschen fürchterlich
  In des Tyrannen Ohr,
Tell sieht zu Gott auf, stärket sich
  Und läuft ihm schnell zuvor!

Er kömmt, auf seiner Stirne Zorn,
65 Verwirrung im Gehirn;
Tell sieht ihn hinter einem Dorn,
  Sieht Tod auf seiner Stirn'.

Da zielt er, drükte, – Heil dir! – los
Der Pfeil zischt in die Brust,
70   Des Mörders schwarzes Blut zerfloß;
Das sahe *Tell* mit Lust;

Die Freyheit seines Vaterlands
Steht auf mit *Geßlers* Fall,
Und bald verbreitet sich ihr Glanz.
75   Bald strahlt sie überall.

CHRISTIAN FRIEDERICH DANIEL SCHUBART

Morgengesang.

Mel. GOtt des Himmels und der Erden.

Ich erwache! Auf ihr Glieder!
5   Von der faulen Ruhe auf!
Dann die Sonne gehet wieder
ihren alten Heldenlauf.
Traum und Schlummer eilt davon!
Dann die Vögel singen schon.

10   Was die schöne Welt verdunkelt,
Nacht und Schatten, müßen fliehn,
Dann das Gold der Sonne funkelt
an dem blauen Himmel hin.
Schon erhebt der Berg sein Haupt,
15   daß er frühe Strahlen raubt.

Auf den dürren Fluren lieget
Morgenthau und tränket sie,
und ein Chor von Vögeln flieget
auf in süßer Melodie.
20   Schwinge dich mit ihrem Chor,
fromme Seele, auch empor.

Fliege Adlern gleich zur Sonne,
träger Geist! so fliege doch!
Mische Dank und mische Wonne
25   in das Wort: *ich lebe noch.*
Wie aus einer Todesnacht
bist du zu dem Tag erwacht.

Streiche, die den Sündern drohten,
    Tod und Krankheit traf dich nicht;
30 Dreißigtausend neue Todten[a])
    stehen iezo vor Gericht.
Dort am Throne stehen sie –
Bist du besser dann, als die?

Schlafend und in Sünden sterben,
35   was ist schröklicher, als dieß?
Fluch und ewiges Verderben
    trift den Sünder ganz gewiß,
der noch roh und unbekehrt
auf zu seinem Richter fährt.

40 Ach so zeichne deinem Kinde,
    Vater, alle Schritte vor,
und beym Vorsatz einer Sünde
    flistre mir dein Geist ins Ohr:
Arme Seele, denkst du nicht
45 an den Tod und ans Gericht?

O so leb' ich ohne Sorgen
    glüklich, wie in Canaan;
Denn ein ewger Frühlingsmorgen
    bricht mir dort im Himmel an.
50 Nun du, armes Leben du!
eile nur dem Grabe zu.

---

a) Diese arithmetische Genauigkeit wäre vielleicht in einer andern Gattung von Gedichten nicht zu entschuldigen; aber hier, wo vor die Andacht des gemeinsten Mannes gesorgt werden muß, scheint sie mir am rechten Orte angebracht zu seyn. Wie leicht wäre es mir gewesen, das in der Schriftstellerwelt so sehr eingerissene Wort: Myriaden, unterzuschieben; aber nicht ein Süßmilch allein, sondern auch der gemeinste Christ soll es wissen, daß von den 1000. Millionen Menschen, die zur Zeit auf dem Erdboden wohnen, iährlich 33. Millionen sterben. Jeder Tag im Jahre hat also 90000. Todte, und eine 8. stündige Sommernacht liefert auf das wenigste 30000. Menschen in das Grab. Ich habe also, wider die Mode der Dichter, weniger gesagt, als ich hätte sagen sollen. – Indessen scheint mir diese Anmerkung wichtiger, als manches kraftlose Epiphonema, womit man so oft die Leichenpredigten aufzustutzen sucht.

---

zu a) *5. Zeile Joh. Peter* Süßmilch *(1707–67), Theologe und Statistiker:* Die göttl. Offenbarung in den Veränderungen des menschlichen Geschlechts, *1741.*
    zu a) *12. Zeile* Epiphonema *Sentenz am Schluß einer Argumentation oder Erzählung.*

FRIEDRICH GOTTLIEB KLOPSTOCK

Dem Vater und dem Sohne.

Mel. Lobet den Herren etc.

Preis sey dem Vater!
Preis sey dem Sohne!
Und beyder Geiste!
Auf, laßt vor ihm uns knien, und niederfallen,
Knien, und niederfallen!
Laßt freudiger die höhern Lieder schallen,
Ehre dir, Preis dir,
Wesen der Wesen!

Wunderbar bist du!
Seeligkeit bist du!
Herr heißt dein Name!
Groß, theuer, schrecklich, herrlich, unvergänglich,
Herrlich, unvergänglich
Ist all dein Thun, Herr, Herr! und überschwenglich
Über das alles,
Was wir begreifen!

Denkt dich, o Erster,
Wesen der Wesen,
Dich meine Seele:
Dann wünsch ich, in dem freudigen Erschrecken,
Flügel, mich zu decken;
Die Engel thuns im freudigen Erschrecken.
Heilig, ach heilig,
Denn du bist heilig!

Die schon den Herrn sehn,
Ihn, der erwürgt ward
Vom Anbeginne,
Sie werfen, vor dem wundenvollen Sohne,
Ihrer Ehren Krone
Anbetend nieder vor des Menschen Sohne.
Heilig, ach heilig,
Denn er ist heilig!

Möchte mein Leben
Jubel und Dank seyn,
Ein Preis, ein Dank seyn!
O möcht' ich, wie ich dürst', ihn preisen können;
40   Ganz von Liebe brennen!
So meinen Herrn, und meinen Gott ihn nennen.
So wie sein Zeuge,
Der ihn für todt hielt!

Seelig sind jene,
45   Welche nicht schauen,
Allein doch glauben.
Der Zeuge sahe seiner Wunden Maale.
Ach wie dein Entzücken,
Der du sie sahst, so stark sey das Entzücken
50   Meines Vertrauens
Auf den Erstandnen!

Welches Erstaunen
Wird mich ergreifen,
Wenn meine Blicke
55   Nun nach dem Tode seine Wunden schauen!
Dann wird mein Vertrauen
Ganz Wonne! Was bist du des Todes Grauen
Wenn ich auf einmal,
Frey von dir, Gott seh!

60   Nur ein verflogner
Nächtlicher Traum war
Des Todes Schrecken.
Der letzte Schweiß des Streiters, den nicht Leiden,
Selbst des Todes Leiden,
65   Von dir, Vollender seines Glaubens scheiden.
Mittler! dir leb' ich!
Amen, dir sterb' ich!

Darum ich lebe;
Oder ich sterbe:
70   So bin ich Christi.
Anbetend laßt uns knien, und niederfallen,
Knien, und niederfallen,
Laßt freudiger die Halleluja schallen!
Ehre dir, Dank dir,
75   Preis dir, Erbarmer!

JOHANN GOTTFRIED HERDER

Der Genius der Zukunft.
1769.

Vom dunkeln Meer vergangener Thaten steigt
5 ein Schattenbild in die Seel' empor!
Wer bist du, Dämon! Kommst du leitend
mein Lebensschiff in die Höh' dort auf!
in die blaue Nebelferne dort auf, wo Meer und Himmel
verweben ihr Trugegewand;
10 wie? oder Flamme des hohen Masts!
mir Irrphantom und nicht der Errettenden Einer,
der Sternegekrönte Jüngling!

Flamm auf, du Licht der Zeiten, Gesang! du stralst
vom Angesicht der Vergangenheit, und bist
15 mir Fackel, meinen Gang dort fürder
zu leiten! dort, wo die Zukunft graut,
wo ihr Haupt der Saum der Wolke verhüllt, wo Erd' und Himmel
sich weben, als wär' es Eins!
Denn was ist Lebenswissen! und du
20 der Götter Geschenk, Prophetengesicht! und der Ahndung
vorsingende Zauberstimme!

Mit Flammenzügen glänzt
in der Seelen Abgründen der Vorwelt Bild
und schießt weitüber weissagend starkes Geschoß
25 in das Herz der Zukunft! Siehe! da steigen
der Mitternacht Gestalten empor! wie Götter aus Gräbern empor
aus Asche der Jugendglut die Seher! Sie zerreißen
mit Schwerterblitzen das Gewölk! Sie wehn
im Blick durch die Sieben der Himmel, und schwingen sich herab!
30 Denn liest der Geist in seines Meers
Zauberspiegel die Ewigkeit. – –

Dich bet' ich an, o Seele! Der Gottheit Bild
in deine Züge gesenkt! In dir
zusammengehn des weiten Weltalls
35 Erhalterband'! Aus der Tiefe, dir
aus dem Abgrund webt sich Weltengebäu und sinnst und tastest
zum Saume des Ends hinan!

---

12 *einer der Dioskuren (der beiden heldenhaften Brüder der griech. Mythologie), die im*
St. Elmsfeuer den Seeleuten als Nothelfer erscheinen.

Nur tief umhüllt! in schwangerem Schoos
mit Wolken umhüllt! in Kluft des erbrausenden Meers
40   da ruht die keimende Nachwelt.

Wer fand den Sonnenspiegel, in's dunklen Meers
verhüllte Schätze zu sehn? Wer fand
das Auge dieser neuen Schöpfung?
und ging hinein im Triumph? und nahm
45   im Triumph die tiefen Welten gefangen? und kam und nannte
den Herrscher des Abgrunds sich.
Es liegt verflochten, und unentwirrt
der Thaten Gespinnst! Des Glücks unerforschlichen Knäul
webt ab die leitende Zeit nur!

50   Ich aber komme jetzt
von der röthenden Dämmerung Morgenhöhn
und sinn' hinüber und ziele gefiederten Blick
zu des Ufers Hoffnung. Siehe! da kommen
der Anfurt hohe Boten mir schon! umkränzen mit Freudegesang
55   die Gipfel des Schiffs. Ich seh! ihr Götter, da grünen
Gebürg', wie Säulen des Triumphs! Da wehn,
sie wehn mit den Düften der Felder und laben mich hinan!
O Land! o Land! der schwarzen Überfart
Schlünden entrann ich, o Land!   *[1889]*

Verzeichnis der Quellen

Die Anordnung der Quellen folgt der Reihenfolge ihrer Verwendung in dieser Anthologie. Wo ein Erstdruck nicht erreichbar war, wird unter dessen Datum im Anschluß an den Vermerk „*Erstdruck*..." oder an den Titel des Erstdrucks die statt seiner verwendete spätere Auflage oder Ausgabe genannt. – Die Titel der zeitgenössischen Quellen werden vollständig angeführt, jedoch sind Verlagsangaben, Motti und dgl. nicht berücksichtigt worden. Erscheinungsort und -jahr sind modernisiert und durch einen Gedankenstrich abgesetzt. – Zum Zwecke leichterer Orientierung sind den Titeln die Namen der Autoren oder der Herausgeber in abgekürzter Form vorangestellt, und zwar auch dann, wenn die Namen im Titel der Quelle nicht auftauchen. Bei Sammelwerken und Zeitschriften folgen die Namen der berücksichtigten Verfasser *kursiv* im Anschluß an den Quellentitel. – Anmerkungen des Herausgebers stehen *kursiv* in eckigen Klammern.

1 STOLLE, Hrsg. – *Erstdruck [?]* 1700. *Abdruck nach:* Herrn von Hofmannswaldau und andrer Deutschen auserlesener und bißher ungedruckter Gedichte sechster Theil. – Leipzig 1709.   *Neukirch.*

2 CANITZ – Neben-Stunden Unterschiedener Gedichte. – Berlin 1700

3 GROB – Reinholds von Freientahl Poetisches Spazierwäldlein / Bestehend in vielerhand Ehren- Lehr- Scherz- und Strafgedichten. – *[o. O.]* 1700

4 WERNICKE – Uberschrifte Oder Epigrammata In acht Büchern / Nebst einem Anhang von etlichen Schäffer-Gedichten / Theils aus Liebe zur Poesie, theils aus Haß des Müssiggangs geschrieben. – Hamburg 1701 *[2. vermehrte und veränderte Auflage.]*

5 HUNOLD – Die Edle Bemühung müssiger Stunden / in Galanten, Verliebten / Sinn- Schertz- und Satyrischen Gedichten / Von Menantes. – Hamburg 1702

6 UHSE, Hrsg. – Herrn von Hofmannswaldau und andrer Deutschen auserlesener und bißher ungedruckter Gedichte dritter Theil. – Leipzig 1703.
     Hofmannswaldau, Suschke, Unbekannte Verfasser.

7 ABSCHATZ – Herrn Hanß Aßmanns Freyherrn von Abschatz, Weyl. gewesenen Landes-Bestellten im Fürstenthum Lignitz / und bey den Publ. Conventibus in Breßlau Hochansehnl. Deputirten / Poetische Ubersetzungen und Gedichte. – Leipzig und Breslau 1704

8 HÖLMANN, Hrsg. – Herrn von Hofmannswaldau und andrer Deutschen auserlesener und bißher noch nie zusammen-gedruckter Gedichte Vierdter Theil. – Glückstadt 1704.   *Hölmann.*

9 SCHMOLCK – *Erstdruck* 1704. *Abdruck nach:* Herrn Benjamin Schmolckens Past. Prim. und Inspect. der Evangel. Kirchen u. Schulen vor Schweidnitz Sämtliche Trost- und Geistreiche Schrifften, Auf Vielfältiges Begehren besonderer Liebhaber derselben Also bequem zusammen gesammlet, Und Mit einer Vorrede von des Herrn Auctoris Leben und Schrifften, auch genugsamen Registern versehen. Erster Theil. – Tübingen 1738 – *[Darin:]* Heilige Flammen der Himmlich-gesinnten Seele, In andächtigen Gebet- und Liedern angezündet Von Benjamin Schmolcken, Past. Primar. bey der Evangelischen Fürstenthums-Kirche zu Schweidnitz. – 1737

10 MENTZER – *Erstdruck* 1704. *Abdruck nach:* Geist-reiches Gesang-Buch / Den Kern Alter und Neuer Lieder / Wie auch die Noten der unbekannten Melodeyen Und dazu gehörige nützliche Register in sich haltend; In gegenwärtiger bequemer Ordnung und Form samt einer Vorrede / Zur Erweckung heiliger Andacht und Erbauung im Glauben und gottseligen Wesen / Zum drittenmal heraußgegeben von Johann Anastasio Freylinghausen / Past. Adj. – Halle 1706

11 Erste Geist- und Andachts-Früchte / Die dem Höchsten GOtt Zum Preiß Und dem Nächsten / Der im Lichte GOTTES Werck beschaut mit Fleiß / Zum Behuff Ans Licht gegeben Von Der Seele / Die das Leben Hofft aus GOTT in aller Noth durch so manchen Fleisches Todt. – Erfurt 1706

12 Schöne Raritäten-Kasten Schöne Spielwerck / Alles lebendig / alles lebendig / Zusehen An die Kasten von der Wellisch Mann Vor ein Viertel Grosch / Vor der Meß / in der Meß und nach der Meß Gedruckt in diesen Jahr. [1706: *handschriftlicher Vermerk auf dem Titelblatt*]

13 OMEIS – Geistliche Gedicht- und Lieder-Blumen / Zu GOttes Lobe und frommer Seelen Erquickung geweihet und gestreuet von dem Pegnesischen Blumgenoßen Damon M. D. O. – Nürnberg 1706

14 MENCKE – Philanders von der Linde Schertzhaffte Gedichte, Darinnen So wol einige Satyren, als auch Hochzeit- und Schertz-Gedichte, Nebst einer Ausführlichen Vertheidigung Satyrischer Schrifften enthalten. – Leipzig 1706

15 BAUER – Unterschiedene schöne Geistliche Berg-Reyhen / Einen jeden Bauenden Gewercken / Steigern und Berg-Leuten / zu einem Trost / Nebst einen Berg-Gebeth / Wie auch andern schönen Geistlichen Liedern / auff den ietzigen Zustand der schweren Krieges-Zeiten / Einen jeden Christlichen Hertzen wohlmeinet mitgetheilet / und auffgesetzet von Michael Bauer / aus der Buckau. – *[o. O.]* 1707

16 ESSMARCH – Nicolai Ludovici Eßmarch / Past. im Hertzhorn / und Assessoris des Pinnebergischen Consistorii. SION. Worin zu finden 1. Geistliche Gedichte 2. Begräbnis Gedichte 3. Geistliche Epigrammata. – Glückstadt und Leipzig 1707

17 Die historischen Volkslieder vom Ende des dreißigjährigen Krieges, 1648 bis zum Beginn des siebenjährigen, 1756, Aus fliegenden Blättern, handschriftlichen Quellen und dem Volksmunde gesammelt von Franz Wilhelm Freiherr von Ditfurth. – Heilbronn 1877   *Unbekannte Verfasser* [1708, 1715, 1717, 1737].

18 Bostel – Nicolai von Bostel Stad: Brem: Poëtische Neben-Wercke / bestehend In Deutschen und Lateinischen / Geistlichen / Moral- Trauer- Vermischten- und Ubersetzten Gedichten / Nach des Seel. Autoris Tode aus dessen hinterlassen Schrifften colligirt. – Hamburg 1708

19 Franck – Salomo Franckens / Fürstl. Sächß. gesamten Ober-Consistorial- Secretarii in Weimar / Geist- und Weltliche Poesien. – Jena 1711

20 *Um* 1713. *Erstdruck* 1719. *Abdruck nach:* Weimarisches Jahrbuch für deutsche Sprache, Litteratur und Kunst, hrsg. von Hofmann von Fallersleben und Oskar Schade. Bd. III. – Hannover 1855

21 Heräus – Vermischte Neben-Arbeiten / Hn. Carl Gustafs Heraei, Käyserl. Raths und Antiquitäten-Inspectors. Samt einer Zugabe etlicher anderwärtig von ihm verfasseten Gedichte. Wegen Abgang derer eintzelen Exemplarien zusammen gesucht / und in Wienn zum Druck befodert. – Wien 1715

22 Günther – Johann Christian Günthers Sämtliche Werke, Hist.-krit. Gesamtausgabe, hrsg. von W. Krämer. Bd. I, II, IV, Leipzig 1930, 1931, 1935 *[bisher ohne Lesarten. Wegen der ungünstigen Überlieferung mußten alle Gedichte Günthers samt Orthographie und Interpunktion dieser Ausgabe entnommen werden; ihr folgt auch die chronologische Einordnung.* – 1714, 1715, 1718, 1719, 1720, 1722]

23 Hartmann – *Erstdruck unbekannt. Abdruck nach:* Des Geistlichen und Evangelischen Zions Neue Standeslieder / Darin ein Christ zu GOttes Ehre / und zu seinem Trost ersiehet / und lernet / Wie er seinen Stand mit gutem Gewissen GOtt gefällig führen / auch dabey sich der Gnade / Segens / Beystandes und Schutzes des Allerhöchsten / bey allen Beschwerden / und mannigfaltigen Hindernissen geströsten könne. Jetzo über hundert vermehret / und mit einem kleinen Anhang täglicher Lieder eines jeden Christen in seinem Stande / zur Erweckung und Erhaltung GOtt geheiligter Privat-Andacht / auff freundliches Begehren guter Gönner / und frommer Theologen Gutbefindung zum andernmahl ausgefertiget von Laurents Hartmann / Evangelischen Prediger zu Crizkov und Weitendorf. – Rostock 1716

24 Suppig – I. N. J. Das Poetische Bibel ABC Heraus gegeben von Einem Dessen Nahmen in diesem nachfolgenden Anagrammate bestehet: Christi Cur / Post und Spur / Das Creutz aufjage. Nim ab ô Plage. per Anagramma: Friederich Suppig / Organist und Baccalaureus zu Potstam. Die Jahr-Zahl ist Radix Hexacontagonalis ex 84552832. Die Zahl des Monats Radix Heptacontagonalis ex 412. Die Zahl des Monats-Tages Radix Octacontagonalis ex 1645. Das Alter des Autoris Radix Enneacontagonalis ex 55476. – Wittenberg 1716 *[unpaginiert]*

25 GRESSEL – Die Poetische Vergnügung / bestehend in Galant- Verliebt- und Satyrischen Gedichten / allen Der Poësie liebenden Gemüthern zur Ergetzlichkeit ans Licht gestellet von Philomuso. Dritte Partie. – Dresden 1716

26 ORFFYRÉ – I. Theil Orffyrei Apologi'sche Poësie, Darinnen zu finden Sein Bildniß / Leben / Kunst / Fleiß / Mühe / Redlichkeit / Glauben / Creutz / Gedult / Verfolgung / Leyden und Unschuld / Richtige Antwort auf viel Fragen / Auch was bisher sich zugetragen / Auß welch einem Principium, Sein Primum Mob'le laufft herum. Kurtz / dieses Buch wird in sich schließen / Was curieuse Welt wil wissen. Und wie es meynt Orffrey Feind / Der Arg-Wütende Böse Freund. etc. – II. Theil. Das von Christian Wagnern / in Leipzig Leichtfertiger-Ehrvergessener- und Lügenhaffter-Weise herunter gemachte / verleumbdete / doch nur vergeblich entdeckte / Nunmehro aber / auch gerettete / defendirte / gerechte und wahrhafftig-bleibende / Noch unentdeckte Orffyreische Perpetuum Mobile. Auf inständiges Ansuchen / vieler grossen Gönner / höchst-nöhtigen Falls / eyligst / in fein deutschen Verßen entworffen / von dem Inventore des Perpetuum Mobile, Orffyreum selbst. – [o. O.] 1716 – 1717

27 AMTHOR – C. H. Amthors / Königl. Dähnischen Historiographi und Cantzeley-Raths Poëtischer Versuch Einiger Teutscher Gedichte und Übersetzungen: So wie er sie / theils in frembdem Nahmen / theils vor sich selber entworffen. Nebst einem Vor-Bericht / Worin zugleich die wieder seine Gedichte / und andere Staats-Schrifften / von einigen Ungenannten bisher ausgegossene Schmähungen bescheidentlich abgelehnet werden. – Flensburg 1717

28 SCHÖNEMANN – Poëtische Ergötzlichkeiten / Welche In einer kleinen Probe von Geistlichen und Vermischten Weltlichen Gedichten / Denen Beständigen Liebhabern der Poësie gewidmet werden / Von SINCERO. – Rostock und Parchim 1718

29 ASSIG – Herrn Hanß von Aßig / Weyland Sr. Chr.-Fürstl. Durchl. zu Brandenburg gewesenen Hauptmanns / und des Schlosses und Burg-Lehns Schwiebuß Directoris, Gesammlete Schrifften / Bestehend theils aus Geistlichen und Vermischten Gedichten / Theils aus gehaltenen Parentationen / Wovon das meiste biß hieher ungedruckt gewesen / anietzo aber mit Fleiß selbst aus des Sel. Herrn Autoris MSSt. zusammengetragen worden. – Breslau 1719

30 KUNTSCH – Fr. Margarethen Susannan von Kuntsch Sämmtliche Geist- und weltliche Gedichte Nebst einer Vorrede von Menantes. – Halle 1720

31 WIEGLEB – [Aug. Herm. Francke:] Trauer-Rede [. . .] Bey Beerdigung Der Weyland Jungfer Johannen Eleonoren Wieglebin / [. . .] – [Darin:] Der Seligen Ihres sel. Bruders, Johann Andreä / Geistliche Lieder und Poëmata, dadurch Sie sich samt Ihm, wie oben im Lebens-Laufe gemeldet, zu erbauen pflegte. – Halle 1721

32 BROCKES – Herrn B. H. Brockes / Lti, R. H. S. Irdisches Vergnügen in GOTT bestehend in verschiedenen aus der Natur und Sitten-Lehre hergenommenen

Gedichten, nebst einem Anhange etlicher hieher gehörigen Übersetzungen von des Hrn. de la Motte Französis. Fabeln / mit Genehmhaltung des Herrn Verfassers nebst einer Vorrede herausgegeben von C. F. Weichmann. – Hamburg 1721

33 WEICHMANN, Hrsg. – C. F. Weichmanns Poesie der Nieder-Sachsen / oder allerhand mehrenteils noch nie gedruckte Gedichte von den berühmtesten Nieder-Sachsen, sonderlich einigen ansehnlichen Mit-Gliedern der vormals in Hamburg blühenden Teutschübenden Gesellschaft / mit deren Genehmhaltung zusammen getragen / und teils aus den actis MSS. derselben mitgeteilet; auch mit einer ausführlichen Vorrede versehen / darin unter andern die Würde der Teutschen Sprache wider den angemasseten Vorzug der Französischen / auf Veranlassung des P. Bouhours / vertheidiget wird. Welcher noch beygefüget Hrn. B. H. B[rokkes]. Untersuchung von den ganz verschiedenen Reim-Ahrten / sonderlich der Ober- und Nieder-Sachsen / und wie man hierin eine Vereinigung treffen könne. – Hamburg 1721 [Bd. 1]   *Richey, Weichmann.*

34 WEICHMANN, Hrsg. – C. F. Weichmanns Poesie der Nieder-Sachsen *[vgl.* **33***]* Bd. 2. – Hamburg 1723   *Telemann.*

35 BROCKES – Irdisches Vergnügen in GOTT *[vgl.* **32***]* Zweyte, durchgehends verbesserte, und über die Hälfte vermehrte Auflage. – Hamburg 1724

36 *Erstdruck unbekannt. Abdruck nach:* Notenbuch der Anna Magdal. Bach aus dem Jahre 1725 – Joh. Seb. Bachs Werke. Bd. 37. – Leipzig 1893

37 Sammlung Geistlicher und lieblicher Lieder, Eine grosse Anzahl der Kernvollesten alten, und erwecklichsten Neuen Gesänge enthaltend, Nebst einer Vorrede des Editoris, welcher man Herr D. Marpergers, Kön. und Chur-S. Ober-Hof-Predigers Gedancken von alten und neuen Liedern beygefüget. – Leipzig [1725]   *Unbekannte Verfasser.*

38 TRILLER – Hrn. Daniel Wilhelm Trillers, Phil. & Med. Doct. Poëtische Betrachtungen, über verschiedene, aus der Natur- und Sitten-Lehre hergenommene Materien, zur Bewährung der Wahrheit Christlicher Religion, denen Atheisten und Naturalisten entgegen gesetzet, nebst einigen Übersetzungen aus dem Griechischen und Lateinischen, mit Genehmhaltung des Hrn. Verfassers samt einer Vorrede heraus gegeben von H. C. Hecker. – Hamburg 1725

39 PIETSCH – Herrn D. Johann Valentin Pietschen, Königl. Preußischen Hof-Raths und Leib-Medici, wie auch Ober-Land-Physici, und der Poesie Prof. Ord. in Königsberg, Gesamlete Poetische Schrifften Bestehend aus Staats-Trauer- und Hochzeit-Gedichten, Mit einer Vorrede, Herrn le Clerc übersetzten Gedancken von der Poesie und Zugabe einiger Gedichte, von Johann Christoph Gottsched, A. M. – Leipzig 1725

40 WEICHMANN, Hrsg. – C. F. Weichmanns Poesie der Nieder-Sachsen *[vgl.* **33***]* Bd. 3. – Hamburg 1726   *Horn.*

Verzeichnis der Quellen

41 SCHÖNEMANN – Gott-geheiligte Betrachtungen, Welche über verschiedene Stellen der Heil. Schrift, In denen darüber gehaltenen Predigten, als ein kurtzer Innhalt derselben, Der Christlichen Gemeinde an St. Georgen zu Berlin in gebundener Rede vorgetragen, und auf Verlangen heraus gegeben sind von Daniel Schönemann. – Berlin [1727]

42 BROCKES – Irdisches Vergnügen in GOTT *[vgl. 32]* Zweyter Teil. – Hamburg 1727

43 BROCKES – Irdisches Vergnügen in GOTT *[vgl. 32]* Dritter Teil. – Hamburg 1728

44 KÖNIG – Poetische Einfälle, Bey dem Königlichen Vogel-Schiessen in dem Königlichen Schießhause zu Dreßden, In Hoher Gegenwart Ihro beyder Kön. Majestäten von Preussen und Pohlen, gehalten den 6. Febr. 1728.

45 TERSTEEGEN – Geistliches Blumen-Gärtlein Inniger Seelen; Oder Kurtze Schluß-Reimen und Betrachtungen Uber allerhand Warheiten des Innwendigen Christenthums; Zur Erweckung, Stärckung, und Erquickung in dem Verborgenen Leben mit Christo in Gott; Nebst einigen Geistlichen Liedern. – Frankfurt und Leipzig 1729 [*Vorrede unterzeichnet:* G. T. St., *datiert* 1727]. *Abdruck nach der auf die Erstausgabe zurückgreifenden 14. Originalauflage.* – Essen 1841 [*vgl. Lesarten bei:* W. Nelle, Tersteegens Geistliche Lieder. – Gütersloh 1897]

46 SCHAITBERGER – *Um* 1731. *Abdruck in offenbar modernisierter Form nach:* Historische Volkslieder und Zeitgedichte, hrsg. von Aug. Hartmann. Bd. II. – München 1910

47 ZINZENDORF – *Erstdruck:* Sammlung Geist- und lieblicher Lieder, Eine große Anzahl der Kern-vollesten alten und erwecklichsten neuen Gesänge enthaltende, Dritte sehr vermehrte und gebesserte Auflage, Nebst einer Vorrede des Editoris, worinnen die Ordnung der Titel und zugleich Eine ziemlich deutliche Einleitung in das gantze Geschäfft der Seeligkeit zu befinden. – Herrenhuth und Görlitz [1731]. *Abdruck nach:* Das Gesang-Buch, der Gemeine in Herrnhuth. – 1735

48 KLEINER – *Erstdruck [?]. Abdruck nach:* Gottfried Kleiners Garten-Lust im Winter, angestellt durch kurtze und christliche Betrachtung unterschiedener Garten-Sprüche heiliger Schrifft [...] Auf Verlangen Christl. Freunde dem Druck zum vierdten mahl überlassen und vermehrt. – Hirschberg 1732.

49 KÖNIG, Hrsg. – Des Herrn von Besser Schrifften, Beydes In gebundener und ungebundener Rede; Erster Theil. Außer des Verfassers eigenen Verbesserungen, mit vielen seiner noch nie gedruckten Stücke und neuen Kupfern, Nebst dessen Leben Und einem Vorberichte ausgefertiget von Johann Ulrich König, Sr. Kön. Majest. in Pohlen und Chur-Fürstl. Durchl. zu Sachsen geheimen Secretar und Hof-Poeten. – Leipzig 1732

50 WEICHMANN, Hrsg. – C. F. Weichmanns Poesie der Nieder-Sachsen *[vgl. 33]* Bd. 4. – Hamburg 1732 *Darnmann, H. E. Weichmann.*

51 HALLER – Versuch Schweizerischer Gedichten. – Bern 1732

52 ZINZENDORF – Graf Ludwigs von Zinzendorff Teutscher Gedichte Erster Theil. – Herrenhuth 1735.

53 Das Gesang-Buch, der Gemeine in Herrnhuth. – Herrenhuth 1735 *Zinzendorf.*

54 TERSTEEGEN – Geistliches Blumen-Gärtlein [. . .] Zweite und vermehrte Edition. Nebst der Frommen Lotterie. – Frankfurt und Leipzig 1735. *Abdruck nach der 14. Auflage.* – Essen 1841 *[vgl. 45]*

55 BROCKES – Irdisches Vergnügen in GOTT *[vgl. 32]* Fünfter Theil. – Hamburg 1736

56 GOTTSCHED – Herrn Johann Christoph Gottscheds, öffentl. Lehrers der Weltweisheit und Dichtkunst zu Leipzig, Gedichte, gesammlet und herausgegeben von Johann Joachim Schwabe, M. A. – Leipzig 1736

57 SCHOLZE – Sperontes Singende Muse an der Pleisse in 2. mahl 50 Oden, Der neuesten und besten musicalischen Stücke mit den darzu gehörigen Melodien zu beliebter Clavier-Übung und Gemüths-Ergözung Nebst einem Anhange aus J. C. Günthers Gedichten. Leipzig, auf Kosten der lustigen Gesellschaft 1736

58 WEICHMANN, Hrsg. – C. F. Weichmanns Poesie der Nieder-Sachsen *[vgl. 33]* Bd. 5. – Hamburg 1738 *Mlle. Curtia.*

59 HAGEDORN – Versuch in poetischen Fabeln und Erzehlungen. – Hamburg 1738

60 BROCKES – Irdisches Vergnügen in GOTT *[vgl. 32]* Sechster Teil. – Hamburg 1739

61 *Um* 1740. *Abdruck nach:* Franz Magnus Böhme, Volksthümliche Lieder der Deutschen im 18. und 19. Jhdt. – Leipzig 1895

62 Belustigungen des Verstandes und des Witzes. – Leipzig [1741ff.] 1742. *Gottschedin, Kästner.*

63 HAGEDORN – Sammlung Neuer Oden und Lieder. – Hamburg 1742

64 Beyträge Zur Critischen Historie Der Deutschen Sprache, Poesie und Beredsamkeit, herausgegeben von einigen Liebhabern der deutschen Litteratur. Achter Band. – Leipzig 1742/43 *Behr* [1742], *Schmidt* [1743].

65 DROLLINGER – Herrn Carl Friederich Drollingers / weiland Hochfürstlich-Baden-Durlachischen Hofrahts und geheimen Archivhalters, Gedichte, samt andern dazu gehörigen Stücken / wie auch einer Gedächtnißrede auf Denselben / ausgefertiget von J. J. Sprengen / D. G. W. der deütschen Beredsamkeit und Poesie öffentlichem Lehrer zu Basel, wie auch der D. G. in Leipzig und Bern Mitglide. – Basel 1743

66 HALLER – Dr. Albrecht Hallers Versuch Schweizerischer Gedichte. Dritte, vermehrte und veränderte Auflage. – Bern 1743 [*Die Zusatzstrophe des aus dieser Quelle abgedruckten Gedichtes* Unvollkommene Ode über die Ewigkeit *steht in:*]

66a HALLER – D. Albrecht Hallers, Königl. Groß-Britannischen Hofraths und Leib-Medici, der Arznei Prof., der Königl. Engl., Schwedischen und Upsalischen Gesellschaften der Wissenschaften Mitglieds, und des Großen Raths der Republic Bern, Versuch Schweizerischer Gedichte. Vierte, vermehrte und veränderte Auflage. – Göttingen 1748

67 REICHARD – Elias Caspar Reichards, öffentlichen Lehrers der Beredsamkeit und Dichtkunst an dem Königl. academischen Gymnasio zu Altona, Proben deutscher Gedichte. Nebst einigen Übersetzungen. – Altona [1744]

68 Belustigungen des Verstandes und des Witzes. – Leipzig 1744.   *Gellert.*

69 MEYER VON KNONAU – Ein halbes Hundert Neuer Fabeln. Durch L. M. v. K. Mit einer Critischen Vorrede des Verfassers der Betrachtungen über die Poetischen Gemählde. – Zürich 1744

70 HAGEDORN – Sammlung Neuer Oden und Lieder. Zweyter Theil. – Hamburg 1744

71 GLEIM – Versuch in Scherzhaften Liedern. – Berlin [1744] *Abdruck nach:* Neudrucke deutscher Literaturwerke N. F. 13, hrsg. von A. Anger. – Tübingen 1964

72 GLEIM – Versuch in Scherzhaften Liedern. Zweeter Theil. – Berlin 1745. *Abdruck nach:* Neudrucke deutscher Literaturwerke N. F. 13, hrsg. von A. Anger. – Tübingen 1964

73 PYRA [*und* LANGE] – Thirsis und Damons freundschaftliche Lieder. – Zürich 1745. *Abdruck nach:* Freundschaftliche Lieder von Pyra und Lange, hrsg. von A. Sauer. Dt. Litteraturdenkmale des 18. und 19. Jhdts. in Neudrucken Nr. 22. – Stuttgart 1885

74 Belustigungen des Verstandes und des Witzes. Auf das Jahr 1745. – Leipzig. *Kleist.*

75 Neue Beyträge zum Vergnügen des Verstandes und Witzes. 2. Bd. 6. St. – Bremen und Leipzig 1745   *J. E. Schlegel.*

76 Götz – Versuch eines Wormsers in Gedichten. – 1745. *Abdruck nach:* Gedichte von Joh. Nic. Götz hrsg. von C. Schüddekopf. Dt. Litteraturdenkmale des 18. und 19. Jhdts. 42. – Stuttgart 1893

77 II. Zugabe [zum Gesang-Buche der Evangelischen Brüder-Gemeinen.] *[vgl.* **53***]* 1746 *[?]*

78 Brockes – Irdisches Vergnügen in Gott *[vgl.* **32***]* Achter Theil. – Hamburg 1746

79 Gellert – Fabeln und Erzählungen von C. F. Gellert. – Leipzig 1746

80 Wedekind – Koromandels Nebenstündiger Zeitvertreib in Teutschen Gedichten. – Danzig und Leipzig 1747

81 Neue Beyträge zum Vergnügen des Verstandes und Witzes. 3. Bd. 5. und 6. St. – Bremen und Leipzig 1747 *Luis.*

82 Lange – Samuel Gotthold Langens Horatzische Oden nebst Georg Friedrich Meiers Vorrede vom Werthe der Reime. – Halle 1747

83 Hagedorn – Oden und Lieder in fünf Büchern. – Hamburg 1747

84 Ermunterungen zum Vergnügen des Gemüts. – 1747. *Abdruck nach:* Lessings sämtliche Schriften, hrsg. von Lachmann-Muncker. Bd. 1. – Stuttgart 3. Aufl. 1886 *[mit Berücksichtigung der Lesarten]* *Lessing.*

85 Der Naturforscher, eine physikalische Wochenschrift auf die Jahre 1747 und 1748. Mit Kupfern. – Leipzig 1. Teil 1747. *Lessing.*

86 IV. Zugabe [zum Gesang-Buche der Evangelischen Brüder-Gemeinen.] *[vgl.* **53***]* *[Nachwort:]* 1748

87 Der Naturforscher *[vgl.* **85***]* Zweyter Teil. – Leipzig 1748

88 Lichtwer – Vier Bücher Aesopischer Fabeln in gebundener Schreib-Art. – Leipzig 1748

89 Neue Beyträge zum Vergnügen des Verstandes und Witzes. 4. Bd. 6. St. – Bremen und Leipzig 1748. *Klopstock, J. A. Schlegel.*

90 Gleim – Lieder. – Amsterdam [d. i. Halberstadt] 1749. *Abdruck nach:* Neudrucke deutscher Literaturwerke N. F. 13, hrsg. von A. Anger. – Tübingen 1964

91 Uz – Lyrische Gedichte. – Berlin 1749

92 Sammlung Vermischter Schriften, von den Verfassern der Bremischen neuen Beyträge zum Vergnügen des Verstandes und Witzes. – Leipzig 1749 *Giseke, Klopstock.*

93 Sammlung Vermischter Schriften *[vgl.* **92***]* Zweyten Bandes Viertes Stück. – Leipzig 1750   *J. A. Schlegel [?].*

94 HAGEDORN – Friederichs von Hagedorn Moralische Gedichte. – Hamburg 1750

95 *Um* 1750. *Abdruck nach:* Weimarisches Jahrbuch für deutsche Sprache, Litteratur und Kunst, hrsg. von Hofmann von Fallersleben und Oskar Schade. Bd. II. Hannover 1854.

96 KLOPSTOCK – Oden von Klopstock. – Zürich 1750. *Abdruck nach:* Sammlung Vermischter Schriften *[vgl.* **92***]* Fünftes Stück. – Leipzig 1751

97 CREUZ – Oden und andere Gedichte. – Frankfurt und Mainz 1750

98 LOEN – Des Herrn von L** moralische Gedichte herausgegeben von Naumann. – Frankfurt und Leipzig 1751 *[Name des Verfassers in der Vorrede ausgeschrieben]*

99 GELLERT – Briefe nebst einer Praktischen Abhandlung von dem guten Geschmacke in Briefen, von C. F. Gellert. – Leipzig 1751

100 Das Neueste aus dem Reiche des Witzes. – Berlin 1751. *Abdruck nach:* Vermischte Schriften von Abraham Gotthelf Kästner. – Altenburg 1755 *[vgl.* **110***] und Abdruck nach:* Lessings sämtliche Schriften, hrsg. von Lachmann-Muncker *[vgl.* **84***]*   *Kästner, Lessing.*

101 LESSING – Kleinigkeiten. – Frankfurt und Leipzig 1751

102 UNZER – Versuche in Scherzgedichten. – Halle 1751

103 PALTHEN – Zeugniße der Ehrfurcht, Dankbarkeit und Liebe, von J. F. v. Palthen. – Stralsund 1751

104 Sammlung Vermischter Schriften *[vgl.* **92***]* 2. Bd. 6. St. – Leipzig 1751
                                                                              J. A. Schlegel.

105 Sammlung Vermischter Schriften *[vgl.* **92***]* 3. Bd. 2. St. – Leipzig 1752
                                                                                      Cronegk.

106 WIELAND – Erzaehlungen. – Heilbronn 1752

107 HAGEDORN – Friederichs von Hagedorn Moralische Gedichte. *[Vgl.* **94***]* Zweite, Vermehrte Ausgabe. – Hamburg 1753

108 LESSING – G. E. Leßings Schrifften. Erster Theil. – Berlin 1753

109 Sammlung Vermischter Schriften *[vgl.* **92***]* 3. Bd. 3. St. – Leipzig 1753
                                                                                      Klopstock.

110 Kästner – Vermischte Schriften von Abraham Gotthelf Kästner. – Altenburg 1755

111 Gleim – Fabeln. – Berlin 1756

112 Gleim – Romanzen. – Berlin und Leipzig 1756

113 Tersteegen – Geistliches Blumen-Gärtlein *[vgl.* **45***]* Sechste und vermehrte Edition – Frankfurt und Leipzig *[gleichzeitig Solingen]* 1757 *[Vorbericht vom Verfasser unterzeichnet]*

114 Gellert – Geistliche Oden und Lieder von C. F. Gellert. – Leipzig 1757

115 *Um* 1757. *Abdruck nach:* Deutsche Volks- und Gesellschaftslieder des 17. und 18. Jahrhunderts hrsg. von Franz Wilhelm Freiherr von Ditfurth. – Nördlingen 1872 *[Quellenangabe:* Altes geschriebenes Liederbuch].

116 Gleim – Preussische Kriegslieder in den Feldzügen 1756 und 1757 von einem Grenadier. Mit Melodieen. – Berlin [1758]

117 Kleist – Neue Gedichte vom Verfaßer des Frühlings. – Berlin 1758

118 Weisse – Scherzhafte Lieder. – Leipzig 1758

119 Der Nordische Aufseher. [1. Band. – Kopenhagen und Leipzig 1758] *Cramer.*

120 Klopstock – Geistliche Lieder. Erster Theil. – Kopenhagen und Leipzig 1758

121 Der Nordische Aufseher herausgegeben von Johann Andreas Cramer. Zweyter Band. Vier und Sechzig Stücke. – Kopenhagen und Leipzig 1759 *Klopstock.*

122 Ramler – Ode an die Stadt Berlin. den 24. Jenner 1759

123 Weisse – Scherzhafte Lieder. Neue, verbeßerte Auflage. – Leipzig 1759

124 Gerstenberg – Tändeleyen. – Leipzig 1759 *[Widmung unterzeichnet* H. W. v. G.]

125 Der nordische Aufseher *[vgl.* **121***]* Dritter Band. Neun und Sechzig Stücke. – Kopenhagen und Leipzig 1761 *Klopstock.*

126 Cronegk – Des Freyherrn Johann Friederich von Cronegk Schriften. Zweyter Band. – Leipzig 1761

127 Lieder mit Melodien, für das Clavier, von Christian Ernst Rosenbaum. Zweeter Theil. – Altona und Lübeck 1762 *Klopstock.*

128 Ramler – Ode an Hymen. – Berlin 1763

129 CLAUDIUS – Tändeleyen und Erzählungen. – Jena 1763 *[Widmung unterzeichnet]*

130 HERDER – Herders Sämtliche Werke hrsg. von B. Suphan. Bd. 29. – Berlin 1889 [1763, 1764, 1769]

131 WILLAMOV – Dithyramben. – Berlin 1763

132 KARSCH – Auserlesene Gedichte von Anna Louisa Karschin. – Berlin 1764

133 SCHIEBELER, Hrsg. – Gedichte auf eine junge Virtuosinn in der Kunst die Bieg-samkeit und Behendigkeit ihrer Glieder zu zeigen. – Göttingen 1764
Unbekannter Verfasser.

134 JACOBI – Poetische Versuche Von J. G. J. – Düsseldorf 1764

135 *Erstdruck* 1766. *Abdruck nach:* Evangelisches Kirchengesangbuch, Ausg. für die evang.-luth. Kirche in Bayern [*ca.* 1957] *[Datierung des Erstdrucks hieraus]*

136 GERSTENBERG – Gedicht eines Skalden. – Kopenhagen, Odensee und Leip-zig 1766

137 Des Kleinen Brüder-Gesangbuchs Dritter Theil, enthaltend eine abermalige Sammlung alter und neuer Verse. – Barby 1767. *Abdruck nach:* Gesangbuch, zum Gebrauch der evangelischen Brüdergemeinen. – Barby 1778   *Hayn.*

138 WEISSE – Lieder für Kinder – Leipzig 1767

139 SCHIEBELER – Romanzen. – Leipzig 1767. *Abdruck nach:* Daniel Schiebelers Doktors der Rechte, und E. Hochehrw. Hamb. Domkapitels Kanonici, Auser-lesene Gedichte. Herausgegeben von Johann Joachim Eschenburg, Professor am Collegio Carolino zu Braunschweig. – Hamburg 1773

140 LAVATER – Schweizerlieder. Von einem Mitgliede der helvetischen Gesellschaft zu Schinznach. – Bern 1767

141 SCHUBART – Todesgesänge von Christian Friederich Daniel Schubart. – Ulm 1767

142 KLOPSTOCK – Geistliche Lieder. *[Vgl.* **120***]* Zweyter Theil. – Kopenhagen und Leipzig 1769

Verzeichnis der Autoren und ihrer Gedichte

Das Verzeichnis ist alphabetisch angeordnet. Adelige werden unter dem ersten Teil des Familiennamens (*Ludwig Meyer von Knonau* unter *Meyer*) eingeordnet. Pseudonyme werden unter Hinweis auf die wirklichen Namen angeführt. Die Gedichte werden in der Reihenfolge ihres Erscheinens in dieser Anthologie verzeichnet. Die halbfett gedruckte Chiffre hinter dem Quellentitel bzw. der Überschrift (*kursiv*) verweist auf die Numerierung im Verzeichnis der Quellen. Der Fundort der Gedichte wird in der Regel durch Seitenzahlen bestimmt. Wo es zweckmäßig schien, wird statt dessen oder außerdem die originale Numerierung der Gedichte angeführt. – Zur Orientierung über den engeren Zusammenhang, in dem ein Gedicht ursprünglich zu lesen war, und um im Falle von mehrfachen Paginierungen den Fundort zu bestimmen, werden (in runden Klammern) auch die originalen Rubriktitel mitgeteilt. Eingeklammerte Anführungszeichen („) verweisen auf die in vorangehenden Quellenangaben zuletzt genannte Rubrik. – Anmerkungen der Herausgebers zu den Autoren und einzelnen Gedichten werden jeweils am Ende des Titels [in eckigen Klammern] mitgeteilt. – Am rechten Rand sind die Seitenzahlen dieser Sammlung angegeben.

Verzeichnis der Autoren und ihrer Gedichte

Verzeichnis der Autoren und ihrer Gedichte

Verzeichnis der Autoren und ihrer Gedichte

Verzeichnis der Autoren und ihrer Gedichte

Verzeichnis der Autoren und ihrer Gedichte

Verzeichnis der Autoren und ihrer Gedichte

Verzeichnis der Autoren und ihrer Gedichte

Verzeichnis der Autoren und ihrer Gedichte

Verzeichnis der Autoren und ihrer Gedichte

Verzeichnis der Autoren und ihrer Gedichte

Verzeichnis der Gedichtüberschriften und -anfänge

Überschriften und Anfänge

Überschriften und Anfänge

Überschriften und Anfänge